教育部人文社会科学重点研究基地
北京大学东方文学研究中心

北京大学"东方大文学"研究丛书

东盟文学奖与泰国当代小说的
创意写作实践：1979—2009

熊 燃 著

中西书局

图书在版编目（CIP）数据

东盟文学奖与泰国当代小说的创意写作实践：1979
—2009 / 熊燃著. -- 上海：中西书局，2024.12.
（北京大学"东方大文学"研究丛书）. -- ISBN 978-7
-5475-2354-4

Ⅰ. I336.074

中国国家版本馆 CIP 数据核字第2024M24Q69号

DONGMENG WENXUEJIANG YU TAIGUO DANGDAI
XIAOSHUO DE CHUANGYI XIEZUO SHIJIAN: 1979—2009

东盟文学奖与泰国当代小说的
创意写作实践：1979—2009

熊 燃 著

责任编辑	王 媛
装帧设计	梁业礼
责任印制	朱人杰

出版发行 上海世纪出版集团
　　　　　　 中西书局（www.zxpress.com.cn）

地	**址**	上海市闵行区号景路159弄B座（邮政编码：201101）
印	**刷**	上海商务联西印刷有限公司
开	**本**	700毫米×1000毫米　1/16
印	**张**	18.25
字	**数**	254 000
版	**次**	2024年12月第1版　2024年12月第1次印刷
书	**号**	ISBN 978-7-5475-2354-4/I·261
定	**价**	78.00元

本书如有质量问题，请与承印厂联系。电话：021-56044193

丛书总序

　　1945年8月27日下午四时，北京大学文学院在云南昆明才盛巷二号召开了教授谈话会，汤用彤等11位教授出席。会上提出了文学院要添设东方语文学系、考古系，发出了中国学术界的时代呐喊，即"要取日本在学术界的地位而代之"，使中国成为亚洲学术研究中心。经胡适、傅斯年、汤用彤、陈寅恪等学者的努力，1946年8月北京大学宣告设立了东方语文学系，聘请留德十年归来的季羡林为教授兼系主任。这是中国教育界的一个创举。该系当时的主要师资有季羡林、马坚、王森；学科方面则设立梵文、阿拉伯文、蒙藏文三组。此后，金克木、于道泉等先生陆续加盟，逐步壮大了学科的力量。历经东方语文学系、东方语文系、东方语言文学系、东方学系、外国语学院的多个阶段，70多年来，经季羡林、马坚、金克木、刘振瀛、韦旭升、张鸿年、陈嘉厚、叶奕良、仲跻昆、刘安武等前辈和数代学人的苦心经营，北京大学的东方语言文学学科一直是国内该学科的引领者。2000年成立的北京大学东方文学研究中心是教育部人文社科重点研究基地之一，也是国内该学科唯一的国家级科研与国内外东方学学术交流的平台。在王邦维教授的领导下，中心培养了一批人才，各项工作都取得了长足的进步，发扬光大了季羡林等老一辈学者开创的中国东方学研究的传统，再创中国东方学研究的辉煌。中心连续13年举办的全国东方文学研究生暑期学校，已经培训了来自国内外120余所高校的1 500名研究生与青年教师，不少人已经成为国内东方文学界的中坚力量。

　　近年来，面临百年未有之大变局，在全球化趋势反复拉锯的过程中，东方文学创作及其研究迎来了前所未有的新状态与新问题。国内兄弟院校的发展也越来越快，优秀的东方学和东方文学研究人才及其成果也越来越多。我们的体会是，学如逆水行舟，不进则退，要想有更新更大的发展，唯有持续不断地奋斗与努力。

开新局，走大路，我们提出"东方大文学"的研究理念。一方面，呼吁东方文学研究者不再局限于文学这个单一的领域内自弹自唱，必须尽可能地扩大自己的关注视野，广泛利用传世文献（书面与口头）、出土文献与图像史料，融合文学、历史、宗教、社会、美学、哲学等多个学科的相关知识，在东方作家文学、民间文学、文艺理论、文学图像研究等学科分支开拓出更多有意义的新领域。另一方面，契合国家"一带一路"倡议，以文化为根本维度，深入国别和区域研究的层面，推动中国与东方各国和地区的文明交流互鉴，为建构人类命运共同体做出基础性、前瞻性的工作。

为了实现"东方大文学"研究的目标，北京大学东方文学研究中心在北京大学外国语学院、中西书局的大力支持下，设立"北京大学'东方大文学'研究丛书"，资助中心与学院青年教师优秀的东方学与东方文学研究专著的出版。我们希望青年学者弘扬学科的优秀传统，勇猛精进，努力开创学科的美好未来。本丛书计划每年推出2—3本专著，目前已经有6部专著签订了出版合同（截至2024年12月）。我们还希望，本丛书的出版，不仅可以展现北京大学新一代东方学学者的风采，还能引领国内东方学学科的进一步发展，支持国家"一带一路"倡议的实施，为国家的建设做出更大的贡献。

中国的东方学和东方文学的研究从来不只是个人的学术兴趣，而是与国家的教育和学术息息相关。青年学人宜牢记使命，奋发图强。学海无涯，前路漫漫，唯有大家共同努力！

北京大学东方文学研究中心 **陈明**

目 录

第 一 章

绪 论

第一节　文学奖、获奖作品与国别文学研究

文学奖或文学评奖活动，作为一种文学现象或文学事件，在世界各国的文学发展史上几乎都从未缺场。举办文学评奖活动，早已成为当今社会推广文学的重要手段。文学奖的意义，不仅在于遴选佳作、培养作家、擢拔新秀，更在于它常常扮演着冲破言论尺度和意识形态禁忌、重建文学价值评估体系的角色。许德金指出："无论是在文学经典的生成与建构方面，还是在文学的社会化再生产中，文学评奖一直扮演着极其重要的角色……文学奖不只是文学场域中的'个别事件'，而是一种全球现象。"[1]

进入20世纪后半叶以后，伴随着西方文艺理论界的"文化转向"和文学研究中日益凸显的跨学科倾向，研究者不再局限于对作品内部结构和语言特性的分析，而是更多关注文学作品与社会、历史、文化等外部因素的互动关系。借助于多学科视角，人们对文学本质的理解不断加深，文学作品与其生产和传播环境之间的密切关系越来越受到重视。随着全球化进程的加速和跨文化交流的增多，全球范围内的文学现象和文化实践拓宽了文学研究的领域与空间，也不断引发出新的关注点。在此背景下，重大的文学奖项，不仅因其社会效应而受到舆论的广泛关注，也因其可供挖掘的多重研究价值在学术界引起了持久的讨论。

进入新千年以后，我国陆续有学者出版了一系列系统研究文学

---

[1] 见许德金为刘江著《文学奖声誉影响力研究》所作序言，参见刘江：《文学奖声誉影响力研究》，第1页。（引书详细出版信息见参考文献，后同。）

评奖活动或重要文学奖项的著作,包括邵燕君的《倾斜的文学场——当代文学生产机制的市场化转型》(2003)、范国英的《茅盾文学奖的文学制度研究》(2009)和《新时期以来的文学制度研究:以茅盾文学奖为中心的考察》(2010)、任东华(任美衡)的《茅盾文学奖研究》(2011)、王鹏的《中国当代文学评奖制度研究:以全国性小说评奖为核心》(2019)、刘江的《文学奖声誉影响力研究》(2021)等。上述研究都突破了传统的文学"内部研究",从文学社会学的维度关注影响文学生成与传播的多重外部作用力,运用"场域""制度"等理论视角解析文学奖的运作机制、评奖制度及社会效应。这其中,不难看出法国思想家布尔迪厄理论体系的影响。

布尔迪厄的场域理论将"文学场"比喻为一个社会性的"微观世界"(microcosm),是一个"客观关系的空间"及"逻辑和必然性的场所"。[1]文学场的内部结构由以下三种团体或个人组成:(1)由文学杂志、出版社(出版商)、赞助人等组成的文学生产机构;(2)由批评者、文学史写作者、评奖委员会、学院、沙龙等组成的文学价值认定机构;(3)作家——文学的直接生产者。文学场内部的行动者必须不断地设法使自己与接近他们的竞争对手区别开来,因为场的运作逻辑之一便是要求其参与者总是"存在于差异性之中"[2]。而文学场的内部等级则是建立在不同形式的"象征收益"上,如声望(prestige)、成圣(consecration)、知名度(celebrity)。[3]从这个意义上说,文学奖几乎是文学最为活跃的显现者之一。首先,文学奖的运作需要依靠上述三种团体或个人的共同合作才能实现,因此它能够在一定程度上显现出场内部各结构间的互动关系。其次,文学奖作为一种制度化的认可,具有赋予作品和作者价值的功能,不论奖项创设者的初衷是什么,文学评奖的结果必然导致对作家的"差异化"区分,由此来确立或重置文学

1　[法]皮埃尔·布尔迪厄著,包亚明译:《文化资本与社会炼金术——布尔迪厄访谈录》,第142页。

2　[法]皮埃尔·布尔迪厄著,刘晖译:《艺术的法则——文学场的生成和结构》,第262—270页。

3　[法]皮埃尔·布尔迪厄著,包亚明译:《文化资本与社会炼金术——布尔迪厄访谈录》,第145—146页。

场内等级秩序的合理性或合法性。最后，文学场并不是一个完全自主的空间，而是受到外部多重因素的制约和影响，这种非自主性特征恰好从文学奖的设立机制、资本运作、社会效应等多个方面得以鲜明体现。在资本和消费主义大行其道的全球化语境下，对文学评奖的考察也为管窥和反思文学在当下的境况提供了有效窗口。

文学奖的重要价值还体现在它在构建文学经典方面所发挥的作用。不少西方学者已经从文学制度的层面指出过文学奖与文学经典化之间的关系，例如斯蒂文·托托西在北京大学的演讲中指出，"教育、大学师资、文学批评、学术圈、自由科学、核心刊物编辑、作家协会、重要文学奖……在决定文学生活和文学经典中起了一定作用"[1]，经典化"产生在一个积累形成的模式里，它包括了文本、它的阅读、读者、文学史、批评、出版手段、政治等等"[2]。随着文学经典和经典化问题日益受到我国文学界的重视，关于文学奖与文学经典化之间的关系也从不同角度被予以阐发。任东华（任美衡）在对茅盾文学奖的研究中指出："虽然茅盾文学奖获奖作品与文学经典之间并不能画等号，但不可否认的是，茅盾文学奖对文学经典化有着示范作用。"[3]刘江认为："经典化效应是文学奖区别于其他奖励所独有的核心效应之一，反映了文学奖生产和传播象征权力的能力……通过对莫言获得诺贝尔文学奖这一事件的追踪考察可以发现，诺贝尔文学奖不仅明显加快了莫言经典化的进程，而且使莫言的经典化具有了更多的确定性。"[4]颜敏从华文文学经典跨域生成的角度指出："那些举办时间长、参与面广、影响较大的文学奖在经典化进程中，逐渐累积起丰厚的象征资本，位置尤为关键。"[5]

童庆炳总结出建构文学经典所需的六个要素：（1）文学作品的艺术价值；（2）文学作品可阐释的空间；（3）意识形态和文化权力变动；（4）文学理论和批评的价值取向；（5）特定时期读者的期待视野；

1　［加］斯蒂文·托托西讲演，马瑞琦译：《文学研究的合法化》，第33—34页。
2　［加］斯蒂文·托托西讲演，马瑞琦译：《文学研究的合法化》，第44页。
3　任东华（任美衡）、陈娟、文玲：《文学评奖与新时期文学经典化》，第104页。
4　刘江：《文学奖声誉影响力研究》，第198页。
5　颜敏：《国际性华文文学奖与华文文学经典的跨域生成》。

（6）发现人（赞助人）。[1]文学评奖活动在不同面向上都同这些要素中的一个或多个发生着关联。文学作品的艺术价值和可阐释空间本就内隐于候选作品中，而最终的获奖者势必代表着特定圈层所认可的文学价值取向，并往往同时满足了一定时期内读者的期待视野。从择优遴选的根本目标来看，文学奖也是文学经典的发现人和赞助人，而不论是由官方还是民间设立，奖项在组织和运作过程中都难免会受意识形态和权力场的影响。因此，不论是从本质主义还是建构主义文学经典化的观点来看，文学奖及其获奖作品都可以为考察一个国家或地区的文学创作实践与审美范型提供具有代表意义的范本。

正因为如此，在国别文学研究中，重要文学奖的获奖作品通常受到最持久的讨论，奖项的加持固然只是外因，根本原因还是在于作品自身所蕴含的经典性和丰富阐释空间。例如日本文学研究里的川端康成和大江健三郎，印度文学研究里的泰戈尔，拉美文学研究里的马尔克斯以及非洲文学研究里的索因卡、库切，等等。在过去，这些研究中的绝大部分都是从不同理论视角针对具体获奖者的个案研究，仅有少数案例是将历届获奖者作为整体来进行研究的，这些少数案例包括沃尔特·弗伦奇、沃尔特·基德合著的《美国诺贝尔文学奖作家研究》（*American Winners of the Nobel Literary Prize*，1968）以及基德独著的《英国诺贝尔文学奖作家研究》（*British Winners of the Nobel Literary Prize*，1973），阿萨尔·阿图拉的《1906—2002年意大利裔诺贝尔奖获奖者研究》（*Nobel Prize Winners of Italy 1906-2002*，2003），和我国学者段若川的《窗体顶端安第斯山上的神鹰：诺贝尔奖与魔幻现实主义》（2000）。[2]近些年来，后一种研究趋势在我国的外国文学研究中逐渐上升，除了诺奖以外，其他重要的国别文学奖获奖作品整体研究也纷纷出现，例如李奕的《逆写的文学——布克文学奖的后殖民小说研究》（2021）、史丽的《普利策小说奖与美国现当代文学经典建构》（2022）、史鹏路的《百年普利策小说研究》（2023）。这说明，聚焦于某个文学奖的整体性研究正日渐受到国别文学研究者的重视。虽

1　童庆炳：《文学经典建构诸因素及其关系》。
2　转引自欧荣：《国内外诺贝尔奖研究综述》，载《英美文学研究论丛》第13辑，第386—396页。

然这类研究的总体数量仍有限，理论方法也尚在探索当中，但它们共同说明，以文学奖为切入点考察一个国家或地区的文学发展状况是具有学理依据的。

概言之，通过研究某个评奖时间久、社会参与度高、影响力大的文学奖，我们不仅可以从制度层面对其所处文学场的运作方式进行追踪，也可以透过历年获奖作品对评奖机构所依据的文学价值评估体系及作品的经典性进行反思和追问，并从历时性角度对该国文学在某一时段内的发展状况及文本与社会文化间的互动关系进行整体观察与思考，从而不仅为当前的文学奖研究提供案例与经验，也可为国别文学史的研究提供材料与补充视角。

第二节　东盟文学奖对泰国当代文学研究的意义与价值

东盟文学奖创设于1979年，它虽然不是泰国评奖历史最长的文学奖，但却是当今泰国文坛最具影响力和权威性的文学奖，被誉为泰国当代文坛的风向标。"东盟文学奖"是从该奖项的泰语官方全称"东盟最佳创意文学奖"（Rangwan Wannakam Sangsan[1] Yotyiam haeng ASEAN）缩译而来的，它在英语世界的名称是"东南亚文学奖"（The Southeast Asian Write Award，简称 The S.E.A. Write Award）。[2]从名称可知，设立者的初衷其实是将其发展成能够代表东南亚区域文学共同体的一个跨国性文学奖，其愿景目标与东盟框架下的地区内部合作相一致，不过在实际的组织与运作过程中，各国的参与度和评奖细则并不一致，在各自文坛中的影响力也不尽相同。在泰国，东盟文学奖不仅是"作家们最渴望得到的奖项"[3]和社会各界最为关注的年度文坛盛事，也引导着文学的阅读与批评。在泰国当代文学研究中，它一直是一个绕不开的话题。

1　Sangsan 在泰文中有创意、创造、创作等多种含义，本书根据不同的上下文语境进行翻译。

2　该奖项的泰文名称与英文名称并不完全对应，泰文官方全称中出现了"ASEAN"一词，因此目前的中文文献中存在"东盟文学奖"与"东南亚文学奖"两种译名。鉴于本书的第一手材料来源主要是泰语文献，因此采用第一种译名，以尽可能保留泰语中的原始名称。

3　［泰］英安·素攀瓦尼：《小说概观》，第140页。

利用评奖来树立文学范本并引导文学创作的尝试，早在19世纪末就已经出现在泰国。1889年，曼谷王朝五世王朱拉隆功（Chulalongkorn，1868—1910年在位）为了推进知识传播、鼓励书籍的翻译与创作，下令在建成不久的瓦栖腊炎图书馆中设立"瓦栖腊炎奖章"（Rian Wachirayan），用来授予那些有益的、能够作为典范的书籍。至于什么样的作品才能称得上是"有益的"和"能够作为典范的"，五世王列出了三条标准：（1）内容正确有益（suphasit）[1]，即不含低俗或导向错误、有损官方或大众利益的内容；（2）富有思想和独立见解；（3）有独特价值，即可以是好的诗作或者是构思精妙、经努力调查而编成的有益故事，比其他同类作品更加新颖。[2]虽然五世王在位期间，"瓦栖腊炎奖章"并没有实际授予任何作品，但是他的继任者却将这个具有现代意义的文学评奖意图付诸了实践。

1914年7月23日，六世王帕蒙固诰[3]（旧译瓦栖拉巫，1910—1925年在位）下令设立了"文学俱乐部"（Wannakhadi Samoson）[4]，这不仅是泰国历史上第一个由官方设立的文学奖，也是现代的"文学"（wannakhadi）概念首次被以官方的名义命名。六世王在《"文学俱乐部"设立法令》中宣布，其目的是引导和规范泰语写作，促进高质量文学作品的出现。[5]泰国史专家瓦尔特·维拉认为，六世王此举是在"宣告暹罗从古至今的文学传统和成就"，是推动其"国家主义"文化政策的重要一环。[6]塔纳彭·林彼查（Thanapol Limapichart）则指出，在当时剧烈变化的历史浪潮中，暹罗统治精英所处的是一个由传教士印刷厂、城市文人、政治记者、平民诗人和作家组成的不断膨胀的公共

---

1 泰语suphasit作形容词时，意思是智慧的、好的、有益处的，尤指言论；作名词使用时，则表示箴言、格言。
2 ［泰］素潘尼·瓦腊通：《泰国小说史：从五世王末期到政体变革时期》。
3 除了个别已被广泛使用的名称之外，本书中涉及的泰国历代国王汉译名称统一采用2018年由裴晓睿等人编写的《泰-汉语音译规范研究》中的译名。
4 以往的中文文献里习惯将该词译作"古典文学俱乐部"。本文未沿用这一习惯的原因是，在当时的历史语境下，泰国知识界还没有出现"古典文学"与"现代文学"的区分，wannakhadi这个词在20世纪初叶被使用时，就是概指一切由语言文字创造的艺术作品及与之相关的学问——在今天看来，它更偏向狭义的"文学"概念。第二次世界大战以后，伴随着文艺理论界的"进步"与"保守"、"新"与"旧"之争的发展，wannakhadi渐渐被赋予了"古典的"的意蕴。
5 ［泰］沙田·莱拉编：《泰国法令集》（第27册），第283—287页。
6 Walter F. Vella, *Chaiyo! King Vajiravudh and the Development of Thai Nationalism*, pp. 238–242.

言论空间，统治阶层的文化权威正日渐受到挑战。通过设立文学俱乐部，他们试图对"文化资本"进行一次重新配置并宣告自己的主导权。六世王本人亲自担任文学俱乐部的主席，并任命丹隆亲王（Phraya Damrongrajanuphap）为副主席，其他职务则由瓦栖腊炎图书馆理事会的主要成员担任。瓦栖腊炎图书馆，泰国国家图书馆的前身。当时的它既是图书的收藏机构，也是编校和出版机构，大量古籍善本的首部现代印刷本就出自这里。在文学俱乐部和瓦栖腊炎图书馆的密切配合下，一批"优秀"作品被人为选择出来并被赋予"国家文学典范"的合法性地位，同时获得了出版和传播的"特权"。于是，通过这样一场以文学评奖为手段的"成圣仪式"（rite of consecration），文学俱乐部"成功地在现代暹罗创造出文化资本的新概念、新形式和新权威"。[1]而那些被它冠以典范之荣誉的作品，[2]在后来都成为了泰国大中小学文学教育中必然提及的经典。

　　虽然文学俱乐部仅仅在六世王在位期间短暂持续了几年，但是这种以评奖来激励文学创作、引导文学阅读的手段却得以延续。只不过，在专制主义时期，它常常被曼谷官方用作其文化政策的一部分，以达到构建国家意识形态的目的，例如拉玛七世在位期间（1925—1935），为进一步巩固和发展民族文化，下令举行"儿童佛教教育书籍创作评选"，由初成立的泰国皇家学术委员会（Rachabanthityasapha）组织评选，优胜者将获得由国王颁发的奖章；又如1942年，銮披汶为推行其文化沙文主义政策而成立"泰国文学协会"（Wannakhadi samakhom haeng prathet Thai）并亲自出任主席，组织文学创作和评比。

　　同早期的文学评奖相比，东盟文学奖在评奖制度上更加成熟，显

1　Thanapol Limapichart, "The Royal Society of Literature, or, the Birth of Modern Cultural Authority in Thailand," in Rachel V. Harrison (Ed), *Disturbing Conventions: Decentering Thai Literary Cultures*, pp. 37-62.

2　这些作品是：《帕罗赋》，获"立律体诗歌之冠"；《萨姆阁》（*Samuthakhot Kham Chan*），获"堪阐体（kham chan）诗歌之冠"；《大世经》（*Mahachat Kham Luang*）获"伽普体（kap）诗歌之冠"；《昆昌昆平唱本》，获"平律格伦（klon suphap）之冠"；《伊瑙》（*Inao*），获"舞剧剧本（bot lakhon ram）之冠"；《战士之心》（*Hua Chai Nak Rop*），获"话剧剧本（bot lakhon phut）之冠"；《三国》（*Sam Kok*），获"散文体故事之冠"；《爱的苦刑》（*Mathanaphatha*），获"诗体话剧剧本之冠"；《十二个月的皇家仪典》（*Phrarajaphithi Sipsong Duean*），获"散文体说明文之冠"；《帕那罗》（*Phra Non Kham Luang*），获"诗歌之冠"。

示出更高的社会参与度、公众监督度和文学界自主度。它由商业资本——文华东方酒店发起，由两个在泰国最具影响力的文学组织——泰国作家协会（以下简称"作协"）和泰国语言与书籍协会（以下简称"语书协"）共同组织评奖，又受到泰国皇室的支持。在四十五年间，它无数次成为大众媒体的新闻热点，受到读者、作家、评论家以及学者们的广泛关注和讨论，在制造出源源不断的话题的同时，也引发过不少的争议。但无论怎样，它依旧是泰国作家们最渴望得到的奖项。泰国著名学者、泰国文学史专家任乐苔·萨佳潘（Ruenruethai Sachaphan）教授指出，东盟文学奖之所以能够持续这么长的时间，"得益于文学界和社会各界中致力于促进文学发展及推动国家文化建设的人士之间的共同合作。在多方携手努力下，东盟文学奖得以稳定发展并对作家的创作提供鼓励和支持，从而促进泰国文学不断发展并推动泰国社会的阅读文化不断繁荣进步"[1]。而历年来夺得奖项桂冠的一系列作品不仅被认为是泰国文学整体实力的代表，也在一定程度上被寄予了民族文学走向世界的愿望。

东盟文学奖对泰国当代文学具有巨大影响，这一点早已是泰国学界所公认的事实。综合来看，它的影响力体现在鼓励文学创作、引导文学阅读、激发文学批评、推动文学研究四个方面。在鼓励文学创作方面，它给予当代作家巨大的创作动力。在奖项名称中，它已经明确将"创意"作为核心宗旨，相当于为作家尽情发挥其文学创造力提供了无限空间。《泰国百科全书青少年版》中的"东盟文学奖"条目写道："泰国的获奖者很多都是文坛新人，甚至是第一次出版作品就获奖，这对于青年作家来说是莫大的鼓励……不论其创作风格或创作路数如何，只要在艺术和思想上具有创新性，就有获奖的可能性。"[2]在引导文学阅读方面，它一方面刺激出版商和图书发行机构为有潜力的作家打开市场，另一方面又在大众读者中掀起一股追踪入围和潜在获奖作品的阅读浪潮。历届获奖作品在图书市场上不乏销量，甚至不断再

---

1 ［泰］任乐苔·萨佳潘编：《东盟文学奖25年论文选集》，第42页。
2 《泰国百科全书青少年版》卷40，网页版：https://www.saranukromthai.or.th/sub/book/book.php? book=40&chap=2&page=t40-2-infodetail11.html，2024年2月2日。

版，它们"可以带来好几万册的销量，这对于作者和出版商双方而言，都意味着一笔从天而降的财富"[1]。在激发文学批评方面，一年一度的评奖，不仅会引发公众对最终结果的各种猜测和分析，还会激发作家、评论家以及学者就评奖流程或入围作品发表观点的兴趣，甚至引发激烈的论战，从而带动文艺评论界的言论交流与思想碰撞。在推动文学研究方面，历届获奖作品不仅被选作泰国大、中、小学各个阶段的课外阅读书目，而且在各所大学的文学类研究生毕业论文选题中，与之相关的研究占据了很大比例。学术界之所以关注东盟文学奖历届获奖作品，很大程度上是因为"作品本身具有深度"[2]，而不是因为有名气的加持。

概言之，东盟文学奖不仅凭借其在评奖制度上的特征和优势，为当代泰国文学创造出一个可以不断创新前进的外部环境，也以其倡导创新的根本精神在泰国文学内部催生出一股以"创意性"为目标的当代创作浪潮，而历年的获奖作品则是这种时代文学精神的最佳写照，它们集中"展现着泰国当代文学的特征以及未来的发展趋向"[3]。因此，不论是从文学的外部研究还是内部研究的角度来看，东盟文学奖都具有突出的研究价值。透过它，我们不仅能够梳理泰国文学自20世纪70年代末以来的发展脉络，总结泰国文学在四十多年间的发展成就，反思泰国文学在当前所面临的问题与挑战，而且可以从跨文化的比较视野出发，思考文学奖在当代文学生产与传播链中所担负的角色及所发挥的功能，并在全球化的总体语境下审视外来与本土、现代与传统在泰国当代文学中的对话、碰撞、交融与共生。

东盟文学奖每年只针对一种文类[4]进行评奖，按照长篇小说、诗歌和短篇小说的顺序逐年轮换。评委会曾讨论过是否在参评文类中

1　Marcel Barang, *The 20 Best Novels of Thailand-An Anthology*, Bangkok: Thai Modern Classics, 1994, p17.

2　［泰］任乐苔·萨佳潘编：《东盟文学奖25年论文选集》，第42页。

3　《泰国百科全书青少年版》卷40，网页版：https://www.saranukromthai.or.th/sub/book/book.php?book=40&chap=2&page=t40-2-infodetail11.html，2024年2月2日。

4　此处的"文类"一词对应英文里的genre。在目前的中文文献里，这一术语的译名尚不统一，刘象愚等译的《文学理论》中译为"文学类型"，而在王秋桂等译的《韩南中国小说论集》中有时则译作"文学体裁"。

增加戏剧一项，但最终因为它的发展较为有限（高质量作品较少）而没有纳入评奖范围。[1]作为泰国现当代文学的三大主流文类，长篇小说、诗歌和短篇小说一直是被作家使用得最多、受众最广也最能契合当前时代精神的体裁形式。不过在源头和发展路径上，三者又不尽相同。其中，诗歌是泰国古代文学的"正统"，甚至可以说，在古代泰国高雅艺术的范畴里，诗歌就等同于"文学"。长篇小说和短篇小说的文类概念都源自西方，分别对应着英文中的"novel"和"short story"，它们都是在西方文明的席卷下，伴随着印刷技术的进入而被移植进泰国文学的土壤中的。可以说，这三种文类都是泰国文学在向现代转型道路上的重要参与者和建构者，但又基于它们各自的形态特征，以不同方式和不同程度进行着外来因子与本土传统的碰撞与融合。

韦勒克直言，"一部文学作品的种类特性是由它所参与其内的美学传统决定的"，不同类型的作品"立于不同的基础之上"且遵循着"可被视为惯例性的规则……这些规则强制着作家去遵守它，反过来又为作家所强制"。[2]正因为如此，我们对东盟文学奖的考察，就不得不考虑到它对三种不同类型作品各自美学特征的要求和评判标准。又因为"任何批判性的和评价性的研究（区别于历时性的研究）都在某种形式上包含着对文学作品（的组织或结构类型）的要求"，我们对不同类型获奖作品的分析就势必需要对其本身的文类传统予以重视，即"对文学的内在发展"[3]加以注意。韩南指出，文类概念对研究文学史上某一特定时期而言，是一种有用的批判工具。[4]换言之，我们在泰国文学传统内部对长篇小说、诗歌和短篇小说三种文学类型分别予以观照，并对其中某一个文类进行系统考察，不仅是为了更清晰地定位一系列获奖文本，即在其自身内在及外在形式[5]的传统中考察它

---

1 ［泰］任乐苔·萨佳潘编：《东盟文学奖25年论文选集》，第19—29页。

2 ［美］雷·韦勒克、奥·沃伦著，刘象愚等译：《文学理论》，第258—272页。

3 ［美］雷·韦勒克、奥·沃伦著，刘象愚等译：《文学理论》，第271页。

4 ［美］韩南著，王秋桂等译：《韩南中国小说论集》，第2页。

5 雷·韦勒克和奥·沃伦认为，文学类型建立在两个根据之上，一个是外在形式，一个是内在形式。详见《文学理论》第266页。

们的传承与突破，也是本着从泰国当代文学史研究的实际需要出发的原则，对构成文学整体的各个部分，逐一厘清其当下特征和历史脉络，从而对东盟文学奖与泰国文学在当代发展路径之间的内在关联做更细致的思考。

第三节　泰国长篇小说的发展历史与研究回顾

在西方文学中，长篇小说（novel）[1]兴起于现代。根据伊恩·P.瓦特的观点，直到18世纪末，它才作为一种术语而得到充分确认，它"给予独创性和新颖性以前所未有的重视，与其古典的、中世纪的传统极其明确地区分开来，它也因此而定名"[2]。Novel一词的原意即为"新颖的、新奇的"，而它在泰语中对应的名称——nawaniyai也保留了这层含义。其中，"nawa"源自梵巴语的词根"nava"，意即"新的"，与novel或许可追溯到同一个词根源头；而"niyai"在最新版泰国《皇家学术院大辞典》中的定义是"虚构的事"[3]。可以说，不论是在西方还是在泰国，长篇小说对于以往的文学传统而言都是一种"充满革新性的重定方向的文学形式"[4]。它的到来，标志着泰国文学史一个新时代的开启：不仅打破了长达六百年以韵文体为正宗的泰国传统文学格局，而且更重要的是以其"现实主义本质"，为泰国文学注入了时代性的精神主题；不仅开启了摹写人生与社会的新道路，也带来了一场深刻的文学变革。

1928—1929年，随着西巫拉帕、多迈索和阿甲丹庚亲王这三位具有奠基性意义的小说家先后发表处女作《男子汉》（*Luk Phu Chai*）、

1　Novel在中文语境中有时被译作小说，有时被译作长篇小说。本书为避免在中文语境下造成指涉对象的含混，用"长篇小说"来对应英文中的novel和泰文中的nawaniyai。但为了行文的方便，在无需特殊强调的情况下，皆用"小说"来指称与novel相对应的nawaniyai。

2　［美］伊恩·P.瓦特著，高原、董红钧译：《小说的兴起——笛福、理查逊、菲尔丁研究》，第4—6页。

3　《皇家学术院大辞典》1999年版上的定义是"讲述下来的事"，而在2011年版则修订为"虚构的事"。虽然泰语niyai这个词的源头和最初含义尚不清楚，但词典中的定义很容易使人联想起英文里的fiction一词，它既有"虚构"的含义，也用来指称现代小说出现以前的散文体虚构故事，或更广义上的小说。

4　［美］伊恩·P.瓦特著，高原、董红钧译：《小说的兴起——笛福、理查逊、菲尔丁研究》，第6页。

《她的敌人》(*Satru Khong Chao Lon*)和《人生戏剧》(*Lakhon Haeng Chiwit*),泰国现代小说的时代正式开启。在第一批泰国本土小说家的创作实践下,小说从简单的翻译和改编西方作品发展而为以本土人物表现本土社会文化的叙事作品,并从有逃避现实倾向的消遣类读物,转变为一种传播知识和改造思想的有益读物,并在后来的"为人生"文学运动中发展为评论泰国社会和政治的既定文学形式。

虽然时至今日,小说已经是泰国最受欢迎的写作形式,但在最初的半个多世纪里,它的价值一直没有受到主流学界的认可,在文学批评与研究中长期"缺位"。在六世王设立"文学俱乐部"时,小说尚未被纳入"文学"的范畴,而在布朗·纳那空(Plueang Na Nakhon)1952年正式出版的经典文学史教材《泰国文学史(大学生版)》(*Prawat Wannakhadi Thai Samrap Nak -sueksa*)里,小说也未能登列"文学"的殿堂。英国学者大卫·史密斯指出,"泰国小说与西方小说相比,缺乏在自身文化内部的优越性",它们"不具备一种作为文化的、智力的或是社会地位的象征物的价值"。[1]事实上,即使是在西方自身的文学传统内部,小说也不是一开始就具有"优越性"地位的。韦勒克指出:"无论从质上看还是从量上看,关于小说的文学理论和批评都在关于诗的文学理论和批评之下。其原因通常被认为是由于诗是古已有之,而小说则相对地来说只是近代的产物。"[2]小说批评与研究在泰国的相对滞后,一方面源自近代以来文化保守主义对泰国文学场的操控,另一方面也是新与旧、外来与本土传统在对话中逐步调适的必然过程。直到20世纪70年代,泰国本土的小说批评才开始涌现。

1971年,正在泰国艺术大学任教的著名文艺理论家蒙銮·文乐·忒帕雅苏婉(M.L.Bunlua Thepyasuwan)发表《泰国文学的转折点》(*Hualieo Khong Wannakhadi Thai*)一文,不仅首次为现代小说正名,而且为泰国现代文学史划定了时间范畴,具有特殊的里程碑意义。该文对泰国小说文类的由来、兴起原因和发展状况做了概括性梳理,

---

1　David Smyth, "Towards the Canonizing of the Thai Novel," in *The Canon in Southeast Asian Literatures*, p. 173.
2　[美]雷·韦勒克、奥·沃伦著,刘象愚等译:《文学理论》,第239页。

指出国民教育的兴起对现代文学发展的重大意义，追溯了五世王时代直至1960年代各种文类的发展，并将1932年作为泰国小说发展史上的一个关键分界点。文乐提出的泰国现代文学史框架，被学界沿用至今。1974年，另一名泰国文学界权威泽·萨达威廷（Chua Satawethin）出版了《泰国小说史》（*Prawat Nawaniyai Thai*）一书，这是泰国第一部专门为小说文类编写的教材。虽然在理论突破性和对学界的影响上，它无法同《泰国文学的转折点》一文相比，但它的出现却足以表明，小说的价值已经正式受到泰国主流学界的认可，在文学批评与研究中正在形成关于它的专门知识与理论探讨。

迄今为止，最重要的三部系统性研究泰国小说的作品，全都产生于20世纪70年代中后期，分别是1973年素潘尼·瓦腊通（Suphanni Warathon）在泰国朱拉隆功大学完成的硕士学位论文《泰国小说写作史（从发轫期到1932年）》（*Prawat Kan Praphan Nawaniyai Thai*，1976年首次出版）、1974年维帕·恭伽南（Wibha Senanan Kongkananda）在伦敦大学亚非学院（SOAS）完成的博士学位论文《泰国小说的兴起》（*Kamnoet Nawaniyai Thai*，英文版 *Genesis of the Novel in Thailand*，1975年首次出版）以及1978年迪辛·汶卡琼（Trisin Bunkhachon）在泰国朱拉隆功大学完成的硕士学位论文《泰国小说与社会（1932—1957）》（*Nawaniyai Kap Sangkhom Thai*［2475—2500］，1980年首次出版）。

素潘尼·瓦腊通的《泰国小说写作史（从发轫期到1932年）》的研究主题是泰国早期小说，资料翔实，清晰展现了各种类型小说在最初三十年的发展。作者充分利用自己在图书馆学上的专业优势，详尽梳理了泰国早期小说的出版情况，列举了大量作品和作家。她根据西方的分类方法，将泰国早期小说分为十一个不同类型，并按照四个发展阶段——1900—1910年、1911—1919年、1920—1926年和1927—1932年，分别梳理了各种类型小说的发展状况，包括小说内容和整体创作风格的变化，并分析原因。她指出，在最初的二十五年（1900—1925）里，泰国小说几乎没有什么创新，直到1927年以后，故事结构、写作风格和总体思想才开始发生变化，而这些变化得益于西巫拉帕、阿甲丹庚亲王和多迈索这三位年轻的本土小说家。

维帕·恭伽南的《泰国小说的兴起》在研究框架和时间跨度上同素潘尼的论文类似，但在理论方法上明显受到伊恩·P. 瓦特《小说的兴起》一书的启发。该著从印刷技术的引入、现代报刊的兴起、散文体文学的流行、大众读者群体的涌现，一直到职业作家的出现等多个角度全面论述了小说文类在泰国兴起的背景、原因及过程。维帕指出，从1902年第一部西方小说全译本《血海深仇》(Khwam Phayabat)在泰国出现，到1928年西巫拉帕出版小说处女作《男子汉》之间的二十五年，是泰国本土小说创作的试验阶段，而1928—1929年则是"泰国小说诞生的重要时刻"。在西方小说进入之前，泰国文学已经在经历一场散文体文学的变革，而小说文类的兴起，只是本土文学传统在进化过程中的一个自发突变。维帕不仅首次将社会学方法引入泰国文学研究，而且专门从发展史的角度论证泰国本土小说的生成过程。她对《男子汉》《生活的戏剧》和《她的敌人》三部小说的极具洞见的文本解读，可谓开启了泰国小说文本研究的先河。该著最初是用英文出版的，因此也成为后来西方学者研究泰国小说的必备参考书。

迪辛·汶卡琼的《泰国小说与社会(1932—1957)》也是一部社会研究与文学研究相结合的著作。该书从社会动荡与小说发展的关系入手，以第二次世界大战为分界点，论述了泰国小说自民主革命时期起，直至沙立政府之前的发展脉络。它将每一次大的历史事件所造成的社会经济结构、人民生活状况、思想行为方式等方面的变化，与文学作品结合起来考察，揭示出社会的变化与文学的演进之间的紧密联系，再现了在泰国社会特殊的历史发展轨迹之下，独具民族特色的文学发展路径和规律。1932—1957年期间，泰国小说家开始越来越多地关注泰国生活的方方面面并逐渐形成自己的创作风格，他们中的一些人，例如西巫拉帕、社尼·绍瓦蓬和玛莱·楚披尼也开始在作品里表达对泰国社会和政局的不满。迪辛的研究视文学发展与社会演进互为表里，将文本的内部变化与外部动因结合得恰如其分，事实材料十分翔实。该著不仅成功开创了泰国小说研究的社会政治学批评方法，而且充分证明了其有效性。此外，她将小说文本作为社会政治研究资料的思路，对文学学科以外的领域的研究也深具启发性。

从分期上来看，这些作品基本理清了泰国小说在1900—1957年间的发展历程。在今天看来，这段历程在很大程度上代表了泰国小说从发轫到成熟的现代发展时期。20世纪80年代以后，在西方理论影响下，新的视角和方法不断出现在泰国学者的小说研究中，结构主义、解构主义、女性主义、殖民主义等理论术语频繁涌现。不过在小说发展史的研究方面，却没有再出现可与上述著作相类的研究。泰国小说在1957年以后的发展状况，虽然在巴梯·蒙宁（Prathip Mueannin）、任乐苔等专家编写的泰国现当代文学史教材中得到了不同程度的阐述，但却没有专门的著作继续沿着小说发展史的脉络对1957年以后的创作类型、作家结构、主题倾向、经典文本等方面进行系统和整体的考察。近年来，越来越多的泰国学者开始尝试跨学科的研究方法，将文学研究与社会学、心理学、文化研究等领域相结合，也为小说研究带来了更加多元和开放的阐释空间。

西方学者对泰国现代文学的研究兴趣远不及对古典文学的，而在诗歌、小说、短篇小说这三种主要的现代文学文类中，小说的受重视程度又是最低的。法国学者斯奇古德1951年出版的《暹罗文学研究》中，只对早期的几位小说家进行了简要介绍。[1] 20世纪90年代德国学者克劳斯·温克在他的《泰国文学通论》中对现代小说几乎没有提及，甚至认为"现今泰国真正意义上的文学只有诗歌"，而"那些流行小说只能被归为'文学垃圾（literary trash）'"。[2] 受其自身学术传统和当代学术潮流的影响，西方学者更习惯于将泰国现当代文学文本用于社会学、政治学或者文化研究，很少去探讨那些作品在自身文学传统内的价值或诗学发展路径。因此，他们更倾向于将小说文本用作观察和描写泰国当代社会，或是特定时期政治状况的文献资料，很少从文学史或文类批评的角度予以专门考察。这样的例子，有美国著名学者本尼迪克特·安德森所著的《镜中：美国时代的暹罗文学与政治》（*In*

1　P. Schweisguth, *Étude sur la littérature siamoise.*

2　Klaus Wenk, *Thai Literature: an Introduction,* p.78.

the Mirror: Literature and Politics in Siam in the American Era, 1985）
和人类学家赫伯特·菲利普斯的《泰国现代文学：一种民族志视角
的解释》（*Modern Thai Literature: with an Ethnographic Interpretation*,
1987）。但是这两部著作选择的又都是短篇小说或诗歌体裁的作品，
并没有对长篇小说予以特别关注。短篇小说和诗歌在形式上更为灵
活，更利于作家迅速直接地勾勒各种社会文化现象或者阐发对世界和
人生的看法，因而也更受社会学或人类学研究者的青睐。而在长篇小
说方面，目前仍然是以译介居多，西方学者的研究兴趣仍然集中在像
西巫拉帕这样地位突出的经典作家身上。近二十多年来，随着女性研
究的盛行，以苏珊·开普纳为代表的英美学者也陆续翻译了一批泰国
当代女性作家的作品。[1]

　　法籍翻译家马塞尔·巴朗1994年出版的《泰国20部最优秀小说
选集》（*The 20 Best Novels of Thailand-An Anthology*）可以说是目前西
方最全面的一部泰国现当代长篇小说汇编。该书分为两大部分：第
一部分简要回顾了泰国文学的历史和现代小说的发端及发展历程；
第二部分是作品和作家赏析，选取了1928—1995年间出现的二十部
小说进行介绍和点评，其中获得东盟文学奖的有三部，分别是《判决》
《高岸与沉木》和《时间》。该书收录的其他1979年以后的小说也都
是曾经入围过东盟文学奖最终轮评审的作品。马塞尔的选本方式是，
先请十位泰国文学研究方面的教授、专家、作家和批评家列出一百部
各自认为最优秀的作品，再根据他自己的阅读和判断从中选出最好的
二十部。因此，这些作品是已获得普遍认可的。可以说，它们是泰国
长篇小说中的最优秀者。马塞尔的这部选集主要以作品赏析和内容
评述为主，学理性的论述较少，小说史方面的叙述大都沿用了学界的
主流观点。

　　英国伦敦大学亚非学院大卫·史密斯2000年的论文《关于泰国
小说的经典化》（Towards the Canonizing of the Thai Novel）从批评
史的范畴考察了一系列"参与建构泰国小说谱系"的"学术界和非学

1　Susan Fulop Kepner, *The Lioness in Bloom: Modern Thai Fiction about Women*.

术界的文学史家著作"，探讨了泰国小说在一百多年的时间里是如何由一种处于边缘的大众文化形式逐渐被精英话语接纳和认可的。经典化的问题虽然在西方文化研究的理论体系中已不陌生，但是在泰国文学研究中尚未有学者提及。虽然如大卫自己所说的，他的文章"只触及到了一个大问题的表层"，它"揭示的仅仅是一个有关最重要作家和作品的共识的达成，以及小说如何逐渐被接受为一种严肃文学的过程"，[1] 不过他引出的却是一个与文学史密切相关的问题。过去泰国及西方的文学史家只注意到泰国小说在内容和美学价值上的不足，有的甚至倾向于把它们归结为"天生的缺陷"，而没有意识到这一"缺陷"背后实际涉及另一个更为复杂的问题，即本土的文学传统是如何在外力的刺激下向现代转型的？正如陈平原所指出的，"文学变革的'结果'一目了然，可变革的'过程'则曲折隐晦；传统与现代的联系肯定存在，可'联系'的具体途径及方式则颇难以捉摸"[2]。作为外来文学刺激的产物，小说本身也是泰国文学从传统到现代转型过程中的重要组成部分。因此，要认清这一过程，就不能再像过去那样将着眼点单方面放在西方文学的影响上，而更需要考察本土传统的"内力"是怎样推进一系列变革和转化的发生，以及如何消化外来影响的。

中国学者对泰国小说的专题性研究也相对较少，现有的研究多见于各类文学史教材和学术期刊。这里面最具开创性的学者是栾文华。他从20世纪70年代起就陆续在《国外文学》《外国文学评论》《外国文学动态》《世界文学》等刊物上撰文评介泰国重要的作家和作品，并报道泰国文坛的动态。20世纪80年代开始，他陆续将《画中情思》《判决》等泰国长篇小说经典翻译成中文。他在90年代末出版的《泰国文学史》，是我国学者编写的第一部也是目前唯一一部专门的泰国文学史教材。在该书的"现代文学和当代文学"部分，作者对1978年以后的文学环境和文学发展状况作了概括总结，对在70年代末和80年代

1　David Smyth, "Towards the Canonizing of the Thai Novel," in *The Canon in Southeast Asian Literatures*, pp. 172-179.

2　陈平原：《小说史：理论与实践》，第59页。

以后崭露头角的小说家和诗人进行了详细介绍[1]。他在2014年又出版了《泰国现代文学史》，填补了我国在泰国现当代文学史研究上的空白，为我国研究者提供了重要的资料补充。在他之后，2015年由邱苏伦、裴晓睿、白湉三位学者主编的《当代外国文学纪事（1980—2000）：泰国卷》按照年份顺序对20世纪最后二十年间泰国文坛的重要事件和作家作品进行了整理和介绍，在每个年份下按照"文学创作""理论与批评""重要活动与事件"三个单元分类编排词条，其中包括了不少当代泰国小说家和小说作品，是一部极具参考价值的当代文学资料汇编。在论文方面，范荷芳发表于1985年的《泰国文学介绍》是我国最早详细介绍泰国文学发展历程的文章之一，文中对以西巫拉帕的小说为代表的一批进步文学作品进行了深入介绍。进入新千年以后，随着我国泰语教学与研究的蓬勃开展，陆续出现了一些关于泰国小说发展史的论文，包括李欧的《泰国现当代小说发展述评》和《泰国小说发展历程及其特征》、吴圣杨的《泰体西用：泰国小说的生成》。

第四节 东盟文学奖及获奖长篇小说研究回顾

泰国学者对东盟文学奖的关注由来已久。自从1979年设立以来，就陆续有学者在《书文世界》《书文之路》《沙炎叻周刊》《作家杂志》等期刊上发表与之相关的文章。这些文章大致可以分为两类：一类是对奖项组织及评奖内情的介绍或评论，包括组织机构、评选标准、评选过程或评选结果的公正性等；另一类是对历届获奖作品和作家的分析或研究。

第一部详细介绍东盟文学奖评奖内情的文集——《东盟文学奖漫谈》出版于1982年，该书回顾和总结了东盟文学奖最初四年的发展历程，收录了第一届评委会主席诺尼迪·谢布（Noraniti Srethbutr），及文艺评论家派琳·蓉腊等人对东盟文学奖的评论文章。1988年，诺尼迪编辑出版了《东盟文学奖十年》，收编了《东盟文学奖漫谈》中的全

1　栾文华：《泰国文学史》，第359页。

部文章，又增加了1983年以后相关学者和评论家的文章，以及部分获奖作家的访谈记录。诺尼迪作为奖项最初的组建者之一，回忆了该奖项的创建过程和各成员国的评奖情况。这两本文集收录的文章都来自泰国当代较具分量的作家或评论家，如派琳·蓉腊、通柏·潘桑等，他们本人也多次担任过东盟文学奖或其他文学奖项的评委。在文章中，他们围绕奖项的组织、评奖流程和评奖制度的发展等问题提出了各自的看法，对后续研究具有很重要的参考价值。

1992年顺提·尼玛潘和秉莫·暖宁合著的《透视东盟文学奖》是泰国最早对历年评奖情况作系统性梳理的著作。该书对1979—1991年间历届获奖的泰国作家分章进行了介绍，包括他们的生活、学历背景和创作经历等。此外，书中还对历届获奖作品的优缺点进行了简要论述，同时摘录了部分评委的评语和获奖者感言，并简要介绍了其他各国获奖者的情况。在书的末章，作者从文学批评与文学创作的关系角度总结了东盟文学奖的作用，并指出评选环节中的问题。顺提和秉莫的研究虽以事实性的描述为主，却是有关东盟文学奖问题的第一个较为系统的研究案例，也是至今为止材料最为翔实的研究之一。类似的研究还有2008年沙甲蓬·腊翁的《东盟文学奖日记》。该书在开篇介绍了奖项的历史和评奖机制，之后依次介绍了1979—2008年间历届获奖的泰国作家和作品。

以上著作基本都是按年度顺序对每届评奖情况作整体性的概括，在侧重点上更倾向于对评奖环节本身的叙述与总结，涉及作家、作品的部分只是以简单描述或分析为主，并没有深入文本内部的细读。

2004年，由泰国语书协出版的《东盟文学奖25年论文选集》，收录了泰国文学研究领域的十多位学者专家关于东盟文学奖及历届获奖作品的研究论文，是目前为止最为翔实的关于东盟文学奖的资料汇编。在导论部分，任乐苔·萨佳潘教授回顾了东盟文学奖的创设过程及二十五年间的发展，并且从内容和创作手法两个方面评述了九部获奖小说在现实深度和艺术高度方面的价值。他指出："这九部东盟文学奖的获奖小说虽然不能代表泰国小说的全部，但是它们每一部都可以使我们管窥到每一个评奖年度里泰国创意文学的发展状况。通过分析这九部作品,至少可以看到,在过去的25年里,泰国创意小说在形式、内容、思想和创作方法等方面有了怎样的发展,同时,也可以从中看出,社会语境对于文学有着什么程度的影响。"[1]

20世纪80年代以降,泰国高校文学专业毕业论文的选题中,开始越来越频繁地出现"东盟文学奖"等字眼,陆续出现一些针对历届获奖小说或获奖作家的研究论文。按照研究对象侧重点的不同,这些论文可以大体分为三类:第一类是以某一位获奖作家的全部或部分作品为分析对象的研究,第二类是以历届获奖作品为整体分析对象的研究,第三类则是以某一段时期内的入围作品为分析对象的研究。

在第一类研究中,80年代的研究者大多从作品与作家成长环境的关系角度入手,针对作品的某些特征或某种创作倾向,结合作家生平经历进行分析和论说。例如巴社·萨韦宛的《康朋·本塔维的反映东北人民生活的小说研究》(1989)和詹塔娜·茵塔腊的《玛腊·堪詹小说研究》(1993)分别对两位成长于外府的获奖作家及其作品的内容来源和创作特色进行了分析,指出他们凭借真实的生活经历和高超的艺术手法,实现了对地方农村社会的成功再现。而到90年代末以后,随着研究视野的打开和跨文化对话的加深,分析方法逐渐多元。例如,奥拉萍·堪颂(1997)运用比较文学的方法,对查·高吉迪(也译察·高吉迪、查·勾迪吉)与君特·格拉斯的小说创作进行对照和分析,从东西方文学关系和文学发生学的角度论述了泰国现代文学中悲剧意识的产生背景和过程,并分析指出查·高吉迪所受到的西方文学影响。[2]又如帕卡潘·媞帕雅蒙蒂(2000)[3]同样运用比较的方法,结合西方象征主义在泰国文学中的接受和发展历程,对尼空·莱亚瓦作品中的象征主义及其多层历史内涵的动态叙事进行了阐释,她将作品中的象征意象视作文化与文学演进过程

1　[泰]任乐苔·萨佳潘:《东盟文学奖25年获奖小说概述》,载《东盟文学奖25年论文选集》,第57页。
2　[泰]奥拉萍·堪颂:《失败的美学:君特·格拉斯与查·高吉迪小说比较研究》。
3　[泰]帕卡潘·媞帕雅蒙蒂:《尼空·莱亚瓦作品中的象征主义与文化史》。

中的参与者，认为它们"记录了某种社会情感的变迁"，并且"会随着时间的变化而发生转移和延展"，在阐释方法和理论深度上都具有一定的超越性。

在第二类研究中，有诗纳卡琳威洛大学阿蓬·阐采萨衮瓦的《东盟文学奖获奖小说研究》（1993）和瓦利·任苏的《东盟文学奖小说中的创新特点》（2007）。前者从创作手法、语言运用和内容主题三个方面，对《东北孩子》《判决》《贴金的佛像》《高岸与沉木》四部小说进行逐一分析，展现出四部作品各自的创作特色。后者以"创新性"（novelty）为核心分析点，从形式特征、创作手法和主题思想三个角度对九部获奖作品进行分析，指出东盟文学奖获奖小说的共同点是：在形式上不囿于过去的传统，表现手法复杂多变，主题思想不仅反映社会的弊病，也对读者给予精神上的慰藉。每一部作品的创新之处都"受到那一时期社会潮流和时代方向的影响和左右"，它们"一方面反映着社会的面貌，另一方面又为社会的和谐美好指明着方向"。瓦利的论文是在专门以获奖作品为考察对象的研究中相对系统的一部，准确把握了历届获奖小说的总体特征。

在第三类研究中，有玛诺·丁南沙衮的研究项目《社会动力与1979—2003年东盟文学奖最终入围小说中的女性形象》（2005）。项目选取了1979—2003年间三十部入围东盟文学奖的长篇小说，从教育科技、社会组织结构、人们的精神追求和价值观四个方面进行了社会动力层面的解读，将社会学研究与文学研究中的女性主义视角有机结合，指出在一系列经济和社会负效应下，女性生存状况愈加恶化，小说文本正是对此状况的呈现。这种研究思路在一定程度上继承和发展了迪辛《泰国小说与社会（1932—1957）》所采用的文学与社会互为观照的视角，具有将研究对象系统化和整体化的优势。研究者能够超越个别文本的局限，深入探讨文学作品与社会历史背景之间的复杂互动关系。通过对一系列作品的综合分析，研究者们揭示了不同作家在特定历史时期内如何回应社会变迁，以及他们如何通过文学创作来表达对现实问题的关注和思考。

由上述研究可以看出，东盟文学奖及历届获奖小说在泰国当代文学的研究中已经成为一个十分受关注的专题,并且在近三十年已引发了不少有深度的讨论。在上述三类研究中,虽然真正意义上以历届获奖小说为整体考察对象的只有第二类,但它们共同说明:东盟文学奖已经成为当代泰国小说研究的一个主要的文本选择依据。类似的倾向也出现在部分当代小说史教材中。例如在英安·素攀瓦尼(Ing' on Supanwanit)为朱拉隆功大学文学院学生编写的课程教材《小说概观》(*Nawaniyainithat*, 2005)中,对于20世纪60年代以后的小说代表,直接采取了按照重要文学奖来划分作品单元以分章讨论的方法。英安指出,东盟文学奖的历届获奖小说不仅"从不同角度提出对社会的看法",而且"都具有积极的社会意义","不论哪个民族、哪个语言的人民都可以很好地理解它们"。[1]

由此可见,东盟文学奖已经成为泰国文学研究者考察当代小说发展方向的重要标杆。历届获奖作品不仅反映了泰国当代小说的创作趋势,也在很大程度上建构着泰国小说史的当代格局。在奖项的影响力效应下,泰国以外的学者在考察泰国当代文学文化现象的时候,也都不可避免地会提及它。

虽然不管是在西方还是在中国,目前都尚未出现关于东盟文学奖的专门研究著作,但是获奖作品的译介由来已久,并且呈逐步上升的趋势。自20世纪80年代以来,已有《判决》(也译《人言可畏》)、《贴金的佛像》(也译《曼谷生死缘》)、《永生》(也译《克隆人》)、《佳缇的幸福》(也译《凯蒂的幸福时光》)和《东北孩子》五部作品陆续被翻译成汉语,几乎占据了四十多年来所有汉译泰国长篇小说的半壁江山。在西方也不断有新译本问世。这些译本为泰国以外的学者提供了阅读和观察泰国当代小说的重要媒介和窗口,影响着他们关于泰国小说的视阈和所形成的知识印象。新千年以来,部分中国学者也开始发表文章针对某部获奖作品进行文本分析或解读,例如裴晓睿的《"永生"的悲哀——评泰国小说〈永生〉的人文价值取向》(2002)从生态文学的角度考察了作品的思想内涵及其所蕴含的人文价值关怀。邓

1　[泰]英安·素攀瓦尼:《小说概观》,第140页。

文珍、李新泉的《〈判决〉：泰国社会人生的悲歌》（2002）则对主人公的悲惨遭遇和作品主题进行了分析。

第五节　本书的研究思路和基本设计

泰国小说自20世纪70年代以来经历了哪些变化？呈现出什么样的发展趋势与诗学特征？以往的研究者已经从不同的角度和多种层面予以探究。这些论著都为更系统化的研究提供了坚实的基础，也留下了可进一步深化的空间。

任何一个尝试考察一定时期小说的发展状况的研究，首先必然会遇到选本的难题，即需要在众多小说家的作品中作出判断和筛选：究竟哪些作品可以作为该时期小说发展全貌的代表性文本？对于这个问题，泰国本土的研究者们在过去二十年的文学批评实践里已基本建立起一种择本"惯性"，并且在当代的文学权威人士中已达成某种共识。由东盟文学奖的历届评委所遴选出来的作家及作品，不仅被认为是这个国家整体文学形象和实力的代表，也在一定程度上被寄予了民族文学走向世界的愿望。[1]但是，作为文化外部的观察者，我们仍需进一步发问：他们所采用的遴选标准是什么？这套标准的合理性和有效性如何？以及它们是如何对泰国当代小说发挥作用的？

文学奖项总会秉持一定的价值评判标准、审美理想或指导思想，例如我国茅盾文学奖的指导思想就是"弘扬主旋律"。相应地，文学奖项所倡导的审美理想或指导思想势必在被它遴选出来的作品中得到体现。在某些情况下，文学奖的导向作用还会催生出新的创作类型或文学风气，带来新的文学欣赏标尺。因此，对文学奖的指导思想、评奖标准或诗学倾向的解读，也就成为把握一个文学奖项与历届获奖文本之内部关联的重要前提和基础。另一个不应该被掩盖的事实是，不论是获奖小说自身的作品风格，还是奖项所依持的文学价值评判原

1　[泰]英安·素攀瓦尼：《小说概观》，第140—201页。

则,都是在一定的文学传统和语境规约下形成和被确立的。因此,我们除了追问东盟文学奖历届获奖小说是按照什么样的标准被选择出来的之外,也希望探知:这个标准本身从何而来? 它的合法性是怎样确立的? 它是怎样体现和表达着泰国本土小说的审美旨趣和精神内蕴的?

要回答上述问题,就必须从关系的角度入手,建立起一种整体化的描写模式,即将东盟文学奖和十一部获奖长篇小说置于泰国当代社会变迁的整体语境下,考察它们身上最具当代性的表征并追问这种文学精神的来源、在创作实践上的影响和在泰国小说发展史上的意义。彼得·比格尔指出:"即使最抽象的范畴也只是为着并存在于那些条件之中才具有'充分的意义',而这些范畴正是那些历史条件的产物。"[1]如果只是单纯对奖项的设置机构、评奖流程、评委会组成等制度性要素作实录式的梳理,而忽视对历届获奖作品的文本解读;抑或仅对获奖作品的文学价值进行条分缕析,而忽视对遴选方式与原则的剖析,显然都是无法获得"充分的意义"的。而不论上述哪一种解读方式,如果无视研究对象所处的语境条件,那么对"意义"的阐释也将是流于表面和不完整的。文学奖项的评选不仅仅是一个简单的荣誉授予过程,它更是一个复杂的社会文化现象。如果说,东盟文学奖凭借每三年一届的长篇小说评奖和奖项自身的"名声",将一批出自不同作者且风格和主题不尽相同的作品"聚合"为一个整体,那么我们需要揭示的则是,这个整体是通过什么样的诗学"肌理"从内部有机地统合起来从而发挥出"充分的意义"的。

法国文学社会学家埃斯卡皮曾指出,文学就是社会历史中存在的现象,而不是某种"本质"。文学研究并不是试图建立一个阐释体系来解读作品或者进行审美判断,而是力求对建构文学关系的各种参与者进行客观的描绘,确定他们所处的地位和相互间的作用。皮埃尔·布迪厄用"场"的概念来解释各种社会文化现象背后的形成机制和关系网络,指出"从场的角度思考就是从关系的角度

1　[德]彼得·比格尔著,高建平译:《先锋派理论》,第85页。

思考"[1]。"文学场"是一个遵循着文学自身的运行和变化规律的空间，组成其内部结构的团体或个人包括由文学杂志、出版社（出版商）、赞助人等组成的文学生产机构；由批评者、文学史写作者、评奖委员会、学院、沙龙等组成的文学价值认定机构以及作家——文学的直接生产者。[2]正是基于以下这个基本事实：东盟文学奖历届获奖小说的"被选择"与该奖项的评奖制度是无法割裂开来的，评奖活动的各方参与者——评委（作家机构）、出版商、作家、文艺期刊、学术机构，业已构成了一个相互关联的动态网络。一系列获奖小说文本只有放在这样一个关系网络中去解读，才能更充分和有效地揭示出它们在自身语境内的真实意蕴。

　　东盟文学奖在创设时，正值泰国1973年学生运动（1973—1976）平息之后不久，泰国政治、经济即将迈向新的历史阶段，文坛也正在酝酿着新的格局。出现在这样一个时代拐点上的东盟文学奖，从一开始就不可避免地与泰国当代文学的转向联系在了一起。奖项的创设者将一个当时尚不常见的新理念——"创意"（sangsan，意为创新、创造、具有创造力的，对应英文的creative、creativity）放入其泰文的官方全称里，并以此为核心标准进行作品择优和评奖。在这个理念的指引下，一部部具有突出艺术创造力与文学创新精神的作品不断脱颖而出，成为泰国当代文学中的优秀代表。它们中的多数作品不仅在国内外引起广泛关注和热烈讨论，有的也已进入文学史教材的经典作品序列。大量的事实表明，东盟文学奖不仅深刻影响着泰国当代文学的创作、阅读与审美批评，更推动了一场以"创意"为旗帜的泰国当代文学创新性"变革"。它不仅见证了泰国文学在四十五年间的发展与成就，也提供了一个观察当代文学发展状况的最具参考价值的平台。

　　因此，本书尝试在泰国当代文学史的视野下，以文本细读和文献研究法为基础，立足第一手泰文文献材料及相关的多语种资料，综

1　[法]皮埃尔·布迪厄著，包亚明译：《场的逻辑》，见《文化资本与社会炼金术——布迪厄访谈录》，第147页。

2　[法]皮埃尔·布迪厄著，包亚明译：《文化资本与社会炼金术——布迪厄访谈录》，第262—270页。

合运用文学、社会学、文化研究的相关理论与方法，对1979—2009这三十年间东盟文学奖的长篇小说评奖及历届获奖作品进行整体性的描写和解读。在研究思路和结构安排上，本书将按照以下四条原则进行设计。

1. 整体化的思维原则。斯蒂文·托托西在《文学研究的合法化》一书中重申了"文学、文学研究和比较研究中的整体化思维"，指出"这一整体化的思维方式可以追溯至结构主义、文学社会学和俄国形式主义"，"基于能动的、可行的、实用的和开放的（自我参照的）系统理论和一种强烈的对观察与证实而非直觉、推测、玄学描述的赞赏"，其"前提是文学研究应当重在文学'怎样'（how）而非文学'如何'（what）"。斯蒂文同时强调"文学整体化的方法并不排除封闭的文本研究"。[1] 整体化方法虽然并不是一套具体的理论方法，但它在研究中又是经常"不自觉地被运用着的"，也是我们在考察具体对象时的一个重要的方法前提。本书的整体化思维原则主要运用在以下四个方面：

第一，将东盟文学奖与泰国当代文学的总体发展作为密不可分且相互影响的整体对象进行考察。这意味着，在分析东盟文学奖对泰国当代文学的影响时，不能孤立地看待这两个对象，而要将它们视为一个动态的、互动的整体，去深入地探究东盟文学奖如何塑造泰国文学的创作方向、主题选择以及文学批评的焦点。与此同时，也必须考虑到历史、文化、社会和政治等多方面的因素对当代文学的"塑造"与影响。泰国当代文学的发展不仅受到东盟文学奖的推动，还与泰国社会的变迁、政治环境的波动以及全球化背景下的文化交流密切相关。而每一个文学现象背后，也都有着更深层次的社会文化动因。

第二，将奖项的各部分构成要素及其运作机制与历届的获奖小说文本作为一个有机的整体进行考察。评委会的构成、评审标准的制定以及评审过程中的讨论和争议，都是影响文学奖结果的重要因素。这些因素不仅决定了哪些作品能够脱颖而出，而且也对泰国文学界产生

---

1 ［加］斯蒂文·托托西讲演，马瑞琦译：《文学研究的合法化》，第25—26页。

了一种引导作用，影响着作家们的创作方向和文学市场的走向。历届获奖小说都是经历了激烈的角逐而产生的最受评委会共同认可的优秀作品，它们既是评奖的目的和结果，又体现着奖项的宗旨和精神。评委会通常由文学界知名作家、评论家和学者构成，他们对参选作品的讨论、评判与解读，不仅引导着公众的阅读选择，也影响着下一轮参选作品的创作倾向。每一届获奖作品不仅综合体现着奖项的总体精神，也历时性地反映着这种精神的动态变化。

第三，将十一部获奖小说文本作为一个整体的作品序列，而不是出自不同作家的作品集合进行考察。从1979年获奖的《东北孩子》到2009年获奖的《腊黎/景溪》，十一部作品出自十位性别不同、年龄各异、地域背景多样以及艺术风格多元的作家之手。他们共同构建了一个跨越三十年的文学图景，反映了社会变迁、人性探索和文化反思。如果我们仅从"独特性"的角度去一一分析每部作品的文学成就，势必无法全面捕捉这一系列作品所蕴含的深层意义和彼此之间的内在联系与相互对话。在面对当代人类的共同命运时，这些小说都在不同程度上反映了个体与社会、历史与现实之间的复杂关系，展现了作者们对于时代脉搏的敏感捕捉和对人类经验的深刻洞察。而在书写自己国家同胞的过程中，这些作品又共同反映着传统与现代、本土与全球、东方与西方的碰撞与融合。

第四，将东盟文学奖历届获奖长篇小说置于当代社会与文化变迁的总体语境下进行观照，将文学范畴内的现象同各种社会、文化、政治及经济等方面的动因联系起来考察。在当代社会与文化变迁的总体语境下，文学作品不仅是艺术创作的产物，更是社会现实的反映。东盟文学奖历届获奖长篇小说在这一背景下，成为理解泰国乃至东南亚地区文化多样性和历史进程的重要窗口。通过对这些作品的深入分析，我们可以发现文学与社会变迁之间的互动关系，以及文学如何在不同历史时期回应社会问题和文化冲突。在十一部获奖作品中，可以看到当代泰国作家对贫困、犯罪、性别不平等等社会问题的深刻反思，以及对创伤、孤独、认同危机等人类精神问题的揭露。

在这样的整体性架构下，本书希望打破奖项研究与文本研究之间泾渭分明的界限,打通不同时期、不同作家及不同创作风格的获奖作品之间的差异性"壁垒",不仅尝试从共性上将它们联结成一个有机的整体,也试图从文本的差异中去捕捉当代小说的自我更新的规律,并借此将文学的内部研究与外部研究予以结合。

2. 从"关系"的角度出发对研究对象进行考察。在整体性架构下,将从以下四重"关系"着手,对东盟文学奖及1979—2009年间的获奖长篇小说进行逐层考察。第一,东盟文学奖与泰国当代社会语境之间的共生关系。第二,东盟文学奖与获奖小说文本之间的互生与互涉关系。第三,获奖小说文本与当代社会语境之间的共生与投射关系。第四,东盟文学奖与泰国当代文学史之间的互生与互构关系。作为当前时代泰国文坛最活跃和最持久的文学评奖活动,东盟文学奖与以往任何一个泰国文坛的奖项都不同,这与时代环境的变化是密不可分的。从奖项的名称也可以看出,它的发起者着眼的是一个更为广阔的文学世界,其背后的推动力量正是东南亚区域间文化交流合作需求的加强。可以说,东盟文学奖是乘着时代的风向孕育而生的,而它反过来又促进和推动着当代文化的繁荣与发展,成为泰国文化多元性与开放性的重要组成部分。东盟文学奖不仅为泰国文学界提供了一个展示和交流的平台,而且它所推崇的文学作品也反映了评委会成员及泰国文学界对当代文学的审美期待。在一以贯之的基本原则——"创意性"的引导和激励下,获奖长篇小说往往在题材、风格和表现手法上具有强烈的创新精神,它们在获得奖项认可的同时,也反过来影响了文学界人士和当代读者对小说的评价标准和审美期待。这种相互作用使得文学奖与获奖作品之间形成了一个动态的互动关系,共同推动着当代泰国小说的发展。

3. 历时性与共时性的双重视域。历时性关注文学作品在时间维度上的演变,强调历史背景、社会变迁和文化传统对文学创作的影响。而共时性则着眼于文学作品在某一特定历史时刻的横截面,分析不同作家、作品之间的相互关系和互动。东盟文学奖长篇小说体裁的评选周期为三年一次,评奖规则规定了参选作品的首次出版时间距离参评时间必须是在三至五年之间。这样的规定,使得历届入围作品都是初次出版的文坛新作。这些作品不仅及时反映着时代的脉搏，也代表着新的文学潮流与文化气象，也被赋予着时代所特有的审美原则和精神主题。而与此同时，它们又都是泰国现代小说百年历程的一部分，是在自身传统内不断更新和演变的产物。唯有将两种视阈结合，才能从文本中发掘出文学与时代的诸种互动，以及泰国文学传统内部的"新陈代谢"，从而更好地理解这些作品的多层次性和复杂性，并探讨泰国文学的内在规律和外在影响。

4. 比较的视野。作为一种在外来影响下生成的泰国现代文类形式，小说本身就体现着跨文化的诗学对话。用比较的视野对其进行考察，不仅是出于学理上的必然，也是当前泰国小说研究的总体趋向。东盟文学奖作为一个区域性的文学奖，它本身就体现着一种开放和国际性的文学视野。奖项发起者所倡导的"创意文学"（wannakan sangsan）精神，也内嵌着同西方文学对话的质素，由这股精神所催生的一系列当代文学文本，实际也折射着一个外来创作理念的本土化实践过程。在全球化浪潮的席卷之下，泰国当代作家同样不可避免地受到世界文学趋势的影响，并积极探寻着适合自己的文学表达方式和文化定位。他们在翻译、学习和借鉴中获取经验和灵感，也从自身传统的文化土壤中不断汲取营养。只有在研究中充分运用比较的方法，才能对正在发生和进行着的各种当代文学与文化现象进行更为系统和全面的检视。

在上述四种基本原则和思路设计下，本书将按照"时代与奖项""奖项与文本""文本与时代"和"文学奖与文学史"四个维度依次展开论述。以东盟文学奖为坐标，以历届的作品评奖为经，以小说文本与时代语境间的互动为纬，考察1979—2009年期间的泰国长篇小说的诗学特征与发展成就。本书希望，通过这种研究方法上的尝试，在文学的内部与外部研究之间探寻有效的结合路径，为泰国当代文学史的书写提供一种可能性的视角，并对当前文学研究中有关文学奖及其获奖作品的讨论贡献来自泰国的经验和案例。以及，为总结泰国文学在四十多年间的发展成就和反思泰国文学在当前所面临的问题与挑战，提供参考资料方面的补充。

第 二 章

时代与奖项：新时期的开启与东盟文学奖的设立

在经历了20世纪70年代最后几年的"犹疑"与"不安"后，泰国在80年代迎来经济的迅速崛起。1980年，炳·廷素拉暖继任总理，在任期间（1980—1988），他不仅大力推进国家民主和法制建设，也为国家带来了难得的政治稳定和经济繁荣。1986—1996年间泰国以每年10%的经济增长速度，成为令全世界瞩目的第三世界经济体。[1]1989年柬越战争结束，区域政治局势进一步稳定，也为泰国国内的社会安定创造了良好的环境。虽然在1992年爆发了五月流血事件，但是国家的政治民主化进程已不可逆转。近半个世纪以来的军人专政时代也终于落幕。这对于泰国文艺界来说，意味着长时间以来钳制着思想文化的政治"枷锁"终于打开，一个欣欣向荣的文坛新时代已经来临。

1979年东盟文学奖设立之时，泰国国内的经济、社会、政治、文化等各个方面都在酝酿着一个崭新的局面。东盟文学奖正是在时代的风向中孕育而生的。本章将对东盟文学奖的发起背景、组织机构、评奖章程和核心精神进行宏观的梳理与考察。

第一节　20世纪70年代后期泰国文学环境的转变

一、新时期的开启

美国历史学者戴维·K.怀亚特把泰国1976年以后的时期称作"新的开始"。[2]1973—1976年的学生运动高潮虽然最终以血腥镇压

1　Walden Bello, Shea Cunningham and Li Kheng Poh, *A Siamese Tragedy: Development and Disintegration in Modern Thailand*, pp.12–13.

2　David K.Wyatt, *Thailand: A Short History* (2nd ED), p.293.

而告结束，但是也无形中加快了泰国的政治民主化进程。从这以后，"军人内部的凝聚力和自恃力开始消解，至少他们已经在某种程度上表现出对分歧和异议的容忍，而这些在1973年以前是无法想象的"[1]。

1976年10月6日事件之后，泰国思想文化界再次陷入沉寂期，不过这一次并没有持续多久。独裁者他宁·盖威迁一上台就颁布了一系列独裁法令，其中最突出的两项是消灭毒品和消灭"共产主义"，并且对后者执行得尤其坚决。[2]10月6日事件中被捕的学生被冠以"共产主义分子"的罪名送上军事法庭受审，大批出版物被视作"共产主义刊物"而被没收或焚毁。政府不仅对报刊和言论发表实行严格的审查和控制，还严格监管大学教育，禁止教师教授政治思想，强迫教师和公务员接受反共教育。迫于这种极端的政治气候，大量左派人士和一批中间派人士被迫逃往国外，有的人则进入东北部山区，加入了山林泰共游击队继续进行反抗活动。这些人中有相当一部分是1973—1976年学生运动的领袖或知识分子代表，包括前法政大学校长黄培谦（Puey Ungpakorn，1916—1999），作家康邢·西诺（Khamsing Srinawk，笔名佬·康弘，1930—　 ）、洼·瓦腊央衮（Wat Walayangkun，1955—　 ）等。1977年10月20日，独裁者他宁在一片反对声中被迫下台，继任者江萨·差玛南（1977—1980）在政策上采取相对温和的中间派路线，不仅一上台就承诺举行大选，还释放了被前届政府拘捕判罪的学生，对逃往山区的青年学生和知识分子进行"招抚"。1979—1983年间，在"66/23"号政府法令的招抚下，大批知识精英陆续"走出山林"回归泰国主体社会。泰国学者也因此将这一段时期称为"山林（组织）溃散期"（yuk pa taek）。[3]

这一批被喻为"鹩哥儿鸟[4]们"的青年的回归，不仅为主流思想文

1　David K.Wyatt, *Thailand: A Short History* (2nd ED), p.292.

2　［泰］乌东·荣仍希：《当代泰国文学现状》，第139页。

3　［泰］甘哈·桑若亚、杰萨达、通荣若编：《泰国现代文学评论》，第42页。

4　借用自阿萨希里·探马措的短篇小说《昆通，你将在黎明时归来》，小说以1976年"10月6日事件"为背景。小说的主人公"昆通"是泰国追求真理、渴望社会公正的青年人的代表。他的原型来自"召昆通"——一个传说中的泰国民族英雄，当缅甸入侵之时，他毅然投身战斗，最后却杳无音讯，国王颁发御令表彰他的英勇，赐名"召昆通"。小说巧妙地运用了"昆通"（鹩哥儿鸟）一词的语义双关——鹩哥儿鸟会在黎明时分归巢，而远走他乡的"昆通"们何时才会回来？

化界的回暖鼓风添柴，加快了复苏的步伐，同时，他们自身也在新的社会环境下经历着思想的反思和调适：从深山中走出，不仅意味着一种行动上的与政府之间对峙关系的"言和"，也暗示着一种在精神层面上的"出走"——同理想主义的过去告别。他们的"出走"，也预示着一个理想时代的终结。

1973—1976年，短短的三年，是令整个泰国社会为之振奋的一段岁月，也是泰国现代文学一个相对繁荣的时期。对此，任乐苔·萨佳潘教授曾评论道："这一时期的文学不论是从作品的数量还是质量上看，都可谓达到了极度的繁荣。对于人民力量终将战胜独裁势力的信心，极大地鼓舞着作家的创作勇气，也使得他们逐渐发现了属于自己的创作形式和内容。"[1]虽然这一段短暂的文学繁荣期在1976年被迫戛然而止，然而它的余温却一直延续到80年代初。文艺批评家甘哈·桑若亚将1973—1983年这十年形象地称为泰国文学的"发现期"，它是20世纪60年代在泰国青年学生和思想文化界兴起的精神"寻觅期"[2]的延续，也象征着它在此时已结出累累硕果。

这一批回归的知识精英中，有一部分是在70年代特殊的社会政治氛围中崛起的文坛新人，他们中的代表人物有萨塔蓬·席萨江、查恰林·柴亚瓦、希岛仁、洼·瓦腊央衮、拉薇·冬帕詹等。在创作传统上，他们深受西巫拉帕、社尼·绍瓦蓬、乃丕等人开创的"进步文学"的影响，又在梯巴功（集·普米萨）所著《文学为人生、文学为人民》的社会主义文艺思想的鼓舞下，结合自身正投入其中的社会政治运动，确定了"用文学作为政治斗争的武器"[3]的创作路线。在短短几年间，他们创作出《全体朋友的忠告》《父亲》《空中的风筝》等一系列反映工人、农民生活艰难，呼吁人民觉醒、奋起抗争的作品，在文坛中掀起了一股社会现实主义文学运动的高潮，将西巫拉帕等现代文学先驱开

1　［泰］任乐苔·萨佳潘：《当代文学》，第22页。

2　文学史家将泰国文学史上1963—1973年的这段时期称为"寻觅期"，它得名自著名作家、学者维塔雅恭·昌昆的诗歌《我来此寻觅》（又名《学院的山歌》）。在这段时期，得益于政府大力发展高等教育，泰国大学生队伍迅速壮大，学生的民主意识开始觉醒，文学社团、文艺期刊纷纷涌现，为70年代的学生运动高潮奠定了充分的物质和思想基础。

3　［泰］甘哈·桑若亚、杰萨达·通荣若编：《泰国现代文学评论》，第42页。

创的"进步文学""为人生、为人民"的文学道路推向了顶峰。由于作品中体现出鲜明的理想主义情怀，他们也因此被当代批评家称为"理想化路线派"作家。[1]

回顾泰国现代文学从20世纪20年代的初创直至70年代所走过的道路，我们不难发现，在近半个世纪的时间里，以改造社会、改变现实人生为目的的进步文学和"为人生、为人民"文学一直占据着泰国严肃文学的主流。这种"单一化"局面的形成，是泰国作家在国家和社会的现代化过程中的历史必然选择，并且在过去相当长的时间里，这种积极和充满斗志的创作倾向确实对泰国现代文学的艺术探索和思想升华起到了不可替代的作用。然而到了70年代末期，"为人生、为人民"文学在艺术上的缺陷也开始逐渐暴露，创作方法的套路化、公式化问题日渐明显。同时，整个政治、经济和社会生活上的重大变化，也势必带来文坛内部的反思与重建。

20世纪70年代末至80年代初，《书文世界》（Lok Nangsue）杂志发起了一场关于文学"套路"问题的讨论，在文艺界引起了广泛而热烈的反响。各家围绕着文学内容与形式的关系问题、表现手法的艺术问题展开了深入的交流，也纷纷对70年代文学的问题提出意见、进行反思。不少评论家指出"为人生、为人民"文学在内容、形式方面不断重复，缺少新意，淡而无味，缺乏艺术的生机与活力。而与此同时，一股新的文坛力量也开始出现，这之中有玛腊·堪詹（1991年获东盟文学奖）、查·高吉迪（1982年获东盟文学奖）、詹隆·坊春吉、颂沙·翁拉等多位作家，他们成为了80年代以后泰国文坛的生力军。同20世纪60—70年代期间成长起来的作家相比，他们在"文化性格"和成长阅历上都有着明显的不同，对世界、对外国文学的了解也较前辈作家开阔和深入得多，他们在创作上锐意图新，在思想倾向上追求哲理层面的探讨，他们不再信奉用文学改造社会的理想主义目标，而是用它来进行艺术化的精神探索。在这样的新形势下，"为人生"作家内部也出现了分化和重新的被选择。一部分作家不再从事创作，转而投身其

---

1 ［泰］甘哈·桑若亚、杰萨达·通荣若编：《泰国现代文学评论》，第39页。

他职业，但仍有少数作家坚持创作，并在风格上逐渐摆脱过去的"套路"，不断尝试不同的创作方法，例如洼·瓦腊央衮等。

在文坛内部的这场反思和重组中，泰国现代文学的"发现期"随之落幕，由"文学为人生"创作思潮主导的政治化、单一化的格局被打破。政治话语开始从作家的创作意识中隐退，一种呼唤文学的美学价值、回归创作本体的意识开始产生。一个更加开放、更加多元的文坛新局面已经打开。

二、文艺期刊与文学评奖

1976—1980年之间，由于政府对报刊书籍的审查和监管还没有完全取消，这一段时期内发行的刊物，除了几份发行量较大的报纸如《泰叻报》《每日新闻》外，大部分是一些大众化的周刊或月刊，如《曼谷》（Bangkok）、《泰国天空》（Fah Mueng Thai）、《都市人》（ChaoKrung）等，上面刊载的多是一些风土人情和闲情趣闻，或是武侠小说和消遣小说的连载。《沙炎叻周刊》（Siam Rath Weekly Review）等一些思想性较强的刊物的陆续复刊或重办，虽然"为这一时期渴望从文学中汲取智慧的人们带来了一掬甘露"[1]，然而大环境却没有多大改观，大量作家被禁笔导致有思想、有深度的新作品几乎绝迹，个别期刊只能重新登载过去的一些进步文学，如社尼·绍瓦蓬的《魔鬼》《失败者的胜利》，西巫拉帕的短篇小说集，等等。[2]而市面上新出版的图书却无外乎各式各样的消遣文学和畅销小说。真正打破思想界沉寂状态的，是1977年末《书文世界》月刊的问世。

《书文世界》由著名作家、文艺理论家苏查·萨瓦西（Suchart Sawadsri，1945— ）与阿润·瓦查拉萨瓦、甘哈·桑若亚、拉萨弥·鲍冷通等人共同创办。创刊人和主编苏查在此之前曾担任20世纪60年代的重要期刊《社会学评论》的编辑。他凭借丰富的与独裁政府"斗智"的经验，巧妙地绕过了他宁政府的审查。在1977年6月的试刊号卷首语中，他写道："虽然云已散、风已停，然而不久之后，雨季的第一场甘霖

1　［泰］巴席·荣仍若达坤：《文学长流：文学及书刊论文集》，第22页。
2　［泰］乌东·荣仍希：《当代泰国文学现状》，第142页。

将会如期而降、浸润大地。"

《书文世界》打破了70年代末文坛的沉寂状态，它创刊后的第一项举措就是鼓励新老作家们踊跃创作新的作品，并很快获得响应。与此同时，它还专门设立了"露兜花短篇小说奖"（以下简称"露兜花奖"），由杂志编辑担任审稿和评选人，用来奖励优秀的短篇小说作品。在它的刺激下，文坛的言论空间被打开，并重新迸发出生机。《书文世界》也成为很多文坛新人初试牛刀的舞台，很多作家都是从这里开始为读者大众所认识的。同时，它也为作家和读者开启了一个自由的言论空间，促进了文艺批评的开展，有利于整体文学评鉴水平和作家创作质量的提高。

《书文世界》（1977—1983）和1983年之后接替它的《书文之路》（*Thanon Nangsue*，1983—1987），对整个80年代文学的创作与阅读具有重要影响。泰国学者形象地将他们比作"精神的主动脉"，在十年间"为全国的文学爱好者输送着思想的养料"。[1]《书文世界》和《书文之路》最大的成功之处在于，它们以一种平民化的风格将泰国和西方文学知识在广大读者中间推广。它们涵盖的内容既有严肃的文艺评论或学术论文，也有轻松的流行小说；既有作家访谈、国内外文坛动态的报道，也有专题性的知识介绍；既有现代作家和作品的讨论分析，也有古典文学的品评赏析。正是由于内容广泛和多元，它们的受众并未局限在少数一部分学院内文学研究者或文艺界人士，还包括了大量爱好文学的普通民众，从而推动了大众读者对泰国文学历史的了解，和对世界文学名著名家的认知。

除了上述两种文艺期刊之外，《沙炎叻周刊》《民意周刊》等大众报刊也开设了文学评论的专栏。90年代后期开始，在各种娱乐、消遣杂志逐渐挤占市场的情况下，激烈的竞争环境使得思想性刊物的读者数量日益减少，生存境况也无法再同80年代相比。即使是在这样的形势下，一部分作家仍然坚守着严肃文学的创作。1992年，在《书文之路》停刊四年后，作家卡宗立·腊戈萨发起创立了《作家杂志》（*Writer*

---

1 ［泰］乌东·荣仍希：《当代泰国文学现状》，第146页。

Magazine），邀请文坛老作家佬·康弘、荣·翁萨宛、苏查·萨瓦西等人担任顾问，格诺彭·颂桑潘和皮切·桑通担任主编。但该刊在1998年被迫停刊，直到2011年，新锐作家彬腊·善卡拉奇里（2005年获东盟文学奖）集合了一批新老作家才将其复刊，并一直发行至今。

文学评奖在1976年以前主要是以政府机构主办的官方文学奖为主，除了东南亚条约组织文学奖外，还有1972年由泰国教育部图书发展委员会设立的"泰国图书周文学奖"，它们是泰国政府为推行教育和引导文化发展而采取的官方奖励措施。70年代末以后，随着政府政策的放宽和文化环境的改变，非官方机构和团体的文化活动逐渐频繁起来，除了东盟文学奖和上文提及的露兜花奖之外，一些机构团体也纷纷设立自己的文学奖，设立的目的和方式也日渐多样与灵活。这之中，有泰国语书协于1977年设立的针对短篇小说和诗歌的"笔会文学奖"（The P.E.N. literary Prize），有1988年由西巫拉帕基金会设立的"西巫拉帕文学奖"，后者于每年5月5日由泰国作协组织颁奖典礼。又如，1989年，为了纪念因病早逝的作家拉薇·冬帕詹，曾参与过"10·14"事件的作家代表和友好人士发起设立了"拉薇·冬帕詹文学奖"。1991年，为促进文艺批评的发展，蒙銮·文乐·忒帕雅素婉基金设立"蒙銮·文乐·忒帕雅素婉文艺批评奖"（M. L. Boonlua Thepyasuwan Literary Critique Prize）。2002年，泰国作协与泰国国会合作设立"琉璃座文学奖"（Rangwan Phaenwanfa），用以奖励政治小说与诗歌创作，以"推进国家民主建设"。

文学评奖的活跃，是一个自由开放的文学环境的体现，也为作家营造出一个积极有利的创作生态。虽然除了像东盟文学奖这样极具影响力的奖项之外，大多数的文学奖并不会对作家个人的创作动机及创作活动本身产生太直接的影响，但是它们的奖项效应却对作品的宣传和传播具有不同程度的促进作用，而后者直接关系到作家的经济状况和创作的持续性。

三、文学翻译与外来影响

泰国文学四十多年来的发展，也与外国文学作品翻译数量及种类的增加有密切关系。外国文学的翻译虽然始终伴随着泰国现代文学近一百年来的发展，但是在过去相当长的时间里，译介作品的种类都以中国的历史故事、西方的侦探和历险小说一类的畅销读物为主，偶尔可见少数经典作家的作品，如狄更斯的《雾都孤儿》等。20世纪60年代末，《社会学评论》等一些学术思想性较强的刊物上，零星地译介过几部西方现代派的作品，如加缪的《局外人》(1966)。70年代，泰国文学界出现了一股对社会主义文学的翻译热情，在短短几年间便翻译了多部外国名著。其中，有托马斯·莫尔的《乌托邦》、高尔基的《母亲》、李心田的《闪闪的红星》和鲁迅的《阿Q正传》等。同一时期，作为学生传播民主思想的重要手段，舞台剧也成为外国文学作品展示的平台。剧团积极译介一些西方现代派的剧本并排练公演，如萨特的《恭顺的妓女》(1974)。总的看来，1977年以前，泰国文学界对外国文学的态度是较为封闭和狭隘的。一方面，大部分翻译家在选择作品时并不是根据自己独立的审美判断，而是顺应大众读者的兴趣，偶尔有文学名著被翻译，也是得益于根据原著改编的西方电影在泰国放映后受到观众好评，才带动原著的翻译。另一方面，受长期以来特殊政治气候的影响，思想性较强的作品在严格的审查制度下很难得到翻译出版。另外，文学素养较高的作家，对国外文学的态度也受到社会意识形态的影响，更倾向于将国外文学视作反抗独裁的"思想武器"，他们乐于阅读和接受的作品类型以现实主义文学居多。

　　20世纪70年代中后期，在文学创作相对沉寂的大环境下，文学翻译的数量反而明显增多。这一方面是由于文化程度较高的中产阶级读者的阅读趣味转向了国外的翻译作品。另一方面，这一时期翻译作品的稿酬也相当丰厚，很多翻译家于是密切关注着国外的文学动态，从中挑选受欢迎的作品介绍给泰国读者。重译的情况也时有发生，有时候甚至出现一部作品同时被两三个出版社编印出版的情况。[1]还有的译者将国外受欢迎的外文电影翻译成书，并选择在电影于泰国上映期间出版。这一时期的翻译作品有越南政治家阮高祺（Nguyen Cao

---

1　[泰] 乌东·荣仍希：《当代泰国文学现状》，第147页。

Ky)的回忆录《二十年零二十天》[1]（*Twenty Years and Twenty Days*，泰文译名 *Sin Chart*），电影故事《大逃亡》（*Von Ryan's Express*），等等。这些翻译作品虽然在质量上参差不齐，但是为泰国文学带来了不少新鲜的题材和元素，也输入了新的叙事方法和创作技巧。而电影的叙事手法也经常被泰国作家借用到小说的创作中。

80年代以后，《书文世界》等文艺期刊将君特·格拉斯、加缪、詹姆斯·乔伊斯、约翰·斯坦倍克等一批西方文学大师、诺贝尔文学奖得主和中国、日本、印度等亚洲国家的作家陆续介绍给泰国读者，为世界文学在泰国的传播进一步敞开了大门。随着国际间经济和文化交流的日渐频繁、高校文学学科的发展、赴西方留学人数的增加，以及与国外大学学术对话的深入，泰国文学界对外国文学的认识逐步加深，对西方各种文艺理论也表现出极大兴趣。文学作品的翻译不仅数量成倍增长，而且译本的质量也比过去提高了很多。翻译的队伍不断壮大，1995年泰国翻译协会成立，翻译的学科意识、理论意识也不断加强。在仅仅二十年的时间里，英、法、德、日、西班牙、葡萄牙等各语种近两百年间的文学名著纷纷被翻译成泰文。海明威、劳伦斯、托马斯·哈代、马尔克斯、萨特、卡夫卡、米兰·昆德拉、川端康成、春上村树、若泽·萨拉马戈等名字陆续为泰国作家所熟悉。中国、日本、欧美等国家和地区的当代畅销书作家的作品也很快有泰文译本问世，例如美国作家哈兰·科本、丹·布朗的系列作品、埃尔文·布鲁克斯·怀特的《夏洛的网》，中国卫慧的《上海宝贝》、姜戎的《狼图腾》等。

除了文学作品之外，西方哲学、美学、文化学、心理学等原版著作也被大量引进泰国，部分被翻译成泰文，例如尼采的《查拉图斯特拉如是说》在1981年有了节选译本，2003全译本出版。有关西方人文社科类理论的介绍性著作也陆续出现。20世纪80年代末开始，在泰国文学界不断出现关于西方文艺理论的讨论，"现代主义""存在主义""超现实主义""象征主义"等概念术语也频繁见诸各种期刊或报纸的文

---

1   中文译本《二十年零二十天：空军元帅阮高祺回忆录》由陆宗璇译出，1976年台北开源出版事业有限公司出版。

学版面。西方哲学、文艺理论以及文学作品的大量"引进"，对革新泰国作家的创作理念和创作方法，启发批评家的阅读视角和思考方式，具有积极的、不容低估的作用。

四、文学与电影、电视

电影、电视也是在考察泰国当代文学时一个不可忽视的影响因素。电影与西方小说几乎是同时进入泰国的，对于一百多年前的泰国受众来说，它们同样都是新鲜的外来事物。在一个多世纪的时间里，二者一直在既对立又共处的复杂关系中发展前进着——它们既相互争夺着受众和市场，又相互提供素材并相互吸收和借鉴表现手法和叙事方式。

电影于1904年由日本人引进泰国，仅于第二年，在曼谷就出现了第一家电影院。在市场需求的刺激下，电影工业随之兴起，西方电影（主要是美国和法国）纷纷被引进泰国。到了1927年，仅曼谷就已经拥有了十座影院。作为同样是以叙事为目的的文本，电影与小说相比，具有一些先天的优势——它的接受方式更为直观，可以不受识字程度和受教育程度等客观条件的制约，在受众的年龄结构和阶层范围上都比小说读者要宽泛一些。在西方，由于文学要比电影古老很多，所以最初都是电影从文学和戏剧艺术中发掘和借鉴表现手法。但是，在泰国的情况却正好相反。电影进入泰国时，对西方小说的翻译和仿作也刚刚起步。由于在1926年之前，泰国的电影都是无声的，当时为了满足观众观看时的需要，在电影放映前通常会向观众发售一种配有较为详细的电影情节介绍，并穿插有一些人物对话的小剧本。为这些电影小剧本撰文以赚取稿费的写手，很多在后来都逐渐开始了独立创作并成为职业作家，而撰写电影小剧本的这一段经历多少会对他们的创作产生潜移默化的影响。随着时间的推移，这些写手逐渐积累了丰富的经验，他们开始尝试创作更为复杂和深入的故事。由于电影剧本的篇幅限制，他们学会了如何在有限的文字中展现人物性格和情感变化，如何通过对话和场景描写来推动情节发展。这些技能在无声电影时代显得尤为重要，因为观众需要通过这些文字来理解电影中的每一个细节。另外，电影的受欢迎程度也对文学作品的翻译产生了较大的导向作用。很多西方文学在"引进"之前，都是先通过电影"介绍"给读者、出版商以及翻译家的。

在他宁政府时期，为了促进和振兴本国的电影产业，政府采取了一系列措施，其中包括对从国外引进的电影征收高额的关税。这一政策的实施，使得许多电影公司为了减少成本，不得不重新考虑他们的引进策略。由于欧洲和北美的电影价格相对较高，大多数公司开始将目光转向了价格更为优惠的香港电影。这一转变导致了大量功夫武侠片涌入泰国的影院，在一定时期内形成了电影市场的单一化局面。与此形成鲜明对比的是，电视行业取得了显著的进步和发展。随着录制技术的不断改进和创新，电视节目的制作质量得到了极大的提升。电视画面的声效和色彩也得到了显著的改善，使得观众的观看体验更加丰富和生动。特别是当彩色电视网络覆盖范围从曼谷扩展到北部的清迈和东北部的乌汶府之后，电视在普通民众日常生活中的地位变得更加重要和不可或缺。人们可以通过电视了解到更广阔的世界，享受到更多元化的娱乐内容，从而使得电视成为家庭生活中不可或缺的一部分。

泰国本土电影电视业的发展也为文学界带来了两个新的现象。第一是优秀的文学作品（主要是小说）会被翻拍成电影或电视剧，从而获得更广泛的传播。东盟文学奖1979年获奖小说《东北孩子》于1982年被导演威集·库纳伍梯（Vichit Kounavudhi）拍成同名电影，并成为该导演的著名代表作品。电影的传播范围更广、速度更快，电影的成名也因而提高了文学原著的知名度，使其为更多国内外受众所熟悉，扩大了作品的流传范围。历届东盟文学奖的获奖小说很多都已被翻拍为电影或电视，成为泰国家喻户晓的当代经典。第二是泰国出现了一种特殊的流行读物——电视剧本，在一些杂志或报刊的专门版面会连载一些正在热播的电视剧剧本。这两种现象也显示出文学在当代的处境，以及同其他传媒形式之间时而竞争、时而合作的复杂关系。在创作方面，电影、电视中的叙事方式、拍摄视角等艺术元素也常常被小说作家参考和借鉴，电影艺术中的新题材、新技巧也常常为小说作家带来创作灵感和新的表现手法。

不可否认，这些视觉传媒对文学的阅读和创作环境构成了极大的威胁。泰国的青少年沉迷于流行的电影和电视剧，书店里非畅销类的文学作品则常常无人问津。但与此同时，电影和电视又为文学作品的传播提供了新的途径和平台，并且可为作家带来额外的收入，在一定程度上改善了作家的生存状况。许多原本不接触文学作品的观众，通过电影和电视剧的改编，开始对原著产生兴趣，进而去阅读小说或相关文学作品。

第二节 东盟文学奖的发起与设立

一、奖项的发起

1979年，时任泰国语书协主席的诺尼迪·谢布收到一封来自曼谷东方饭店的来信，信中写道："东方饭店董事会及经理方认为：东方饭店与世界著名作家素有渊源，特设有'作家座'（Author's Wing），配备特色套房，并以曾经留宿于此的重要作家名字命名，他们中有萨默赛特·毛姆、诺埃尔·考沃德、约瑟夫·康拉德、詹姆斯·米彻纳。基于此，董事会及经理人方面认为，需要对东南亚联盟地区有杰出作品问世的新兴作家予以鼓励与支持，今拟设立'东方饭店东盟小说奖（Oriental Hotel ASEAN Literature Award for Fiction）'。"[1]

这段信件内容，是现今所知关于东盟文学奖设立初衷的最早文字，只可惜信件的全文外界已不得而知，更多与奖项发起者初衷有关的细节已无法了解。以商业集团的名义发起一项文学评奖活动，这在当时的一些文学界人士看来，还有些不可思议，诺尼迪本人的说法是："这其中必定带有某种广告宣传的目的……将来，湄南河边的酒店会逐渐增多，东方饭店势必要想方设法凸显出自己的优势。"[2]

东方饭店是泰国近代第一座、也是最富传奇色彩的饭店。它的历史可以追溯到拉玛四世王帕乔诰（也译蒙固，Rama Ⅳ 或 Mongkut，

---

1 ［泰］诺尼迪·谢布：《东盟文学奖十年》，第14页。
2 ［泰］诺尼迪·谢布：《东盟文学奖十年》，第18页。

1850—1868年在位）时代。在当时，它是王室宴请外宾和贵族聚会的首选地。第二次世界大战以后，六个合伙人一同购下股权，这其中包括泰国最早的电影导演和剧作家之一的帕努潘·尤坤亲王（Phra Vorawongse Ther Phra Ong Chao Bhanubandhu Yugala，1910—1995）和第九任总理波特·沙拉信（Pote Sarasin）。后者曾经在1957—1964年间担任东南亚条约组织（SEATO）秘书长。1967年，经理人和合伙人之一的杰曼·库鲁尔（Germaine Krull）将她的股份卖给了意丹泰集团（Italthai），后者随即任命科特·瓦希特维特尔（Kurt Wachitveitl）为东方饭店的执行经理，并立志打造出全球最好的酒店之一。

20世纪70年代中后期，也正是东南亚联盟（ASEAN）的合作框架逐渐成形并取得一系列实质性进展的时候。1976年，第一次东盟首脑会议在印度尼西亚巴厘岛举行。东盟五国——泰国、菲律宾、新加坡、马来西亚、印度尼西亚的外长共同签署了《东南亚友好合作条约》和《东南亚国家联盟协调一致宣言》。紧接着在1977年于吉隆坡举行的第二次东盟首脑会议上，各成员国确定了更为明确的区域内与区域外经济合作目标。作为东南亚联盟最早的三个发起国之一，泰国自1961年东盟成立之日起，就一直积极地致力于加强联盟内部的对话与合作，并积极促成各种形式的文化交流活动。

东方饭店在这样的背景下提出设立东盟文学奖，确实不可否认其背后暗藏着商业宣传的意图，以及在东南亚地区进一步扩张商业版图的战略目的。不过，文学奖项的成功与否，固然离不开赞助人和资本的支持，更大程度上却是取决于评审团队及评审机构的专业性和公正性。一个文学奖项要想获得广泛的认可和尊重，必须确保评审过程的透明度和公正性。在这一点上，东盟文学奖的创设者显示出了他们的眼光，即坚持"让文学人士自己选择同行内的最优秀作品"[1]的原则。为此，东方饭店特意邀请了泰国知名的文学家、学者和评论家组成评审委员会。这些评审成员不仅在文学领域有着深厚的造诣，而且在各自国家和地区享有崇高的声誉，能够确保评审结果的

1　［泰］诺尼迪·谢布：《东盟文学奖十年》，第16页。

权威性和公信力。

　　泰国著名教育家、文学家及社会活动家炳文查亲王（Phra Vorawongse Ther Phra Ong Chao Prem Purchatra, 1915—1981，通常称为 Professor Prem Purachatra）受邀担任了奖项组建工作委员会的主席。炳文查亲王自8岁起在英国接受教育，对泰国古典文学情有独钟，19岁时就将泰国古典文学名著《帕罗赋》改写成英文剧本《魔莲花》（Magic Lotus），并在英国哈德斯菲尔德老剧院上演。回国后执教于朱拉隆功大学西文系长达三十年之久，任泰国法政大学特聘教授，还曾创办报刊《标准》（Standard）。先后出任泰王国驻印度（1967—1972）、斯里兰卡（1967—1972）、尼泊尔（1968—1969）、阿富汗（1969—1972）和丹麦（1972—1975）等国大使，一生共走访六十多个国家，曾任联合国科教文组织、泰国语书协等多个机构的要职，多次主持或参加国际性文学大会，终身致力于国际间的文学交流与对话，并积极向世界介绍泰国文学。在1981年奖项组委会献给他的祭奠悼文中写道："他是一个模范的主席，务实、谦和、风趣、英明。离开了他的指导和呕心沥血，东盟文学奖不可能在短短的时间内取得这样的进展。他对于我们而言是不可估量的财富，一如他对于其他许许多多个国内或国际的组织一样。"[1]

　　可以说，从东方饭店的发起，到东盟文学奖的快速组建和评奖工作的开展，炳文查亲王起到了重要的中枢性作用。他在政治、外交、教育及文化界的广泛影响力和崇高威望，不仅为这一奖项的成功设立奠定了坚实基础，也大大地提升了奖项的国际影响力，并且最终成功将东盟文学奖打造成为东南亚地区的年度文坛盛事。

二、奖项的设立及宗旨

　　1979年2月9日，在东方饭店的组织和邀请下，炳文查亲王、诺尼迪、泰国作协主席素帕・忒瓦昆（Supha Thewakun）[2]、翻译家詹简・文

1　《炳文查追悼会纪念文集》，第102页。
2　素帕・忒瓦昆（1928—1993），泰国女作家，泰国作协创始人之一，著有长篇小说《水中之火》《人》等，以及300多篇短篇小说。

纳（Chanchaem Bunnak）[1]等人共同出席了筹建会议。会上综合六个备选名称[2]，最终议定将"The S.E.A. Write Award"[3]作为奖项的英文名称。至于泰文的正式名称（见下节），则是在那之后，经过泰国第一届评委会的商议才最终确定的。筹建会议还决定设立奖项的组织委员会，负责组织和协调各项相关工作，同时作为奖项最高的决策部门，由炳文查亲王担任主席。在组织委员会之外，再另外设立评奖委员会，由泰国语书协和泰国作协两个当时最大的全国性文学组织各派数位代表组成。评奖委员会的职责是：负责确定评奖原则，执行泰国国内的作品甄选与评奖工作，并且联系其他成员国的相关文学组织开展各国的评奖工作。

最初参与东盟文学奖评奖工作的有五个成员国，分别是泰国、新加坡、印尼、马来西亚和菲律宾。之后，随着东盟成员国的增加，其他各国也陆续加入评奖：1986年文莱和越南加入，1998年老挝和缅甸加入，1999年柬埔寨加入。在评奖方式上，东盟文学奖的组委会全权交由各成员国各自的作家机构或文学团体自行组织，并没有强制性统一。因此，各成员国的评奖流程和实施细则不尽相同。但是，各国的获奖者都统一由奖项组委会和赞助方提供奖金和其他形式的奖励。这些奖励包括：（1）四国的获奖者将获得在泰国境内为期一周的免费旅游机会；泰国的获奖者可以选择前往其他任何一个成员国旅游，为期一周。在这期间的食宿和交通费都由奖项主办方全额资助。（2）纪念奖牌。（3）奖金15 000泰铢，用以支持作品在将来的翻译费。这些奖励的提供者和赞助者，除了最初发起时的曼谷东方饭店和泰国航空公司之外，后来又有多家企业和机构加入，例如意丹泰公司、盘古银行、吉姆·汤普森基金会（1981年加入，1987年退出）、亚洲基金会等。每年，获奖者将获得由泰国航空公司提供的往返机票，前往曼谷东方饭店参加一年一度的颁奖典礼，并与王室成员共进晚餐。

1　英文版《四朝代》的译者。

2　六个备选名称是The South East Asia's Literary Award for Fiction、The S.E.A. Award for Creative Fiction、The S.E.A.Write Award for Fiction、The Menam Award for Fiction、The Golden Barge Award for Fiction和The Authors Lounge Award for Fiction。

3　英文名称直译是"东南亚文学奖"，在部分中文文献中也可见到这个译名。

　　1979年10月26日，东盟文学奖首届颁奖典礼在位于湄南河畔的东方饭店举行，由泰国王后诗丽吉殿下亲自为五个成员国的获奖者颁奖。他们分别是泰国的康朋·本塔维（Khamphun Buntawi）、新加坡的唐爱文（Edwin Nadason Thumboo）、马来西亚的 A. 沙末·赛益（A. Samad Said）、菲律宾的卓黎卡·阔德拉（Jolico Caudra）以及印尼的苏塔基·巴扎立（Sutardji Calzoum Bachri）。自那以后，东盟文学奖一年一度的颁奖典礼都定期在东方饭店举行，各国的获奖者得以齐聚一堂、共享盛宴。

　　东盟文学奖的四项基本宗旨是：为了展现东盟地区作家的集体创造力；为了发掘东盟国家的文学财富、艺术精华与智慧宝藏；为了肯定、鼓舞、表彰和奖励作家的创造实力和文学才华；为了促进和加强东盟作家，以及东盟各国人民之间的理解和友谊。

　　可以看出，东盟文学奖的创设者不仅希望提升本地区作家的影响力，促进本地区文学的发展，也希望提升东盟地区整体的文化地位，使各成员国的文学作品得以跨越国界和语言的障碍，向更广阔世界的读者展示各自独特的文化魅力。与此同时，也在交流和沟通的过程中，在东南亚地区内部寻找文化认同，构建一个和谐的区域文化共同体。

　　事实上，这种在区域内设立文学奖项的尝试，在东盟文学奖之前就有过先例。1968年，东南亚条约组织为了促进成员国的文学及文化发展而设立了“东南亚条约组织文学奖”（SEATO Literary Award），菲律宾、泰国和巴基斯坦三国参与了评奖。该奖项在泰国由当时的国家教育委员会（National Education Council）委托泰国语书协负责遴选。然而，该奖项仅仅存在了五年，评选出四届获奖作品（1971年无作品获奖）[1]后，最终随着该组织的逐渐解体而于1972年终止。在评审流程上，它规定各国的最终入围作品必须以英文报告的形式提交决选委员

1　这四届获奖的泰国作家和作品分别是：1968年，散文类——他宁·盖威迁《法律语言》，小说类——格莎娜·阿索信《人类之舟》，诗歌类——坤仁颂若·萨瓦狄坤·纳阿瑜陀耶《白灵圣颂诗》；1969年，小说类——牡丹《泰国来信》，散文、诗歌类无人获奖；1970年，小说类——素婉妮·素坤塔《他的名字叫甘》，散文、诗歌类无人获奖；1972年，小说类——格莎娜·阿索信《夕阳西下》，诗歌类——葛·纳空《普密蓬国王伟业颂》。

会。决选委员会由东南亚条约组织的秘书长和来自三个成员国的政府代表组成。决选委员会从入选的各国作品中决定最终的获奖者。[1]这样做的弊端是，决选委员会成员并没有直接阅读过原著，而仅仅根据作品的说明和介绍来作出判断，因此对送选作品的文学价值很难有客观而公正的把握。部分泰国学者也对此提出过质疑，认为这些作品的"社会价值要远远多过其美学价值"[2]。1977年，在泰国外交部下属的东盟事务委员会的提议下，东盟组织在泰国进行了"东盟组织文学奖"（ASEAN Literary Award）的评选活动。举办者规定参选作品必须是用英文创作的，这种做法虽然有利于激励本土作家向国际化迈进，但却极大限制了入选作品的种类和范围，也不符合泰国文学一直以来的传统和发展规律。上述两个奖项都没能像东盟文学奖那样得到持久的发展或产生广泛的影响，其中的原因是多方面的。归结起来，时代风向下的区域政治环境、政治意识形态对评奖过程的渗透、评奖原则的合理性和公信度、本国文艺界人士的参与比重，都是不可不考量的因素。

　　东盟文学奖在创设时，充分吸取了以往文学奖的经验与不足，在组织者的人员构成、参与机构的属性以及评审机制上都经过了精心设计，显示出更大的社会参与度和公开性。奖项的组织方不仅汇集了商界、政界和学术界的代表，还特邀王室成员亲自颁奖。在作品的评选阶段，他们将决策权全权委托给文学领域的专家和权威人士，以确保获奖作品的文学品质得到最大程度的保障。

三、组织机构和评奖章程

　　东盟文学奖虽然由商业资本发起和赞助，但是评奖过程全部交由文学团体与文艺界权威人士负责组织，这不仅保证了评选结果的质量和权威性，也有利于维持奖项的公信力。各成员国都由各国具有一定权威性的作家机构或文学团体自行组织评奖。例如，马来西亚的东盟

1　［泰］迪辛·汶卡琼：《泰国小说10年：一些思考》。
2　Mattani Mojdara Rutnin, *Modern Thai Literature: The Process of Modernization and the Transformation of Values*, p. 43.

文学奖评选由国家语文出版局（Dewan Bahasa Dan Pustaka）组织，在菲律宾则由作家联盟（The Writers' Union of the Philippines）和菲律宾笔会（The Philippine PEN）交替担任评委，等等。各国的评奖方式和评奖细则也没有统一规定。泰国东盟文学奖和其他成员国的有所不同，主要区别在于泰国是针对具体的作品评奖，而其他成员国则是针对作家评奖，这也是为什么泰国会出现同一个作家两次获奖的现象。

泰国东盟文学奖的评选由两个文学机构共同负责，分别是泰国语书协和泰国作协。前者成立于1958年，由泰国著名学者沙田·哥信（帕雅阿努曼拉查东）发起设立并担任第一任主席。1959年4月21日，在国际笔会[1]执行委员会（P.E.N. International Executive Council）伦敦大会上，泰国语书协被正式接纳为该会成员，故又称"国际笔会泰国分会"。作为国际笔会在泰国的分会，泰国语书协于1973年开始由国王基金亲自资助。协会主要致力于向国外推广泰国文学、翻译文学作品、促进国际间的文学交流，同时也担负着改善作家福利、促进作家间团结等多项职能。曾经参与过"东南亚条约组织文学奖"的评选工作。历任主席都活跃于文学、教育、出版等多个领域。1977年，协会设立了专门针对短篇小说与诗歌的"笔会文学奖"。

泰国作协是泰国首个由职业作家组成的全国性作家组织，主要目标在于鼓励文学创作、为作家争取福利、促进作家间的团结。其前身是"五·五作家联盟"，由有泰国"国家艺术家"[2]荣誉称号的老作家苏瓦·沃拉迪洛（Suwatana Waradilok, 1923—2007）于1968年5月5日（5月5日也是泰国的作家日）发起成立。1971年9月14日，"五·五作家联盟"成员素帕·忒瓦昆、社尼·布沙巴革（Seni Buspaket）和塔

---

1 国际笔会（P.E.N. International），又称"世界作家协会"，成立于1921年，总部设在伦敦。英文名称P.E.N.源自单词Poet（诗人）、Essayist（散文家）和Novelist（小说家）的首字母，它们合在一起碰巧为"PEN"（笔），中文意译为"笔会"。创始人是英国女作家道森·斯各特。第一次世界大战后，许多作家深感战争的残酷与恐怖，为了使悲剧不再重演，他们联合发起建立一个超越种族、宗教和政治的国际性作家组织，笔会就是在这样的背景下成立的。

2 1984年，泰国文化部下属机构，文化发展委员会（后改名为"文化促进司"）发起了国家艺术家项目，为了评选、促进、支持和鼓励在创作上具有突出贡献和成就的国家艺术家，并由该委员会组织评选。获奖艺术家将被冠以"国家艺术家"的荣誉称号。

翁·素宛(Thawon Suwan)将该组织正式改组为"泰国作家协会"，并推举乌彤·蓬昆(Uthon Phonkun)担任第一届主席。

泰国东盟文学奖的作品评奖机制经历了逐步发展与完善的过程。最初的章程规定，由泰国作协和泰国语书协负责委任文学界的权威人士共同组建评选委员会。第一届评委会对于参选作品的规定是：（1）作品必须是原创的；（2）作品必须与作者生长的国家或地区密切相关；（3）作品可以是以下任何形式的创作——长篇小说、短篇小说、科幻小说、民间故事或诗歌；（4）必须是最近五年里（以参与评奖之年为止）的优秀作品；（5）曾获得过本国国内其他奖项的作品有资格参选；（6）作品的语言可以是在本地区内使用的任何语言；（7）作者必须用作品来促进或有益于本地区文学与文化的发展；（8）作者没有种族、宗教和性别上的限制。

在评选的具体流程上，先由评委会向各种期刊的编辑部和各出版机构征集推荐书目，再在评委会内部组织讨论、审核，并最终作出裁定。第一届评委会由七人组成，包括上述两个协会的主席，以及作家、翻译家和学术界专家的代表。第一届作品的评奖，还没有实行初选和决选分开的原则，在参与评奖的作品文类上也没有做出明确的规定。经过最初的三年轮流对长篇小说、诗歌和短篇小说三种体裁的作品分年次评选出最优胜者后，泰国东盟文学奖的评委会最终于1982年将这种按年次分体裁评选的办法固定下来，并沿用至今。

1985年，时任泰国中心笔会主席的尼腊宛·宾通提名组建了专门委员会，对以往的章程进行了修改，并制定了新的作品评选章程。新章程对评选文类、参选作品的资格、评委会的人员组成、送选时间、送选者资格等一一作了明确规定。具体细则包括：送来参与评选的作家本人必须依然在世；作品必须为集结成册后首次出版；出版时间距离评奖时间不得超过五年；评委会由泰国作协与泰国语书协联合组建。评委会进一步细分为初选委员会和决选委员会，各由七名委员组成。初选委员会委员包括来自泰国作协和语书协的成员代表各三名，另外再邀请文学界的权威人士一名。初选委员会的主席由全体委员推举产生。决选委员会的七名委员包括泰国作协主席、语书协主席、作家或文学界代表一名、文学界权威人士三名，以及初选委员会主席。在评奖时间上规定，每年4月底为公开征集作品的最后期限。初选委员会将从选来参送的全部作品中，挑选出总共不多于七部的候选作品名单，提交决选委员会。之后，由决选委员会评审所有候选作品，通过投票来决定最终获奖者并对外公布。章程还规定了具有选送资格的组织和个人，包括：与文学相关的组织和机构、出版社，文学方面的学者、作家、评论家和读者。1992年，评委会又经过了重新换届，新一届评委会又对章程中的一些条款进行了补充，规定除主席之外的初选委员不能同时担任决选委员会委员。1994年，又将原定的出版年限由五年调整为三年。

第三节 "创意"与创新：泰国东盟文学奖的核心精神解读

一、"东盟最佳创意文学奖"：泰文全称解读

从东盟文学奖筹备委员会为奖项所取的英文名称——"The S.E.A. Write Award"可知，设立者的初衷是希望这个奖项能够成为一个跨越国界的、在东南亚具有地区性影响力的文学奖。值得注意的是，英文名称中刻意回避了"东盟"（ASEAN）这样的字眼，尽管在当时实际参与评奖的国家就是五个最早的东盟成员国。这样做的用意，或许带有一定的"去政治化"考虑，用"东南亚"（S.E.A，即Southeast Asia的缩写）这样的字眼能够面向更多的本地区国家，更能吸引和鼓励当时还未正式加入东盟的国家也能积极参与该文学奖的作品评选工作，从而将奖项打造成为东南亚地区文学交流的桥梁。

与官方英文名称不同的是，东盟文学奖在泰语中的正式全称是"东盟最佳创意文学奖"（Rangwan Wannakam Sangsan Yotyiam haeng ASEAN）。首先，它明确地将"东盟"（ASEAN）这个专属名词放入奖项的全称中，既表明了其跨国性和区域性的属性，又赋予其一定的官方色彩——与"东南亚"相比，作为政治联合体的"东盟"看上去更带有官方色彩。对于一个由非政府组织发起的，并且处在初创阶段的文学奖来说，这个命名方式有利于迅速树立起它在本国公众当中的权威

性和公信力。其次，也是下文将要重点说明的，它在名称中特意加上了"最佳创意"（Sangsan Yotyiam）这样的字眼，从而旗帜鲜明地提出了对参选作品的文学价值期待和评判优秀作品的核心标准。

根据1999年版泰语《皇家学术院大辞典》的解释，泰文中的"sangsan"对应的是英文单词create和creative，含义是：（1）作为动词，指使出现、使成为，通常用于抽象事物；（2）作为形容词，指具有正面的开拓性或原创性，如创意思维、创意艺术。[1]结合具体的上下文语境，当用作动词时，中文通常可以译作"创作""创造""创新"等，用作形容词时，常译作"创意的""创造性的""有创造力的""创新的""创造的"等。在20世纪60—70年代泰国的文学期刊和论文中，"创意"一词就被当作文学范畴的术语使用过。不过，在当时更多是以动词"创作""创造"的含义被使用，例如"文学创作"（sangsan wannakam）、"创作（某部）作品"（sangsan phonngan）等等；当用作形容词时，它在语义色彩上更多强调一种积极的、具有建设性，并对社会有益的价值属性。但是，当它被泰国东盟文学奖的第一届评委会提出时，其语义已经具有了一种特定的指向，并且反映在它们对作品的评价上。在评委会主席诺尼迪对首部获奖作品——《东北孩子》（*Luk Isan*）的评语中，他写道："《东北孩子》是一部很特别的作品……它有一种十分和谐的特质。用英文说来就是'creative writing'，它（虽似散文，但又——笔者补充）不是散文，而是有趣味的故事，带有戏剧性……令读者读起来手不释卷……"[2]

诺尼迪使用了英文"creative writing"即"创意写作"这个概念，来评价《东北孩子》在艺术特色上的与众不同。这说明在当时泰国的文学界，"创意写作"这一概念已在一定范围内被接受，并开始同本土的文学实践发生关联。作为泰国东盟文学奖最初的筹备者以及主要评委会成员之一，诺尼迪对获奖作品的评价不仅代表着评委会对文学作品的遴选标准和审美期待，也必然与东盟文学奖的总体精神是高度一致的。因此，当"创意"——sangsan这个语词出现在东盟文学

1　泰国皇家学术院：《皇家学术院大辞典》，第1136页。
2　［泰］顺提·尼玛潘、秉莫·暖宁著：《透视东盟文学奖》，第14页。

奖的泰文全称中时，它显然具有了超越其传统词义范围的意义指向。而这一语义转变的过程，则与西方的"创意写作"概念在泰国的传播有关。

二、"创意写作"：外来概念与本土实践

"创意写作"是在19世纪末20世纪初出现，并于20世纪中叶开始在包括美国在内的西方世界迅速盛行的一个概念。根据D.G.迈尔斯的说法，在20世纪早期的教育环境下，它是作为提升学生自我学习能力的创新内容出现在教育体系中的。[1] 安德鲁·本尼特则指出："创意写作20世纪中叶在美国的出现，和它近来在英国以及其他地方的体制性扩张，是伴随着'什么是文学'或'什么是文学性'的问题成为文学本身以及文学批评与理论中心议题的过程而产生的。"[2] 美国斯坦福大学教授马克·麦克格尔在《创意写作的兴起：战后美国文学的"系统时代"》一书里对创意写作体系进行了深入的研究和阐发，肯定了创意写作系统对当今美国文学的贡献，指出"战后逐步兴起的文学产业以及创意写作教育教学系统，展示了一种全新态度，创造了一种崭新的文学写作模式。一旦意识到这是文艺现代主义所遇到的最后一个创新实践，那么连最自恋的艺术家也会欢迎这个创意写作教育教学系统时代的到来"，"就是这个系统，其最有难度也最细腻的部分造就了当今美国文学"。[3]

只要稍微回想一下20世纪50年代以后泰国军政府的亲美政策，以及美国对泰国开展的大量援助项目，就不难想到"创意写作"概念进入泰国学术话语圈的极大可能性。在美国的援助计划中，有相当一部分的资金被政府投入到高等教育，其中包括对海外留学（主要以英美为主）的大力鼓励和支持，派遣了一批知识精英到西方知名学府接受系统的学术训练。此外，根据泰国当代文学史专家泽·萨达威廷教

1　D.G.Myers, *The Elephants Teach: Creative Writing Since 1880*.
2　［英］安德鲁·本尼特、尼古拉·罗伊尔著，汪正龙、李永新译：《关键词：文学、批评与理论导论》，第85页。
3　［美］马克·麦克格尔著，葛红兵、郑周明、朱喆译：《创意写作的兴起：战后美国文学的"系统时代"》，第2、13页。

授的讲述，在20世纪70年代的法政大学，已经有由联合国教科文组织派遣的学者向师生们教授西方的"创意写作"课程："我到法政大学参加'Creative Writing'类写作课程培训时，指导老师名叫布鲁诺·弗里德曼，是一位由联合国教科文组织派遣过来的专家。他说'Writing can be learnt by writing'，意思是写作可以通过写作来学习。"[1]

1979年，泽·萨达威廷教授对出现在当时流行的文学刊物《泰国天空》上的新语汇，专门撰文进行解释与介绍，其中就包括"创意写作"（Kan Khian Sangsan）一词："'创意写作'，来自于英文的Creative Writing。是指作家发挥自己的思想，为充分展现自己的智识与才华的写作。即不模仿、不剽窃他人，而是勇敢而充分地表达出他个人的观点和独立的个性的写作。能够被划归为创新写作的作品可以是虚构类的，如小说、短篇小说、戏剧剧本、广播剧剧本、电影剧本、评论或专栏文章，等等。"[2]

在相近时期，其他几位泰国学者也对"创意写作"这个概念进行过介绍或说明。塔巴尼·纳卡拉塔（Tapani Nakhrathap）在1976年出版的《写作》（*Kan Praphan*）一书中写道："创意性写作的意义与带有商业性质的写作及学术性写作截然不同。在创意性作品中，作者需要发挥自身的想象力与思想感情，运用优美的文字将它们传达出来，在读者心中留下印象、唤起愉悦的情感体验，并增长智慧。"[3] "创意写作"还专门出现在彭詹·科莱素班（Phongchan khlaisuban）在1979年出版的写作教程《创意写作》（*Kan Khian Sangsan*）一书中。他在书中总结了"创意写作"的三个必备特点：包含想象力和思想情感、语言表达优美、对心灵和才智有所助益。[4] 更晚一些的还有本雍·格贴（Bunyong Ketthet）在1987年出版的《泰文写作》一书中的解释："创意写作，要求作者将自己的思想、情感与经验进行过滤、加工，并转化成富有想象力的作品，它没有形式上的限制，也没有不可逾越的规则。任何一个人的创意作品必定代表着他个人的风格，尽管如此，他还是

1、2 ［泰］泽·萨达威廷：《〈泰国天空〉中的语言》，第2—3页。

3 ［泰］塔巴尼·纳卡拉塔：《写作》，第2页。

4 ［泰］彭詹·科莱素班：《创意写作》，第1—2页。

可以从别人那里获取思想或创作方法。"[1]

　　由此可见，截至20世纪70年代末，"创意写作"课程体系及相关概念已经在泰国学术界和文学界产生影响。不仅英文中的"创意写作"已经有了对应的泰语意译词汇形式，而且在当时已成为一个出现频率较高的术语。它不仅被部分泰国的高等教育机构纳入课程体系，也成为高校写作课程教材里经常出现的"关键词"，在文学教育中被作为强调创新思维和创作能力的写作类型而受到推广。它在流行文艺期刊上的频繁出现，也意味着"创意写作"已开始成为一种文学创作理念，并受到作家、文艺评论家等文学界人士的重视。

　　需要指出的是，西方"创意写作"概念在当时的泰国学者中被接受并加以提倡，除了来自外部的影响之外，也与泰国长久以来的文学生态和70年代中后期的文坛状况密切相关。1976年10月6日学生运动的失败，预示着理想神话的彻底终结。1979—1983年间，在"66/23"号政府法令的施行下，大批逃往林间的知识精英陆续回归泰国主体社会，为主流思想文化界的回暖鼓风添柴，加快了复苏的步伐。他们自身也在新的社会环境下经历着反思和调适。知识阶层与政府之间的紧张对峙关系趋向缓和，政治话语逐渐从文艺创作与批评中隐退。在新的历史条件下，文学为什么而写、文学的价值坐标应该置于何处，再次成为文艺界必须面对的问题。

　　"创意写作"在方法论上强调艺术家独立的创造力和想象力，在创作理念上提倡"挑战写作自身、挑战作者自身经验极限、挑战语言表达的极限"[2]。这些对于70年代中后期逐渐陷入创作方法"套路"困境、缺乏生机的泰国文坛而言，无疑是极具启示性和积极意义的，也与当时一部分想要改变文艺界状况的人士的愿望不谋而合。一方面，与长期受政治意识形态影响、过于强调文学的社会性价值的"为人生、为人民"文学创作路径不同，"创意写作"是对艺术原动力和创作本体的回归，它重新将"文学性"置于首要位置，为文学创作的目的与方法

1　［泰］本雍·格贴：《泰文写作》，第297页。
2　［英］安德鲁·本尼特、尼古拉·罗伊尔著，汪正龙、李永新译：《关键词：文学、批评与理论导论》，第83页。

重新指明了方向。另一方面，相对于以市场为导向且长期占据读者市场、习惯于从国外"拿来"或仿作的"消遣类"文学而言，"创意写作"凸显了对作品原创性、作家智识力和创造力的强调，是对文学作品思想深度和品质的必要保障，也为纯文学巩固和开拓自身的固有领地注入了新的动力。

三、"创意文学"：新时代"风向标"的树立

在东盟文学奖创设之时，泰国文坛正在反思与探索中酝酿新的格局。在以学院为中心的文艺讨论中，"为人生"文学的艺术问题、文艺创作中的"套路"等问题都成为当时文坛反思的焦点。从中可以看出一个值得注意的现象，那就是艺术的方法问题开始受到主流文艺界的重视。

对比20世纪80年代之前发生的历次文坛论争，从"文艺为文艺，文艺为人生"之争，到"文艺为人生，文艺为人民"思想的确立，争论的重点始终放在文艺的目的问题上，即都是在为"为什么而写"和"写什么"的问题反复探讨，没有出现过对艺术手法、表现方式、技巧方法等问题的关注。这种状况的出现，相当程度上是源于现代文学初创之刻起就占据创作主流意识的现实主义传统，在文学观察并反映现实的基本原则指导下，作家应该反映什么样的现实自然成为首先需解决的问题。此外，现代文学从起步之时起就与国家的民主化及社会改革深刻地联系在一起，很多重要的现代作家同时也是政治活动家、社会改良主义者或进步人士，在这样的大前提下，文学终究难免被寄予改造社会的厚望。政治意识形态的长期渗入，意味着文学发展的自主性得不到建立，文学的社会价值最终盖过艺术价值而成为批评话语中的主流审美期待。而一旦上述基本前提所依赖的客观条件发生改变，文学势必将面临其存在目的、任务、方法及原则等问题的相应转变。

因此，东盟文学奖将"创意"作为其标识性的文学精神树立起来并非偶然，而是缘于当时泰国文坛亟需改变现状的现实，也投注了创设者自身的文学素养、文学眼光与文学愿望。由于奖项组建团队中的

成员绝大多数都有西方教育的背景，并且在此之前已经活跃于区域或国际间的文学及文化交流领域，他们在选择奖项的定位和作品评判标准时，一方面立足于本国文学发展的客观现实，另一方面也投注了一种世界性的文学眼光，这些都在"创意"这一关键性字眼中得以集中体现。它表明，东盟文学奖强调的是一种自由的、敢于创新的文学精神，作品的好坏不再仅仅是取决于它反映了什么，而是同时取决于它是如何将经验与想象力予以传达的。在这个过程中，作家个人的才华被要求尽其可能地施展到极限——从这个意义上说，"创意"同时也体现着一个民主时代的自由意志，因为它鼓励并允许任何人以任何想要的方式写出他知道的故事，只要它们是充满新意的。所有这些，对于20世纪70年代末以后的泰国文坛而言，都意味着一种前所未有的新变化。它以东盟文学奖的创设为标志，又在四十多年来的评奖活动及历届获奖作品中得以集中体现。

1979年至今，东盟文学奖已评选出四十五部"最佳创意文学"作品：

长篇小说	诗　集	短篇小说集
《东北孩子》(1979)	《只是动》(1980)	《昆通，你将在黎明时分归来》(1981)
《判决》(1982)	《广场戏剧》(1983)	《同一条巷子》(1984)
《贴金的佛像》(1985)	《诗人的宣言》(1986)	《堆沙塔》(1987)
《高岸与沉木》(1988)	《消逝的树叶：人生的诗篇》(1989)	《人生的宝石》(1990)
《香发公主拜谒佛塔行》(1991)	《那只白色的手》(1992)	《马路上的人家》(1993)
《时间》(1994)	《蕉枝马》(1995)	《他方土地》(1996)
《平行线上的民主》(1997)	《时光之中》(1998)	《那个叫作"人"的生物》(1999)
《永生》(2000)	《老家》(2001)	《可能》(2002)
《常乐男孩》(2003)	《回忆之河》(2004)	《昭莹》(2005)

续　表

长篇小说	诗　集	短篇小说集
《佳缇的幸福》(2006)	《我眼中的世界》(2007)	《我们遗忘了什么？》(2008)
《腊黎/景溪》(2009)	《诗歌中没有小女孩》(2010)	《炙热晨光里无心喝咖啡》(2011)
《侏儒》(2012)	《第五间心房》(2013)	《毒液》(2014)
《圣山中的瞎眼虫》(2015)	《外来者之都》(2016)	《出逃的狮子》(2017)
《黑猫遗忘的迷幻世纪》(2018)	《归家路上》(2019)	《虎年夜与其他动物故事》(2020)
《德番：打虎家族的故事》(2021)	《直到世界拥抱我》(2022)	《家庭第一：爱与蚀》(2023)

　　从第一部获奖作品《东北孩子》开始，"创意""创意性"或类似的表述就不断出现在历届评委会的评语或颁奖词中。曾担任过1981年东盟文学奖评委会委员的泰国著名比较文学专家谢达纳·纳卡瓦查拉（Chetana Nagavajara）教授，对当年的获奖者阿萨西里·探马措（Ussiri Dhammachote）及其获奖作品《昆通，你将在黎明时分归来》评价道："这本短篇小说集中的作品在相当程度上还带有'为人生'文学的痕迹……但是如果我们仔细分析阿萨西里的短篇小说就会发现，他确实是一位非常有创意才能（Khwamsamart nai choeng Sangsan）的作家。"[1]

　　1986年，评委会在宣布该年度得主的颁奖词中说道："昂堪·甘腊亚纳蓬（Angkarn Kalayanapong）是一位纯粹的泰国诗人，不论是从思想上还是艺术形式上，他都没有受到过国外文学的熏染。尤其可贵的是，他始终保持着思想的自由，不被形式的窠臼所束缚。他是将诗歌带向新时代的开拓者……"[2]这段评语中，虽然没有直接出现"创意"的字眼，但仍随处可见评委会对其杰出的艺术创造力与开拓精神的肯

1　［泰］顺提·尼玛潘、秉莫·暖宁著：《透视东盟文学奖》，第36—37页。
2　［泰］顺提·尼玛潘、秉莫·暖宁著：《透视东盟文学奖》，第120页。

定。当年担任评委会委员的当代著名作家及学者查迈蓬·桑卡姜（笔名派林·容腊），也赞赏昂堪所"创造出的炼词造句方式"是"没有任何人可以模仿得出来"的。[1]

"创意"一词，不仅多次被评委会用来肯定获奖作品在艺术创作上的突破或是作家在艺术创造力上的出类拔萃，也在舆论界对获奖作品的讨论声中被频繁使用。例如，果昆·因库卡伦（Kopkun Ingkhuthanon）在评论1988年获奖小说《高岸与沉木》时，对作者的"宽广视野""深刻洞察力"以及在艺术构思上的独到新颖给予了高度评价，并总结道："正是这部作品，被誉为一部具有独特创意的作品。"[2]

泰国语书协现任主席、担任东盟文学奖评委会委员近三十年的文学界专家塔聂·韦帕达（Dhanate Vespada）认为，人文主义、创意性和争议性是历届东盟文学奖获奖作品共有的特征。[3]他将东盟文学奖的发展历程分为三个阶段。第一阶段是1979—1984年，这个阶段的东盟文学奖不仅为沉寂的文坛带来了光亮，也使文学创作迈向创意的道路。第二个阶段是1984年至90年代初，文学创作最终与"为人生"时代告别，走向了构建全人类关怀的"为人类"时代。第三阶段大致始于20世纪90年代初，其特征是在艺术技巧上不断突破创新，作品的创作手法趋向多元。[4]这三个阶段的划分方式，更直观地展现出了创意文学精神在东盟文学奖历届参选作品中的具体表现，即由内容创新（写什么）向形式创新（怎么写）的不断探索与实践，并且始终贯穿在东盟文学奖一直以来的作品遴选和评奖中。

站在今天的历史纵坐标上审视东盟文学奖，它的创设在很大程度上"标记"了泰国当代文学的新开始。有学者指出，"通过它，一种较高水平的文学价值评判标准被树立了起来"，它"为文学开辟了一条新的道路"。[5]在一个文坛不再为主义而争吵、不再为理想而振奋的年代，最能牵动全国作家和读者神经的恐怕就数这些一年一度的

1　［泰］顺提·尼玛潘、秉莫·暖宁著：《透视东盟文学奖》，第122页。
2　［泰］果昆·因库卡伦：《〈高岸与沉木〉，把东盟文学奖拿去吧》。
3　塔聂·韦帕达采访记录，详见附录一。
4　根据塔聂·韦帕达在北大的讲座（2024年5月20日）整理。
5　［泰］甘哈·桑若亚、杰萨达·通荣若编：《泰国现代文学评论》，第42页。

文坛盛事了。英安在《小说概观》里指出，东盟文学奖是"作家们最渴望得到的奖项"。在一年一度的送选、评奖中，一部部敢于尝试、锐意创新的作品进入到评审、读者和研究者的视野中。在一轮一轮由它引发的讨论声中，"创意文学"渐渐成为一个固定的语词，特指这些敢于在创作上不断追求突破的具有创新精神和艺术价值的作品。在历年有关评奖标准、评奖结果等问题的论战中，"创意"的判断标准、语义内涵也在各种讨论声中不断延展和扩充。时至今日，它已由一个从西方移植过来的概念，发展为具有坚实的现实依托和丰富的本土意义指向的词语："'创意文学'就字面而言，'文学'可以指任何书，而'创意'则指的是进行新的发明或创造。但如果要深入地解释这个词的含义，那么我们所说的'创意文学'就是具有文学艺术性的作品，且更进一步指的就是当代文学。它必须经过精心的艺术性创作，在内容、语言和表现手法上和谐统一。用'创意'这个词来对它加以限定，意味着没有抄袭别人。这便是从词义上对'创意文学'的定义。如果让我举一个更具体的例子的话，这里的'创意文学'是指参选东盟文学奖的文学，或获得了各种奖项的作品。这些文学照见现实生活的至深处，其作品本身就具有价值，而不在于其中的价值取向。"[1]

可见，从"创意写作"作为一种创作理念的树立，到"创意文学"作为一种特定创作倾向和诗学类型的生成，东盟文学奖都起到了至关重要的引领和推动作用。在四十多年的时间里，正是东盟文学奖，一步步将求新、求变的时代文学新精神注入到泰国当代文学的创作、阅读与批评话语场内。在"'创意'这个标准的指导下，作家们纷纷在作品的形式和内容上追求标新立异，也正因为有着不断推陈出新的需求，这类文学在捕捉新的思想和潮流方面，总能显得异常敏锐"[2]。从这个意义而言，"创意文学"是泰国当代文学创作风向的当之无愧的引领者和代表者。

---

1 ［泰］西里腊·顺萨衮：《终身追求：追求正从书店里消失的"创意文学"》。
2 ［泰］沙诺·加任彭：《文学泡沫时代的女性与社会》，第10页。

第四节　本章小结

东盟文学奖创立于20世纪70与80年代之交，正值1973—1976年泰国学生运动平息不久，泰国政治与社会即将迈向新时期的历史转折点上。泰国文坛在经历几十年的政治高压和三年短暂的社会主义现实主义文学高潮后，在1976年10月6日政治风波的打击下重新归为沉寂，左翼青年与作家在遭受政治风波的打击后，创作积极性也受到一定影响。但是与此同时，新老作家们也开始在总结和反思中摸索新的道路，一个新的文坛局面即将开启。80年代以后，泰国社会呈现出与以往任何时候都不同的开放景象。社会经济的持续发展、政治环境的相对稳定和文化交流的自由频繁，为泰国文学带来了新的机遇和挑战。在新的历史条件下，文学写作和文学阅读环境都发生了相当大的变化，文学发展环境前所未有地宽松和自由。政治话语逐渐从知识分子和作家的创作活动中隐退，文学创作、批评和研究也开始向文学本体回归。经济和文化的开放，使得对外交流变得频繁和深入，大量外国文学作品和文艺理论被译介进来，不断为泰国作家输入新的观念和方法。所有的这些都为当代文学带来了全新的发展契机。

东盟文学奖在泰国当代文学进行内部反思、探索新路的文学史背景下，将"创意"作为评判优秀文学作品的核心标准。"创意文学"是受到西方"创意写作"观念的启发提出的，它体现着一种求新、求变的时代文学新精神，强调文学创作要充分发挥主体的想象力和创造力，力求"挑战写作自身、挑战作者自身经验极限、挑战语言表达的极限"[1]。在一年一度的评奖中，"创意文学"的概念越来越被公众所熟悉，它的含义也逐渐有了更为明确的本土指向。

1　[英]安德鲁·本尼特、尼古拉·罗伊尔著，汪正龙、李永新译：《关键词：文学、批评与理论导论》，第83页。

第 三 章

奖项与文本：历届长篇小说评选及获奖作品解读

泰国当代小说在经历了20世纪70年代末期的沉寂、迷茫和反思之后，以一种前所未有的丰富、生动、灵活和多元的形象走过了四十多年。东盟文学奖不仅见证了这一时期泰国小说所经历的变迁与挑战，而且汇聚了其中最具代表性的作品。自创设以来，通过一年一度的评选，东盟文学奖已遴选出一批受到广泛认可的优秀作品，肯定并发掘出一批具有潜力的文坛新人。"东盟作家"也已成为泰国作家中的一个特殊标志。迄今为止，已经产生出十一部被冠以"东盟最佳创意文学"的长篇小说作品。从1979年的《东北孩子》到2009年的获奖作品《腊黎／景溪》。尽管受参赛年份的送选作品整体质量、评委会成员的变动等外部因素的影响，每届入围和获奖的作品展现出了不同的审美特征，但它们均无一例外地彰显了作者勇于尝试、追求创新的精神。历年来的获奖作品，多数已成为中学生的课外阅读材料，或被指定为大学生的必读书籍，甚至被纳入文学史教材的经典行列。这些作品中的一部分已被翻译成多种外语，传播至海外，并获得了国际学者的认可。其中一些作品更是被改编成电影，赢得了更广泛的关注。此外，多部获奖小说也已经拥有了中文译本。尽管这些作品无法全面展现泰国当代小说的全貌，但它们足以代表当代小说中最富创造力与革新精神的力量。它们所呈现的艺术水准和精神风貌，同样是当今社会和时代的最佳反映。

本章将以十年为一个阶段，梳理1979—2009年东盟文学奖的长篇小说评奖，并对每部获奖作品的获奖原因和创新之处逐一进行考察，以此来揭示"创意性"标准是如何作用在作品的评优过程之中，又是如何体现在被遴选出来的小说文本上的。

第一节 1979年与《东北孩子》：长篇小说书写的新方式

一、《东北孩子》的问世与获奖

康朋·本塔维，1928年6月26日出生于泰国耶索通府（在当时还隶属于乌汶府）的塞门县（Sai Mun），他的乳名叫昆（Khun）。父亲是东北当地人，母亲则是来自老挝沙湾纳吉省（Savannakhet）的移民。在村里小学上完四年级后，康朋进入耶索通县城里的一所中学读到六年级毕业，然后前往曼谷谋生。他先后做过三轮车夫、赛马场的饲养员、奶牛厂的挤奶工、码头搬运工等。中途曾短暂地返回家乡，参加一个四处巡演的东北民间歌舞团，歌舞团解散后，他重新返回曼谷，之后到泰南的沙墩府投靠一个朋友，并成为一名乡村小学教师。四年后，他和一名当地女子结婚。在多次申请调往耶索通府教书的尝试失败后，康朋辞去了教职，并于两年后成为帕塔隆府一所监狱的看守。在接下来的几年里，他辗转于泰国南部的多所监狱，也是在这一时期，他的妻子患上重病，需要大量的医药费开支。为了维持家用，康朋一边继续任监狱看守，一边开始阅读并尝试写作以赚取稿费。他的第一篇作品发表在报纸《北大年之声》（Siang Patani）上。

在20世纪70年代，康朋创作了他人生中的首部短篇小说《爱在深渊》（Rak Nai Heo Luek），并将其投稿给了当时极受欢迎的文学杂志《泰国天空》。担任杂志主编的知名作家阿金·班加潘（Achin Panchaphan）将这部作品的标题更改为《乡间故事》（Nithan Luk Tung），随后予以发表。在阿金的鼓励下，康朋继续创作并成为该杂志的固定作家。1975年，他成功连载了首部长篇小说作品《百所监狱的囚徒》（Manut 100 Khuk）。随后，陷入创作灵感困境的康朋，又在阿金的推荐下阅读了美国著名儿童文学作家劳拉·英格尔斯·怀德的原版小说《大森林里的小木屋》（Little House in the Big Woods）。"看完之后，我写了两三章给阿金看，他鼓励我继续写下去，并让我保持属于自己的风格和特色，例如在东北，野蛙是怎么叫的，雨季来时又是什么样的？他告诉我可以阅读别人的作品，但不要盲目复刻别人的做法。"[1] 康朋于是开始了第二部长篇小说的创作。阿金在读完初稿后，建议他将题目定为《东北孩子》，并很快刊登在《泰国天空》杂志上，直到1976年连载完结。

《东北孩子》以20世纪30年代的东北山村为背景，讲述了小男孩昆一家五口在天旱少雨，大部分当地居民由于缺乏食物而被迫迁往别处的情况下，依靠着自己的坚毅、勤劳和智慧坚守在家乡，并和家族中的亲属、同村乡邻一起相互帮助，努力寻找和储存食物，直到天降甘霖，人们欢欣鼓舞、一同庆祝的故事。虽然这部作品并没有荡气回肠的爱情故事，也没有惊心动魄的冒险情节，但一经刊载却大受读者欢迎。连载一经结束，便迅速集结成册并于当年出版，次年（1977）就获得了由泰国图书出版与发行协会颁发的"最佳长篇小说作品奖"。

东北部是泰国六个地理区划中面积最广、人口最多的一个地区，由于地处呵叻高原，土层薄，保水性差，十分不利于农作物生长，加上气候恶劣，经常遭受洪水和旱灾，因此在经济和社会发展速度上明显落后于其他地区。在语言和文化方面，当地大部分居民和湄公河对岸的老挝人同为历史上寮人的后裔，语言同为佬语，因而和中部的泰人相比，东北部的泰人在宗教信仰和风俗习惯上更接近老挝人。

对于20世纪70年代泰国的大部分文学读者来说，"东北"仍是一个只有在电影、电视、民谣歌曲及少数文学作品里才会偶尔提及的地方。在大多数城市读者的固有印象里，"东北"是落后和贫穷的代名词，正如乃丕在那首著名的《东北》诗歌里所呼喊的：那里，"天上没有雨/地上尽黄沙/泪水流下来/立刻被吸干"[2]。他们对"东北人"的印象，也不外乎是讲着他们难以听懂的方言和穿梭在城市里的外来打工人形象，对真实东北和当地人生活的了解微乎其微。因此，《东北孩子》的出现，刚好填补了城市读者对东北地方知识的空白。康朋用特有的细腻笔触和独有的亲身经历，详细描绘着东北人的衣食住行和东

1　［泰］佚名：《〈东北孩子〉——苦中作乐的文学》，https://www.thenormalhero.co/kumpoon-boontawee/，2024年9月15日。
2　栾文华：《泰国文学史》，第371页。

北大地的自然风光，恰到好处地"满足了城市中产阶级读者的文化求知欲"和"'读有所得'的阅读心理"[1]，并且细致入微地"解答了许许多多关于东北人的行为，关于东北的经济、社会和文化方面的疑问"[2]。它的问世与成功，固然离不开资深作家、主编阿金·班加潘对读者喜好的准确把握与敏锐洞察，但根本的原因还是在于作家本人对作品内容的娴熟驾驭和在真情实感基础上的自然摹写与描绘。

《东北孩子》问世于泰国知识界最为之振奋的1973—1976年间。那是全国性学潮风起云涌的三年，城市知识分子与工农无产者结为同盟，呼唤自由与民主，在文艺界掀起了一股以"为人生、为人民"为旗号的社会主义现实主义文学运动高潮，涌现出一批出自校园、具有政治热情的青年作家。与此同时，老一辈作家和畅销小说家们也都积极响应，一致强调文学应该从内容上反映农民、工人生活的艰苦。在这三年间，文学作品和文学读者的数量都迅速增长。任乐苔·萨佳潘教授曾评论道："这一时期的文学不论是从作品数量还是质量上看，都可谓达到了极度的繁荣。对于人民力量终将战胜独裁势力的信心，极大地鼓舞着作家的创作勇气，也使得他们逐渐发现了属于自己的创作形式和内容。"[3]

作为连载在一份面向大众读者的畅销刊物上的作品，《东北孩子》并不是一部以"为人生、为人民"为旗号的作品，但它却在历史的机缘巧合下，从这场波澜壮阔的文学与社会运动之中诞生了。标题中的"东北"一词，在当时的语境下，很自然地会被认为是为同为劳苦大众的东北同胞而写。因此，它本身就可以吸引一部分想要了解工农阶层生活境况的读者的兴趣，甚至读者中的一部分很可能就是远离家乡、来到曼谷谋生的东北人。主编阿金·班加潘在谈到这部作品的诞生过程时曾说："《东北孩子》是一部有价值也有趣味的作品，所以我将它刊登在了《泰国天空》上。它非常受欢迎，尤其受到东北人的喜爱。"[4]

1　［泰］康朋·本塔维著，熊燃译：《东北孩子》，第308页。
2　［泰］顺提·尼玛潘、秉莫·暖宁：《透视东盟文学奖》，第14页。
3　［泰］任乐苔·萨佳潘：《当代文学》，第22页。
4　［泰］沙甲蓬·腊翁：《东盟文学奖日记》，第28页。

20世纪60—70年代间，大量东北人离开家乡，前往曼谷或其他外府地区打工谋生，他们中的少数人有幸进入大学，成为了青年学生队伍里的一员，而绝大多数则汇入了工农无产者的大军。对于他们这一类读者而言，这个标题把他们带向了生活的原乡，唤起了他们的身份认同。而对于自幼生活在曼谷的中产阶级读者来说，《东北孩子》这个标题在把他们引向一种固有印象的同时，又因为"孩子"一词所能带来的天然亲近感，也一定程度减轻了他们的偏见与文化隔阂，拉近了与作品间的距离。

1976年10月6日事件之后，文坛陷入沉寂，大量的进步文学期刊被迫停刊，出版审查制度再次严格起来。在这个转折点上，《东北孩子》由于内容没有政治性倾向而得以顺利出版，并且迅速成为畅销书。1976—1979年间，由于一大批青年学生和知识分子逃往山林，市场上只有寥寥几部新创作出来的长篇小说作品。在文学市场极其萧条的当时，《东北孩子》恰好又及时地填充了这段短暂的文学真空期。

1979年，第一届东盟文学的评委会组建成立，名单如下：

姓　名	社会职务	评委会职务
诺尼迪·谢布	泰国语书协主席	评委会主席
素帕·忒瓦昆	泰国作协主席	评委会主席
林腊婉·彬通	《妇女》杂志编辑	评委会委员
萨猜·邦荣蓬	资深作家	评委会委员
诺·班卡翁·纳阿瑜陀耶	教育界专家	评委会委员
拉达·塔娜哈塔甘	作家、翻译家	评委会委员
达奈·撒西瓦塔纳	专栏作家	评委会委员

在包括《和阿公一起》《转向的风》等十六部小说作品和两部诗集在内的所有入选作品中，评委会最终决定将奖章授予已年过半百的

康朋·本塔维。在当年的角逐者中，康朋尚属于文坛中的新人，在创作经验、技巧的娴熟度和语言的艺术性等方面，都不及格莎娜·阿索信、素婉妮·素坤塔（Suwanee Sukhontha）、西法、尼米·普密塔翁这些资深作家。但是评委会却独具慧眼地发现了《东北孩子》中所蕴含的独特魅力。评委会主席诺尼迪说"它有一种浑然一体的特质，用英文说来就是有'creative writing'"。这是对作品所流露出来的自然主义风格的青睐，而这样不加雕饰和不刻意去表达感情的语言风格，在当时的泰国文坛显然是难能可贵的。在内容和题材方面，《东北孩子》也具有独特的优势，康朋所独有的东北成长体验和东北文化身份，是同时代的其他作家无法复刻和模仿的，"它刻画了东北人特有的禀性，又将作家们很少触及的基本（生活）问题展现得如此引人入胜"[1]。另外，在作品的形式方面，《东北孩子》也别具一格，它"在虚构故事（其含义为具有情节的讲故事文体）和人类学纪录（作为记录地方文化诸种细节的文本）这两种体裁之间来回穿梭又兼而有之"，"它不是散文，而是有趣味的故事，带有戏剧性"。[2]《东北孩子》用三十六个相互独立的日常小故事构筑起整篇叙事，看似松散，实则每个故事都像是一块拼图，最终拼凑出一段珍贵而幸福的童年往事。这样的讲故事方式，虽然没有长篇小说常用的情节设计，但却"令读者读来手不释卷"，也因其与众不同的形式，而让评委会觉得充满新意。

综上所述，不论是从作品的内容题材还是形式技巧上看，《东北孩子》都与东盟文学奖创设者以及泰国第一届评委会对"创意"文学的期许不谋而合。事实上，自20世纪70年代中后期开始，泰国学术界就开始对文坛现状进行反思，并表达着对文学创新的期待。著名文艺理论家泽·萨达威廷在一次关于文学现状的讨论会上，针对当时市面上大量的千篇一律、缺乏创意和原地踏步的文学发出了振聋发聩的呼声："当前的文学状况如同静止不流动的水，如果再这样下去就会成为一潭'腐水'（nam nao）。"70年代末，随着知识分子从山林中陆续"走出"，回归主流社会，文学界也开始复苏。知识阶层与政府之间既往

1　［泰］顺提·尼玛潘、秉莫·暖宁：《透视东盟文学奖》，第15页。
2　［泰］康朋·本塔维著，熊燃译：《东北孩子》，第39页。

的紧张对峙关系终于趋向缓和，政治话语逐渐从文艺创作与批评中隐退。在新的历史条件下，文学为什么而写、文学的价值坐标应该置于何处，再次成为文艺界重新思考的问题。[1]在这个背景下，《东北孩子》不仅为70年代后期低迷不振的文学市场注入了新的活力，也为当时正努力思索泰国文学未来道路的作家和文艺批评家们带来了生机与动力。东盟文学奖初创者和第一届评委会，集齐了来自学术界、作家界、教育界和出版界的各方代表，代表着文学界人士的共同心声。《东北孩子》的获奖，不仅体现了当时的泰国文艺界对文学创新的要求与期盼，它的成功本身也预示着长篇小说的创作与阅读正悄然开启新的篇章，长篇小说的创作者与受众对于作品的审美期待都在发生着变化。

尽管《东北孩子》在创作伊始并没有刻意追求创新与卓越，但是站在今天的文学史坐标上审视，它却成为了这场以"创意"为名的当代文学革新的先行者。

二、孩童视角与趋近"零度"的写作

《东北孩子》是一部以作者童年经历为素材的自传性作品，用一个小男孩的视角记录了东北部一个乡村中的日常生活。小说中的故事发生在大约20世纪30年代，主人公是一个叫昆的小男孩（也是作者康朋幼时的名字），故事以倒叙开头：

> 那还是四十七年前……
>
> 在一棵高大的椰子树下，有一间用木头搭成的高脚棚屋，站在炎炎烈日下。每当大风刮过，阿爸就会立刻驱赶三个孩子跑出棚屋，逃到地面上去，因为害怕那棵椰子树倒下来，砸断他们的手脚。要是风不大，三个小娃就会挨着身子躺下，眼珠子直勾勾地盯住头顶上的天花板，听风把顶棚吹得"沙沙"作响。那上面的白茅遮顶已经被烈日烤得干巴巴了，一遇风就会发出脆响。只要

1　熊燃：《东盟文学奖与泰国当代文学的创新》，载裴晓睿主编：《泰学研究在中国：论文辑录》，第145—157页。

听到阿爸"快下去！"的喊声传来，他们就会以最快的速度逃到棚屋外的地面上。[1]

数字47，是康朋在1975年创作这部作品时的真实年龄。如果按照故事中小主人公的年龄推算，这个数字显然是不准确的。但由于虚构性本就是小说的重要特征，因此，数字47在这里就具有了特殊的象征意义：它将作者带回到生命的初始点，那是他在漫长旅途中封存的珍贵记忆，也是在现实中再也回不去的精神原乡。对不可复返的童年的追忆，往往是成人作家们寻找精神家园的常见方式。当他们以儿童视角建构叙事文本时，现实世界里的烦恼、虚伪与复杂被"净化"，世界变得纯真、新奇、自然而鲜活。

康朋借用小男孩昆的双眼，带领读者穿越了时空，回到三十多年前的东北乡村：

> 那里家家户户都一个样：棚屋近旁搭有谷仓，屋下方圈养着黄牛和水牛。村子周围是田和水塘，经常干涸。水塘再过去是一片疏林，当地人管它叫"鹞子坋"。太阳毒辣的日子里，路上是没有小娃奔跑的，因为遍地都是沙。那里的人不论去哪里，都光着脚走路，也不管沙土有多烫。村里有马可以骑的只有三个人。如果想要到远些的地方撒网打鱼，就得用上好几架车让黄牛拉着走。等到回来时，就已经是二十多天以后了。[2]

由于天旱少雨、缺少食物，同村村民们陆续搬走，但昆的父亲却坚持要留下来，因为昆已去世的爷爷曾嘱咐过"哪里也不要去"。对于昆的一家人而言，那里是祖祖辈辈生长的土地，死去的祖先就在家里守护着子孙后代。昆的奶奶、大伯父一家和小姑一家都住在同一个村寨里。平日里，三家人相互照应，遇到大的事情则齐聚到奶奶家里，请家族里最大的长辈出面协商解决。昆跟随父母先后亲历了爷爷的去

1　[泰]康朋·本塔维著，熊燃译：《东北孩子》，第43页。
2　[泰]康朋·本塔维著，熊燃译：《东北孩子》，第43—44页。

世、大堂姐结婚、奶奶生病和请巫医等家中大事，也和家人、小伙伴及同村乡邻共同度过了庆祝宋干节、去寺院上学、参加开学典礼、远行打鱼等难忘时光。在昆的视线注视下，寻常生活里的琐事全都充满了趣味，连最简陋的食物也变得美味无比。

> 昆在一段原木上坐下，对阿爸说："还是吃饭吧。"

> 阿爸于是扯下一大把卡里椰树嫩叶，解开饭袋，又从篓里一只一只地掏出知了，掐住头捏死。"先像这样剔掉翅膀和脚，把屎挤掉再吃。"

> 阿爸边示范边用卡里椰嫩叶包好知了，蘸上辣酱送进嘴里，"咂吧"嚼了起来。昆学着阿爸的样，吃得津津有味。知了的头肥腻，而卡里椰叶味道涩，跟又辣又咸的腌鱼酱配在一起，刚好合适。[1]

食物，是《东北孩子》中被描写得最多的主题。昆的日常活动几乎都是围绕着食物在进行的。要么是跟随父亲进林子里寻找食材，要么就是跟着母亲就近取材，然后在厨房里烹饪成美味的饭菜。就连评论家冉专·因他甘函（Ranjuan Inthakamhaeng）也不由得感慨道："在三十六篇故事中，几乎没有一篇不是在讲述食物的。我们既感到同情，又真想一把将食物送进自己的口中大快朵颐。因为，它们看上去实在是太美味了。"[2]曾经有读者对小说中大量的食物描写提出过质疑，而作家本人却回应道："在如今，吃的问题难道不算是大问题吗？对于那些正在曼谷火车站周围挤成一团、或坐或卧的东北人来说，吃饭、填饱肚子难道不是头等大事吗？"[3]在真实的生活经验中，食物是康朋和家人，以及大量的东北人长期稀缺的生活必需品。也只有长期在饥饿边缘徘徊的人们，才懂得食物的珍贵。对食物的渴望，与饥饿的痛苦，往往只有一线之隔。然而在小说中，饥饿的痛苦却完全被"过

---

1 ［泰］康朋·本塔维著，熊燃译：《东北孩子》，第40页。
2 ［泰］冉专·因他甘函：《文学评论：第3辑》，第117页。
3 ［泰］康朋·本塔维：《关于〈东北孩子〉的一些事》，第25页。

滤"掉了，在昆的眼里，只剩下到大自然里寻找各种食材的乐趣，以及和家人亲友们津津有味地共享美食的幸福。吃饭，不仅是昆的家人和乡邻每天要解决的头等大事，也是人们在辛苦劳作一天后，收获的最美妙犒赏。

　　　　当两个装有米粑糕和菜碟的竹围被端过来、紧挨着放下之后，阿爸就招呼大家说："赶紧来吃吧，也用不着洗手洗身子了，水也不好找。"庆伯和云伯首先挪了过来坐下，昆和詹笛也在阿爸身边坐了下来。

　　　　"快吃，蘸汤时轻点儿，别撒了，蛤蚧汤可难找着呢。"梯哈笑着说道。

　　　　"想喝酒的话傍晚过来。"阿爸对梯哈说。

　　　　"啊哈，俺去越人阿叔阿嫂家里喝也行。"梯哈说完，从饭箪里掏出一团饭，蘸上蛤蚧浓汤送进嘴里，"砸吧砸吧"地嚼着。阿妈先指给翌笋看哪碗蛤蚧汤不辣，然后才自己吃了起来。康恭阿姐和昆也一样专心吃了起来。凉拌腌鱼和罐头鱼汤，都没有梯哈的蛤蚧汤那么香辣可口，大家都只顾着埋头吃蛤蚧汤。昆边吃边抬头看向屋顶，直到阿伯们问他在看什么？昆就说，换了屋顶可真开心。[1]

　　昆与父母、同胞、亲属及同乡之间的情感纽带，就是在这暮暮朝朝、日复一日的寻觅、制作和享用食物的过程中牢牢建立起来的。在这个过程中，昆自己也从长辈身上学习着祖祖辈辈传承下来的生活经验与生存技巧，那是当地人在与大自然漫长的斗争与共存中逐步积累下来的独门智慧。

　　　　阿爸让梯准用剁刀刮竹筒的表面，而他则在另外半边竹筒上"咯吱咯吱"地钻着。虽然是深更半夜，阿爸和梯准的动作却一

1　[泰]康朋・本塔维著，熊燃译：《东北孩子》，第142页。

样地娴熟敏捷。昆还从没见过这样摩擦取火。阿爸边钻边告诉他，阿爸的曾祖父母就曾经是这样摩擦木头取火的。有了打火石和火柴，用刀尖把半边竹筒的表面上钻一个小孔，然后把刮出来的竹皮末子塞到小孔里。再拿另外半边在边缘部分已经削锋利了的竹筒，去反复摩擦塞有竹屑的半边竹筒。阿爸说完后，在一片寂静中便只剩下一声声"咯吱"的声响。

⋯⋯⋯⋯⋯

阿爸用竹子擦出声音的节奏越来越快了。不久，昆就看见竹屑上冒出了火星子，梯准连着吹了三口气后，火便一下子蹿了上来。阿爸将火把的头贴了上去，火把噌的一下就亮了起来。[1]

孩童对未知世界的好奇心与探知欲，不仅推动着小说的叙事进程，而且恰到好处地与读者对东北地方世界的探知兴趣交融到了一起。追随着昆的视线，读者仿佛化身为成人世界的旁观者，不带偏见地观察着他们的言行和举止，也跟随着他们的行动了解着当地的文化、习俗、信仰与历史。"或许可以说，孩童的视线是为大量描写当地文化的细枝末节建立起叙事合法性（narrative legitimacy）的工具——正是因为同孩童的视角联系起来，这些细枝末节才得以仍然存在于叙事的写实框架之内。"[2]

"⋯⋯三十年前，有人看到贝叶上的经文写道：六年后会有'红土石大难'发生，石头会变成金银，南瓜会变成象、马，水牛、黄牛会变成吃人的妖怪，谁家要是有牛，就赶紧杀死；谁要还没嫁人，就在六个月内赶快嫁人。"

昆认真地听老药师讲着，只听他继续讲道："谁要是做了坏事，妖怪就会来把他吃掉；谁要是没做过坏事，就收集好红土石，会有有德行的人来把石头变成金银。这个消息使得东北人都争相宰牛，几乎把牛都杀光了。六个月后，果真有一个有德行的高

1　［泰］康朋·本塔维著，熊燃译：《东北孩子》，第263页。

2　［泰］康朋·本塔维著，熊燃译：《东北孩子》，第308页。

人来了。但当人们看到，收集来的石头并没有变作金银，就联合起来，要杀死那有德行的高人。但那高人有不少门徒，于是人们就互相厮杀起来。最后，官府的人不得不用武力镇压了他们。关于这个有德行的人的故事就一直流传下来。"[1]

这段被曼谷官方称为"功德鬼暴乱"（Kabot phi bun）的血腥历史发生在1900—1902年，是曼谷中央政权与东北地方势力长期紧张与对峙的结果，其背后有着错综复杂的民族、历史和宗教原因。然而，当这个事件在小说中由昆的长辈娓娓道来时，反而成为了一段离奇怪诞的遥远往事，甚至被附着了一层传说色彩，在虚与实之间来回穿梭。这正是孩童视角所带来的特殊效果，也是个体对群体历史的合乎逻辑的记忆方式。由于经历了时间的"淘洗"和儿童视角的"过滤"，事件原本的因果链条变得松散甚至变形，而事件的"真相"也被"粉饰"为与官方话语相符的表述——领导反抗斗争的"有德之人"被去除了姓名，成为了一场闹剧般骚乱的始作俑者。就其实质而言，孩童视角本身是成人的一种"伪装"。而在这个事例中，它不动声色地将一场政治事件"去政治化"，却又让读者浑然不觉。正如不少评论家所言，《东北孩子》成功将小说的虚构与历史的真实融合得浑然一体、宛若天成。

就其功能而言，孩童视角一方面使叙事脱离了"上帝视角"，剔除了语言的说服和宣说目的，另一方面使得叙述对象与读者视线之间的语言介质"透明化"，避免了作者的杂音。以至于诺彭·巴查坤称赞这部作品道："没有蕴藏引人深思的哲理，没有显示让人惊艳的文字艺术，甚至都没有展现任何的社会问题以唤醒人们的思考。然而，这部作品却用直白的、看似透明的方法，讲述了简简单单的农村生活，如果按照新时期西方评论家们的说法，则完全可以说'这部作品几乎接近于文学写作的零度'。"[2]

罗兰·巴赫在《写作的零度》（Le Degre zero de I'ecriture）中提

1　[泰]康朋·本塔维著，熊燃译：《东北孩子》，第117页。
2　[泰]康朋·本塔维著，熊燃译：《东北孩子》，第307页。

出，零度写作从根本上说是一种新闻式的"直陈式写作"，既摆脱了语法和语式的限制，也摆脱了所有特殊的语言秩序束缚，因为不带有作家的意识而堪称清洁的白色写作。零度写作因为摆脱了作家的权力掌控而具有了中性品质，处身在各种呼吁和判断的汪洋之中却能够保持毫不介入的状态，正是这种完全的"不在"构成了零度写作，从而不包含任何私密或者隐蔽。[1]《东北孩子》正是在这样一种"直白"和"看似透明"的孩童叙述中，达到了作家"不在"的叙事效果。

对于作者康朋·本塔维而言，孩童视角或许还有另一层意义。与其说它是为了达到小说叙事的诗学效果而刻意使用的一项技巧或手段，不如说是作者得以重拾自己童真岁月的一道自然而然的情感出口。只有在用昆的视角注视着珍藏在记忆里的那段往昔岁月时，他才仿佛得以"重生"为当时的自己，也再度重温一遍那时的经历。

　　　昆坐在那里，不知不觉中早已热泪盈眶。他揉了揉眼，看到阿爸阿妈正紧紧依偎在一起。阿爸问他："是因为太高兴了吗？"昆朝阿爸点点头，流着眼泪微笑着。詹笛也问他："是不是成哑巴了？"可是昆却一句话也说不出来。一时间，他仿佛听到上学的钟声正"锵——锵——"地在空中回荡……又仿佛听到肯老方丈的声音在耳畔回响："老天从来不会怪罪谁……从今往后，你也不要怪罪老天……"

　　　那一天的气氛，就和现在，和今天的一样……昆一定还会再遇到它们！因为，昆是东北的孩子，是双腿布满文身的阿爷的孙儿，是直到今天依旧铭记着肯老方丈和阿爸的教导、从来不会怪罪老天的东北孩子……[2]

小说主人公昆就像一个时空的纽带，连接着作者的过去、现在以及未来。逝去的历史、死亡的个体、消失的过往，经由文字得以重现。在康朋的书写行为中，不仅他的童年时光得以从消失的过去"现时

1　汪民安主编：《文化研究关键词》，第208页。

2　[泰]康朋·本塔维著，熊燃译：《东北孩子》，第298页。

化"为一段能够被阅读和共情的文字记忆，而且作为个体的身份标志，"东北孩子"也唤起了集体的共鸣，从而获得了更广泛和更强烈的确认。

三、书写"东北"：传承与创新

自20世纪50年代起，"东北"就开始成为一部分泰国作家着意书写的对象。1952年4月，被集·普米萨誉为"伟大的人民诗人"的进步作家乃丕，将一首慷慨激昂的诗歌《东北》(Isan)发表在《暹罗时代》(Siamsamai)杂志上并且震撼了文坛。在诗歌的开篇，诗人就用凝练而充满力量的笔触将一个鲜明的"东北"形象赫然呈现出来：

> 天上没有水，地上只有沙砾，
> 滴落的串串眼泪，眨眼渗干，无踪无迹。
> 烈日像要烤炸脑壳，干涸的田野裂纹遍地，
> 一颗颗战栗的心啊，哪年哪月不再哭泣！[1]

那句"天上没有水，地上只有沙砾"也成为代表"东北"地方形象的金句而被反复引用。

"乃丕"的原名是阿萨尼·蓬简(Asanee Phonchan, 1918—1987，他的另一个笔名是"因特腊育")。阿萨尼出生于泰国中部的叻武里府，自幼接受了良好的教育，毕业于泰国法政大学的法律与政治系。他不仅是泰国"为人生"文学运动最早的代表人物，而且也被称为"泰国第一位马克思主义文论家"。1940年，阿萨尼开始以"乃丕"(Nai Phi)为笔名发表作品，这个名字的意思是"众鬼的首领"，寓意要成为打破不合理旧制度的群魔之首。他的诗歌创作深受社会主义现实主义文艺思想的影响，带有明显的意识形态色彩和政治目的，其一生中共创作了三百多篇诗歌，但影响最大的还是《东北》。

阿萨尼本人既非出生于贫苦的无产阶级家庭，也不是来自东北的

---

1 ［泰］阿萨尼·蓬简著，裴晓睿译：《东北》，载熊燃、裴晓睿译：《泰国诗选》，第158—159页。

本地居民。他对东北地方物景的"摄取"和加工创造，既有现实的基础，又融入了他个人的理想和情感。在他看来，文学是可以唤醒民众、推进社会改革的有力工具。他从现实中看到，大量穷苦的东北百姓不仅长期忍受着恶劣的自然环境，还要遭受政府官员的盘剥与压榨，出身法律专业且心怀强烈正义感的他迫切希望能够改变这样的现状。他从现实中淬炼出两个相互衬托的核心物象，并用它们构筑起一个整体的"东北"形象：干旱少雨的自然环境（天）和在困境中挣扎的人民（人）。在诗中，作者不仅对压榨百姓的腐败官员发出强烈的抨击，也对广大读者发出了直白的呼吁：

> 他们分明心黑手辣，精于营私舞弊。
> 欺诈我们的，是谁？揭露他吧！
> 瞧他们到处奔走，把我们的鲜血吮吸。
> 他们像瘟疫劫夺残生，怎能不使人悲愤交集！
> …………
> 我们的双手结实有力，我们抗争的呼喊有人倾听！
> 同情东北的人们啊，挥起双拳斗争！
> 呼啸的狂风，会把整片森林夷为平地。
> 千千万万的东北人啊，天下谁能敌！ [1]

以文学为工具，为苦难的同胞发声，这是20世纪50年代"为人生"文学的主要宗旨之一。西巫拉帕直言："该用艺术为大多数人还是为一小部分人谋求利益？""作家比其他生产者肩负更多的社会责任。椅子和衣服不会使人成为好人或者坏人，但是文学却可以。正是这一点，决定了作家必然对社会负有特殊的责任。"阿萨尼作为"为人生"文学文艺源流最早期的实践者，不仅首次将"东北"具象化为一种文学性的话语表达，而且赋予了它拟人化的内涵和悲壮色彩，仿佛在哭泣和唤起人们的同情。文学与政治的结盟，对泰国现代文学而言，

---

1 ［泰］阿萨尼·蓬简著，裴晓睿译：《东北》，载熊燃、裴晓睿译：《泰国诗选》，第158—159页。

是一个从一开始就绕不开的"宿命"。自1932年"6·24"政变，到第二次世界大战后持续的社会政治动荡，以西巫拉帕为早期代表、身负"觉醒者"使命的泰国作家，一直把反映社会、记录社会和影响社会作为文学行动的首要目的。在这样的背景下，贫瘠的东北和生长在那里的贫苦人民，便被包裹在了知识分子对于无产者同情的目光注视下，由此有了鲜明的形象和意义指涉。[1]

在阿萨尼之后，出生于东北柯呖府、被誉为"泰国最优秀短篇小说家"[2]的康邢·西诺继续着对"东北"的书写。20世纪50年代末，他使用"佬·康弘"这个带有鲜明身份色彩的笔名发表了一系列短篇小说作品，以深刻的现实批判性，讲述着家乡东北的社会风貌和形形色色的人物经历。在他的经典短篇小说集《天无遮》（*Fa Bo Kan*）中，十三篇作品几乎全都是以东北作为故事的发生地。由于本身就出生于泰国东北，佬·康弘对东北社会的观察更加细致入微，对"东北"和"东北人"的刻画也更加立体和丰满。而作为政治新闻记者，他对泰国社会问题也有着比常人更敏锐的洞察力。他作品里的"东北"虽然同样呈现出"天气干旱"和"土地贫瘠"的形象，但却与更广义的乡村社会发生了形象上的勾连与重叠，除了贫穷和落后之外，那里还有迷信、愚昧、各种陋习和社会弊病。他将农民作为文学中的主人公，让普通农民发出文学的声音，用地道的方言和乡村图景展现最真实的泰国农村社会。换而言之，康邢虽以"东北"为镜，但照见的却是泰国社会普遍的图景，以及更为普遍的人性，因此也更深入地"扎向"现实的土壤。在一次采访中，他说道："人们开始描写乡村。那也是我最原初的愿望。我从来不是为了写给农民们看。我希望城市里的显贵人物可以理解并同情像'乃纳'（短篇小说《金脚蛙》中的男主人公）那样生活在农村中的人们。"[3]可见，康邢对"东北"的书写和"为人生"作家阿萨尼一样，同样是出自强烈的社会责任感和身

1　熊燃：《〈东北孩子〉导读》，载［泰］康朋·本塔维著，熊燃译：《东北孩子》，第14页。

2　Martin B. Platt, *Isan Writers, Thai Literature: Writing and Regionalism in Modern Thailand*, p.44.

3　［泰］阿农：《康邢·西诺采访》，转引自Martin B. Platt, *Isan Writers, Thai Literature: Writing and Regionalism in Modern Thailand*, p.57.

为作家的使命感。[1]

同样以家乡东北和东北人为书写对象的，还有在20世纪60—70年代活跃在文坛的素腊采·占提玛通（Surachai Chanthimathon）。素腊采成长的年代，是泰国现代文学史上著名的"寻找意义期"（Yuk chan chueng ma ha kwammai）。随着高等教育的发展，学生人数迅速增长，使大学成为了传播文化与交流思想的重要阵地，文艺社团纷纷成立，青年学生和作家之间进行着频繁的互动和交流。在艺术大学读书期间，素腊采加入"新月社"，并结识了日后成为文坛主力军的素婉妮·素坤塔、素吉·翁贴等人，开启了文学道路。和前辈们相比，他的作品形式更加多样，也拥有更为广泛的受众。除了创作短篇小说和诗歌，素腊采还是泰国第一个"为人生"乐队——"大卡车乐队"的主创，创作了不少"乡间民谣"风格的歌曲。在作品里，他有意识地书写家乡东北的乡村图景，刻画了各种职业身份的东北人。他笔下的"东北"形象，虽然依旧没有跳出"恶劣的生存环境"和"遭受苦难的人们"大框架，但却发现并开辟出一类新形象：离乡背井的东北人。他们代表着城市中大量的东北劳工和底层人群，隐喻着一个离散中的"东北"。在歌曲《梅婆婆》中，素腊采写道："梅婆婆说，我是苦命人，耕地种田，食不果腹；从东北来，身无分文，无人雇用，乞讨谋生；等着残羹，候着槟榔，做着有家的梦。"

从上述作家在20世纪50—70年代间对"东北"的书写中，可以看到一个逐渐清晰和立体起来的地域形象。但不管每个作家出于什么样的创作冲动，他们所展现的"东北"在基本轮廓和情感底色上并没有本质的变化。"东北"依旧只是书写苦难与社会不公主题的理想素材来源。[2]

因此，当康朋·本塔维将他所熟悉的"东北"带进文坛时，读者们关于"东北"的既往印象才将迎来质的改变。"事实上，读泰国小说以

1　康邢·西诺并不是严格意义上的"为人生"文学作家，但在创作思想上一定受到过西巫拉帕、社尼·绍瓦蓬等人的影响。同时，康邢的短篇小说创作也对后来的"为人生、为人民"文学产生过不小的影响。

2　Martin B. Platt, *Isan Writers, Thai Literature: Writing and Regionalism in Modern Thailand*, p. 104.

来，如果要专门关注与农村有关的（作品），大多都是像麦·蒙登[1]笔下的那种乡村民谣风格（baeb luk thung），使读者跟随着男女主人公的爱恨悲欢而心潮起伏；或者就是像玛纳·詹荣（Manat Chanyong）的短篇小说；又或者是那种讲述城里人到农村的故事，往往没有多少提及村民们的内容，即使有，也是从城里人的角度来讲述。很少有像康朋·本塔维的《东北孩子》这样读过之后能够体味到真实村民们的思想感情的作品。"[2]

这段《书文世界》编委会的评论，从两层意义上肯定了康朋所书写的"东北"对既往作家的超越。第一，它打破了"东北"的类型化和模式化印象，"东北"不再只是穷苦农村或偏远乡村社会的代名词，农村和乡村图景只是它众多景观中的一小部分。真正的"东北"，除了干涸的农田和遍地的黄沙，更有古老的传说、多样的动植物、多元的族群和源远流长的当地智慧。

> 老方丈又接着讲，文身这习惯自他出生前就有了，老人们和姑娘们向来都喜欢文过身的男人，所以就有了姑娘们口中一句流传到现在的话。昆小伙就问，是什么话？老方丈就缓缓说道：
> 　　"单条腿上文头狮，太短把他踢；
> 　　文了双腿不文腰，不是美汉子。
> 　　没有小鸟停脸上，不叫好阿哥。"
> 　　方丈解释道："这话的意思是，文腿就要文一只形状像人脸的狮子，这样就可以做一个刀枪不入的人，并且必须要两条腿各文一只。要是只文一条腿、只有一只狮子的话，姑娘们就不会喜欢，会用脚踢他。"
> 　　"等到两条腿文上之后，要是腰周围或腰以上不文的话，就跟腿上的不搭配了。要是腰上也文了，就必须在脸上再文只小鸟，

1　麦·蒙登（Mai Mueangdoem）是作家甘·彭汶·纳阿瑜陀耶（Kan Phuengbun Na Ayutthaya，1905—1943）的笔名。
2　《书文世界》编委会著，熊燃译：《〈书文世界〉评〈东北孩子〉》，载［泰］康朋·本塔维著，熊燃译：《东北孩子》，第312—317页。

这样才更精神。"[1]

　　第二，"东北"和"东北人"，不再是由城里人、知识分子或职业作家以注视者的角度从外部来书写的对象，而是真正由他们自己从内部来讲述的，是"我们"所书写的"东北"。在这样的内部视角下，作为自然的"东北"与生长在那里的"东北人"也相互脱离，不再被外部的凝视包裹为一个不可分割的整体：作为大自然的"东北"，是一片生趣盎然又令人敬畏的神奇大地，有森林湖泊、大河平原和各种各样的生物；作为生长在这片大地上的"东北人"，流淌着坚韧不拔的血液，如同"昆树"一样扎根在自己的土地中，"扛得住日晒雨打""从不怪罪老天"，接受大自然的馈赠，知足并幸福地生活着。

　　除上述两层意义之外，《东北孩子》还实现了第三层意义上的超越，那就是，人为附着在"东北"和"东北人"身上的苦难标签和苦情色彩已经脱落，"东北"仅凭自身便可存在，也不再"需要他人来同情和怜悯，因为同情和怜悯往往伴随着藏在深处的瞧不起"[2]。"东北"重归一个原原本本的地域客体，有待外部人士自己去探索和发现，也等待着以后的作家继续对它进行书写和建构。

第二节　1982—1988：作品思想主旨的深化与升华

一、《判决》(1982)：现代乡村社会中的"他人"与"地狱"

　　1982年，东盟文学奖进行了第二届小说评选。本届评委会在人员组成上经过细微的调整，增加了学者评委。评委包括：

姓　名	社会职务	评委会职务
诺尼迪·谢布	泰国语书协主席	评委会主席
通柏·桐鲍	泰国作协副主席	评委会主席

1　［泰］康朋·本塔维著，熊燃译：《东北孩子》，第153—154页。
2　［泰］康朋·本塔维著，熊燃译：《东北孩子》，第311页。

续　表

姓　名	社会职务	评委会职务
古腊·玛丽卡玛	兰甘亨大学教师,文学研究专家	评委会委员
尼达娅·玛萨维素	法政大学教师,文学研究专家	评委会委员
迪辛·汶卡琼	朱拉隆功大学教师,文学研究专家	评委会委员
萨瑞·若嘉娜沙罗	作家	评委会委员
苏瓦·沃拉迪洛	作家	评委会委员
威拉·玛尼拉	作家	评委会委员
苏帕·萨瓦迪腊	作家	评委会委员

在经历了最初三年的评奖后,东盟文学奖已经打开了知名度,成为文坛最受关注的年度盛事。第二届长篇小说评奖在舆论界引起了热烈关注,文艺界人士纷纷就评奖结果进行各种猜测。在总共三十多部作品中,获奖可能性最高的三部作品是:格莎娜·阿索信的《羽毛屋》(*Ban Khon Nok*)、牡丹的《那个女人叫文若》(*Phuying Khonnan Chue Bunrot*)和查·高吉迪的《判决》(*Khamphiphaksa*)。三位角逐者中,前两位都是文坛的资深女性小说家。其中,格莎娜·阿索信先后于1968年和1972年凭借长篇小说《人类之舟》和《夕阳西下》获得过东南亚条约组织文学奖,牡丹也于1969年凭借《南风吹梦》获得过同一个文学奖。最终,尚属文坛新人的查·高吉迪凭借他的长篇小说处女作《判决》摘得了该年度桂冠。

1954年6月25日,查·高吉迪生于龙仔厝府一个普通家庭,父母经营着一家杂货铺,靠做一些小买卖谋生。他从小喜欢写作,立志将来成为一名作家。1969年,还在读中学的他在校刊上发表了自己的短篇小说处女作《嬉皮学生》。1979年因出版第一部短篇小说集《胜利之路》而一举成名,并荣获露兜花奖。次年出版的中篇小说《走投无路》使他进一步为读者们所熟悉。1981年,他创作的长篇小说《判决》出版,于当年获得图书出版与发行协会举办的"最佳长篇小说作品奖"。1982年东盟文学奖的评委会在颁奖词中这样评价道："作者提出了这样一个命题：作为个体的人往往成为社会群体思想与言论的受害者。不论（那些思想和言论）是否是事实，都会使得那个被'判决'者孤立无助、在寂寞中忍受痛苦，直至将他的身心摧残……（作品）在细节上的突出特征是，将一个世界性的主题和谐地呈现出来，内容与形式十分一致，尤其是运用了在泰国小说中不常见的新的表现手法和方式，在艺术性上可谓近乎完美。"

《判决》讲述了一个原本善良的普通农村青年在周围人的误会和非议下，内心由困惑、苦闷到沉沦、空虚、绝望，并最终因嗜酒成瘾而走向死亡的悲剧故事。主人公——发，原本是村民们眼中的青年楷模，依照自古以来的传统进寺院出家学习。他本来前途一片光明，有望成为寺院的住持，但是为了照顾年迈的父亲，决定放弃僧侣身份还俗。服完兵役回到家后，却发现父亲娶了一个年轻的疯女人——颂松。颂松的疯癫举动时常令村民们误会。父亲过世后，他出于对弱者的同情，没有赶走"继母"，反而继续与她生活在同一屋檐下。这更加深了村民们的误会，乱伦的谣言也越传越盛，使他逐渐成为一个不受欢迎的人，被当地社区像对待流浪狗一样拒绝。人们长期的误解与孤立，给发的内心造成了极度的压抑和痛苦，为了麻痹自己，他染上了酒瘾，想借此逃避现实，却最终成为一个名副其实的"堕落者"。酒瘾使他丢了工作，没有了经济来源的发只好去村小学的校长那里讨要之前寄放的工钱，不料校长却要赖说从来没有过这笔钱。走投无路的发只好揭发了校长，不料不仅没人相信，反而被以"妖言惑众""诬陷好人"的罪名关进了监狱。最后还是校长故作好人，出面说情，让发当面认错，他才被释放。长期酗酒使得发早已身患重疾，在出狱后的当晚，他便在病痛中孤独地死去。更为悲惨的是，发的死并没有在村民中唤起同情，即使连尸体也没有按照习俗及时安葬，而是直至六个月后才得以火化，而受此"优待"的原因却只是为了试验村子里新造的焚尸炉，唯一真心为他祭悼的，是同样不受村民们欢迎的入殓师凯叔。

泰国文学专家楚萨·帕特拉昆瓦尼（Chuksak Pattarakulvanit）指

出，《判决》刚好出现在泰国当代文学与政治的一个双重转折点上。[1] 1981年是被颂萨·简提勒沙衮（Somsak Jeamteerasakul）称为"马克思主义在泰国被彻底抛弃"的一年，泰国共产党（CPT）与学生及知识分子之间的冲突达到顶点，大量"十月青年"（khon tula）走出丛林，其中包括青年思想家和作家威萨·堪塔（Wisa Khanthap）、洼·瓦腊央衮。回到曼谷的进步作家开始公开质疑"文艺为人生，文艺为人民"创作路线中的教条主义和公式化倾向。但是他们抨击的对象只限于这条路线在作品表现形式方面的缺陷，对于文学的表现内容与目的则依旧强调对社会问题的揭露。因此，新人作家们延续着对社会不公、人民苦难等主题的热情，但新的表现形式却仍在探索之中。楚萨认为，这正是此前在1973—1976年间占据主导的社会主义现实主义文学道路，即将让位给新的文学主导路线——"创意文学"的关键分水岭，而《判决》刚好出现在这一时刻。

查·高吉迪在文学的表现内容和思想内涵上继承了"为人生"文学的传统。在《判决》之前，他已在短篇和中篇小说中展示了对社会现实的深切关注和深入思考。他自己也曾在采访中说，作品的主题是他在创作中最为重视的。[2] 在《判决》中，他将两个新的社会问题带向读者：一个是被社会偏见迫害的个人命运，另一个则是现代化对传统农村社会的破坏。前一个"显性"地呈现在小说的故事情节和矛盾冲突中，后一个则是潜藏于情节背后的"隐性"推手。

在小说的卷首，作者写道："由人类冷漠地犯下的一场稀松平常的悲剧。"发的悲剧并不是由不公平的社会制度和不平等的阶级出身造成的，杀死他的也不是有形的恶徒或强大势力，而是虚妄不实的流言蜚语、群体的误解和偏见。而对他施加这些残酷暴行的却是在以往小说中以淳朴善良的无辜者面孔出现的普通村民。在小说中那段经典的打狗场面中，村民们的狭隘、冷漠和残暴展露无遗：

1　Chusak Pattarakulvanit, "Chat Kobjitti's The Verdict and Somsong's Appeal," in Rachel V. Harrison (Ed). *Disturbing Conventions: Decentering Thai Literary Cultures*, pp. 147–167.

2　［泰］顺提·尼玛潘、秉莫·暖宁著：《透视东盟文学奖》，第50页。

旁观者站在一旁静默地看着，或许是因为紧张而纷纷屏住了呼吸。"打呀！打它！揍下去！就是那里！那——打！再打！"每个旁观者的心里都不约而同地响起这个声音。[1]

"杀生"这个行为原本在佛教徒眼中是绝对的恶行，然而在小说中却成为了一件为民除害的"善事"。杀狗的理由也仅仅是因为它被认为患了狂犬病，"也许是一只疯狗"，"万一咬伤了孩子可就麻烦了"，实际上，它只是因为天气炎热而一直流口水。"疯狗"的遭遇正是发命运的隐喻：被他人认为是危险分子而遭到群体的排斥、暴力打击直至死亡。传统佛教社会中唯一的善恶道德标准，在这场事件中被证明完全无效。打狗行为的合理性是以一种近似于"代价—利益"的法则来计算的：牺牲掉一只有潜在危险的狗，可以使人们受益。更具讽刺意味的是，原本受到人们排斥和嫌弃的发，这次却由于圆满完成了校长吩咐的"处理疯狗"任务，而被人们称为打狗"勇士"。校长成为了决定是非、善恶的权威，一个本质上虚伪残暴的人，却被村民们视为绝对的道德楷模。正如在现代化的农村社会中，不断扩建的新式学校逐渐代替了寺庙的传统功能，成为村民们接受教育的中心，作为官方知识权威的校长也代替了作为宗教权威的寺院住持，成为村民们崇拜的中心。这个事件的另一层隐喻是：现代化进程正在破坏乡村社会原有的秩序，它既带来了物质上的进步，也摧毁了泰国社会传统的精神信仰和道德伦理。发从一个严守戒律、前途大好的青年僧侣，一步步被推向杀生、妄语和饮酒的恶行，内心世界逐渐崩溃，这正是一个现代乡村佛教社会的最直观寓言。

从表面上看，《判决》依旧履行着揭露社会弊病这一"为人生"文学的传统使命，但事实上，它却走得更远。著名文艺理论家杰达纳·那卡瓦查（Chetana Nagavajara）指出："我不认为马克思主义的阶级理论可以适用于这里。《判决》已超越了政治哲学，进入了形而上学的层面。在这部小说的世界里，'人文主义'（humanism）或'人道主义'

---

1 ［泰］查·高吉迪：《判决》，第88页。

(humanitarianism) 都不适用。相反，这个世界充斥着'他人'，正如法国哲学家让·保罗·萨特在其戏剧中所描述的：'他人即地狱'。"[1] 这是在任何地方、任何社会、任何国家都会发生以及正在发生的事实。从这个意义上说，《判决》既在反映乡村社会这一点上继承了"为人生"文学的传统，同时又以一个偏离"阶级压迫与剥削"公式化答案的发问，为当时陷入方法论困境的作家们找到了一条出路。它所塑造的"发"这一人物形象，在当代泰国已成为指代"社会偏见受害者"的经典符号，在文学领域以外的社会话语中也被广泛使用。[2]

查·高吉迪对萨特名言的化用并非偶然。20世纪六七十年代，法国文学大师加缪和萨特的作品已相继被译介到泰国，包括加缪的小说《局外人》（1966）[3]、《堕落》（1974）和剧本《正义》（1979），萨特的剧本《恭顺的妓女》（1974）、《恶心》（1974）、《死无葬身之地》（1974）、《通向自由之路》（1974）以及短篇小说《墙》（1974）。尽管这些作品或多或少可能激发了查·高吉迪的创作灵感，[4] 但是《判决》中的"他人"与"地狱"却又是在泰国乡村社会特有的语境下发生的，泰国的读者可以马上从小说中识别出自己所熟悉的人群、文化和社会场景。萨特的"他人即地狱"从本质上来说是积极的，人只有通过自我选择才能决定自我存在，只有通过自我选择才能获取自由，"不管我们处于何种地狱般的环境之中，我想我们都有自由去打碎它"。但是《判决》中的发对待"他人即地狱"的态度却是消极和悲观的。发没有选择与"他人"决裂，他也从没有想过这样一种获得"自由"的方式，甚至一直抱有重新被社群接受的幻想。换言之，他是被动与"他人"决裂的。从根源上来说，发的痛苦和绝望来自个体对乡村共同体社会的传统依赖，这种依赖使他无法从内部主动去选择割裂，但又无法摆脱"他人"

1　［泰］杰达纳·那卡瓦查：《解读〈判决〉》，载《东盟文学奖25年论文选集》，第193—203页。
2　Chusak Pattarakulvanit, "Chat Kobjitti's The Verdict and Somsong's Appeal," in Rachel V. Harrison (Ed), *Disturbing Conventions: Decentering Thai Literary Cultures*, pp. 147-167.
3　括注时间为泰译本出版时间，下同。
4　关于《判决》在创作思想上对法国存在主义大师的借鉴与吸收，可参见杰达纳·那卡瓦查教授的 "Spatial Concentration and Emotional Intensity: Inspiration from Sartre and Camus in the Works of a Contemporary Thai novelist" 一文（In *Comparative Literature from a Thai Perspective: Collected articles 1978-1992*, p. 130）。

给他织就的偏见和恶意之网。可见，查·高吉迪虽然触及了一种世界性的文学主题，但却提供了一个泰国式的发问。

除了思想内容的深刻性之外，表现手法的新颖也是《判决》取得成功的主要原因。查·高吉迪运用第三人称的叙述方式，以一种内敛、沉郁的笔触展现主人公的遭遇，并用大量的内心独白和意识流描写来展现主人公内心的压抑、困惑、痛苦、孤独甚至绝望，从而代替在以往泰国小说中常见的环境描写或直接的情节交代，不仅使得故事本身充满了紧张和压抑的氛围，并且凸显了发与周遭环境，亦即"个人"与"他人"之间的紧张关系。在很多情节画面中，可以看出作者意图通过讽刺、怪诞与尖刻的手法，给读者带来强烈的情感冲击。泰国著名作家、"为人生"文学的泰斗式人物社尼·绍瓦蓬在为《走投无路》作序时曾说："查·高吉迪是新一代作家中勇于在文艺道路上不断挑战和突破的作家。他将沿着这条道路不断发展前进——这并不是一条只有他在孤身行进的无人荒径。"[1]在今天看来，这句话不仅预告了当代泰国文坛上一位划时代人物的诞生，也提前预示了泰国文学在接下来四十多年的"突破"之路。

时至今日，《判决》已成为当代泰国文学中名副其实的"经典"，不仅再版五十多次、被翻拍成电视及电影和被翻译成多国语言，也成为泰国文学研究者讨论得最多的文本。它不仅为泰国小说开辟了更具分量、更有深度的内容，也开辟了一种与世界对话的可能性。查·高吉迪的《判决》也只是他登上文坛高峰的开始，在接下来的十年，他将迎来创作生涯的高峰期。《平常事》（1983）、《随身刀》（1984）、《腐狗浮于水》（1987）、《疯狗》（1988）、《都城无所谓》（1989）一系列作品的问世，使他成为80年代文坛最具创造力的主力。90年代初暂别文坛之后，他重返东盟文学奖的颁奖台，并且成为该奖项设立以来首位两度获奖的作家。

二、《贴金的佛像》（1985）：对婚姻与家庭主题的深化

1985年的长篇小说竞赛相较于以往更为激烈，当年共有超过五十

1　社尼·绍瓦蓬：《纯粹的真实，无雕琢的文采》，见查·高吉迪：《走投无路》，第9—12页。

部作品参与角逐，最终入围的五部作品均出自文坛资深作家之手。五部作品分别是：格莎娜·阿索信的《贴金的佛像》(*Pun Pit Thong*)、社尼·绍瓦蓬的《阿瑜陀耶的好人》(*Khon Di Si Ayuthaya*)、巴帕颂·谢威昆的《权力》(*Amnat*)、尼空·莱亚瓦的《蜥蜴与朽木》(*Takhuat Kab Khobphu*)、洼·瓦腊央衮的《是爱与希望……》(*Khue Rak Lae Wang*)。这几部作品中，值得一提的是社尼的《阿瑜陀耶的好人》，这是作者自1961年的最后一部作品《莲花绽放亚马逊》，时隔二十年重返文坛后发表的第一篇长篇小说，于1981年开始连载在《民意周刊》(*Matichon Sutsapda*)上，1982年集结成书出版。《阿瑜陀耶的好人》以阿瑜陀耶城的陷落为历史背景，展现了普通民众在面对国家危亡时所具有的勇敢无畏精神。不同于历史叙事惯常所展现的上层精英事迹和自上而下的视角，社尼想要通过这部作品来描绘未被载入史料的下层百姓们在这场历史风暴中的遭遇与奋斗的故事。不过，最终的胜出者却是在那时已叱咤文坛三十多年、后来被誉为"长篇小说女王"的资深女作家格莎娜·阿索信。

格莎娜·阿索信，原名素甘雅·春拉舍(Sukanya Cholasuek)，格莎娜是她最著名的笔名。1931年11月27日，格莎娜生于曼谷的一个律师家庭，是家里的长女。因为父亲工作调动，她在红统府开始了自己的求学生涯，后转到阿瑜陀耶继续学业。在皇后中学毕业后，格莎娜进入法政大学学习商业与会计，但是由于家里出现了经济困难，加上她本人也并不喜欢这个专业，于是她尚未毕业就退学去工作了。她从小就酷爱读书，渴望着长大后能成为一名作家，15岁的时候就开始写作，20岁成为职业作家，先后为近二十本杂志创作长篇小说连载或短篇小说。在《贴金的佛像》之前，格莎娜已经创作了将近九十部长篇小说，有近二十部被翻拍成电视剧，并曾获得多项文学奖，其中包括1968年和1972年的东南亚条约组织文学奖，1973年的"图书出版与发行协会表彰奖"以及若干次"国家图书周文学奖"。格莎娜擅长描写婚姻、爱情和家庭生活，对中产阶级的人物和精神面貌十分熟悉。她早期的作品多是一些讲述都市男女爱情故事的流行小说，擅长对人物、对话和情节的细致刻画。进入60年代中后期之后，受到"为人生"文学思潮的影响，格莎娜开始关注各种社会问题，泰国社会的许多重大事件和问题都在她的小说里有所反映，她的作品开始向现实主义靠拢，呈现出一种"沉重"的感觉，体现出她作为一名作家，对社会具有强烈的责任感和理想主义追求。此外，她的小说融入了佛教抑恶扬善的思想。以上两点使得她的作品在普通读者和文学界中都获得了极高的赞誉。

《贴金的佛像》把关注的焦点放到那些缺乏父母关爱的人群身上，他们很可能成为社会潜在的问题。小说讲述了两个离异家庭的子女受到父母失败婚姻的影响，各自在成长的道路上经受了不同形式的心灵创伤，直至他们步入婚姻，并逐渐学会经营家庭和教育子女的故事。男女主人公颂蒙与芭丽有着同样的成长经历：父母各自寻欢最终导致家庭破碎，两人在童年时都缺乏父母的关爱，使得他们长大后虽然生活富足但却从未真正快乐过，而且都对生活有种玩世不恭的态度。两人在长年的相处中逐渐惺惺相惜，相互理解并萌发爱情，直至共同组建了新的家庭。他们终于知道自己在生活中真正需要的是什么，决定吸取父母的教训，把全部关爱放到孩子身上，以弥补他们童年的缺失。两人在子女面前以身作则，最终过上了温暖、和睦而幸福的家庭生活。

《贴金的佛像》以1977年前后的泰国社会为故事背景，反映了泰国中上层社会越来越普遍的婚姻和家庭危机，指出有问题的婚姻将为日益严重的社会问题埋下隐患，因为它直接关系到影响国家未来的青少年问题。作者以"贴金的佛像"，比喻那些空有"家长的权威"，却不以身作则、做好子女榜样的家长，讽刺他们只是一具空有其表、名不副实的塑像。由此提醒读者，对待孩子不能像给佛像贴金一样，用表面的光鲜亮丽掩盖里面的石灰本质，而要倾注更多的关怀和爱护。这部小说提醒和告诫人们："人类的婚姻不再像过去那样容易，一切都变得更加复杂而微妙。在过去，婚姻被认为是为了传宗接代，但现在很多人不得不更加深入地考虑这个问题。因为一旦看到，'被造'出来的新人将来会遭受的痛苦正日复一日地加剧，人们就会意识到传宗接代也有可能是对后代的伤害。"[1]当观察问题婚姻的结果时，我们看到

1　［泰］格莎娜·阿索信：《贴金的佛像》，第159页。

的是，它所造成的人类痛苦每时每刻都在变得更加严重。童年的创伤带给孩子们的影响可能是正面的，但大多数情况下则是负面的。正面的影响会使他们更早学会自立，更坚强，也更珍惜爱，他们会像故事中的颂蒙那样较早地学会自力更生，组建幸福的家庭；但是负面的影响将会造成他们一生的阴影，如果不懂得明辨是非，便很容易误入歧途，他们或是像小说中"波本"那样吸毒成瘾，或是成为像"任任"那样的骗子和小偷，给社会带来危害。

1985年东盟文学奖的评委会评价《贴金的佛像》是一部"开创性的作品，作者用一对来自问题家庭的青年男女之间的爱情故事，阐发对人生的理解，指明父母职责的价值所在，它将生活的丑陋、阴暗与美好、幸福进行对比，以此来为家庭生活指明一条有益的道路"。家庭破裂虽然不是新出现的社会现象，但是很多的社会问题和人生悲剧都是由家庭的不幸造成的。现代社会为人父母并不是简单的事，而是必须付出心血、认真履行的重要职责。

爱情、婚姻与家庭，一直是泰国女性小说家反复摹写的内容。20世纪20年代中后期，泰国文学从对外国文学的翻译和模仿中脱离，迈入了拥有自身特色的新阶段。此时的泰国文坛涌现出一批青年作家，他们创作的一系列奠基性的作品从文学形式和思想两方面推动了泰国文学的发展，多迈索就是其中大放光彩的一位女性作家，她开创了泰国家庭小说的先河，其笔下的贵族家庭折射出泰国上层社会的真实生活场景，并体现出对当时贵族阶层女性地位和命运的同情与反思。作为泰国现代文学史上第一位著名女作家，她的作品不仅对泰国现代文学起到了开拓作用，而且对后来的作家产生了深远的影响。[1]20世纪50年代末，沙立上台后对报刊书籍进行了严厉的查禁，政治高压下作家人人自危，因此，这一时期被称为"文化上的黑暗时期"。一些女作家转而开始写作以落难贵族女性为主角、浪漫爱情为主题的畅销小说。然而，长期的压迫终于导致了反抗，20世纪60年代中后期一直到70年代中期，泰国政治局势的剧烈动荡，也使泰国文坛经历了巨大的

1　栾文华:《泰国文学史》,第209页。

变化。男性作家开始冒险创作聚焦政治和社会问题的作品，而女性作家则在别的方向进行着同样勇敢的尝试，她们发掘自己的生活并直面各种新的女性问题。一批青年女作家开始崛起，掀起一股关注社会和现实的思潮，她们也不再满足于肥皂剧式畅销爱情小说的写作，决定走出以往作品中构筑的关于爱情、婚姻和女性社会地位的精致幻想，创作更加贴近现实的作品。一批女作家们开始发出自己独特的声音，有些甚至敢于尝试并非所有评论家和读者们都欢迎的创新写作方式，这其中的代表人物有希道兰（Sri Dao Ruang）、素婉妮·素坤塔和格莎娜等。

　　格莎娜从1946年开始发表作品，在20世纪60—70年代早期这一政治、社会、艺术动荡的时期获得成功，成为同龄作家中的领军人物。《贴金的佛像》可以算得上是她在婚姻家庭问题小说上持续耕耘十余年后结出的又一硕果，她的获奖也代表着女性作家力量在泰国文坛影响力的提高，她们作品的受众已不再只限于畅销小说的读者，而是已经走入强调文艺作品深刻性与艺术性的主流文艺批评家的视野。东盟文学奖评委会对《贴金的佛像》的认可也说明，作品在主题思想上的突破与创新是这一时期评选最佳作品的不变"准绳"。

三、《高岸与沉木》（1988）：社会问题意识的象征化呈现

　　1988年开始，评委会开始分为初选委员会和决选委员会两组，各由七名委员组成。该年送选的小说作品总共有三十九部，最终有四部入围，分别是沃·威尼采坤的《叻达腊哥信》（*Ratanakosin*）、维蒙·塞宁暖的《蛇》（*Ngu*）、瓦尼·加荣吉阿南的《毒芯子》（*Maebia*）和尼空·莱亚瓦的《高岸与沉木》（*Talinsung Sungnak*）。经过一番讨论，委员会最终决定将该年度的奖章颁发给尼空·莱亚瓦。理由是："小说《高岸与沉木》是一个探寻人生价值和意义的故事，读者从中可以发现：每个人只有一次生与死的机会，但是在生与死之间却是我们必须自己去找寻的一生。在这个找寻的过程中，主人公康哀终于领悟到了生命的真谛，在他看来，人们只知道保留毫无生命的躯壳，却从不珍惜躯壳内的生命。于是他选择去守护生命——滋养、爱护、珍惜它们，并

看到了所有生命之间的相互牵绊和紧紧相系。"

《高岸与沉木》讲述了林间的驭象工人康哀与一头大象——"柏素"之间凄婉的情感故事。柏素是康哀的父亲在他小时候买回的一头工作象，它与康哀同年出生，并且伴着康哀一块长大。康哀从孩童时期起就立志成为一个驭象工人，和父亲一样骑着柏素在林场采木。不料，等他长大后，父亲为了治病却将柏素卖给了林场的主人。不久后，父亲也过世了。康哀请求林场主，让他和其他工人一起上山采木，这样至少能够陪伴在柏素身边。在一次工作途中，康哀的脚被木头砸伤，被迫到山林深处的寺庙里接受治疗。伤愈后，他决定不再从事采木的工作，转而跟朋友奔哈学习木刻手艺，一同为林场主制作木雕来赚取报酬。在一次进城送货的途中，康哀邂逅了木雕店的女店员玛詹。两人相识并结了婚。婚后，玛詹放弃了城市的生活，跟随康哀来到永河畔过起了平静而简单的生活，并生下儿子霭。林场主曾经向康哀许诺过，如果他能够雕刻出一只和真象大小相当的大象木雕，就用柏素和它交换，让柏素重新回到康哀身边。康哀放下了所有的工作，用父亲留下的一整段柚木开始一门心思地制作木雕。时间一点一点地过去，霭也逐渐长大成人。就在木雕即将完成时，康哀骑上它后忽然醒悟到：不论他怎样想尽办法使木雕看上去栩栩如生，它也无法像真正的大象那样具有鲜活的生命力。过了不久，儿子意外溺水身亡。这更使得康哀进一步领悟到生命的珍贵。与此同时，柏素的新主人与偷猎者串通，趁人们不注意时将柏素的象牙锯了下来。失去了象牙的柏素身心受到了极大的伤害，整日病恹恹的。在康哀的精心照料下，柏素逐渐康复；而康哀也逐渐走出失子之痛，成为了柏素的象夫，重新恢复繁重的运木工作。他注意到先前一直在木刻工坊周围游荡的一个小男孩，得知他是孤儿后便收养了他。有一天，当康哀骑着柏素在河岸边的高地搬运重木时，土层突然塌陷，他连人带象一同跌入了河谷。

事实上，1988年入围小说的整体质量在历届评选中居于较高的水平。同届入围的其他几部作品在艺术高度上都可算作是该位作家历年作品中最好的。不论是维蒙·塞宁暖的《蛇》，还是瓦尼·加荣吉阿南的《毒芯子》，它们在创作上都已臻于成熟，并且都被马塞尔·巴朗选入"泰国20部最优秀小说"。《高岸与沉木》能够从它们中间脱颖而出，源自作者尼空独特的创作风格和这部作品所独有的艺术魅力。

　　泰国著名比较文学专家杰达纳教授评价尼空是一位很难理解的作家，"他并不直接传达他的信息，而是选择使用微妙而复杂的象征符号。就连他作品的标题都是发人深省、神秘莫测的"[1]。尼空·莱亚瓦1944年出生于素可泰府，中学毕业后考入法政大学经济系，是60年代著名的文学团体"新月社"的创始人之一，当时他曾和维塔雅恭·昌衮、苏查·萨瓦西等人一起倡导短篇小说的革新。1973年"10·14"事件之前，他开始淡出文坛，十年之后才带着长篇小说《蜥蜴与朽木》重新回归。1984年，他又相继出版了短篇小说集《树上的人》和长篇小说《高岸与沉木》。《高岸与沉木》于1984年获得泰国图书发展委员会最佳小说奖。这部小说的篇幅只有短短的一百九十页，但是从构思到最终成稿出版却总共历时二十八年之久。小说中康哀经年累月雕刻大象的情景可以说就是作者尼空·莱亚瓦创作这部小说的真实写照。尼空对于写作有着自己的原则和信念，他坚持"写作必须具有对社会的理解、对人的理解，如果不了解问题的来龙去脉，仅将自己的感觉放入其中，是不正确的"。换言之，作家必须首先具备高于常人的洞察力和理解力，然后才能用艺术的手法将它们传达出来。正因为这种对创作的虔诚态度，尼空的作品总是蕴含着深深的哲理，它们虽然数量不多，但每一部都是精心打磨之作。《高岸与沉木》则无疑是其中最为成功的一部作品。

　　青年时代的尼空也和当时绝大多数大学生和知识分子一样，在思想上具有反叛性倾向。不过在经历了70年代末至80年代的沉淀与反思后，他将思想上的反叛转化为了哲学上的放手与超脱。

　　"反叛者在艺术沉淀和哲学沉思的打磨下，不仅得到了调解，而且获得了慰藉。这可能是当代泰国文学的困境。哲学上的超脱常常产生精致的慰藉文学。但是尼空并没有止步于此……尼空现在找到了

1　Chetana Nagavajara, "The Conciliatory Rebels: Aspects of Contemporary Thai Literature."

一种适合他的新的哲学化的表达方式。外在世界在某种程度上退缩为背景,取而代之的是一系列'内心独白'。外在世界仍然是坚实的、静止的、不变的:变化是人为的,而且并不总是向好的方向发展。'人民'的困境一如既往地悲惨,'人民的敌人'也同样难以捉摸。商业利益驱动的剥削可能确实仍然猖獗,但木雕师康哀的命运不能严格地解释为社会不公或压迫的结果……尽管《高岸与沉木》绝不会忽视社会问题,但它们往往已被普遍化、内部化和哲学化。"[1]

　　读者很难确定小说标题中的"高岸"与"沉木"分别代表什么。在小说中,这一对意象反复出现在康哀与柏素的生命轨迹中。在小说的尾章,当康哀与柏素从崩塌的高岸被沉木拉着坠落时,两个物景又成为这一幅悲壮画面的关键背景。从某种意义上说,它们代表着康哀与柏素生命的起点与终点。如果用一句话概括《高岸与沉木》的故事主线,那就是:一个人与一头象"同生共死"的故事。小说从主人公去世前的某一天开篇,用一幅幅倒叙的画面,讲述了康哀与柏素从分离到重聚的过程。康哀的脚受伤,是整个故事的转折点。接下来,康哀开始了漫长的疗伤过程——从生理上的疗伤,再到精神上的疗伤。不再到森林里看望柏素而是整日埋头制作大象木雕的寓意是:误入了生命的歧途,把表面看似生命的躯壳当作了生命本身。直到有一天,他终于领悟到:木雕无论怎么栩栩如生,都只是没有生命的躯壳,并不能代替生命本身。但可悲的是,正当他刚刚看清生命的可贵,准备要好好珍惜的时候,却被一具"躯壳"——沉木,拖入死亡的深渊。尼空将对现实社会的讽刺寓意隐晦地附着在"沉木"这个象征符号身上:

　　　　康哀想到了乘木筏漂流的时刻。那时,他不用拖着"躯壳",而是骑在"躯壳"身上,飞速地顺流而下,沿着稍纵即逝的河岸穿越。他把"躯壳"送到锯木工厂,然后回家。他感到在这一生当中,总是不停地围绕着"躯壳"打转。[2]

1　Chetana Nagavajara, "The Conciliatory Rebels: Aspects of Contemporary Thai Literature."
2　［泰］尼空·莱亚瓦:《高岸与沉木》,第165页。

从康哀父辈的时代起,大象就成为人类砍伐森林的帮手。真正的生命——大自然中的树木,不断成为人类手中的"躯壳",被做成各种用具和工艺品。而随着人类物欲的不断膨胀,原本在原始森林里栖息的动物也遭到猎杀,被做成标本售卖,成为了一具具被陈列的"躯壳"。泰语中的"躯壳"——sak,原义是尸体、遗骸、残骸,往往和死亡的意象联系在一起,寓意失去了灵魂的肉体躯壳。在小说中,"尸体-躯壳"这一意象以各种形式反复出现,与主人公一直在寻找的生命本体形成鲜明对照。然而,可悲的是,在小说的世界里,生命本体不仅在现代化对大自然的破坏和杀戮中一个接一个地消失,人类自身也一直被各种"躯壳"束缚和拖拽着,花费巨大的金钱与时间去追求毫无意义的"躯壳"。

杰达纳指出,尼空·莱亚瓦的回归说明,社会问题意识文学——对"为人生、为人民"文学更概括的称呼,在1976年之后并没有失去力量,而是在某种程度上经历了哲理性深化。[1]尼空所采取的方式与比他年轻一代的作家查·高吉迪截然不同,后者以更直接的方式与公众沟通,而不太重视隐喻和象征性处理。查·高吉迪的作品可以打动许多泰国年轻人的心,因为他们可以很好地将自己与其笔下的人物联系起来。在他的著作中,查·高吉迪发泄了他同时代人所共有的那种情感挫折。在今天看来,《高岸与沉木》不只是尼空用诗化散文写成的一曲生命悲歌,它对于人类与大自然关系的细致刻画,以及对生态环境遭到破坏的隐性揭露,也为泰国当代的生态写作树立了一个标杆。

第三节 1991—2000: 作品表现形式的试验与超越

一、《香发公主拜谒佛塔行》(1991): 古典文学传统的当代"重生"

1991年入围最终竞选名单的长篇小说作品共有四部,分别来自两位男作家和两位女作家,它们是洼·瓦腊央衮的《广田连碧天》(*Plai Na Fa Khiao*)、玛腊·堪詹的《香发公主拜谒佛塔行》(*Chao Chan*

1　Chetana Nagavajara, "The Conciliatory Rebels: Aspects of Contemporary Thai Literature."

Phom Hom-nirat Phrathat in Khwaen，以下简称《香发公主》，也译《香发女昭婵——嘉提尤佛塔纪行》）、西法的《担龙天与钱线子》(*Phikun Kaem Ketkaeo*) 和沃·威尼采坤的小说《运河两岸》(*Song Fang Khlong*)。这一年对于东盟文学奖和泰国当代小说而言又是不平凡的一年。在过往几届的小说评选中，舆论界的兴奋点都集中在最终评审环节上，即围绕最终入围的几部作品展开讨论和猜测，看谁能够最终获奖。但本年度的最终获奖者——《香发公主拜谒佛塔行》却在文学评论界和学术圈引发了热烈的讨论。

《香发公主拜谒佛塔行》是作者玛腊·堪詹创作的第十三部作品，在此之前他已经创作了长篇小说《月光中的村庄》(*Mu Ban Ap Chan*)、《森林之子》(*Luk Pa*) 等作品，1986年出版了短篇小说集《北风寒林》(*Lom Nuea Lae Pa Nao*) 并于次年入围东盟文学奖最终竞选单元，但是没有获奖。玛腊·堪詹的本名是贾仁·玛腊若，1952年生于泰北清莱府，在清迈师范大学毕业后从事教职工作十一年，后来进入清迈大学攻读学士学位，又进入曼谷的艺术大学考古系获得碑铭学硕士学位。玛腊在中学时代就展现出诗歌方面的才华，早期曾用"八言格伦"体创作过《湄公河纪行》(*Nirat Pha Khong*)、《兰纳纪行》(*Nirat Lanna*)、《帕罗纪行》(*Nirat Phra Lo*) 等"尼拉"纪行诗。1972年左右，他开始尝试创作短篇小说，并在阿金·班加潘任主编的《泰国天空》上发表处女作《长发人》(*Khon Phom Yao*)。1978年，他的短篇小说《地主》(*Jao Thi*) 获得了露兜花奖，同年出版了第一部短篇小说集《过去的时光》(*Wan Wela Thi Phan Loei*)，该作由苏查·萨瓦西亲自编辑。

玛腊在谈到《香发公主》的创作动机时说："历史总是只记载重要的事件和重要历史人物的行为，却从不记载他们的情感和内心。尤其是历史上那些不为官方所知、并非巾帼的女子。"玛腊对古典诗歌和泰族语言抱有深沉的热爱，曾表示"想创作出像陶真传说那样的诗作，用类似古泰文的语言风格"。在语言上他是一位不折不扣的民族主义者，公开宣称"厌恶梵巴语"，坚持用"纯净"的泰语来创作，娴熟地运用头韵、尾韵、叠音等修辞方法，充分发挥泰语的音乐性特质。他饱览古典文学作品，对《十首王》也有独到的研究，在《香发公主》中多次引用古典名著中的诗句，使得整个作品读起来意蕴悠长、古韵十足。

《香发公主》以19世纪后半叶，泰北兰纳地区的地方王系在拉玛五世王的行政制度改革中权力逐渐被收归中央为历史背景，虚构了一个清迈国的公主昭婵（Chao Chan）[1]，讲述她为了实现愿望前往缅甸孟邦朝拜嘉提尤佛塔（Kyaiktiyo Pagoda）[2]以及沿途的所思所想。整部作品从行程的第十五天（最后一天）开篇，以回忆的方式再现了故事的经过：昭婵的父亲意识到家族权力的没落，希望把女儿嫁给一个财力富足、身份显贵的外族富翁"养父"（Pho liang），可是昭婵自己却已经有了心上人——一个本地没落家族的王子召腊因塔。昭婵内心十分厌恶富翁，认为是他拆散了自己和心上人。昭婵15岁那年患了一场重病，一位老巫医告诉她父亲，只要她留着长发、将来剪下用它去礼拜嘉提尤佛塔，就能够重获健康。不久巫医的话应验，昭婵病愈，并且从那以后一直留着长发。五年以后，她决定出发前往嘉提尤佛塔朝拜，"养父"自愿陪同前往，并且沿途一直保护她的安全，在这个过程中，昭婵对"养父"的印象也逐渐改观。她心内自知和召腊因塔在一起的机会已十分渺茫，但是她还是决定再努力一次：她在心中暗暗祈祷，在剪下头发前先将头发围着佛塔绕一圈，如果可以成功绕一圈就说明和心上人还有希望；如果绕不满，她就从此剪断这个念头。当她终于站在了向往已久的佛塔面前时，却伤心地发现佛塔并没有远远望上去时那样的金碧辉煌，而只是"一块光秃秃的石头"，石头上"布满了青苔"，已裂痕累累。更令她痛苦的是，佛塔所坐落的岩石周长远远超出了她头发的长度。她在失望中晕厥过去，最后决定与"养父"结婚，希望来世再与召腊相会。

小说名字中的"香发女"很容易令人联想起《清迈五十本生》[3]中

1　昭，chao，在泰语里用在王子公主名字的前面，表明其身份。婵，chan，《泰国皇家学术院大辞典》里将它作为"月亮"一词的同音异形词，前者的词尾仅少了一个不发音辅音r。从词源来看，前者是对巴利语词canda形态的保留，而后者是对梵语词形的保留，意思都是月亮。

2　"嘉提尤"是根据缅语里的发音音译过来的，是缅人根据自己的发音习惯使巴利语词cetiya（古代音译为"制多""支提"等）发生音变后的结果。今天部分泰北的民众按照缅人的发音来称呼该佛塔。在原著中，作者玛腊·堪普称呼此佛塔为"phrathat in kwaen"，直译是"因陀罗悬挂的佛塔"，盖为当地传说中对该佛塔的称呼。

3　《清迈五十本生》是古代兰纳僧人用巴利文编撰的本生故事集，名称虽然叫"五十本生"，但实际收录的故事远不止五十个。《清迈五十本生》中的一些故事流传到位于泰国中部的阿瑜陀耶宫廷，并被宫廷文人再创作，《虎牛本生》就是其中之一。

《虎牛本生》的女主人公——香头发的栴素达（Chan Suda），她也是泰国古典文学和民间文学中家喻户晓的人物。在故事中，她被一个年老丑陋的国王掳走，被逼与他成亲，后来被心上人卡维王子所救，过上了幸福的生活。但是昭婵却没有这样的幸运。除了《虎牛本生》中的元素，作者还从民间唱词《兰卡十首王》《召素瓦与金莲女》和宫廷文学经典《帕罗赋》等作品中汲取了灵感并加以改造，使得大量遗落在历史角落里的泰族古代文学精华得以在当代获得"重生"。

　　《香发公主》带给评委会的惊喜首先来源于其形式上的大胆创新，"这部小说的突出之处在于，作者运用多种多样的创作手法来进行叙事的能力"。虽然曾经有一部分声音质疑它是否可以被称作"小说"，但大多数读者和研究者还是为作品的艺术魅力所折服。它将泰国古典的叙事诗传统与小说的叙事技巧巧妙地融合在一起：整个故事采用"尼拉"纪行诗和莱体诗的创作传统。"尼拉"（nirat）源自梵文（nira + āsa），前者意为"没有"，而后者意为"激情或欲望"。到了泰语中，"nirat"则用于表示"分别、离开"。这个词首次被使用是在德莱洛迦纳王（Borommatrailokkanat, 1431—1488）下令创作的《大世经》（《须大拏太子本生》）。作为一种记录离别途中的相思之情的诗歌样式，"尼拉"诗歌出现于阿瑜陀耶时代，到了曼谷王朝初期再度繁荣。玛腊·堪詹巧妙地将这种古典传统运用到《香发公主》中，并且和故事贴合得天衣无缝。香发公主离开故国、前往嘉提尤佛塔的情节，使人自然地就联想到《哈里奔猜纪行》（*Nirat Hariphanchai*）《拜谒佛足迹行》（*Nirat Phrabat*）以及帕罗离开故乡、在林间穿行的情节。只不过，在古典文学中，抒发离情别绪的主人公都是男性，而在这个"重获新生"的"尼拉"文本里，主人公换成了女性。此外，作者还巧妙安排了一位跟随在公主身边的歌者（khon khap），并将他作为连接古代与现代、传说与现实的媒介，歌者的唱词大多来源于《兰卡十首王唱词》[1]中的故事情节，并且与昭婵公主的经历和心绪变化时刻保持呼应，从而使得不同时空中有着相似命运的人物，在这个文本中汇聚和交织。

---

[1]　刀思睿：《论西双版纳渤人文学〈兰卡十首王唱词〉在泰国的接受》，第24—34页。

在时间的布局上，作者将所有的情节浓缩在一天之内，通过倒叙、插叙，以及人物的意识流和心理独白来逐层展开故事的来龙去脉，使故事情节和人物形象在丝丝入扣的叙述中逐渐清晰。《香发公主》在语言上的非凡造诣也获得了评委会的一致赞誉，"富含兰纳的气息，且充满了绚丽的想象"。以上这一切都得益于作者深厚的民族语言功底和对兰纳地方文化的深沉热爱。

除了形式上的精巧之外，玛腊还赋予了这部小说独特的历史厚重感。公主昭婵的身上"层累"了多重历史的"叠影"。她本人的命运与在西方殖民压迫下的东方民族国家剧烈的变革深深牵绊在一起，为了挽救家族的危机，维系血统的尊贵，她和当时的一些王族女性一样放弃了个人幸福，选择了联姻并履行这份沉重的"职责"，以换取政治或经济上的强权者对家族的庇护或帮助。泰国历史学家阐威·格塞西里（Charnvit Kasetsiri）认为，在昭婵身上可以看到召希阿诺查（Chao Si Anocha）、召达拉拉萨迷（Chao Dara Rasami）等从泰北王室嫁到却克里家族的女性身影。[1]此外，玛腊还从西双版纳地方史料中借用了召占塔约法王后（Chao Chantha Yot Fa）的故事，将她"附身"为昭婵公主的前世。[2]昭婵在路途中的所见所思所哀，也超越了古典"尼拉"诗歌"为情所忧"的范畴。在个人爱情受挫的哀叹之外，也浓缩了对王族血统逐渐衰微、家国命运危在旦夕的悲叹。小说中的各个人物身上都承载着特定的文化隐喻，包括失去了清迈王族身份、臣服于"南方曼谷"的召腊因塔，作为历史、传说与文学传承媒介在各个王国间迁徙的歌者以及已成为历史中的"梦境"的西双版纳女王。

富翁"养父"的文化身份是文本中最暧昧不清的，他的名字"巴龙栋素"（Palong Tongsu）由"巴龙"和"栋素"两个词组成，它们分别是缅人和泰人对同一个民族的蔑称，这个民族对自己身份的称呼是"巴沃"（Pa'o），是缅甸掸邦的第二大民族，在历史上以擅长贸易闻名。在小说中，作者并没有直接交代"养父"的过去，只是从昭婵对他态度

1　[泰]阐威·格塞西里、玛腊·堪詹：《对话……令人疑惑的历史一页》，载塔聂·韦帕达编：《〈香发公主拜谒佛塔行〉论文集》，第25—28页。
2　刀思睿：《论西双版纳泐人文学〈兰卡十首王唱词〉在泰国的接受》，第32页。

的变化，揭示出他慈蔼与和善的内在品性。根据口头流传的历史，巴沃族的国家原本在缅甸直通，在11世纪阿努律陀国王攻陷直通后，大量的巴沃人被抓去勃固修建佛塔，还有一小部分则逃到掸邦。从这个意义上说，大商人富翁"养父"的背后，其实隐藏着一段和昭婵家族类似的过去，都是在强势文明的压迫和侵略中失去了国家和身份的弱小文明。但是在《香发公主》的世界中，富翁"养父"又是以强者的身份出现在昭婵家族身边的，这种文本与现实的反差又生成了新的隐喻：在逆境中重新崛起、成为新时代的强者。历史上被抓去建造佛塔的民族，和文本中用香发礼拜佛塔的昭婵公主，两者的命运线在更久远的过去就已经纠缠在了一起。阐威指出，在古代孟人的传统里，将头发解开、铺在地上让佛陀从上面踩过，是最高的礼拜方式。哈里奔猜的孟人文化对兰纳文化影响深远。而缅甸勃固和直通，也都曾经是孟人文明的中心。富翁"养父"陪伴昭婵前去礼拜的嘉提尤佛塔，也是孟人文明留下的重要遗迹。因此，小说中两个人物相伴前往佛塔的朝圣之旅，也就不仅是一趟决定两人未来关系的现实之旅，也象征着两种文化在通往共同精神源头路上的一次心灵重逢之旅。

正是由于《香发公主》蕴含着深厚的历史和文化内涵，一时间吸引了来自历史学、民俗学、文学、语言学等多个学科的学者们的浓厚兴趣。巴空·尼曼赫民、楚萨·帕特拉昆瓦尼、维塔雅恭·昌衮、任乐苔·萨佳潘等著名学者都对它从不同角度进行过阐发。玛腊将民族历史、地方传说、古老信仰、宗教礼俗等种种元素糅合在一起，营造出一个浪漫瑰奇、想象丰富的艺术世界。不论是充满传奇色彩的嘉提尤佛塔，还是主人公昭婵的历史原型，抑或是用头发祭奠佛塔的信仰和习俗，无一不蕴含着丰富的民族文化信息。正是由于其意蕴丰富、解读层面多样的文本特性，《香发公主拜谒佛塔行》成为了泰国当代小说创新实践中的一个独特典范。它也成为继《东北孩子》之后，将"地方书写"拓展到兰纳地区的重要开创者和成功典范。

二、《时间》(1994)：超越小说叙事的传统边界

1994年共有五部小说入围最后一轮的评审，分别是梯拉玉·岛詹

特的《山上人》、尼潘的《梦想的羽翼》、盖高（沃·威尼采坤）的《金衣》、武冬·威谢萨彤的《塌垦村》以及查·高吉迪的《时间》。在这当中，得奖呼声最高的是尼潘创作的《梦想的羽翼》，该作已于1992年获得了"国家图书周最佳小说奖"。故事通过讲述一对流浪母子的悲惨经历，呼吁人们不要只关注人类外貌的外在美，而要更重视心灵的内在美，在主旨和立意上都很具有正面意义。不过，意外的是，评委会最终把桂冠颁给了之前已在1982年获得过东盟文学奖的文坛老将查·高吉迪。这样的结果，在舆论中激起了不小的波澜。质疑的声音主要集中在"同一位作家怎么能两次获奖？"担任过1986年东盟文学奖评委的派林·容腊甚至首先发难，抨击"评委会纵容了作家的'贪念'，得过一次奖了还不满足"。另外，不少人也针对作品《时间》本身提出了一些质疑，认为不论是《山上人》对泰国东北山地民族向外迁徙和生存境况的真实反映，还是《塌垦村》对经济现代化过程中乡村面貌巨大变迁的描绘，这几部入围作品所展现的社会广度和现实深度，与《时间》相比，都可以说是毫不逊色的。[1]

　　《时间》是查·高吉迪在国外游历四年回到泰国后出版的第一部作品。它一经问世就引起争议，并不完全是因为它引发了东盟文学奖成立以来的第一个"史无前例"事件。在大多数读者的惯性审美经验中，《时间》是一部乍看之下"不知所云"的作品。作品以第一人称"我"——一位年长的电影导演为叙述者，讲述了"我"观看一场被评为"全年度最无聊话剧"的全过程。这出"无聊"的话剧之所以吸引"我"，是因为它是由一群年轻人编导的，内容反映的却是老年人的心理状况。叙述者详细记录了他在剧场空间内看到的事物、听到的声音、嗅到的气味，以及它们在他脑海中和心中引发的联想、思考和感受。在剧场的空间内，小说用"我"的视角呈现了两组行动者，第一组是舞台上的演员，叙述者视线的中心；第二组是观看话剧的"我"和其他观众。在小说的开篇，作者像开启幕布一样缓缓展现出故事发生的环境、参与的人物和时间背景。

1　[泰]仁萨·甘通编：《1994年东盟文学奖得主〈时间〉：批评、解读、反对、赞同》，第101—105页。

幕布在黑暗中揭开……

只有漆黑一片，什么都看不见，什么动静也没有……

突然，一束细小的光射了下来，照向了屋柱上挂着的老式时钟。

在一片黑暗中，这面钟逐渐显现出来。

"滴答""滴答"的声音响起。

那面钟不仅外形古老，就连木料都已朽败不堪了。可以看到油漆随着岁月流逝渐渐脱落的痕迹。覆盖在它表面的灰尘，像是在对无人打理的控诉。

但是钟摆却仍在尽职地摆来摆去，就好像对钟面上的朽败毫不知情。

现在的时间是凌晨4点15分。

…………

睡在里面的人，只能看见他们黑色的身影一动不动地静静躺着。

"什么都没有，真的什么都没有啊！"

寂静中突然响起一声沙哑的呼喊。

床上有人翻动了一下身子，仿佛那呼喊声穿透了他们沉睡的梦境。但那只是一刹那，然后所有一切又重归寂静。

"滴答""滴答"……

"滴答""滴答"……

时间还在按时走着，时钟的钟摆还在摆来摆去。

时间就这样过去了，而舞台上什么都没有发生。

五分钟过去了……

过去得异常漫长……

我开始感觉到压抑。[1]

"我"所观看的这出话剧，演绎的是一个老人院在一天之中从清晨4点15分到晚上7点发生的故事。舞台上，放着十一张床，其中有五张床的"病人"已经处于卧病不起的状态，剩下的六张床上各有一

---

1 ［泰］查·高吉迪：《时间》，第11—12页。

位"老太太"（由演员们饰演），话剧所展现的就是这六位老人在一天中的行动，以及她们与护工和来访者之间的对话。话剧的主创者刻意给观众营造出一个真实的老人院中的日常场景，甚至连气味都尽可能做到逼真。

> 我坐在这里闻着尿骚味观看的场次是晚上7点整的，观众寥寥无几，不知道是因为公演即将结束，还是因为这部剧真如评论所写的那样无趣。
>
> "什么都没有，真的什么都没有啊！"呼喊声再次响起。
>
> "呃，已经知道什么都没有了。"我边上的少年对朋友嘀咕道。
>
> 我不敢转头看声音的主人，因为怕加剧他烦躁的情绪。事实上，这部剧确实令人烦躁，因为十分钟过去了，台上仍然什么动静都没有，除了沙哑的声音一直在反复地喊着：
>
> "什么都没有，真的什么都没有啊！"[1]

舞台上活动着的六位老太太，有的行动已不能自理，有的患有痴呆症，有的神智清醒但却对生命已绝望，她们各有故事，也各因不同的原因而住进老人院。这是一个"属于他们的小小的村庄"，一个"只有老人和哭声"的"奇怪的村庄"，"病床是每个人的家"。她们在这个被抛弃的狭小"村庄"里过着日复一日的生活，每天等待着同样的人——照料她们的护工、出售斋饭的女商贩、接受施斋的僧侣、送餐车的女工、卖汽水的小男孩、来探视的亲人（如果有的话）——以及晚饭、洗漱和寂静黑夜的到来。不论曾经经历过怎样的荣华或困苦，都一同等待同样的结局——死亡。正如观众"我"可以立刻意会到这台话剧设计者的目的：唤起观众对孤寡老人群体的同情与关怀，将它作为小说叙事主干的用意也显而易见。作者查·高吉迪在《时间》的卷首写道："献给我以及每个人的祖父、祖母、外祖父和外祖母。"同样的

1　[泰]查·高吉迪：《时间》，第16—17页。

故事，可以有千差万别的讲述方式。作者并没有用传统写小说的方式——塑造人物、设计情节、描写环境来再现这群老人的故事，而是精心设计了一场话剧，并将它与其观众作为并置的叙事进程。这么做的效果是，故事不仅仅得到了单方面的演绎，而且时刻与它的接收者进行着对话。作为小说的读者，他们不仅看到了故事怎么被讲述，而且看到了它是如何被接受的。

查·高吉迪刻意在这场关于"垂老"与"死亡"主题的故事演绎中，加入了对话性效果，而这正是由话剧的观看者，同时也是小说的叙述者"我"来达成的。"我"是一位63岁的电影导演，曾经功成名就，但由于沉湎于名声和财富而忽略了对妻女的关心，直到女儿在十一年前意外溺水身亡，"我"才追悔莫及。后来"我"和妻子相依为命了多年，就在三年前，妻子也因病离世。在痛苦中沉沦了一年后，"我"决定重新投入工作，因为"工作是我生命中仅存的东西"。从本质上说，"我"也是一位被亲人抛下的孤寡老人。舞台上的老人，与台下的老人"我"刚好形成了一明一暗的呼应，在叙述自己所看到的表演时，"我"的内心也随着剧情回顾着自己的人生。由此，由话剧所虚构出的一个养老院世界，和它的观看者之间便建立起一场关于"生命"与"死亡"的对话，而它们又同时虚构出《时间》中的这个小说世界。换言之，作者用小说的语言叙事展现了一场话剧的时空叙事，但它又不同于在小说中直接嵌入一个戏剧剧本，因为叙述者"我"的存在，戏剧的意义有了一个在场的观察和阐释者。

小说的艺术除了关乎"讲述什么样的故事"，也关乎"怎么来讲述故事"。《时间》更想要探索的显然是后者。作为一门时间的艺术，小说用一个词一个词在延续时间中的积累组合，在读者脑海中形成一个完整的故事形象。小说中的空间是由沿着时间线性流动的叙事来构筑的。而戏剧则首先是空间性的，时间被包裹在戏剧的空间进程中，"剧作家往往把时间跨度很长、头绪纷繁的生活事件硬'压缩'到一两个场景之中，使时间进程服从于空间结构"[1]。在戏剧和小说之外，

---

1 郑传寅：《郑传寅文集 第二卷 中国戏曲文化概论》，第448页。

查·高吉迪还在故事的呈现中加入了电影这种叙事艺术手法——他使叙述者"我"在脑海里勾画如何用电影的视觉语言来展现舞台上的情节。于是，在同一部小说中，小说、戏剧、电影三种叙事艺术门类进行了一场关于如何"讲故事"的对话。

>——如果这是我的电影的话，我会怎样导演呢？我想。
>
>画面开始于……
>
>特写：时钟指针上，片刻/接转
>
>特写：在钟摆上，摆来摆去/接转
>
>近景：看到整面时钟，现在的时间是4点55分，画面逐渐后退，经过屋中央的火把——切换
>
>中景：（从上方）看到那面挂在房间中柱上的时钟，在时钟后面下方，过道两边隐没在昏暗中的床上，有病人挂成一排的蚊帐。/接转
>
>中景（移动摄影车）：（眼部高度）在病床之间的过道上，移动摄影车的画面慢慢从一张床那边移动进来，然后停在床头柜上——切换[1]

　　小说、电影、戏剧，这三种叙事艺术既相互交叉，又有各自独有的传统边界。小说以叙事来构筑想象世界，也依赖叙事的推进来表现人物的行动和实现时空转换。电影的视觉语言能够直观地表现一个场景中的人物行为、表情和对话，通过画面切换便能迅速实现时空转换，但无法像小说那样使读者深入地触摸到人物的内心世界，也无法像小说一样对某些细节如场景中物品、人物的过去用语言进行直接交代。换言之，电影的叙事远没有小说那样伸缩自如。戏剧的现场性决定了它在时间伸缩度上是最受限制的，不过戏剧却是三种艺术形式中最能够给观众带来即时性和直观冲击的。它使观众在有限的时间和空间范围内最直接地感受到人物的动作、对话以及故事的

1　［泰］查·高吉迪：《时间》，第17—18页。

戏剧性张力，但是不能提供给观众深度消化和理解舞台表演的时间，
因为一旦表演结束，剧场中所有表达意义的符号也将不复存在，观众
不可能像反复翻阅小说那样对剧场上的意义符号进行近距离的或反
复的理解。不过在兴起于西方的后现代主义文学那里，传统的边界
已不再重要。消解中心、打破传统，正是后现代主义文学所热衷的。
查·高吉迪在国外的四年，无疑受到过西方当代艺术的浸染，西方的
话剧、电影、视觉艺术都可能直接或间接地对他的小说创作产生过影
响。此外，查·高吉迪本身也有过参与电影拍摄，创作剧本的经验。
因此，《时间》这样一部在形式上打破陈规的作品，既是作者一以贯
之地借鉴国外文学、勇于突破创新的成果，又体现着他对小说叙事艺
术本身的理论思考。

　　1982年的东盟文学奖评委会评价说，《时间》"不仅包含了对真理
的思考，而且体现出表现方式上的创新性，手法新颖……人物形象突
出，鲜活而逼真。以其具有震撼力的内容使读者意识到：人类所执着
的只是人生的虚无"[1]。

　　时间，是整部小说的题眼，也是主旨，并且自始至终伴随着叙事
的进程。小说开篇出现的时钟，指示的是养老院里的时间，与叙述者
"我"处在不同的时间维度。

　　　　我手表上的时间才刚刚到7点35分。
　　　　说明舞台上的时间实际上只过去了三十五分钟。
　　　　——被时钟骗了。我这才想到，钟只是告知时间的工具，而
　　不是时间本身。[2]

　　小说中虽然自始至终没有出现对于"时间"本身的直接探讨，但
舞台上的时钟却时刻提醒着观众和小说的读者它的存在，但同时又利
用叙述者"我"来提醒读者：人们对时间的认知具有相对性，但是时
间本身却是绝对性的存在。可以说，《时间》正是查·高吉迪对于这

1　［泰］仁萨·甘通编：《1994年东盟文学奖得主〈时间〉：批评、解读、反对、赞同》，第78页。
2　［泰］查·高吉迪：《时间》，第35—36页。

个形而上问题的一次具象化思考，整部小说就是一个意味深长的隐喻：时间主导的舞台上，时刻上演着人来人往，不变的时钟，指针永远拨动着方向；曾经所拥有的功名、财富、地位、荣耀到最后什么也留不下来，"什么也没有"，到头来"我们每个人都是奴隶"[1]——时间的奴隶。从这个意义来看，舞台剧演员们缓慢、毫无生气的行动也就有了另一层内涵，即对无法主宰自己的"时间奴隶"的拟人化模仿。

因此，在《时间》这部小说中，查·高吉迪不仅在小说的艺术手法上进行了一次大胆实验，而且在作品主题上也进行了新的挖掘，即，在持续观照现实问题的基础上，提出对于存在本身的形而上思考。

三、《平行线上的民主》(1997)：拼接的"真相"与民主的假相

1997年获奖的小说是文·廖瓦林的《平行线上的民主》，同届入围最终一轮评审的还有：阿伦瓦蒂·阿伦玛的《无法用爱治愈的破碎家庭》(*Kan lomsalai khong sthabankhropkhrua thi kwam rak mai at yiaoya*)、维蒙·塞宁暖的《地主》(*Chao phaen din*)、洼·瓦腊央衮的《场景与人生》(*Chak lae Chiwit*)、武冬·威谢萨彤的《鹊鸲的歌声》(*Bot phleng haeng nok kangkhen*)、巴查孔·卢纳采的《月光之岸》(*Fang saeng chan*)。评委会在颁奖词中写道："《平行线上的民主》是作者以真实历史事件为背景和情节主线创作的一部小说，展现了泰国'民主'制度60年来的发展历程……以艺术的手法将想象和现实中的事件与人物和谐地融合在一起……"

1992年5月泰国爆发了著名的"五月流血事件"，虽然很快得以平息，但是再次掀起了对于"民主"制度的反思和讨论。文·廖瓦林的这部作品正是对当时时局的一次回应。小说选取了1932—1992年间在泰国现代政治史上发生的十一个历史事件，虚构了两个处于对立立场上的主人公：一个是曾经的当权派——銮披汶政府的警察少尉兑·潘虔，一个是失势的旧贵族——"波汶拉德政变"[2]的参与者老幽（銮格萨达威尼）。整个故事从1992年开始讲述，然后采用回溯的叙事

1　[泰]查·高吉迪：《时间》，第252页。
2　1933年10月11日，以波汶拉德王子为首的王公贵族发动复辟政变，最后以失败告终。

技巧，将每一个情节与重大政治事件联系起来。在许多事件中，老幽和兑·潘虔等重要人物总是参与其中。兑·潘虔是一位忠于职责的好警察，他在"波汶拉德政变"中失去了他的父亲——一名军官。政变发生十八个月后，兑奉警察局局长的命令去捉拿老幽。但命运常常捉弄人，在壕洞村的枪战中，老幽从毒蛇的蛇信子下救了兑的性命，两人又在接下来的多次相遇和交锋中逐渐熟识，从敌人变成朋友。在情节的展开中，老幽的身份也逐渐清晰。在波汶拉德事件之后，对动荡政局的悲观和失望促使他拿起枪，成为了一名政治恶徒。六十年来，他只身对抗各界政府中的势力，并看清了所谓的民主"只不过是用来遮挡在权力面前的面具"。

　　兑被派遣追杀叛乱者老幽，两人却又沿着各自的道路穿过了六十年间政治的阴晴变幻，目睹了民主制度下的权力争斗和政治阴暗。与过去政治题材小说不同的是，作者并没有通过这部作品阐发某种政治理想的宏愿，而是用纪录片似的画面剪切和电影似的人物对话，以极具故事性和紧迫感的叙述方式，向读者呈现出一系列政治事件背后的"内情"和"真相"，以及在这些事件之中的人类行为。在展现政治的风云变幻和历史人物的潮起潮落的同时，作者也引用《坛经》等佛经中的句子对各个事件予以宗教层面的"开示"。在作者看来，历史只不过是一个不断重复着的舞台剧，"（那些人物）都是在过去和现在奔跑在历史舞台上的演员，明日泰国政治舞台上的演员们也仍会一如既往地重复着这些角色，毫无改变……"，只要人类依旧为权力、名利等俗尘所染着，民主终究就只是一具空壳，政治争斗、权力角逐也将不断重演。正如老幽那句充满讽刺的话："失败者变成了叛乱者，胜利者成为国家的主人。那又有什么不同？如果说1933年的政变是一场叛乱，那1932年的人民党何尝不也是一场叛乱？不同之处只在于，你与失败的一方站在一起。"

　　和往届获奖者的经历相似，这部小说在获得评委们赞赏的同时，仍难免受到不同程度的批评和质疑，尤其是受到阐威·格塞西里、苏坡·丹达坤等一批历史学家的强烈诟病，认为它"亵渎历史真相和政治人物""混淆历史真实和文学想象""胡乱揣测历史人物的言语和行为""令虚构的人物参与真实人物的行动"等。[1]当然，也有学者对此予以反驳，指出历史也是一种叙述，文学与历史之间本就存在一些"灰色地带"，更不能按照历史研究的标准来要求文学对客观世界作艺术再现。另外，作品在形式上的标新立异也成为不少学者诟病的对象。例如，小说按照历史事件发生的年代分为十一个小故事，每个故事都可独立构成一篇短篇小说，在每章开头插入大量历史图片；在篇末有附录说明人物和事件的来历，以及参考文献列表，以至于有学者质疑："到底是小说还是论文？""是虚构还是纪实？"[2]

在这些质疑声中，虽然不乏偏颇的论断，但如果从传统的小说审美原则来看，《平行线上的民主》在艺术性的雕琢上确实算不上无可挑剔。抛去其体裁上的模棱两可不说，单就人物的塑造和内容的加工两方面来看，与同样是以政治历史变革为题材的长篇小说《四朝代》相比，前者就明显相形见绌。六十年间泰国的民主政治风波确实是极具现实意义和历史价值的论题，但是如此宏大的内容如若缺少艺术的提炼和精神层面的升华，充其量也不过是各种材料的拼贴和复述，失去了文学作品所特有的再现力和感染力。同样以故事主人公为线索贯穿始终，与《四朝代》中有灵有肉、充分体现着泰式价值观和时代烙印的活生生的"人"——珀伊相比，《平行线上的民主》中的老幽和兑·潘虔则更像是为了将各个政治事件串联起来而刻意虚构的影子人物。

文·廖瓦林于1956年出生在南部的宋卡府，成为职业作家之前曾从事过建筑设计和广告设计的工作。1991年，他发表了短篇小说处女作《火》。《平行线上的民主》是他的第一部长篇小说作品，1995年曾获得泰国图书发展委员会颁发的"优秀长篇小说奖"，之后又在1998—1999年获得"优秀青少年图书奖（16—18岁）"。截至2013年，文·廖瓦林已先后出版了七部长篇小说、九部短篇小说集，六部科幻

1　［泰］苏坡·丹达坤：《剖析文·廖瓦林的〈平行线上的民主〉——1997年度东盟文学奖得主》，第106—110页。
2　［泰］苏坡·丹达坤：《剖析文·廖瓦林的〈平行线上的民主〉——1997年度东盟文学奖得主》，第103页。

小说、四部侦探小说，以及若干散文集，是一位十分多产的畅销书作家。除了多元的创作类型，他还深谙图书市场的运作规则，强调写作应该先"取悦自己"，但也应考虑自身的"生存"问题，要有自己的"市场定位"。得益于对创意要求极高的艺术设计背景，文·廖瓦林的作品内容天马行空，不拘泥于特定的表现手法，常常表现出令人意想不到的新意。他曾多次表示，作品的审美属性并不是他追求的目标。或许对于他的作品，读者也应该跳出以往的思维惯性来阅读和欣赏。《平行线上的民主》中的拼接手法和打破传统小说模式的叙事方法，或许也是后现代主义文学时代到来的某种标志。

四、《永生》(2000)：科幻叙事中的文明冲突与对抗

2000年进入最后一轮角逐的六部小说是：霍·尼胡济的《吾即上帝》(*Ku Khue Phrachao*)、巴查孔·卢纳采的《穿梦的人》(*Khon Kham Fan*)、碧娅蓬·莎格贤的《城基》(*Rak Nakhara*)、詹隆·坊春吉的《深处》(*Nai Luek*)、洼·瓦腊央衮的《煮酒的人》(*Sing Satho*)，以及维蒙·塞宁暖的《永生》(*Amata*)。最终评委会宣布将该年度的奖章颁给了维蒙·塞宁暖的小说《永生》。

对于泰国文坛来说，维蒙·塞宁暖并不是一个陌生的名字。他1955年出生于泰国佛统府，毕业于诗纳卡琳威洛大学。1983年出版第一部长篇小说《蛇》，立刻显示出他不凡的文学才华，该部作品于1988年与《高岸与沉木》一同角逐当年的东盟文学奖，虽然最后落败，却让文坛从此记住了他的名字。继《蛇》之后，他又相继创作了《通灵人》(1988)、阔帕朗村(1989)、《地主》(1996)等作品，但是都没有为他带来更大的声誉。就在他即将被读者淡忘之时，第八部长篇小说——《永生》的出现和获奖，终于使他名声大噪，成为文坛焦点。

《永生》讲述了大富豪婆楼敏为了获得不死之身，制定了一个宏伟克隆人计划，并培育了自己的第一代克隆人——启万和奥拉春，企图利用他们进行器官移植手术，以使自己不断衰老的身体"重获新生"的故事。克隆人之一的奥拉春从小逃离了培植基地，长大后为了复仇回到婆楼敏面前，说服婆楼敏与其换掉所有的器官，不如只进行

一次脑部移植手术。奥拉春自信满满地接受了脑移植手术，因为他坚信"心"才是精神的所在，只要心还在他自己的身体里，他的生命就能延续，由此他取代婆楼敏的复仇计划也就能实现。该届评委会对这部小说的评语是："小说《永生》的突出之处在于，作者用可能发生在未来的矛盾作为主题展开叙述，并且具体而鲜明地塑造了代表两种不同思维形态和思想信仰的人物形象，通过对现实社会的辛辣讽刺和尖锐批判，进一步增加了其感染力，鞭策和提醒读者看到全人类共同面临的问题，启发人们去思索：什么才是人类存在的真实意义？什么才是真正的永生？"[1]

克隆人的题材在各国文学和影视作品中已被反复使用，确实单就故事性而言，《永生》还不够吸引人，在情节的逻辑性、人物的层次感等方面也存在瑕疵，部分学者对此已提出过意见。不过，这部小说之所以在泰国引起热议，并且得到国外研究者的关注，最主要的原因还是在于其现实出发点和哲学立场。作者并不像大多数同类题材的作品那样将问题的重心放在克隆人技术所可能触发的伦理道德危机上面，而是利用佛教的义理学说向"为了名望和金钱而永不知足"的西方科学发起了一场对话。他认为"尽可能地延长寿命，寿命的无限增长意味着获得永生，这只是西方的思维。但是东方的思想认为心的修炼才是通向永生的路径"。克隆技术虽然能够延长"肉身"在世的时间，但是在佛教徒看来，从心外寻求超越生死轮回的方法，不可能真正获得解脱，达到"究竟涅槃"的境地，更何况寿命本就是不真实的，又从何而求之？乍看之下，小说似乎用一种极不合常理的逻辑设计了一场"母体"与克隆人之间的对决，但作者恰恰是通过它，用佛教的义理向科学发起了一场关于"生"与"死"、"灵"与"肉"的对话，并以此警告在欲望的列车上逐渐迷失方向的现代人类。作者看到隐藏在克隆人危机背后的驱使者，正是日渐疯狂的现代科技和无限追求财富最大化的消费主义逻辑，而这两个西方世界的产物正逐渐蚕食掉原本安宁和谐的泰国佛教社会。他对这样一个逐渐失去理智的所谓现代

---

1 ［泰］维蒙·塞宁暖：《永生》，第1页。

文明深感担忧，并流露出对西方文化的极大不信任和反感。对作者而言，只有从千百年来已经成为民族精神支柱的佛教智慧中才可能寻得救治的良方。因此，相对于作品的科幻色彩而言，《永生》鲜明的佛教训谕目的反而更值得关注，这也是它在泰国引起广泛共鸣和讨论的重要原因。

《永生》用带有科幻文学特征的克隆人题材，展现了一场文明之间的对抗。小说中不仅反复出现"猎杀"（la）意象，而且猎杀的一方与被猎杀的一方也时刻处于紧张和对抗之中。"婆楼敏"这个名字结合了"梵天"和"因陀罗"两个称谓，寓意至高无上的主宰。如果将他的形象看作是高高在上、肆意控制世界的西方现代文明的化身，那么从他身上"复制"出来的两个克隆体，则象征着在西方控制下被改造出来的现代东方。性格迥异的两个克隆人启万和奥拉春，以截然不同的方式面对自己的命运，前者是消极地接受，后者则是迎面反抗。这也是"被猎杀者"的两种道路抉择：要么是自甘屈辱、俯首称臣，要么自我觉醒、奋起抗争。因此，克隆人奥拉春向婆楼敏发起的誓死一搏，则不仅是一次关于"灵"与"肉"的较量，更是觉醒的东方文明为了摆脱"被猎杀"的命运，运用自身的智慧与信仰迎面反击的自我解救之战。作者站在东方文明的立场上，不仅强烈抵触西方，还在文本中将它妖魔化——婆楼敏及其帮凶斯宾塞教授的自私狂妄和残酷无情，几乎就是作者心目中西方霸权主义的人格化体现。维蒙在谈到这部小说的创作目的时说："我在《永生》中写的问题（人类克隆），在当时并没有去想它会失败还是成功。我看到的是，人类想方设法地努力想要不死之身，不惜用克隆自己的方式，甚至进行器官移植以将生命延续得更长，甚至达到永生。这是西方的思维方式。但在东方哲学中，永生是在心灵的修养中达到的。"[1]

从首部长篇小说《蛇》开始，维蒙就显示出对人类信仰世界的重视，佛教及佛教思想，几乎出现在他每一部小说的主题中。在《永生》中，他将佛教作为解救东方世界的途径。他的科幻叙事只是作品的

1　［泰］西里腊·顺萨衮：《2000年东盟文学奖得主维蒙·塞宁暖访谈》。

外衣，其内里则是一场关于佛教与科学、传统与现代、东方与西方的论争。

第四节　2003—2009：作品精神价值的探问与挖掘

一、《常乐男孩》（2003）：发现平常的善意与美好

2003年东盟文学奖得主邓娃·平瓦纳的小说《常乐男孩》（*Chang Samran*）以一个都市边缘的小社区为背景，讲述了被父母遗弃的5岁小男孩甘朋·常乐在邻居的帮助和照顾下一天天成长的故事。故事以甘朋父母突然离开，将他孤身一人留在出租屋为开篇，跟随他的视角记录了接下来发生在他身上的三十七个小故事以及社区居民的日常生活琐事。作者用简单平实、不带任何雕琢和煽情色彩的笔触，将一个无家可归的孩子的故事描画得充满温情和趣味，也将泰国底层民众的热心、善良和淳朴刻画得惟妙惟肖。但是，作者并没有刻意过滤掉种种丑恶与不善，在一幕幕温情画面的背后，细心的读者依旧可以从中看出真实世界的残忍与无奈。

　　就这样，还在半睡半醒间的甘朋睡眼惺忪地蜷缩在屋外。在潮湿并夹带着寒意的空气中，一阵炸鱼的香气不知从哪家的厨房飘向他的鼻尖。他不由自主地深吸了一口，脑海中浮现出一条大大的烤鱼，正躺在盘中冒着热气。但随着香味的消失，他立刻忘得一干二净，转而望向眼前逐渐流淌起来的画面出了神：孩子们赶去上学、大人们赶去上班，只有站了一整夜岗的保安缓慢朝家走着，丝毫不理会流逝的时间。甘朋就这样让一个没有早饭的早晨从他身边流走了。

　　……甘朋东倒西歪地留在原地，只觉得没有力气。他饿了，但由于与饥饿素未相识，就以为自己只是不舒服，不愿起身，也不想去哪里。从通詹夫人的厨房里隐约飘来几缕食物的味道，他闻着这朦胧的菜香，心里又想起早上炸鱼的香味。他梦到那条大鱼还原封不动地躺在盘子里，就这样，他在筋疲力尽中睡了

过去。

　　在梦里，爸爸把那盘金灿灿、冒着香气的巨大炸鱼端到他面前。但当他伸手要去舀鱼肉时，明明已下过油锅的大鱼竟然从盘子里跳了出来。甘朋赶紧去抓，大鱼却不断逃走。他就快要抓到了，不料一只硕大的猫却突然扑了上去，叼起大鱼，飞速跑开了。他大喊着哭了出来。[1]

　　5岁的甘朋不得不早早地认识别离、饥饿、贫穷、孤独、病痛等一系列人生课题。在懵懵懂懂之间，他以他特有的方式和有限的认知能力，接受并逐渐习惯着它们。在成人读者眼里，甘朋是个让人痛心的可怜孩子：父母分居后，母亲和外遇对象生活到了一起，父亲带着还是婴儿的弟弟和之前的妻子复合。由于后母只同意接受一个孩子，父亲只能丢下甘朋，放任他独自一人面对这个危机四伏的世界。幸运的是，甘朋从善良的邻居那里获得了帮助，暂时可以有地方容身，也不用长期饿肚子。更难能可贵的是，他在经历了反复的等待、重逢、分离与失望之后，依旧对这个世界怀抱着好感与善意。他仍旧渴望着父母的爱，对抛下他的父母不仅没有生出怨恨，反而继续等待全家人团聚的一天——尽管读者早已心知肚明，那不过是一个遥遥无期的梦。作者邓娃·平瓦纳曾说："文学可以使我感受到发现美的幸福，同时也能揭开罪恶事物的丑陋面罩。"她正是用这样一部简单而美好的作品打动了评委会的心。东盟文学奖评委会称："这是一部简单而美好的小说。充满了希望、梦想和对人类心灵中善良一面的坚定信念……这是怎样的一种生活？作者提出问题并吸引我们放眼去观察、伸手去感受、打开心灵去聆听那些无比琐碎的林林总总的寻常小事，用一种未曾尝试的、与往常截然不同的视角走近那一群生活在城市边缘、蜷缩在高楼大厦背后的微不足道的人们……"[2]

　　邓娃·平瓦纳1969年出生于春武里府一个农民家庭，在成为职业作家之前曾短暂地在当地一家报社工作过。她以创作短篇小说见

1　［泰］邓娃·平瓦纳：《常乐男孩》，第48—49页。
2　［泰］邓娃·平瓦纳：《常乐男孩》，第1页。

长，曾经三次获得露兜花奖，作品有《风划过荒园》(*Sai Lom Thi Phat Phan Suan Rang*, 1989)、《印象》(*Roi Phap*, 1992)等。1996年出版首部短篇小说集《第二本书》(*Nangsue Lem Song*)，并入围当年东盟文学奖最终一轮的评选。她对于作家的职责抱有这样的信条："文学创造者的身份使我找到了判断力，这是文学的力量带来的。我因此感受到了沉重的责任，要在人类前往更高真理和美的道路上去展现文学的这种力量。"

《常乐男孩》看似一部儿童成长小说，但简简单单的叙事却能触动读者对人类美好品质的思考。当年评委会委员之一的诺彭·巴查坤评价它："以一种让读者只触碰到表层的方式来讲故事，而不是强调其深层的因由，但却吸引读者按照自己的意愿去往下探究。"也正如作者自己所说的，"我们并不是在展现自我，因为我们不是明星……既然创造了人物，就必须让他说自己的话，我们仅仅只是写出人物想说的话，这是对人物的尊敬"[1]。《常乐男孩》所传递的美，并不是那种远离苦难、天堂般的幸福美满，而是在充满艰辛与磨难的生活道路上依旧能见到人性善良的那种至真至纯之美。

同届入围的另外六部小说是：巴替·春彭的《来自水面的呼声》(*Siang Phriak Chak Thong Nam*)、萨采·腊卡纳威千的《胖》(*Uan*)、巴蒙·达拉达的《无花果树洞》(*Phrong Maduea*)、文·廖瓦林的《红羽》(*Pik Daeng*)、庭纳功·胡党昆的《仲的世界》(*Lok Khong Chom*)和班查·翁迪的《戴镣铐的虎》(*Suea Ti Tuan*)。在这些作品中，《常乐男孩》并不是得奖呼声最高的，结果公布前，舆论的全部目光几乎都锁定在了庭纳功的《仲的世界》上。《仲的世界》讲述了一个失去父母的18岁男孩仲对世界的想象。由于患有开放空间恐惧症，仲从未离开过曼谷市中心一栋六十层高楼的第五十八层房间，他用科学知识和想象力为自己构筑了一个奇幻的世界。虽然这一表现主题和内容十分有新意，但是部分评论家认为，作品模糊了小说与散文之间的体裁边界。

1　［泰］邓娃·平瓦纳：《常乐男孩》，第1页。

二、《佳缇的幸福》(2006)：用爱与坚强拥抱生命的缺憾

2006年摘得东盟文学奖桂冠的是女作家昂潘·维乍集瓦。昂潘·维乍集瓦1963年出生于英国伦敦，是泰国前总理阿披实·维乍集瓦的胞姐。她于泰国法政大学取得法语专业学士学位，又在比利时取得了英—法语翻译学位。在那之后，一直从事翻译事业，有译著二十多部，包括《绢》(亚力山卓·巴瑞可)、《哈利波特与火焰杯》等。1999年获得法国文化部颁发的"艺术与文学骑士勋章"(Chevalier de l'Ordre des Arts et des Lettres)。2003年出版小说处女作《佳缇的幸福》，三年后她凭借这部作品跻身东盟文学奖获奖作家行列。继该部小说之后，她又续作了小说的第二和第三部，作品另有《玩偶凶杀案》《为人生着色》等。

与2003年的获奖作品《常乐男孩》相似，《佳缇的幸福》也是一部以孩童为主人公的小说。小说主人公——9岁小女孩佳缇，从小和外祖父母生活在一起，虽然从来没见过自己的父母，但是她在亲人的无限关爱与呵护下幸福成长。故事以佳缇一步步揭开自己的身世之谜为主要线索，讲述了她与患有绝症的母亲相见又亲眼目睹了母亲的离世，以及逐渐揭开关于父亲的谜团的一系列经历。在这个过程中，佳缇逐渐领悟到："失去所带来的痛苦并不能带走母亲的爱与牵挂给予自己的幸福。"整部小说带有成长小说的明显特征。

"佳缇"(Kathi)意思是椰浆，是泰国菜肴中重要的调味品，它需要经过挤、压、炼等多道冷、热加工程序才能最终制成，寓意着生活中的幸福也要经历多重的酸甜苦辣才能最终得到。这是佳缇的母亲在她出生时给予的祝福。故事中的小女孩佳缇虽然只有9岁，但是读者总能在她的行为和内心活动中看到异乎寻常的坚强和勇敢，例如"佳缇更喜欢在傍晚的海水里游泳，因为海浪会一个接一个地拍过来，打在脸上和眼睛上。这比在好似静止一般的运河里游泳更具挑战性，也更有趣味"[1]。她从母亲身上学到了面对磨难的勇气与毅力，"妈妈曾经说过，人和书本里的角色并没有什么不同，都要面对生活中的种种境况。

1　[泰]昂潘·维乍集瓦：《佳缇的幸福》，第49页。

当克服了它们之后，你的情感会变得更深刻，成为更完整的人，眼里的一切也都将改变"[1]。从某种意义上说，作者昂潘·维乍集瓦将自己的生命体验融入了佳缇的经历中，佳缇和母亲骨子里的坚强个性也是昂潘人生态度的真实写照。

作为一个先天性脑性瘫痪患者，虽然昂潘只是轻描淡写地将这个终生伴随她的疾病称为"一件生来就披在她身上的饰品"，但这一路走来的艰辛与不易都是常人无法想象的。昂潘自出生起就必然过着与常人不同的生活，就像佳缇从小就隐隐感到自己的"不同寻常"一样，她也必然经历过一场更加艰难的探寻、发现、接受、领悟的过程。在小说中，她将自己的一部分化身为佳缇的母亲，将对生命的感恩与祝福和对幸福的理解传授给佳缇。因此，《佳缇的幸福》不只是一个讲述如何面对生命里无法避免的失去的心灵成长故事，也是一段在生命的缺憾中寻找幸福的自白。或许它真正想告诉人们的是：不论经受着怎样的生命重荷，我们都应该让那个美好坚强的小女孩始终驻守在心灵深处。

与《佳缇的幸福》同时入围的还有另外九部作品，分别是：巴查孔·卢纳采的《深海之中》（*Klang Thale Luek*）和《用生命书写梦想》（*Khian Fan Duai Chiwit*），巴努·岱维的《天堂里的孤儿》（*Dek Kamphra Haeng Suang Sawan*）、萨采·腊卡纳威千的《沉睡》（*Non*）、忒西里·素朔巴的《帕銮之身》（*Rang Phra Ruang*）、毕塔·户唐衮的《隐士之女》（*Luksao Ruesi*）、金拉帕·昂苏玛丽的《弄影》（*Len Ngao*）、帕努玛·普密塔翁的《纳卓村的交巴》（*Kiaobao Nachok*）、西丽翁·盖甘的《伊玛目凶杀案》（*Karani Khatakam to Imamsatopakarde*）。这九部小说在取材和立意上都可圈可点，从不同侧面反映了泰国社会中存在的各种问题。例如，展现泰南三府政治冲突，反映士兵、警察和居民，以及佛教徒与穆斯林矛盾的《伊玛目凶杀案》——该部小说也受到马塞尔·巴朗的青睐，已被译成了英文；有反映家庭破裂对青少年成长的影响及第三性问题的《天堂里的孤儿》；反映现代科技和物质文明高度发达

1　[泰]昂潘·维乍集瓦：《佳缇的幸福》，第105页。

的社会中人类精神空虚的作品——《沉睡》；嘲讽当代泰国社会政治家的虚伪和民众无知的《隐士之女》；阐释佛教思想教义的佛理小说《帕銮之身》。这八位作家当中，既有新一代先锋作家的代表人物西丽翁·盖甘、最年轻的新生代作家巴努·岱维，也有东盟文学奖历史上入围次数最多的作家巴查孔·卢纳采，他们都是现今文坛上备受瞩目的名字。不过，评委会还是把桂冠授予了《佳缇的幸福》，这是因为他们认为它是一部"将各种创作要素结合得完美无缺的作品，传达出各种年龄层和不同文化背景的读者都能理解的道理。小说的魅力在于透过主人公的视线，用一种层层揭开谜题的方式来展开叙事。在轻松而不失幽默的语言中，蕴藏着主人公在一次次经历中逐渐领悟的人生真谛，使读者们的情感也跟着跌宕起伏，并在体味过一个孩童在她小小世界里所发生的故事之后，也不禁沉浸在这种甜美的忧伤滋味之中"[1]。

三、《腊黎／景溪》(2009)：追忆的过去与迷失的自我

2009年共有七部长篇小说入围最后一轮的评选，分别是厄迩·安查妮的《蝴蝶梦影》(*Ngao Fan Khong Phi Suea*)、查刹宛·克松康的《乳海》(*Thale Namnom*)、查克里·颇察仁的《南国》(*Prathet Tai*)、伍梯·赫玛汶的《腊黎／景溪》(*Lablae, Kaengkhoi*)、采亚·宛席的《本的新世界》(*Lok Bai Mai Khong Pong*)、维蒙·塞宁暖的《被遗弃的灵魂》(*Winyan Thi Thuk Nerathet*)和法·蒲恩瓦若腊的《世间最寂静的学校》(*Rongrian Thi Ngiap Thisut Nai Lok*)。评委会公开宣称，该届入选的作品从题材的类型和内容的深度上都比往届有了明显提高，这七部作品单就篇幅而言也比往年增加了不少。从这些作品可以看出，作家们对身处全球化时代的泰国社会有了更多、更仔细的观察和体验，从故事发生背景和人物的经历中展现出更为复杂的社会现实问题，出现了不少未曾出现过的素材和视角。评委会经过多次讨论和一番艰难的比较后，最终选定了伍梯·赫玛汶的《腊黎／景溪》为第十一部东

1　[泰] 昂潘·维乍集瓦：《佳缇的幸福》，第1页。

盟文学奖获奖小说，对其评语如下："小说展现了人类自身身份的多重性和复杂性，以及同其宗祖、民族、社群、信仰与传说之间的相依相系，讲述了面对无法守护的希望而努力寻求出路的人生故事。作者采用巧妙的方式组织故事，塑造出有血有肉、生动逼真的人物形象，绘制出富有生机的背景和氛围，语言简洁而有力，展现出一个鲜明而美轮美奂的想象图景。"[1]

《腊黎/景溪》是一个处于青春叛逆期的少年——腊黎讲述的一段关于自己家庭的回忆录。小说的独特之处在于，叙述者——第一人称"我"是一个不可信任的讲述者。由于"我"对母亲和继父做出了一些异常举动使得他们无法忍受，而被强制送到一座寺院托管给住持教化。"我"宣称自己现在叫作"景溪"，而直至两年前，"我"的本名却叫作"腊黎"，景溪实际上是长"我"四岁的同父异母哥哥。在寺院居住期间，"我"每晚到住持的住所讲述自己的故事，追溯了祖父母从中国南方逃难至泰国定居的经历，以及父亲与前妻——景溪的生母——及现任妻子——"我"的母亲之间的陈年往事，回忆了"我们"一家四口在一起生活的点点滴滴。父亲为了纪念他和第一任妻子成家及第一个孩子的出生地而为哥哥取名为"景溪"，又用父亲自己的出生地为"我"取名为"腊黎"。在故事中，弟弟"我"一直是听父母话的乖孩子，而哥哥景溪却不断给父母惹是生非，为家里带来痛苦，即使是在父亲过世前生病住院期间他也不曾回家探望，甚至连父亲最后一面也没见着。"我"一直默默注视着景溪的这些"可恨"举动，终于在一个漆黑的夜晚将他推下了山崖。"我"在极度痛苦中向住持坦诚了杀害哥哥的罪状。可是，直到母亲和亲属来寺院接"我"时，住持才从她口中得知：所谓的哥哥"景溪"，原来在"我"一岁时就已夭折，而"我"所陈述的那些景溪犯下的罪状，原来都是"我"自己的所作所为。住持没有继续追究"我"说谎的根由，而是劝导"我"放下对父亲之死的执着。在他的开示下，"我"最终打开了心结，与母亲一起离开寺院。十年后，"我"偶然回想起了这段经历，将它加工之后呈现了出来。

1　[泰] 伍梯·赫玛汶：《腊黎/景溪》，第1页。

　　小说回忆了祖辈和父辈远离故土、迁居异乡、努力谋生的人生历程，用细腻而深邃的笔触刻画了一个倔强、古板，对外人豪爽大方，在妻儿面前乖张偏执、说一不二的父亲形象，展现了他曾经拥有却又最终失去的梦想、希望、爱情、财富以及他平凡而坎坷的一生。小说同时也勾勒出一个淳朴、勤劳、迷信却又令人同情的乡村母亲形象，以及她与丈夫、儿子之间充满纠葛却又单纯质朴的爱。在看似平静而不露声色的叙述中，读者仍能感受到作者对于已过世的父亲和曾经完整的家庭生活深沉的怀念。

　　作者伍梯·赫玛汶1975年生于中部北标府的景溪县，毕业于艺术大学美术专业。小说大部分情节是以他自己家庭的真实经历为原型创作的，不过，它却不同于以往大多数描写寻常纷争的家庭题材泰国小说，而是具有一种耐人寻味的历史厚重感和哲学启悟感。它将一个三代家庭的历史刻写在一个广阔而不断变化着的社会背景之中，又将时代的沧桑变化投影到人物的生活遭际之中予以展现，从而为个体生命的无常与社会历史的变迁植入了一种哲学意味上的一致性。同时，用一种时空错置和充满玄幻色彩的讲述方式将真实与虚构交织在一起，在用近乎写实主义的手法展现人物经历的同时，不时穿插极富民间传说色彩的离奇情节，以此透过各种捉摸不定的人生际遇和世事变幻，归纳出一个注定导向"失去"的生命必然性。

　　伍梯曾坦言这部小说的创作目的是"告诫人们不要盲目相信语言所陈述的"[1]。他用叙述者"我"所讲述的一个"谎言"告诫读者：事实真相并不存在于语言之中。"每个问题的任何一个回答都包含着死亡，真相的死亡或是假相的死亡，我们选择让一方死亡，让另一方存留。"[2]从这个逻辑出发去理解这整个故事的"谎言"，其潜台词也就是：假相已在言说中死亡，真相得以永存。叙述者选择不把真相直接暴露在读者面前，是出于对真理（sacca）本身的虔敬和忠诚，他害怕令它在语言中被扭曲，不管是出于无心还是有心。对于作者而言，有一个绝对真理存在，它通过宗教可以抵达。小说中的住持就是这样一位

1　［泰］伍梯·赫玛汶：《腊黎／景溪》，第1页。
2　［泰］伍梯·赫玛汶：《腊黎／景溪》，第436页。

"住于真相"的化身。他没有选择在宗教的道路上探求真理，但是却发现了另一条"通往真实的路径"——艺术。他认为真理可以存在于艺术之中，通过艺术他可以"剔除假相，留存美好"[1]。

伍梯·赫玛汶对于西方现代小说和电影手法的学习和借鉴，也可以在《腊黎/景溪》里窥见一斑。小说的叙述结构使人很快就联想到了《铁皮鼓》中的主人公在疗养院中回忆往事而写下的自述，两者都是由患有精神疾病的叙述者作为第一人称讲述的。小说在第一章的卷首就引用了君特·格拉斯在《铁皮鼓》中的一段话："我将从自己出世以前很远的时候写起；因为一个人倘若没有耐心，在写下自己存在的日期之前，连祖父母或者外祖父母中的任何一方都不想去回忆的话，他就不配写自传。"[2]从小说的叙述风格和部分情节中也可以看出后者的一些影响。此外，从纳吉布·马哈福兹的《两宫间》中威严的父亲及两个性格迥异的儿子身上，也不难找到与腊黎、景溪父子们的相似点。

第五节　本章小结

1979年东盟文学奖正式创设并举行了第一届作品评选。评委会并没有对参选作品的体裁进行限制，最终《东北孩子》因其独特的风格和题材而获奖。这也是出身东北的作家凭借对地方社会生活的描摹而跻身文坛，并获得主流文艺界认可的首个成功案例。《东北孩子》问世于"为人生、为人民"文学即将走向尾声的1976年末。20世纪70年代末至80年代初，泰国文坛正在反思和总结中探索新的发展道路，《东北孩子》刚好带来了一种全新的小说写作方式和内容。它的问世与成功，不仅使东盟文学奖所树立的"创意"文学标准有了具体可见的样本，也为即将到来的文学创新之路吹响了前奏。

20世纪80年代历届长篇小说评奖，参选作品的数量和整体质量都逐届上升，获奖作品也普遍受到文学界的一致认可，外界的关注度

1　［泰］伍梯·赫玛汶：《腊黎/景溪》，第444页。
2　［德］君特·格拉斯著，胡其鼎译：《铁皮鼓》，第6页。

也不断升高。可以说，这一个十年是东盟文学奖稳步确立其"风向标"地位的时期。从获奖作品来看，《判决》《贴金的佛像》《高岸与沉木》虽然在形式、内容和思想内涵上各有特色，但无一不彰显着其创作者在长篇小说创作上的巅峰造诣，堪称各自作者的扛鼎之作。总的来看，它们在小说创作上的成就主要体现在对作品思想主旨的深化和升华上。《判决》被认为是泰国小说从社会主义现实主义审美主导向"创意"审美主导转变的标志性文本，它将对社会现实和人性阴暗的揭露引向了不易为人察觉的平常小事中。《贴金的佛像》则是以爱情、婚姻和家庭为主要题材的通俗小说成功迈进现实主义创作主潮并跻身严肃文学之列的成功代表。《高岸与沉木》标志着20世纪70年代中期先锋作家的一次成功回归，它对社会问题的揭露方式转向了更为含蓄、内敛和带有哲理意味的反思模式。从评委会的颁奖词及部分评委的评价中可以看出，作品在思想内涵上的独创性和超越性是这一时期评判作品"创意性"的关键参考因素。

90年代的长篇小说评奖受到了更多的外界关注和讨论。在经过最初十年的探索后，东盟文学奖在评奖流程和章程上已基本完成了制度化并被固定下来。每年入围最终轮评审作品的数量也基本固定在了五至七部之间。这一阶段的明显特点是：外界的质疑声不断，作品争议性较大。而从评选结果来看，评委会对优秀作品的检验标准更加开放，允许作品进行各种方法上的尝试与创新，并且尤其强调作品的创意性。90年代西方现代派小说的大量翻译、诺贝尔文学奖获奖作品的译介，使得评委们对小说文体的认识更加多元，对形式变革的接受度也更高，而西方文学世界的叙事革命、后现代主义文学浪潮，也都激发和鼓励了本土作家反抗传统的意识。这期间获奖的四部作品《香发公主》《时间》《平行线上的民主》和《永生》都体现出作者有意打破常规，进行创作形式和方法实验的创新精神。特别是前三部作品，在形式上进行了大胆创新，甚至逾越了小说文体的体裁界限。这些作品突出的反传统性，虽然为它们引来了不少非议，但也说明，当代小说家们已经开始有意识地将"创意"理念融入自己的创作中，一股带有强烈实验性的当代文学创新潮流已经形成。

　　进入新世纪之后，随着小说创作更加多元化，入围作品的风格和内容也更加多样，这也无形中增加了评委会决定最佳作品的难度。2003年和2006年的评奖结果明显表现出评委会对作品精神价值的偏重。同届入围的大多数作品，依旧在履行着文学的社会功能，即反映各种社会矛盾和苦难者的生活。相比之下，《常乐男孩》和《佳缇的幸福》虽然以人生的苦难为底色，但在精神向度上却表现出对善良、美好和幸福的观照，为文学注入了精神疗愈价值。随着社会的快速发展和人们精神需求的不断变化，小说创作的目的也经历着重新的调适。在电视、电影和互联网对文学空间的不断挤压下，文学作品在当代社会中的价值定位也发生着变化。相较于以往作品带给读者思想上的冲击和启迪，新世纪小说更多地探索着如何在快节奏的生活中，与读者产生共鸣，为读者提供心灵的慰藉。作家们开始关注个体内心的细腻情感，以及在现代社会压力下的人性光辉与阴暗面的交织。这种创作趋势不仅体现在对人物心理活动的深入剖析上，也通过构建独特而富有象征意义的故事情节，引导读者反思生活和理解自我。2009年的获奖作品《腊黎/景溪》便是一个典型例证，作品通过对一个儿时受到过精神创伤并长期患有妄想症的青年内心世界的描写，实践了文学对人类精神世界的探照与探索，也引发了读者对自我精神状态的审视与关注。

　　综上所述，从1979年开始的东盟文学奖历届长篇小说评奖，不仅是一部泰国当代小说发展的缩影，更是"创意"文学审美标准不断得到推进的见证。随着一部部"最佳创意"长篇小说的诞生，"创意"与"创意文学"也经历着一次次的被定义。十一部获奖作品不仅反映了东盟文学奖评委在三十年间对"创意"标准所包括具体内容的界定，也体现了当代小说从思想到形式，再到精神价值的开拓与发展。正是在历届长篇小说评奖和关于获奖小说的反复讨论与评价声中，"创意"的具体含义日渐清晰与丰富，"创意小说"也被逐渐地建构了出来。

第 四 章

文本与时代：创新精神引领下的泰国当代小说话语表征

普实克在论述中国新文学时曾指出："从非常普遍的意义上讲,每一部艺术作品取决于三个互相联系、共同作用的因素:作家的个性、最广义的现实性以及艺术的传统。"[1]这一普遍原则不仅适用于对单一作品的深入剖析,同样能够广泛应用于对多部作品的综合考察之中。尽管1979—2009年间的十一部获奖作品各自展现了不同作家的独特风格与鲜明特质,但它们共同植根于相同的现实社会背景与艺术传统,这无疑为我们提供了一个统一的坐标系,促使我们对它们进行更全面的审视。东盟文学奖在四十余年的发展历程中,始终坚守"创意"这一核心理念,将其作为评选最佳作品的根本标准。这一坚持不仅赋予了历届获奖小说以鲜明的"创意"标签,更促使它们在文学创新道路上不断探索和前行。因此,十一部东盟文学奖获奖长篇小说便构成了一组沿着时间轴排列的、在泰国被公认为最具创新精神的当代小说代表。

　　如前文所述,泰国当代文学领域的"创意"观念是受到20世纪60年代西方文学教育的启发。然而,这种观念所引领的文学创作实践,却是深深植根于泰国当代社会语境与本土文学传统的土壤里。泰国当代文学语境下的"创意小说",不仅承载着本土小说在新的时代语境下的转型与革新,也赋予了"创意"一词更深厚的本土性内涵。由东盟文学奖所遴选出的一系列获奖作品,既代表着对以往小说从内容、形式到精神内蕴上的革新,也建构着泰国本土小说在当代特定历史语境下的话语体系和诗学特征。

1　[捷] 雅罗斯拉夫·普实克著,李燕乔等译:《普实克中国现代文学论文集》,第83页。

本章将结合泰国在20世纪70年代末至21世纪初的社会变迁与文化风貌，剖析1979—2009年三十年间获"东盟最佳创意文学奖"的长篇小说作品，探究其共同的话语表征及其在当代的转向。

第一节 不变的社会意识：泰国严肃小说一以贯之的使命

一、小说话语与现实语境

通常意义上，"话语"（discourse）指的是"书写的或口头的信息交流"[1]，它原本为现代西方语言学中的一个特定概念，用来与"语言""言语"这两个传统概念相区别。伴随着20世纪后半叶以来西方人文学科的"语言学转向"，"话语"的概念开始广泛渗透到社会学、政治学、人类学、民族学、文学、文化研究等各个学科的理论实践活动中，成为一种普遍流行的批评概念和理论术语。在文学作品话语研究方面，巴赫金的贡献最为突出。他指出，作为一种言说或表述的话语，其真实含义只有通过社会的交往与"对话"实践才能获得。他特别强调话语的社会性及意识形态性特征，指出"话语作为意识形态现象，能够出色地表现出不间断的形成和变化"，"与其说是话语的纯粹符号性在这一关系中重要，倒不如说是它的社会性重要……话语将是最敏感的社会变化的标志"，"敏锐地反映着一切的社会进步和变革"。[2] 在社会理论中，米歇尔·福柯作为历史话语分析（知识考古学）的奠基人，在很大程度上促成了话语概念和话语分析的流行。他的话语概念具有多重意义和开放性，强调实践，可以在不同的语境中获得不同的意义。[3] 在他那里，"话语"涉及用来建构知识领域和社会实践领域的不同方式。"话语"意味着一个社会团体依据某些成规将其意义传播于社会之中，以此确立其社会地位，并为其他团体所认识的过程。他引入了"话语实践"的概念，话语不再是符号（指内容或表征的意义载体）的总和，而是不断实践，是根据一定规则系统生产话语对象的实

---

1 *Compact Oxford Dictionary, Thesaurus and Wordpower Guide.*
2 ［俄］巴赫金著，钱中文编译：《巴赫金全集2》，第524页。
3 ［德］科维著，王歌译：《话语分析》。

践。[1]福柯在《知识考古学》中将他的话语分析比喻为"采石场"，即各个学科的研究者都可以从中各取所需。话语的概念也被运用于文学研究理论里，例如在当代叙事学中，托多罗夫率先将"故事"（所述内容）与"话语"（表达方式）区分开来，并被后来的叙事学家沿用，中国学者申丹在此基础上指出，小说的话语指涉的是"对故事事件的结构安排"[2]。

尽管话语的概念与话语分析在近二十年来已经普遍流行于各个学科理论中，"话语"却"仍是一个棘手的概念，这在很大程度上是因为存在着如此之多相互冲突和重叠的定义，它们来自各种理论和学科的立场"[3]。例如，叙事学范畴的话语与意识形态研究里的话语显然各自带有不同的指涉范畴。德国学者科维从广义的文学研究出发，建议将话语的概念限定为"有关某个主题的语言陈述的总和"，以"使之适用于文学分析的实践"。[4]从基本方法论原则上看，它们却都是将语言实践中意义的生成及转达同语言的社会性、历史性、对话性及语境特征结合起来考察，其关注的不仅仅是所说或所写的意义总和，更侧重强调表述的规则、方式和条件，即"由特定文化决定的如何思维、如何言说条件下的陈述之和"。在这样的方法论原则指导下考察小说作品，便可以使研究从以往对文本意义的表层追踪模式中转移开来，不再只是停留在对小说所言说的内容与客观世界之间的"映照"关系进行机械的说明与复述上，而是将其作为一种结构性的"现实投射"，以开放性的方式去解读隐匿其间的表述主体对社会现实及其生存境况的体验，以及由这一时期特定文化形态所决定的言说方式，甚至深入到对牵涉其间的文学制度、艺术法则、集体无意识等结构层面的考察。

由于小说文类的特殊性使其从产生之初就与社会现实之间存在着"天然"的联系，对此，包括巴赫金、伊恩·P.瓦特等在内的多位小

1　[法]福柯著，谢强、马月译：《知识考古学》，第20—46页。
2　申丹：《叙事、文体与潜文本——重读英美经典短篇小说》，第24页。
3　[英]诺曼·费尔克拉夫著，殷晓蓉译：《话语与社会变迁》，第4页。
4　[德]科维著，王歌译：《话语分析》。

说理论家已经从不同角度进行过论述。只不过，不同的理论派别根据各自的立场和参照系会对这种关系进行不同维度、不同视域范畴的解读。巴赫金从他著名的对话理论出发，强调"与长篇小说这一体裁特点相适应的修辞学，只可能是社会学性质的修辞学。长篇小说语言的内在的社会对话性，要求揭示出词语的具体的社会语境"。阿多尔诺也曾说："小说本身就内含着现实主义，即使是根据素材去幻想的小说，也总是竭力要叙述得好像一切都来自实际生活的启发。"[1] 伊恩·P. 瓦特更是在《小说的兴起》中用一整章的篇幅论述了现实主义与小说形式的关系。泰国学者在处理小说这种现代文类时，也一直遵循着将小说作为"反映社会的镜子"来进行意义解读的基本原则。可见，虽然小说是借由想象而构筑出的对现实的虚构，但是它与社会现实之间存在着不可分割的联系。因此，我们对十一部小说作品的考察也就首先从现实性和社会性的角度开始进行。

　　但是，小说文本中的社会现实除了直接显现的"现实"之外，更多的是被处理过的"现实"。正因为文本与社会之间的关系存在着复杂性，同时也为了避免遵循以往类似研究中的"反映论"或"形式与内容二分法"的解读模式，因此，在方法论上，本节将根据研究的目的，参考"话语"概念和话语分析的基本原则，即将小说视作"遵循社会中'被认同'的陈规，并以在那个社会中'被认同'为'文学'的外在形态来传达见解"[2] 的话语。换言之，我们不再逐一去探究每部文本的意义所指，也不事先预设任何文本意义，而是考察贯穿在不同文本中的话语构成，研究它们如何在当代特定的社会语境下建构这些文本，又是如何使它们具有意义并在文化语境中承担作为"小说"的功能的。由于"话语并不再现或临摹文化现象，而是引发和建构了它们，因而话语分析要考察的与其说是话语，不如说是话语依据的规则、依存的条件"[3]。从这个意义上讲，相对于回答这些小说文本如何生动地刻画三十年间泰国社会的变迁和文化状态，本文的阐释将更倾向于探讨后者是如何

1　伍蠡甫、胡经之编：《西方文艺理论名著选编（下卷）》，第698页。
2　George Quinn, *The Novel in Javanese-Aspects of Its Social and Literary Character*, p.93.
3　［德］科维著，王歌译：《话语分析》。

在这些文本中被言说和表述的。

二、不变的社会意识：当代小说的现实指向

从文学经验来看，"写什么"一直是现代文学创作的首要问题。泰国文学界对这一问题的关心始于20世纪40年代末50年代初，这时正是泰国现代文艺批评和进步文学运动开始蓬勃发展的阶段。在此之前，泰国的文艺批评主要受到印度古典"味论"诗学[1]的影响，注重词句和音韵层面的修辞学分析。进入近代以后，在考古学影响下，开始强调对文本的历史背景的考证。第二次世界大战以后，在班宗·班泽欣、社尼·绍瓦蓬、因特拉玉等人的倡导下，文学批评中开始引入历史唯物主义的观点，"从社会看文学，从文学中看社会"的批评视角出现并被广泛接受。因特拉玉在《语言杂志》(Aksorsan)上发表的关于《帕罗赋》的研究文章，不再囿于修辞方法上的分析，而是将重点放在政治内容和思想倾向的分析上。[2] 这说明，泰国作家的关注点已经转移到了"写什么"的问题上来。

1950年1月，阿立·里维拉(Ariya Livira)等人发起成立了作家联合会(Chomrom Nakpraphan)。虽然它的组织并不严格，也没有正式纲领，但是组织了一场关于新文学发展的讨论，这也是"泰国作家首次集合起来就自身的职业和目标展开公开讨论"[3]。西巫拉帕在座谈会上提出："作家比其他行业的生产者有着更为重要的社会责任。由于椅子与衣服并不会让使用者变为好人或坏人，但是书籍却可以。正因为如此，作家必须肩负起特殊的社会责任。"

不久，在"文艺为人生"的口号下，文艺界掀起了关于作家的任务和责任、文艺的目的、文艺与政治的关系等一系列问题的讨论，提出"文学艺术的源泉是人类的社会生活""社会生活决定了作家、艺术家的思想""文艺应为生活服务"等观点。这一系列关于"文学为

1　详见裴晓睿：《印度味论诗学对泰国诗学和文学的影响》，载《比较视野中的东方文学》，第87—98页。

2　［泰］沙田·詹提玛通：《泰国"为人民文学"的源流》，第283页。

3　［泰］班宗·班泽欣：《人生与梦想》，第119页。

了什么"的讨论，实质上已经触及到了文学作品的社会内涵、思想深度以及社会改造作用等重大问题。集·普米萨在他影响深远的论文《文艺为人生，文艺为人民》中指出："只有具备下述效果的文艺作品才是真正意义上的'为人民文学'：它使人民坚信人生的真相，使群众与社会现实保持密切的联系，使人民群众具备社会意识（social consciousness）；它是人类创造力的结晶；它具备能够激发出创造更美好生活的力量。"[1]

20世纪80年代以后，虽然左翼文学的声浪已退去，但是用文学作品反映社会、改造人生的创作观念已在新文学的土壤中生根发芽。也只有具备敏锐的社会观察力的作家，才能够不断创造出有较高质量和水准的作品。东盟文学奖评委会对选送作品的思想内容和社会意义也是尤为看重的，从历年的颁奖词中不难看出，往往是那些具有独特现实寓意的作品最能够获得评委们的青睐。查·高吉迪、派吞·谭亚等一批当代泰国文坛巨匠和东盟文学奖生力军，都善于从社会生活中不断捕捉能够拨动读者心灵的题材。他们部分地继承了前辈作家的传统，着力揭露现实社会的残酷不公与底层人民生活的艰难，与前辈作家不同的是，他们没有直接将矛头指向任何一方，而是引发读者的思考并给予希望。例如洼·瓦腊央衮1985年的入围小说《是爱与希望……》通过一位善耍皮影戏的老人沧桑的一生，感慨了贫苦人民生活的艰难和世事的变化无常，但是却又向读者展现了世间的温情以及对未来的希望。

曾担任数届东盟文学奖评委的任乐苔·萨佳潘教授指出，东盟文学奖获奖小说的共同特征是"都是反映当今社会现状的小说，（它们）从各个角度展现着生活在泰国社会里的人们"，"东盟文学在社会层面的价值丝毫不低于它们的美学价值"。[2]

正如任乐苔所言，从十一部东盟文学奖获奖小说可以看出，关注社会与人生依旧是当代泰国小说的主要命题，它决定着文学作品的深度与广度，也影响着民族文学前进的方向。现代社会中的贫富不均、

1　［泰］梯巴功（集·普米萨）：《文艺为人生，文艺为人民》，第53页。
2　［泰］任乐苔·萨佳潘编：《东盟文学奖25年论文选集》，第47页。

现代人的家庭婚姻危机、人们道德意识的日益淡薄、经济增长对自然生态的破坏等一系列问题都在这些"东盟"小说文本中得以呈现。读者从查·高吉迪的《判决》中看到了群众的"集体无意识"对个体人性的摧残，在《永生》中看到了科技文明光环下人类欲望的无限膨胀，也从《常乐男孩》《佳缇的幸福》中看到了冷暖世间的温情一隅，还可以在《东北孩子》《高岸与沉木》《腊黎/景溪》中管窥到乡村社会的发展和变迁，在《香发公主》和《平行线上的民主》中看出民族历史的模糊剪影，也能从《贴金的佛像》和《时间》中看出泰国现代家庭的危机。

三、"倾斜"的时代镜像：当代小说的题材趋向

任东华（任美衡）在《茅盾文学奖研究》一书中，按照地域、时间、事件和形象对历届茅盾文学奖的获奖作品进行了题材归类。尽管连作者自己也承认，这种审视维度难免会遇到"概念及其义域限定"难以精确的问题，[1]但是它有助于理清一个作品群的基本表现特征，并为其历时性的发展图谱提供一种参照。借用这种方法对东盟文学奖历届获奖长篇小说的题材特征进行考察，可以发现它们在言说社会现实时表现出了以下三个方面的"倾斜"。

<u>地域类型</u>。以地域类型来划分小说题材，并非按照"地理学方面的确定所指"，而是根据"具有共同文化特征的存在范围或空间"[2]来进行的区分，即它代表的是一种文化性的地域概念或空间范畴。在表现方式上，它通常以小说的叙事环境或故事发生地作为"宏观"的界定，例如乡村（或外府）、都市、海外等。就十一部泰国小说而言，乡村或外府题材的占了五部，都市题材的有三部，剩下三部由于没有明确或是单一的地域范畴，所以只能另作讨论。

在五部外府题材的小说中，《东北孩子》展现了乌汶地区艰苦的自然条件和当地淳朴乐观的民风，也对当地的民族构成、饮食习惯和民间习俗等不为人知的内容进行了生动的描绘；《判决》以一个典型

1、2　任东华（任美衡）：《茅盾文学奖研究》，第79页。

的中部农村为背景，描写了乡村社会中的非理性力量对主人公身心的摧残，再现了威权崇拜、封建等级思想、轮回业报观等传统文化心理对人们行为的影响；《高岸与沉木》通过泰北林间驭象人的生活，表达了对自古以来仰赖自然的馈赠、与自然和谐共处的古老生活方式逐渐消失的伤愁；《香发公主》则是通过一则悲伤的爱情童话，展现了19世纪泰北兰纳地区的历史与风俗文化；《腊黎/景溪》通过一个华人移民家庭三代人的生活经历，折射出一个中部县城在几十年间的发展变化，特别是以第一条以国际标准建设的国家公路——友谊公路的修建为线索，展现了紧邻公路的人们依靠这条"经济大动脉"在生活方式和生活质量上的改变。

在三部反映都市生活的小说中，《贴金的佛像》通过一对都市富裕家庭男女的爱情与婚姻故事，反映了现代社会的爱情观与婚姻观的变化，以及由之带来的家庭情感危机与子女教育问题；《永生》以科幻式的情节，警告了在工业文明与现代科学的极端化发展下人类欲望的膨胀及信仰危机；《常乐男孩》展现了都市中一个不起眼的贫民角落里邻里之间的相互关心与帮助。与上述外府题材小说对乡村社会或外府生活的细致刻画形成较大对比，这三部小说对都市客体形象的刻画以及都市环境下人们精神面貌的描写都显得不够丰富，读者从中只能看到都市生活的某些侧影甚至只是背影。

在剩下的三部小说中，除去《时间》这个极特殊的例子（下一节将详细讨论），《平行线上的民主》和《佳缇的幸福》中都市和外府空间皆有，但是从总体比例上看，外府占据多数。

在对总共五十五部历届入围小说做一番粗略的统计之后，笔者发现半数以上的作品可以被归入乡村（或外府）题材中，都市题材的不足30%。由此可见，"东盟"小说在题材的地域类型上具有向外府或乡村社会"倾斜"的特点。由于它们在相当大的程度上代表了当代泰国小说的高峰走向，因此，我们有理由认为，总体说来，当代作家更乐意展现各个地方的当地文化特色和社会状况，叙事空间从都市中心朝向各个地方转移，这也使得当代泰国小说呈现出不同的地域风貌和多元的文化特色。

　　<u>事件类型</u>。相对来讲，按照事情类型来命名小说的题材，比按地域和时间要显得棘手，因为事件与人类的行为密切相关，而人类行为又是多种多样、不可全然预知的。我们很难用上面那种对号入座的方法，即预先设置几种事件类型，然后将这十一部小说划归其中。我们只能先列举出其中几种常见的事件类型，然后再根据一定的原则归纳出它们的某种共同规律。

　　1. 成长题材。笔者首先在将近半数的作品中发现了"成长"这一主题。"成长小说"是西方小说中源远流长的一种题材类型，它在德语文学中被称为"教育小说"。顾名思义，这类故事大都与主人公（通常是一个少年或青年）的成长及教育相关。读者很容易从《东北孩子》中看到成长的痕迹：主人公跟随大人们入林打猎、远行寻找食物的一系列事件，其实都伴随着对基本生活技能和本地知识的学习。《常乐男孩》则讲述了甘朋在邻居的帮助下"快乐"成长的故事，在一系列日常琐事中贯穿着主人公对世界一步步的认知与思考。《佳缇的幸福》讲述的是小女孩一步步认清自己的身世，并在痛苦中发掘更伟大的爱与幸福的心灵成长故事。在《香发公主》中也能看到一种类似的心灵成长轨迹。昭婵前往朝拜佛塔的经历，也是她向命运发问并最终得到答案的过程，她也在这个过程中逐渐认清并接受了命运的安排。《腊黎/景溪》在自传式讲述中，揭开了主人公从出生到成年期间所经历的事件、变故，以及自身人格的变化过程。"成长在这里是变化着的生活条件和事件、活动和工作等的总和之结果。"[1]在腊黎的故事里，读者看到的是与成长相关的经历，而不是它的目的和结果。总体而言，这些小说大都包含着两种基本的内容：一是对外部世界的认识和把握；二是自我心智的发展和变化。

　　2. 死亡题材。死亡是各国文学作品永恒的题材。死亡所折射出的悲剧美学不仅为作品赋予了持久的震撼力，也体现了作者对生与死的哲学思考。在《判决》中，"发"的死所爆发出来的生命呐喊，是针对残酷世人对一个无辜生命的死刑"宣判"最沉重的控诉，"死亡"在

1　［俄］巴赫金著，白春仁、晓河译：《小说理论》，第231页。

这里被赋予了深沉的人道主义思考。《高岸与沉木》用驭象人与大象被沉木拽下山崖的死亡瞬间，绽放出生命全部的力与美、壮与悲，体现了作者对"生与死"问题的深沉思考。《时间》将一群即将步入死亡的老人置于"时间"的指针下，在死的幕布前叩问"生"的意义与真相。《永生》用现代的手段演绎了一段人类自古怀有的肉身"不死"想象，在超越死亡的假设中展开了一场精神与肉体的博弈。

3. 婚恋题材。婚恋题材一直是泰国通俗小说中最常见的题材。在十一部小说中，以婚恋作为主线事件的仅有《贴金的佛像》和《香发公主》两部，不过在其余的数部小说中都作为次要事件出现过。例如在《高岸与沉木》中，男女主人公从相识到组建家庭，以及两人的婚姻生活贯穿始终；在《腊黎/景溪》中，父亲与两任妻子之间的情感纠葛以及母亲与继父的结合也是推动情节发展的重要事件，并直接影响到主人公的人格发展。

在上述三种题材之外，也有像《平行线上的民主》这样的政治斗争题材的作品。总体来说，这些小说的事件类型大多是关乎个人情感及生命历程的"小"事件，除了这一部反映历史与社会发展主潮的"大"事件之外，都是处于历史与社会运动边缘、与宏大叙事无关的日常性事件。主人公所面对和处理的通常都是一些与日常生活相关的问题与矛盾，他们的行为轨迹和心理波动都是沿着一系列日常性的事务展开，他们与周遭世界的联系主要寓于同家人或是邻里之间的互动中——即使是像克隆人斗争这种西方电影里常见的宏大叙事题材，在《永生》里也仅仅被表现为一场家庭内部的对决：残忍的"父亲"同两个克隆"养子"之间的生死搏斗。但是，不论是成长、婚恋还是死亡，它们又都是与个人人生或自我生命价值息息相关的根本性问题，它们的着眼点虽小，却往往可以折射出世界性和哲理性的光辉。

时间类型。如果仅仅按照小说事件所涉及的时间限度，我们可以根据过去、现在和未来三种范畴，将十一部"创意"小说划分为"历史题材"（两部）、"现实题材"（九部）和"未来题材"（一部）。从三种类型的分布，几乎可以一眼看出它们向现实性或当代性倾斜的特征。即使是三部历史题材和未来题材的小说，也并没有脱离当代的生活经验和对现实社会的注视。

《香发公主》虽然借用了真实的历史作为故事背景，但实则已被作者赋予了深刻的当代视角与意义。它对女性历史角色和命运的思考，对危亡之际民族命运的感怀，以及对本土文化的追思与重现，都体现着与当代文学精神的对话。创作于1992年"五月流血事件"之后的《平行线上的民主》，则更加体现出了对社会热点问题的敏感和关注。它通过对一系列历史大事件的呈现，体现了对泰国民主制度的思考。《永生》虽然看似虚构了一个"克隆人生产将要合法化"的"未来世界"，但是它更是作者对"克隆技术"这个当代科学热点的回应与思考。小说描绘的克隆人所生活的世界，并不是一个充满虚幻色彩的不可思议的世界，而是在我们的现实世界里也实实在在存在着的景象，它本身就是泰国当代社会的缩影。

通过考察十一部"创意"小说在题材上的"倾斜"，可以大致看出1979—2009年三十年间泰国长篇小说在以下三个方面的变化。第一，叙事视域由曼谷向外府的偏移，泰国小说家对乡土生活与地方经验的审美偏爱要明显胜于他们对都市的体验与文学想象。第二，叙事内容由革命、斗争等宏大主题向日常经验的回归，作家的关注点开始放在人们生活中的一个个"小事件"上，并透过它们去揭示具有普遍性意义的深刻主题。第三，强烈的当代性意识始终贯穿在三十年来以"创新性"为标识的严肃小说创作实践中，不论是历史想象、未来虚拟还是现实观照，十一部获奖小说的共同着眼点和出发点都是当代性的，当代社会的现实境况与当代人的精神状态依旧是泰国作家们最为关切的话题。

第二节　现代化进程中的城—乡视阈偏移

一、都市：隐匿的"他者"

　　……黑暗开始笼罩大地。摩天大楼的灯光灼灼闪耀，空中的星辰暗淡下来，全然不似安达曼海滨那般的耀眼。不过，大地上的星斗却愈显璀璨，满城的光辉，看过去是另一种姿态的美。对她来说，已是十分熟悉的景象。但是对于他，那固然称得上美，但却美得冷漠、毫无感情，远不如乡下的星辰那般生动和充满灵魂。[1]

维蒙·塞宁暖的《永生》中这段对曼谷夜景的描写，将人与都市之间的隔阂展露无遗。"冷漠"（yencha），在情感上营造出被排斥的、不被接纳的陌生感，与文中暗示的自然构成鲜明对照，显露出被"物化"了的特质。对都市的排斥也在小说另一个主人公启万的情感世界里有所体现：

> ……熟悉的大海与海风正等待着他，海浪冲击崖壁的声音从不远处传来……这是属于他自己的世界，他不占有这里的一寸土地，仅仅来放松一下心神，然后转身离开。[2]

"熟悉"，明显流露出远离尘嚣的轻松与自在感。更引人注意的是在这里显得有些突兀的动词"占有"（khropkhrong，本义为统治、统辖，占有）——很容易使人联想到权力和掠夺的隐喻，联系到小说的情节，正好与婆楼敏贪婪的资本家本质相契合。

在维蒙·塞宁暖塑造的都市想象中，都市是与下列意象相关联的：摩天大楼、国际化医院、直升飞机、高科技通讯设备、高级公寓等等。它们是婆楼敏、斯宾塞教授为代表的城市资产阶级和科技精英们所熟悉的日常符号，代表着"物质财富""权力""西方""工业主义"等一系列发达社会的关键词。对于自小从都市里逃脱的奥拉春来说，那里是剥夺他自由与生命的牢笼，是他不愿靠近的、冷酷的"他者"。作者借用两个克隆人的立场，隐晦地表达了一个外府出生的"乡下人"对都市生活的厌弃与抗拒。

类似的情绪也可以在另一部东盟文学奖获奖小说《常乐男孩》中找到，只不过是以更为迂回的方式表现的。小说的作者选取了一个位于都市豪宅背后的贫民角落作为人物活动的舞台，并将最容易与都市

1　［泰］维蒙·塞宁暖：《永生》，第84页。
2　［泰］维蒙·塞宁暖：《永生》，第129页。

生活联系起来的符号——商业街、洋房、宽广的马路、汽车等排除在这
个舞台之外：

> 通詹夫人的连体排屋社区就如同其他许许多多个小社区一
> 样，只是在时代中静静等待消逝、不会被铭记的角落。一些零星
> 的小土地所有者逐渐聚居在这里并发展成社区，共同栖身在一栋
> 硕大别墅的背后。通往社区的巷口处，立有一个显眼的指示牌，
> 不仅在白天显得突出，到了夜晚也闪着光亮。但那并不是这个社
> 区的标志牌，而是属于那栋别墅的。
>
> …………
>
> 尽管如此，从排屋社区这一方看过去，还是能看到那栋别墅
> 的一个高高的屋顶，如同漂浮在天堂。但能看到的却只是它的背
> 面，别墅的正面是迎向大街的。[1]

在这段简短的描述里，都市被划分成两个世界：一个显露的、奢
华的，属于富有者的繁华世界——这是"都市"最易使人联想到的惯
常印象；而另一个，却是被遮蔽的、无人问津的，属于低收入者的世界，
"它被隔绝在所有的关注之外"。然而，反倒是前一个世界成为了作者
刻意隔绝的空间对象。小说人物们的日常，全部发生在高宅背后那个
被标识牌遮盖的排屋社区里。而高宅所代表的繁华都市世界，却成为
了一个模糊而陌生的背景，隐匿在作者所突出展现的人情世界之后。
在故事的开篇，作者更是以别墅屋顶上一个女人的自杀来营造出两个
世界之间的强烈反差。对于小说中的人物来说，那个近在咫尺的高宅
中的世界，是一个被高墙阻隔的不可轻易靠近的空间。与简单而快乐
的他们不同，那个世界里埋藏着阴暗与痛苦。

在查·高吉迪的获奖小说《时间》中，都市是作为一个"缺场"的
客体被呈现出来的。小说以第一人称"我"—— 一位年长的电影导演
为叙述者，讲述了"我"观看一场被评为"全年度最无聊话剧"的全过

1　［泰］邓娃·平瓦纳：《常乐男孩》，第19—21页。

程。作品巧妙地构筑了三个相互套叠起来的空间场景：首先是叙述者"我"所在的剧院空间，其次是"我"在观剧过程中大量的意识流构筑的心理空间，再次是话剧表演者所展现出的舞台空间——养老院。剧院和观看话剧表演，大多属于都市文化生活的一部分。而养老院却是在快节奏的现代生活中渐渐被驱逐出都市中心地带的空间——就和那些被迫居住在那里的老人一样，是被时间抛弃的对象，是一座与城市主体人群的生活节奏和价值观念格格不入的"孤岛"。查·高吉迪作为一位对题材的选择慎之又慎的作家，选择养老院作为此部小说的焦点空间是有其深意的。在剧场的空间里，被驱逐的"孤岛"虽然得以重返都市观众的视线中心，但它却依旧没有获得关注，反而被评为"年度最无聊的话剧"。在一个长幼尊卑观念根深蒂固的佛教国家里，养老院的出现意味着，以家庭为核心单元的社会结构正在瓦解，传统的伦理价值观念已难以维系。而如此严重的社会问题，却没有引起话剧观众的共鸣和重视。小说利用不断重复现场观众的反应，来暗示养老院所象征的逐渐走向死亡的传统家庭伦理，同都市观众所代表的道德遗失的现代人之间的鸿沟，以此更加凸显迅速膨胀和变化的都市文明对传统人际关系的挤压和对人的"异化"。构成这部作品道德冲击的，不只是养老院中这群老人的处境，更是新兴人群与老龄人口之间的疏离与隔阂。由此，都市作为不在场的客体，被作者隐藏在小说的前景叙事中，成为一个被批判的"他者"空间。

　　如果对十一部获奖作品的题材和故事发生地做一番统计，也很容易看出"都市"话语在这些小说中的"稀缺"。因为除了在《贴金的佛像》和《永生》两部小说中可以直接感受到典型的都市环境之外，余下的九部中有五部都是以乡村为背景的。在《平行线上的民主》和《佳缇的幸福》中，由于事件和人物活动不断在乡村和城市之间转换，也只能从部分情节中看到曼谷生活的一些浮影。对比之下，在《东北孩子》《香发公主》《高岸与沉木》等以外府或乡村生活为背景的作品中，我们更容易感受到作者在远离都市之后的自在与安然，以及在情感距离上对乡土的怀念与亲近。这种倾向不仅在获奖小说中存在，也体现在历届入围的作品中。

当代作家对都市的疏离，从70年代末《东北孩子》的问世就开始显现出来。在今天看来，该部小说的成功也许正暗示了叙事视域从都市向乡村的转移。对此，泰国学者希素冉·蒲温莎曾作过以下论断："像康朋·本塔维的《东北孩子》这样的地方色彩小说的大受欢迎和广泛接受，表明'曼谷即泰国'观念的旁落，地方问题成为被关注的焦点，城市中的泰国居民也更加深刻地意识到生活在全国各地的同胞。"[1]

希素冉暗示了两点值得注意的问题：一是"曼谷即泰国"的观念由来已久，二是地方意识在20世纪70年代的崛起。前者暗示了曼谷在泰国现代民族国家进程中的话语特权，不过囿于篇幅，我们不可能去考察这种话语特权是怎样发生和形成的，而只将焦点集中在它与泰国现代文学发轫和发展的历史因缘上。相对来讲，后者对我们的解读更具参考价值，因为它直接关系到1979—2009年这三十年间的小说文本对"都市"和"乡村"两种空间客体的言说方式及表现形式。

二、曼谷：都市叙事的历史渊源

关于都市与文学关系的研究，早已有不少学者涉及过。在瓦尔特·本雅明那部未完成的论波德莱尔的著作——《发达资本主义时代的抒情诗人》中，本雅明对19世纪巴黎的城市布局和法国先锋派笔下的都市想象作了详细的论述，"准确地为作家在城市中定了位，并赋予了他们一个寓言的空间"[2]。受到他的启发，李欧梵在《上海摩登：一种新都市文化在中国》中从文学的角度"重构"了一幅上海文化地图，并在东西文化语境的烛照下对20世纪上半叶上海作家的集体"美学行动"予以了现代性的注解。在他们的启发下，我们可以回过头去对曼谷与泰国现代文学之间的历史关联作一番审视，思考作为都市的曼谷是如何影响泰国作家的美学立场和美学行动，并一步步被"寓言化"的。当然，对于这个问题的考察不是单凭几部文本就能说得清楚

1　Srisurang Poolthupya, "Social change as Seen in Modern Thai Literature," *Essays on Literature and Society In Southeast Asia : Political and Sociological Perspectives*, p. 213.

2　［美］李欧梵著，毛尖译：《上海摩登——一种新都市文化在中国1930—1945》，第43页。

的,本文的目的仅仅是在这种批评模式的烛照下抽离出与当代联系得最为密切的部分,作为问题的回溯及下部分考察的铺垫。

克利福德·吉尔兹认为,东南亚地区居民传统的空间观念将"中心"作为力量集中之地,国王、王宫和都城被视作"国家的中枢和化身"[1]。在泰国,这种关于权力与首都之关系的观念一直持续到今天。曼谷作为泰国第一座"现代"城市,自15世纪起就成为湄南河口岸的重要海关前哨。1768年,达信王将吞武里王朝首都建立在湄南河西岸。1782年,曼谷王朝一世王建立新王朝并将都城移到东岸,正式命名为"Krung Thep Maha Nakhon",意为"天神之城"。但是"Bangkok"这个名称的出现则早于官方命名。18世纪开始,随着对外贸易的频繁化和外来移民(主要是华人)的增多,曼谷迅速崛起成为东南亚半岛上最重要的贸易港口之一。泰国著名历史学家尼提·尤西翁在《羽毛笔与船帆》中对曼谷王朝初期首都繁华的商业活动以及汇聚了各色人种的多元聚居状况有过生动的描绘。19世纪后半叶,在西方殖民主义的压迫下,四世王帕乔诰(蒙固)和五世王朱拉隆功相继进行了一系列改革:四世王时期,曼谷铺设了第一条马路;五世王引进了铁路和有轨电车。自此,曼谷开始了它从封建王都向现代国家首都的转型,并成为多次政治风暴的中心。这一系列过程造就了新的社会群体、经济关系、消费习惯以及文化方式,使得曼谷显现出与传统城市截然不同的气质。从某种意义上说,曼谷的特殊性,不仅在于它承载了从旧暹罗到现代泰国几百年间的历史变迁,更在于它浓缩了将近一整部近现代泰国的城市文化史。

陈晓明在《城市文学:无法现身的"他者"》一文中给"城市文学"下定义为:"只有那些直接呈示城市的存在本身,建立城市的客体形象,并且表达作者对城市生活的明确反思,表现人物与城市的精神冲突的作品才能称之为典型的城市文学。"若依此定义审视,在泰国现代小说发展历程中,"都市小说"的明确界定及其发展轨迹的捕捉都显得比较困难。然而,从都市文化与现代文学交织共生的历史脉络

1　Clifford, Geertz, Negara, *The Theatre State in Nineteenth-Century Bali*, p. 13.

来看，自泰国现代小说萌芽之初起，曼谷便占据了举足轻重的地位，其特殊意义不容忽视。现代都市文明的兴起，为现代文学的孕育、成长与繁荣打下了坚实基础。泰国小说的叙事起点，正是聚焦于都市生活，这不仅是泰国现代作家创作的自然选择，更是历史发展的必然结果。

泰国文学在由以宫廷为中心的古典时期向现代文学转型的历史关键期，几乎没有离开过曼谷这个地域范畴。1802年，拉玛一世王主持的《洪版三国演义》的翻译，结束了泰国韵文体文学一统天下的局面，推动了泰国古小说文类的生成，进而促进了"小说文类"在泰国文坛的生成和发展。[1]1835年第一台泰文印刷机在曼谷的出现，和1837年丹·布拉德利（Dan Bradley）在曼谷设立的第一座现代印刷厂，改变了文学的传播方式，加快了传播速度和传播范围，也为现代作家和读者开拓了一个公共话语空间。19世纪末，以六世王帕蒙固诰为首的第一批留洋贵族知识精英将西方文学样式引介到了泰国。他们在《瓦栖腊炎特刊》和《求知》等刊物上，以翻译或仿作的形式连载了大量西方或称"西式"散文虚构故事。1902年，第一部西方翻译小说《血海深仇》由帕雅素林塔拉查（Phraya Surindhraracha）完成，出版后大受欢迎。这种脱胎于西方小说（novel）的新型故事类文学，在后来有了它的泰文名——"nawaniyai"。

本尼迪克特·安德森将这种新文学样式在20世纪头三十年间的迅速流行，归结为三个主要的社会性因素：读写能力的普及和海外留学生数量的激增、英国维多利亚文化的渗透以及1890年后一个闲暇的都市阅读群体（女性的比例居多）的形成。[2]这一群迅速壮大的、出身于贵族或是城市资产阶级家庭的读者，熟悉的是曼谷的王宫官邸和逐渐西化的人群、街道和建筑。他们之所以对"小说"这种新文类表现出极大的阅读兴趣，是因为不同于以往的王子公主故事或中国历史演义，它能够更"现实地"表述他们自身所能体会到的快乐与痛苦。

1　详见裴晓睿《汉文学的介入与泰国古小说的生成》一文的梳理。
2　Benedict R.O'G.Anderson, Ruchira Mendiones, *In the Mirror: Literature and Politics in Siam in the American Era*, p.13.

迎合他们口味的是脱胎自英国煽情小说的富贵家庭男女爱情纷争，翻译或模仿亨利·哈格德的冒险小说，或是阿加莎·克里斯蒂、柯南道尔的侦探小说（泰国对应的是"犯罪小说"）。这些小说一边满足着读者对外部世界和新奇事物的憧憬和想象，一边绘制着曼谷新景观的大致轮廓——虽然它有时只是某种片段或是一种基于视觉的、流于表面的图景，但是从中仍然可以看到对一个新时代、新暹罗的召唤。将这一景观续写下去的是一个新出现的社会阶层——职业作家。他们在迅速崛起的出版物市场刺激下，成为形形色色、相互竞争的期刊和出版商们争相约稿和聘请的对象，并且常常是身兼新闻记者、评论家和小说作家多重身份。1926年，他们中的突出代表——西巫拉帕发表了短篇小说处女作《人的命运》。

在西巫拉帕（早期）、多迈索、阿甲丹庚亲王等最早可以称得上现实主义作家的笔下，都市生活的主题仍旧是青年男女的婚姻与爱情。不过在小说中那些受过新式教育、穿着时髦的洋装、说着泰西混杂的曼谷口语、坐着私人轿车穿梭在大街小巷的年轻身影里，我们依稀可以看到一个正走向新时代的现代都市景观，它是一幅掺杂着鲜活与陈腐、高雅与低俗、禁锢与自由的黎明前的想象，在它朝气蓬勃的前景色调下，仍旧凝结着浓重深沉的暗影。对于平民出身的西巫拉帕而言，曼谷首先是一个等级森严、处处是官僚权贵、习惯以门第出身评判人的价值与好坏的封建都城，但同时又是他努力改变命运、实践人生理想的归属地。在西巫拉帕创作于20世纪40年代以前的作品中，主人公大多都是平民出身的知识分子（如《男子汉》中的玛诺、《画中情思》中的诺鹏），他们出国留学并凭借个人的努力和才干积极融入曼谷的主流社会，获得了过去一直被贵族垄断的社会地位。作为比里·帕侬荣阵营的积极拥护者之一，西方民主思想的曙光给与了西巫拉帕实现理想的希望，在平等主义的光照下，平民出身的有识之士便有了获取地位和社会认可的可能。[1]因此，与波德莱尔或是20世纪前半叶那些上海的作家们不同，西巫拉帕以及后来一批具有较强社会意识的作

---

[1] Benedict R.O'G.Anderson, Ruchira Mendiones, *In the Mirror: Literature and Politics in Siam in the American Era*, p.16.

家们并不是以"游手好闲者"的姿态游离于都市边缘的。正好相反，他们始终希望以参与者的立场支持和推动国家的"改旧换新"运动，希望成为一个平等的新时代的缔造者。也正是在他们的笔下，曼谷开始成为一种具有特定意义的知识分子话语被表述出来，直至在随后到来的进步（左翼）文学运动中逐渐被置换为暗示阶级不平等的空间符号。

在西巫拉帕未完成的狱中之作《向前看》中，曼谷开始作为丑陋的城市文明的象征客体被施予了批判性的叙事意向，这在下述引文中表现得十分明显：

> 事实上，他似乎丝毫未察觉到自己皮肤黝黑而内心洁净，心地高尚，而和他在一起的那些肌肤白皙、举止文雅的人中有一部分人却是铁石心肠，阴险狡诈。他不明白，他们乡下的生活方式和生活环境，为什么能够在他的心灵中孕育出某些高贵品质，文明开化的城市人的生活方式和生活环境，却难得产生出像他具有的那种高贵品质，相反，文明城市产生的是一些肮脏和丑陋的东西。[1]

在这部创作于1952—1957年的小说中，西巫拉帕站在了人道主义的立场上，批判社会资源分配的不平等，关照着处于"劣势"地位的人群。叙事的场所依旧是城市，只不过"代言人"的身份由城市平民知识分子换成了从乡下到曼谷求学的农村青年，矛盾的表现方式也由城市中贵族与平民出身的不平等，被置换为了曼谷与乡下空间寓意上的对立：前者虽然是先进文化的代表，却是污秽阴暗和非人性的；后者虽然在文化上滞后，但是蕴含着淳朴、明净的人性光芒。这种一褒一贬、二分法式的表述方式在奥·乌达恭作于1949—1950年的小说《在泰国的土地上》中得到了更鲜明的展现，作者借主人公塔拉之口指出："有两个泰国"，一个是曼谷的泰国，一个是乡下的泰国。而真正的泰国是在乡下。[2]

1　[泰]古腊·赛巴立（西巫拉帕）：《向前看（童年篇）》，第77页。
2　栾文华：《泰国文学史》，第275页。

"乡下"（chonabot，或农村）对20世纪50年代之前那些生长在曼谷的现代作家来说，还是一个较为陌生的空间概念。即使是西巫拉帕本人，从他早前的小说中也几乎看不出与"乡下"存在任何渊源，但是为什么在这两部作品里，它却突然一跃而成为充当作者叙事意向的重要空间符号？要回答这个问题还需要更多更仔细的文本考察，但是宽泛地说来，它应该与作家对"乡下"这一地理概念的认知状况和认知程度相关。就社会经济因素来讲，第二次世界大战以后銮披汶政府的经济发展政策及其所带来的城乡人口流动和曼谷人口结构的变动，应该是重要的诱因；当然，作家个人的经历，特别是在政治道路上受阻和政治理想的破灭，也是不可忽略的心理动机；不过，中苏社会主义文学的影响，以及中国无产阶级革命的胜利及其历史经验似乎是他们创作更直接的灵感来源，而农村问题和乡村叙事在中国革命和左翼文学中都是居于首要地位的——在上引奥·乌达恭的宣言中，也依稀可以看出"农村包围城市"理论的微光。只不过，与中国大多数左翼作家不同，西巫拉帕等一些成长于城市的泰国作家并没有直接的"农村斗争"或乡下生活经历。因此，他们对乡下的表述是建立在对人民生活不平等的批判立场上的，换言之，它并不是一种纯粹的、非功利的审美观照。这种批判功能的实现也就始终无法脱离对其对立面——对曼谷的书写和批判。更进一步来说，曼谷—乡下这种二元对立话语模式的实质仍是一种曼谷中心论。

在20世纪50—70年代于艰难中行进的进步文学（"文学为人生，文学为人民"）运动中，大部分作家们延续着对"乡下"的观照，并且在60年代大学生响应政府号召下乡建设农村的运动期间出现了一个小高潮，进而加深了城市知识分子对"乡下"社会的认知程度。这些曼谷大学生和知识青年根据在农村的体验，展现着农村生活和文化的落后与愚昧，抒发着改善农民生活、建设社会的理想。在这样的书写模式下，城市叙事被大范围地缩减了，曼谷仅仅在展现都市下层人民的生活状况或是在反照乡村文化的落后和愚昧的时候才构成寓言空间。但是，这一段时期围绕着"乡下"及乡下人民生存境况的创作冲动，大多采用的是一种知识分子视角，即并不是本着对乡下生活的诗意向往，以纯粹审美的、内观式的眼光书写乡间的风土人情，而是抱着同情的、怜悯的目光，以一种近似于俯瞰的姿态，对"乡下"人和"乡下"社会给予善意的观照。在小说家们充满人道主义——有时甚至是英雄主义的叙述中，总是可以感受到这样的潜台词：乡下是封建落后的，乡下人无知愚昧，他们需要发展，需要城里人的帮助，因为城市代表着进步、文明和先进的文化方式。他们似乎想积极地走进"乡下"人的内心，却又对他们的真实立场和内心世界一无所知。他们想要消除不平等，消除城乡差异，消除贫富不均，但是又无法完全卸下以城里人、文明人自居的姿态。因此，他们所表述出来的"乡下"也就只能是作为文化外来者眼中的"乡下"。

三、从都市到地方：叙述主体的视阈转移

第二次世界大战后，泰国农业地区的剩余劳动力开始加速涌向城市，不过这股外来人口潮的正式涌现还是在1961年第一个经济五年计划开始实施后。在第二次世界大战以前，曼谷地区的劳力主要由华人移民构成，而到了战后，泰族人的比例开始上升，逐渐占据主导地位。由于在20世纪50年代，城市地区的制造业发展仍十分缓慢，这批农村外来人口只能在城市从事一些非传统形式的劳动。美国学者罗伯特·B.泰戈斯特的一部关于三轮车夫移民的研究，[1]对这种非传统型经济模式有过生动的描述。大量从东北农村进入曼谷的外来人口在这种三轮车经济中找到了谋生手段，并且获得了1933年出台的法律条令的保护——该法令规定三轮车夫的从业者必须是泰族人，从而削弱了华人移民的竞争力。1961年，在世界银行和联合国的支持下，沙立开始了以曼谷为中心的进口替代工业化战略，在带来曼谷迅速工业化的同时，也将大量的外来人口吸引过来。据统计，曼谷的净移民指数[2]由1965—1970年的2.6‰，增加到1975—1980年的5.8‰，到

1　Robert B. Textor, *From Peasant to Pedicab Driver: A Social Study of Northeastern Thai Farmers Who Periodically Migrated to Bangkok and Became Pedicab Drivers.*

2　净移民指数（Net migration rate），是由进入城市的外来人口数与离开城市的人口数之差，除以城市人口总数（以五年为统计周期），以千分率计算。以下数据来自Chatchai Sueprasertsitthi, "Urbanization in Thailand, 1996–2000," Mahidol University, 2004, p. 57。

1985—1990年增长到了7.4‰。[1]

　　从20世纪60—70年代开始由农村涌向城市的迁移浪潮，不仅改变着城市的人口结构，也影响着文学场域内作家队伍的构成。来到曼谷求学和生活的外府作家们带着对城乡生活差异更为切身的体会，抒发着他们对社会变迁的认知和感悟。艾伦·博库兹指出，这群"移民"作家身处两个世界之间——它们不仅是空间层面的象征，也寓意阶层、教育程度和社会地位上的分别。他们既是边缘群体中的精英，又是中心区域内被边缘化了的个体。正因为如此，他们可以以一种纯粹主流或是边缘者都无法进行的方式，同时和两个世界进行交流，并自由穿梭其间。[2]在70年代初期，这批受过高等教育的外府精英在"文学为人民"思潮的影响下，向城市精英们描述着他们农民同乡的贫苦生活。对此，安德森的解释是，这是出于这些作家的"存活者的负罪感"意识。因为尽管他们幸运地享有了学生、知识分子以及都市文人的机遇，但是他们也并没有忘记那些被"留在家乡"的同胞。[3]通过将苦难同胞的境况呈现给都市的既得利益者，使对方注意到落后地区的生存环境，这些从乡下进入曼谷的"幸运儿"便可得到些许良心上的宽慰。不过，从社会思想史的角度看，他们更多还是受到左翼文学风潮和学生政治运动的影响和鼓舞。或许正是由于肩负着身为知识分子的良知和社会责任感，他们的叙述大都没能摆脱那种多少带有"革命浪漫主义眼光"的知识分子视角。而在所谓的"负罪感"意识里，仍然可以感觉到以先行者、进步者自居的精英姿态。

　　因此，当康朋·本塔维用他几乎不带任何雕饰的笔触，在《东北孩子》中记录下关于东北"乡下"生活的亲身经历，他就不仅只是向都市的读者们提供了一部满载着地方性知识的文化读本，也是以一个真正的文化持有者的内部眼界展现了东北人的行为方式和对世界

---

[1] 接下来的时期，该指数开始下跌，在1995—2000年仅为2.4‰，原因应该可以部分地归结于两个方面：一是1997年的金融危机，二是随着曼谷近郊的发展，市区居民陆续搬到中心城区边缘的区域生活。

[2] Ellen Elizabeth Boccuzzi, *Becoming Urban: Thai Literature about Rural-Urban Migration and a Society in Transition*, pp.40–42.

[3] Benedict R.O'G.Anderson, Ruchira Mendiones, *In the Mirror: Literature and Politics in Siam in the American Era*, p.43.

的体验。康朋·本塔维1928年出生在乌汶府，高中毕业后在东北工作和生活了一段时间后，前往曼谷打工，做过一段时间的赛马场喂马员、三轮车夫，直到通过了教师资格考试，去南部成了一名教师。教了十一年书之后，成为了一名监狱的看守。《东北孩子》就是创作于做监狱看守的这一时期。康朋的前半段人生就像是一段远离家乡、不知终点何在的旅行。他不是一个通过高等教育走入都市知识精英话语内的外府作家，但是作为第一批农村人口迁移大潮中的一员，他却是一个真正体验过在外乡漂泊讨生活的东北人。因此，他没有像知识青年作家们那样去展现那些比自己潦倒的同乡们的贫穷艰苦，而是以自己的经历传达出东北人血液中的坚韧与乐观，这才是他以及他所欲展现的"东北人"最真实的生命写照。

　　《东北孩子》将一个更为深刻、更为鲜活的"东北"形象带到了都市文化精英的面前。它并不是泰国第一部关于"东北"的文学作品，但是却开辟了一片以书写本土风光、展现地域文化特色为写作模式的小说新天地。它与之前展现"东北"的文学作品的不同，不仅在于它描绘了一幅原汁原味的地域文化风景，更在于它在叙述立场和视角上的转变，即用"本土的"（或地方性）的立场和叙述视角取代了过去的知识分子视角。尽管这种转变并不一定是作者带着审美目的而刻意为之的结果，但是它却还原了一种更真实和更具普遍意义的情感冲动和文化心理：在不断漂泊的途中，只有那片孕育并伴随他精神成长的土地给予他"身份"的证明，这个"身份"也是迁移者贯穿身心的永不消弭的烙印；他与那片土地之间的唯一牵系只剩下成长岁月里的乡土及文化记忆。正如异乡的游子往往通过回忆故土来获得情感上的慰藉，作家也在这个讲述自己所属的"文化共同体"的过程中，找到了归属感和文化认同。

　　如果说康朋·本塔维对"东北"的书写方式是在自然状态下对自我的乡土经验进行复原，那么十年后一部由玛腊·堪詹创作并获得东盟文学奖的小说作品——《香发公主》则是在历史想象中对兰纳地区的文化进行重构。出生于泰北清莱府的玛腊·堪詹通过对古典文学的刻意"寄生"，使两则不同的"香发女"故事呈现出显性的互文关系，打破了两个文本之间的时空界限，使得文本的隐喻空间得以扩展和延伸。民间传说中的香发女最终被王子从丑陋的国王手中夺回，并获得了爱情；可是昭婵的王子却没有那样的能力，她最终屈从了她的"丑国王"——一个外来的富翁。文本的表层寓意可以理解为感慨理想与现实爱情之间的鸿沟，可是在它之下却隐含了另一个政治寓言：我们如果把公主昭婵与"富翁"分别看作传统农业经济体制下的北部兰纳文化与以商品贸易为支柱的现代资本主义文化的化身，那么两人的联姻，则寓意着新旧两种文化的融合，以及在融合过程中弱势一方向强者的依附。兰纳文明是泰族文化的重要源头和代表之一，于11—13世纪，形成以泰北的南奔、清迈一带为中心的，由泰仂、泰阮、大泰（即狭义的掸族）、泰艮等多民族构成的政权。曼谷王朝五世王时期，兰纳被正式合并为当今泰国领土的一部分。虽然小说的时间设置正是处于五世王将兰纳收归中央管辖的历史转折期，但是玛腊显然并不意在暗指地方政权的旁落，而是从文化的意义上追溯自己民族的历史。他对兰纳地区历史人文风貌的想象，是对整个泰族文明源头的寻根。正是由于他所生长的土地在整个民族的文化历史中占有重要地位，他才更执着于发掘和展现地域文化和地方历史中不为人知的过去。从某种意义上来说，他的地域书写已超出了地方性文化的界域，是对整个民族文化共同体的想象和构建。

70年代以后，工业和城市的快速发展极大地改变了曼谷等几个主要大城市的格局和面貌，曼谷和外府地区之间的联系和力量对比也发生着变化。曼谷虽然迅速发展成为一个国际型大都会，常住人口从1970年的300多万一下增加到2001年的800多万（官方统计数据）。但泰国仍旧是一个农业国家，全国将近70%的人口依然生活在农村。但同时，全国GDP的90%又是来自于非农产业（主要是都市型制造业）。[1]于是，泰国城市与乡村之间构成了一种"头大身小"的奇妙组合：一方面，大部分的人口还是集中在农业地区，但另一方面，一个庞大的巨型都市却又赫然耸立其间。工业化和城市化进程为曼谷

1　根据Sueprasertsitthi的《泰国的城市化1960—2000》一文对国际货币基金组织（IMF）发布的《世界经济展望》2001年版数据的征引（"Urbanization in Thailand, 1960–2000," p. 66）。

带来大规模的城市新移民，外府人口不断将曼谷以外的地方文化
带向都市精英话语的"中心"，地域书写的出现正是这个过程的直
接结果。

马丁·普拉特在对地方主义与泰国现代文学关系的研究中指出，
60年代政府在出版审查制度上的相对放宽促成了"东北文学"的出
现。[1]对此，可以更进一步判断，政府的政策以及一系列戏剧性的社会
变化，其中包括大量农村人口向曼谷的迁移，共同催生了以"东北文
学"为开端的一系列地域主义写作类型的出现。而这正是当代文学
场在一系列社会变化的合力作用下所发生的反应。不论是"东北文
学"，还是后来出现的"兰纳文学"等以地域文化为特征的文学类型，
它们在文学批评话语中的出现，意味着过去以曼谷为中心的城—乡
二元话语格局已悄然瓦解。地方叙事、地域书写或是本土言说，开始
成为一股新的创作力量进入到当代小说的创新实践之中。如果以这
十一部东盟文学奖获奖小说为参考的话，我们会发现，继《东北孩子》
之后，至少半数以上的小说是以地方题材或外府生活为内容叙述的，
乡村叙事或地域书写一直贯穿着三十多年来的小说创作。除了极个
别特例之外，这些"东盟"作家几乎都是在外府出生的，地方上的生活
经历构成了他们精神创造活动的最原始和最宝贵的素材。从《东北
孩子》《香发公主》直至2009年的《腊黎/景溪》，这些作品尽管叙述方
法不一、视角各异、美学立场不尽相同，但是都无一例外地展现着泰国
地理版图上各个地区的本土文化及生活经验。

四、书写"地方"：现代化进程中的文化抉择

富永健一指出，在现代产业社会中，核心性的社会变迁是产业化
和现代化。他用"现代化"一词代表产业化、现代化的整体，并把产业
化看作与技术-经济上的变迁相联系的概念，把现代化看作与政治-社
会文化上的变迁相联系的概念。[2]三十年间东盟小说的叙述视域由都
市向地方的偏移，正是泰国在现代化进程中城乡结构的变化及城乡间

1　Martin Platt Brewster, *Regionalism and modern Thai literature*, p. 81.
2　［日］富永健一著，董兴华译：《社会结构与社会变迁——现代化理论》，第4—7页。

的大规模人口流动对文学场域的影响，及其在文学文本中的表现。

关于城市与乡村的讨论总是不可避免地与"现代化""现代性"联系在一起。泰国的现代化进程也始终与这两个地域概念相连。从阶段上看，它们分别指代着发展之后与发展之前的状态。泰语中的"现代"是一个来自西方的概念，如同这个词一样，泰国的现代化也是在"西化"的道路上由"城市"向"农村"一步步行进的。菲利普·赫希在1989年关于泰国的发展困境的研究中，从时间和空间维度对泰国的"现代化"问题进行了语义层面的解读："这是一个包含着时间和空间两种维度的过程。在时间维度上，它通常被表述为'现代'、'进步'、'跟上'（泰文中与modern对应的词是thansamai，直译：紧跟时代——笔者补充）。空间维度上对这种发展特性的指称是'整合'、'连接'、'合并'（泰文中另一个用作modern的词是ruamsamai。ruam有整合、连接、合并的意思——笔者补充）。通常来说，这两个维度是紧密联系的，因此，任何一种外在的隔离都意味着落后；同样地，与都市核心区域越是接近，也就越代表着成为现代的一部分。"[1]

所谓"紧跟时代"（thansamai），在大多数语境条件下也附带着向同一时期的西方世界看齐的含义。由赫希的解释引申开来，泰国的"现代化"就包含了对外向西方世界跟进和对内进行城乡"整合"的双向过程。20世纪50年代末，在沙立军政府的大力推行下，泰国走上了快速工业化和经济发展之路。发展经济同时被视为解决东北部等边远地区潜在不稳定因素的有效手段，成为政府优先支持的长远战略，并且在整个60和70年代受到独裁政策的重视而持续推进（仅在1973—1976年间有所中断）。海外投资、工业生产和商业贸易得到了大力扶植。随着大量公路的修建、农村电网的布设、大坝及水利工程的修建，以及铁路、航空运输的开通，现代化的触角由首都逐渐延伸到边远乡村，极大地改变着国民生活的各个方面。"发展""进步""现代"，成为人们日常生活中使用最为频繁的词汇。整个80年代更是见证了泰国经济的迅速腾飞。这股不可逆转的现代化浪潮给泰国社会

1　Philip Hirsch, *Development Dilemmas in Rural Thailand*, p. 9.

带来了巨大的物质繁荣，但也冲击甚至瓦解着传统的社会文化形态。部分当代作家本着对本土文化的自觉维护，对于这种外来性冲击往往比较敏感，而在态度上则表现为对以"都市核心区域"为空间象征的现代文明的抗拒或疏离。如果说这种抗拒性在上文提到的地方性叙事文本中还表现得不十分明显的话，那么从尼空·莱亚瓦1988年的获奖作品《高岸与沉木》中，应该可以得到更明确的印证。

菲利普·赫希所说的与"连接""整合"含义密切相关的现代，对于像小说主人公康哀这样自小生活在永河丛林里的村民而言，更意味着一种侵占、掠夺以及被强行纳入一个陌生的体系。作为现代化进程中空间"整合"的重要手段——连接着村庄与城市的公路，给村民们带来的只是从曼谷来林间狩猎和购买木雕工艺品的富商，以及偷取象牙去城里倒卖的强盗，他们"偷走了一切，什么也没留下！"[1]马路并没有为落后的一方带来利益，相反却让已步入现代的一方获得更大收益。在作者眼中，"现代"是一股与资本主义一同前来的外来力量，在它们的共同作用下，本土文化开始了一种自我陌生化的变迁过程。原有的社会秩序在还未来得及作出理智判断之前，就听从了外来权力的驱使而变得面目全非。在新兴权势阶级——大资本家林场主的利益诱使下，像"本旱"这样的村民们纷纷抛弃传统的劳作方式，进入老板的工厂，或者入林伐木，或者制作木雕。生命与技术没有用在建设性和积极的方面，却被滥用在破坏性的一面。

安东尼·吉登斯指出："就制度方面而言，在现代性的发展中，有两种不同的组织特别重要：民族国家和系统的资本主义生产。它们二者都在欧洲历史的具体情境中有着自己的根基，而且以前的时期或是其他的文化背景中很少有什么事物与此类似。如果说后来它们在彼此的密切结合中，席卷了整个世界，这首先是因为它们所创造出来的权力……就这两大变革力量所孕育出的生活方式而言，现代性与众不同地真是一个西方化的工程吗？对这个问题的直截了当的回答是：'是的'。……现代性的根本性后果之一是全球化。它不仅仅只是

---

1 ［泰］尼空·莱亚瓦：《高岸与沉木》，第15页。

西方制度向全世界的蔓延，在这种蔓延过程中其他的文化遭到了毁灭性的破坏……"[1]

尼空·莱亚瓦用大象"柏素"的生命遭遇，表现了资本主义"所创造出来的权力"对本土传统的冲击与破坏。在泰国传统文化中，大象是尊贵、神圣的动物，是国家兴衰的标志，更是古代战争和仪式中不可缺少的圣物。本生经故事中有菩萨转世为象王的内容；在转轮王神话中，大象是九宝之一。但是在现代工业文明中，它只能沦为动物园或是商业性表演中为人们带来快乐的"道具"。作者先向读者展现了一个聪敏、有灵性，爱和人开玩笑的大象"柏素"的形象。但是，接下来的一系列事件却使得它的性情渐渐改变。它先是被资本家林场主用金钱夺去了自由，沦为伐木工人搬运原木的"机器"，又被外来偷猎者割去了象牙。商业主义的暴力表现在，它受一时的利益驱使，造成的却是长期的、不可挽回的破坏，并且在毫无意识的状态下严重打击了自然界和人类社会。偷猎者的目的只是"财富"，可是失去象牙的"柏素"却失去了"尊严、自信与身份"。如果说失去象牙象征着它第一次失去身份的话，那么接下来，林场主对它的替代品——大象木雕的占有热情，又再次宣判了它作为"权力、力量"象征的古老身份的再一次失去，因为在这位工业资本家的眼中，真正的大象只是用来进行物质加工和生产的工具，"原木大象木雕的价值却是它的两倍"[2]——生命的价值在工业时代的商品交换中被简化成了"价格"符号。生命与物品（雕塑），两个本质上原本不可能混淆的存在，在资本主义意识形态的笼罩下却出现了价值错位。

发生"物化"的不仅是自然界的生物，就是人类自身也难以逃脱——"雕塑不可能和人一样，因为它没有生命，只有躯壳……但是人却可以和雕塑一样，因为他可能没有灵魂，没有心"——作者从物质条件发达的现代文明中看到了人类精神家园的没落。小说唯一一次对"现代"的正面描述集中在对女主人公玛詹工作环境的简要介绍里：那是林场主开在市区的一个开着冷气、摆满动物木雕和标本的大

1　［英］安东尼·吉登斯著，田禾译：《现代性的后果》，第152页。
2　［泰］尼空·莱亚瓦：《高岸与沉木》，第119页。

型手工艺品商店。冷气，意味着对气温的掌控，表明人类已经可以脱离在过去被认为拥有无上威力、不可触犯的自然力量，根据自己的意志调控气候。它代表着外来科技与先进文化，也暗示着对物质财富的占有。玻璃展示柜和橱窗透明的质地，既炫耀着店主的私人财富，又暗示着消费文化的物欲诱惑。它使人们轻易地陷入了视觉陷阱，人们被看上去"栩栩如生"的表相吸引，单凭眼睛所见去认知和判断事物，忘了用五感和思维去体会"有情感、有血肉、有精神、有灵魂"的生命。作者借康哀之口嘲讽顾客竟然把雕像认作真人，商店管理员"苍白的面目"也"和木雕一样"。[1]

　　"现代"文明带来的另一个恶果，是对自古以来人与自然和谐关系的破坏。泰人自古以来就对大自然充满了敬畏，在原始的万物有灵论和佛教的"众生平等"思想的影响下，在日常生活和生产活动中始终遵守着亘古以来的法则。按照传统习俗，取象牙"必须先举行仪式请求大象的同意……取象牙者必须准备各种各样的祭品"。可是在技术发达的现代，只需"打上麻药让它昏迷……然后用电锯截断"。如果我们将康哀与柏素自小形影不离的关系，视作传统农业时代人与自然关系的隐喻，那么从小说中人象关系的两次疏离——一次是柏素被卖给了资本家，另一次是康哀只顾着制作大象木雕，则暗示了市场经济和资本主义的到来是如何割裂人与自然之间相生相契的古老平衡的。尽管，作者最终用一个充满象征寓意的方式——大象木雕与活象交换，让柏素脱离了林场主的控制回到康哀身边，使人与象恢复了旧有的亲密关系。但是康哀和柏素无法摆脱林场主的权力控制——他们必须为他搬运原木以获得维持生计的报酬。最终这一对充满怀旧主义的古老组合也没能存活下来，而是双双葬身于砍伐丛林的工业主义"魔爪"之下。

　　尼空·莱亚瓦对城市的态度是回避的，对城市所代表的现代生活方式和文化形态始终保持着距离。他让小说中的主人公主动选择了远离城市的生活，他们依水而居，自食其力，简朴知足，自得其乐。当

1　［泰］尼空·莱亚瓦：《高岸与沉木》，第46—47页。

康哀脚受伤时，他不是去周边的医院治疗，而是前往深山里的寺院休养。比起乘坐汽车，康哀更享受和伙伴乘着竹筏顺流而下。女主人公玛詹原本是城里的一名商店营业员，她毅然放弃了城市生活，跟随康哀在永河边的高脚屋里过着"城里朋友无法理解"的生活。比起流连于喧哗的街道，她更喜欢和丈夫一同登上山顶，在浓浓的雾色中等待黎明第一缕阳光的来临。大象、山林、河流、寺院，是自古以来泰族人生活中最常见的事物，它们是构成古代壁画的重要背景元素，也是古代诗歌中最主要的歌咏对象和审美意象。在《高岸与沉木》中，它们也共同构成了主人公诗意生活的背景。在这样一幅林间"乌托邦"生活的图景中，作者寄托了自己对"抱朴含真"的理想生活状态的向往，它源自对被工业文明一步步吞噬的现实社会的反感和回避，也是对业已逝去的古老传统和生活方式充满感伤主义的"乡愁"。

　　"创意"小说家们对地域书写或乡村叙事的偏好，虽然是过去四十年多间逐渐凸显出来的文学现象，可是它的根基却深植在农业时代的文化土壤里，甚至可以一直追溯到初民文化时期。山林、河流、动物所代表的大自然作为人类对客观世界最原始的认知对象，从古典时期起就根植于民族文学的审美想象之中。它们不仅是构筑神话、传说和民间故事最原始的素材，也在泰国古典文学中，成为宫廷诗人展现诗才、构筑"诗味"的意象符号。只不过，在农业社会阶段，由于没有任何参照系，这种审美想象逐渐凝固为一种静态的"模版"，不再生发出新的意义所指。"现代性时代到来的绝对速度"[1]使整个世界和人类的思想发生了革命性变化，在两种文明的冲突中，作家们获得了观照本土传统的现代目光，过去那个笼罩着神话想象和浓郁诗性的本土风光突然从历史的雾霭中浮现出来，并显示出新的更加丰富的现代意蕴。对于创作主体来说，两种情况下的外在环境变化将引发他们对以往的精神世界予以重新的审美观照：其一是他们由于种种原因离开了原初生长的土地，进入到一个全新的环境里；其二是他们原本生长的地域环境发生了翻天覆地的变化。总的说来，被置于乡村（或地方）

1　[英]安东尼·吉登斯著，田禾译：《现代性的后果》，第4页。

视域下考察的这一系列"创意"小说文本都可以被囊括在上述两种情形当中。这些当代作家纷纷将叙述的空间由都市转向乡村，既是出于自身对本土文化的情感牵绊，更是在现代性语境下的一种精神寻根和文化拯救。

由此可见，当代泰国作家关于都市与乡村的审美体验及其差异，是在现代性的总体语境中萌发和发展的。书写"地方"和乡土叙事在三十年间小说创作中的频现，是一系列社会现代化变迁的结果，更是当代作家在此语境中所作出的文化抉择。它根植于对本土文化传统的深刻印记，是深埋在本土文化中的传统审美因子，在遭遇跟随着现代性同步到来的强势文化的压迫时而触发出的对于地方及乡土的依恋和心理补偿。相应地，他们对都市的回避或批判立场，也是在这种现代性的焦虑中酝酿和萌生的，是在本土文化遭遇侵蚀与破坏危机时，集体意识所作出的自觉反应。

第三节　个体与日常经验里的当代社会隐忧

一、当代小说文本中的个体与日常经验

第一节的讨论已经述及东盟文学奖历届获奖小说同以往的泰国小说相比，在事件类型上存在着一定的倾向性，那就是对平常人生和日常经验的展现。如果说就目前而言，这样的印象还过于笼统的话，那么不妨再结合小说文本的情节布局、主人公形象的建构等因素看看人物及事件是如何在日常性的轨道上行进的。巴赫金在《长篇小说的历史类型》中曾指出："总有一个建构主人公的原则占着主导地位。因为一切要素都是彼此互为制约的，某种构建主人公的原则总与一定的情节类型、对世界的一定的见解，与长篇小说的一定的布局结构相联系。"[1]由于小说中的日常事件都是紧紧围绕主人公展开的，因此，如果借用上述这条原则，便可尝试通过追踪主人公的行动轨迹或模式，来观察日常经验是如何作用于小说的情节构筑、人物与世界的关系以

1　[俄]巴赫金著，白春仁、晓河译：《小说理论》，第215页。

及布局结构的。

　　基本上，我们所考察的小说文本的情节大都是建立在一种最广义的平常轨迹上，并且构筑在普通人人生道路皆备的基本、典型的因素上：出生、童年、恋爱、疾病、死亡。绝大部分小说中的主人公并不会走完整个过程，而是带着某个预先被作者设定的原因或意义在这个轨迹上运动一段"区间"，整部小说就是这段"区间"中发生的一系列事件。主人公的生活道路通常只是部分地呈现，它们的形象并没有一定的形成与发展过程，而更像是最初就设定好了的，不随着小说事件而发展或成熟。小说事件很少影响到主人公的人格，而多数只是让他们的情感世界发生了变化。主人公与世界的连接或遭遇方式并不是在陌生环境里偶然的、意外的相遇，而是在熟悉的环境里受习惯力量所支配的日常接触，或是突发的超出常规的遭遇。小说中的世界大多数构筑在一个主人公和次要人物所熟悉的共同体环境中，而事件都是发生在两者日常的接触里。

　　最典型的例子有《东北孩子》《常乐男孩》和《时间》。在这些小说中，主人公并没有像以往小说那样抱有某种特定的生活目的或人生目标，而是在日常生活的细枝末节中乐此不疲。他们或是满足于一顿日常的饭菜，或是专注于家门口的花草，或是好奇于家人或邻里间的闲谈，或是欣喜于某个不起眼的小发现……他们仿佛行走在一条循环往复、波澜不惊的生活轨迹之上，日复一日、年复一年地重复着类似的事件，就像《东北孩子》中的"昆"每天跟随大人到野外寻找食材带回家让母亲做成美味的饭菜，或是像《时间》里的那些老人不厌其烦地重复着同样的话、做着同样的事情。不论是小说的情节还是主人公的行动都是以分散的、随意的方式组织起来的，前后之间并没有特殊的逻辑顺序或因果关系。作者安排主人公行动的目的，并不是让其去完成某项重要任务或是经受命运的考验以铸就其不平凡的人格，而是让他们在各自的生活轨道里体味每一天和每一处细小的喜怒哀乐，解决和解答各自的生活难题和困惑。时代的脉动、崇高的理想、伟大的信念被驱逐出了文本，仅剩下琐碎、平常却又充满各种难题的生活本身。

  这些当代作家对日常经验的审美偏好，首先赋予这些"创意"小说一种平民主义的姿态和新写实主义的审美立场。小说的主人公们不再像过去那样思考怎样成为对社会有用的人、怎样实现自己的价值、怎样改变社会等宏伟的理想，他们也不再是社会精英，而是一个个为生活操劳的普罗大众。大量平淡琐碎的生活场景使得小说叙事被还原到了最原始、最世俗的现实生活形态中。虽然，部分小说中的人物仍多少带有一点英雄主义传奇的影子——例如《平行线上的民主》中的兑·潘虔和老幽，或是《永生》中的奥拉春，但是总体上，他们已经基本脱离了精英主义的文化立场，追求对日常生活本真状态的写实和刻画。即便是《永生》这样超出平常生活经验的"克隆人"题材，也是以近乎常规事件的形式来展现的。

  启万在被告知身世以前，一直被作为婆楼敏及其妻子的孩子，像正常人一样成长。在被告知自己的命运将是被分割为器官"零件"用以置换婆楼敏衰老的器官之后，他的一系列行为反应就像是被告知患了绝症的病人：独自跑去海边散心，回忆过去，同心爱的人告别，然后回到婆楼敏的家里，准备接受死亡。同样身为克隆人的奥拉春在幼年逃出了婆楼敏的"家"，在农村长大，成年后开始了他的复仇计划：做了整容手术，接近婆楼敏的女儿并与她留下自己的后代；找到启万，提出要代替他成为器官捐献体，并说服婆楼敏进行脑部移植手术。他的行为体现出与启万截然不同的面对死亡的态度。在情节主线中，"克隆人"这层身份的特殊性及其对人类社会秩序的潜在破坏性并没有得到有效利用，而仅仅在部分段落插入了对克隆人的合法公民身份、作为完整的"人"的自由权利，以及一系列有可能触及的社会、法律及伦理问题的讨论。启万和奥拉春作为婆楼敏绕开法律私自培养的首批克隆人试验品的身份设定，也在一定程度上回避了上述问题参与情节主线的必要性。这种设定使人不禁怀疑：作者并不着意借"克隆人"这一素材构筑一个宏大的、关乎人类整体命运的史诗性故事，而只是借由它发掘出人类在面对生命极限时的态度和方式，以及在死亡面前所暴露出的欲望和人性。与其说主人公所面对的是作为"克隆人"的命运，不如说他们面对的是生命的界限本身——这也是始作俑者婆楼敏一切行为的根本动因。小说所牵涉的矛盾双方始终只局限在三个主要人物及其亲人之间，很少涉及家庭成员之外的社会关系，整个故事布局从形式上看更像是一场家族内的"父欲杀子、子欲弑父"的争斗与复仇。由此，"克隆人"题材所有可能涉及的灾难性、跨时代性的宏大叙事和审美想象被驱逐出文本。事件的展开只是在几个主人公的日常生活领域内不断转换，高潮部分也仅以奥拉春与婆楼敏之间的一场外科手术作为事件的顶点。从各个角度看来，"克隆"都只是作者用来探讨"生与死"这个普遍而根本性命题的策略和手段，它也并没有将叙事带向超越日常范畴的审美王国。

但是，"创意"小说的这种特征似乎很容易给人造成以下的印象，那就是：泰国当代小说缺乏展现社会历史前进方向的厚重气魄和反映社会生活方方面面的宏大景观。不得不承认，读者也确实很难从这些日常生活的细枝末节中直接看出社会环境的变化或是时代浪潮的方向。此外，由于小说中对人物日常经验的描写往往带有自然主义的随意性和分散性，当多部文本一同展现在研究者面前时，如何从人物活动的多样性和分散性中"异中求同"也会成为问题。不过，在社会学家眼中，这些琐碎的生活事项虽看似枯燥无味，但远非无足轻重，它们恰恰被认为是"所有研究领域中最有吸引力的领域之一"，因为"把我们的生活组织起来的，就是这些日复一日、周复一周、月复一月、年复一年而类似的行为模式的不断重复"，它们"有利于我们理解更大的社会系统和社会制度"。[1]仅就单部小说而言，作者都是带着一定的目的安排笔下人物的日常活动的，在文本世界内部每位主人公的活动也就必然会指向某个特定的意义——小说的主题。但是，如果解读仅停留在这一层面，日常经验就至多只能在构筑小说的文本内涵上显示出意义。而如果我们将这些文学文本看作是原语作者展现给本土文化读者的社会文化记录，将小说中的人物日常活动看作是在一个共同的社会文化体内部发生的个体行为，那么它们就不会是毫无意义的。

---

1 ［英］安东尼·吉登斯著，李康译：《社会学》，第104页。

二、家、共同体与社会

吉登斯认为，即使是最复杂的社会组织形式，从根本上来说也是由日常生活的例行常规构成的。个体在日常活动中，在具体的互动情境下，与那些和自己共同在场的他人进行接触，所有行动者在时空中都有自己的定位或"处境"，并经历各自的时空路径。一种社会定位需要在某个社会关系网中指定一个人的确切"身份"，这一"身份"伴有一系列特定的规范约束。在当代社会，个人被定位于一系列丰富而宽泛的层面上，包括家庭、工作场所、邻里、城市、民族-国家以及一个世界性系统，所有这些都展现出某些系统整合的特征，将日常生活的琐碎细节与大规模时空延展的社会现象日益紧密地联系在一起。[1]按照他的定义，"社会互动"指的是个体参与共同的在场情境下的日常接触；而在与之相对的社会整合层面上，社会系统的各种制度以社会互动为"基本材料"结合在一起。

"创意"小说对日常经验的偏好还可以体现在主人公的日常人际互动中。当笔者尝试将小说中主人公的日常活动看作个体在一个共有的社会文化体内进行的社会互动，并试图对它们在小说中的活动轨迹进行"定位"时发现：除了极少数例外情况，主人公的行为及情感活动仿佛被限定在一个以家为中心向周围辐射的亲密的社群网络里，亲属和邻居构成这个网络的主要成员。主人公很少走出这个网络去与外面的世界发生联系，或是在某个陌生的环境里与不熟悉的人或事打交道。不论这些小说的作者是否有意识地将家庭生活作为叙事的主要背景，读者似乎总可以从人物的活动中看到一个"家"的影像。家人、邻里经常作为小说的次要人物，跟进故事的发展。《东北孩子》中，昆日常的活动始终围绕着父母、居住在附近的亲属和邻居进行，他的探索与冒险都发生在这个熟悉（人际意义上而非地理意义上）的环境里；与之类似，《常乐男孩》《佳缇的幸福》中的小男孩和小女孩多数也是在与家人、邻居的接触中探知世界的。《判决》里发的悲剧结局也是起因于一段遭人诟病的家事以及在邻里间备受冷遇的打击，他整

1　［英］安东尼·吉登斯著，李康、李猛译：《社会的构成》，第138—169页。

个的命运变化都是发生在这个他自小就熟悉的村落环境里；《贴金的佛像》讲述的是都市男女的故事，相对来讲，主人公的日常活动范围更大，但是小说的主要情节依然是围绕他们与家庭成员之间的日常接触展开的，"家"不仅是主人公活动的主要情境，也是该部小说力图阐述的主旨之所在；《高岸与沉木》也以康哀与家庭成员之间的日常情感交流为主，康哀、"柏素"、妻儿以及同村伙伴奔哈共同构成一个亲密的日常交往环境。相对地，小说对康哀与林场主之间的交往都是以间接叙述的方式呈现，后者只是外在于他们世界的"场外人"；《时间》中居住在老人院的老人和护士共同组成了一个熟悉的日常互动环境，他们之间的关系既似邻里又似家人；在《腊黎／景溪》中，虽然讲述者身处自己不熟悉的环境——寺院，但是叙事的核心内容却是围绕自己与父母的生活经历及自己家族的历史展开。

　　虽然在过去以"进步文学"为主导的严肃文学创作实践中，情形似乎刚好相反，那些小说的主线情节大都是在主人公同同学、同事、战友、同志或朋友（sahai）等人际互动间穿梭行进，"家"的影像反而淹没在主人公形形色色的社会性活动中。但事实上，在泰国民间文学和古典文学作品中就不乏对家庭和邻里间的日常琐事或矛盾的描写，它们甚至构成了泰国民间故事中一些常见的类型，例如岳婿（或婆媳）故事（In-Law Tales）。在数量最为可观的王子公主、帝王将相式故事中也充斥着各种家庭内部纷争，它们在现代小说传入后逐渐演化为各式各样的富贵家庭婚恋故事。在现代小说初创期就已自成一派的现代家庭小说，也从侧面印证：家庭生活自古以来就一直是泰国民族文学的重要现实素材。当代作家不约而同地偏好于用亲近人群间的日常琐事作为描摹现实生活的主要蓝本，这其中隐含着怎样的社会心理及文化动机？

　　亲属关系是社会关系的基础，它通过婚姻得以巩固。人类学视野中的亲属关系，体现着一个文化的基本结构、身份及延续性。希尔德雷德·格尔茨的人类学报告指出，家庭对于东南亚农业社会中的个人具有重要的文化意义，"对每一个爪哇人来说，他的家庭成员——父母、子女以及伴侣，是这个世界上最重要的人。他们给予其情感上的安全感，并提供一种稳固的社会取向。长辈会进行道德指导，以帮助晚辈从婴儿时期起直至老年不断学习和再学习爪哇文化价值观。社会化过程一直持续贯穿着个体的一生，而正是与爪哇人关系最密切的亲属们，在他们每天面对面的交流中——既包括言语的，也包括非言语的，使其不会背离文化准则"[1]。格尔茨强调以核心家庭为中心的爪哇亲属关系系统，是促成爪哇社会稳定和持久的主要因素，"一些最为深刻和普遍的爪哇价值观，并不仅仅是通过家长对孩子的社会化训练来巩固，还通过亲属关系本身的结构系统来强化"[2]。布莱恩·福斯特对现代泰国农村家户（household）居住模式的调查也显示，一种在两代至三代之间变动的核心家庭居住模式广泛地分布在泰国中部、北部和东北部地区，并且"这种模式不论是在远离都市或现代化源头的乡村地区，还是在曼谷附近都可以找到。这说明，这种家户居住模式不仅在泰国社会十分普遍，而且是比较古老的，或者说至少是早于现代化进程几十年"[3]。

虽然就现有的研究暂时无法再进一步判断泰国社会的情况与爪哇还有多大程度的相似性，但是布莱恩、霍华德·考夫曼、迈克尔·摩尔曼等一批西方学者对泰国农村家庭的田野调查已经可以说明，正如其他所有农业社会一样，家庭作为泰国社会的基本组织单位，在相当长的历史时期里，对社会生产和文化的再生产发挥着多重重要功能。不论它是以核心家庭、扩大家庭还是以其他形态存在，都是农业生产过程中的主要组织中心。泰国农村家庭中每一个体格健全的成员都被期望为农业生产付出劳力，而每一个家庭成员都是事实上的消费者。家庭负责照顾年长者直至他们逝世，训练年幼者使其能够胜任各种农活和家务，并在他们成年时送出去劳动。家庭也对后代的婚事、死者的丧事等仪式负有相对较大的经济义务。这意味着，传统农业社会中的泰国家庭不只是承担着对个体成员幼年时期的成长教育和照料，还伴随着其一生的社会化过程。

1　Hildred Geertz, *The Javanese Family: A Study of Kinship and Socialization*, p. 5.

2　Hildred Geertz, *The Javanese Family: A Study of Kinship and Socialization*, p. 3.

3　Brian L. Foster, "Continuity and Change in Thai Rural Family."

上述学者的田野调查在小说《东北孩子》中也得到了印证。昆的家族成员基本上都遵循着两代核心家庭的居住模式：昆的父母和三个子女组成一个核心家庭，居住在一个家户里，紧邻着祖父母的家户。昆的父亲共有兄弟姐妹四个，年纪最长的大伯父一家也紧邻着祖父母建屋居住，大伯父和大伯母有子女三人，两个年长的儿子已结婚，和妻子在附近生活。平常只有女儿康恭帮着伯父伯母干活。父亲是老二，老三在年轻时被强盗杀死，喜宁姑姑作为最小的女儿，必须一直照顾祖父祖母。按照传统，年纪最小的子女随父母居住，照顾他们终老并继承财产。家族成员在平时虽然以各自的家庭为单位生活，但是遇到节庆、婚丧、农事活动等大事时，又会自动聚集起来。例如在宋干节那天，昆的父母一大清早就带着他前往祖母的住处行洒水祈福的礼拜；在康恭与梯准恋爱的事情暴露时，全家老少都集中到祖母的家中商议，请祖母决定解决办法；在祖母生病时，家人都纷纷前去探望和照料。

尼尔斯·马尔德等人的研究有助于我们从社会心理和文化心理的角度认识家庭对个人行为的深层次影响。威腊玉·维乾措在针对泰国社会中个人行为特点的研究中，提出泰国社会是一种"亲和型社会"，泰国人所表现出的追求眼前满足感及高度"亲和需要"[1]的倾向，是源自于一种"低自我约束力""低自信"和"低自尊"的人格特质。巴顿·森塞尼在这个观点的基础上进一步解释道："个人行为的最基本动力是建立一个广泛的人际关系网：对友谊、爱、温暖以及社会认可的需要构成了这一基本动机的特点。通常，情感比理智方面的考量要更多，其结果是低度的自我约束力。"[2]马尔德从他们的研究出发，将泰国人对现实世界的经验分成内外两个层次，并从个人对两者在情感心理体验上的不同进行了区分：前者是一个由家人、共同体及身边人组成的世界，它是亲密而充满信任的，但同时又

---

1 美国心理学家大卫·麦克利兰提出的"三种需要理论"认为，在生存需要基本得到满足的前提下，人的最主要的需要有成就需要、亲和需要、权力需要三种平行的需要。其中，亲和需要是指建立友好亲密的人际关系，寻求被他人喜爱和接纳的需要。

2 Barton Sensenig, "Socialization and Personality in Thailand."

是脆弱的，因为受到周围"外"层世界的威胁；后者则是一个由疏远的、陌生的外人组成的世界，它充满非道德力量。同与身边人之间较深入的关系与友谊相比，个人与外层世界的联系是务实的、受利益驱使和表面的。当个体开始同外部世界关联时，"等级"将立刻被感知，并以其惯有的权力特征和不安全性对个体施加压力。相反，内层世界却是善意和可靠的，信任是其必备特征，它关照着其中每一个成员，并且担当着稳定中枢的功能，当身处其中时，个体将感到亲密、彼此依靠，这些感觉也伴随着责任。作为群体的一员，个体有相应的责任和义务，成为群体的一部分并获得身份的确定。同时，为了保持自尊并避免成为一个"被放逐者"，个体对自己所属的初级亲近群体的全部依赖感，充分地起到了使大部分人的行为保持一致的功能。这个亲密群体就像是一个具有确定性、不可替代性和永久性的庇护所。[1]

    在当代小说文本中普遍存在的日常家庭生活情节，从不同层面隐含着作者对作为社会基本结构单位的当代泰国家庭结构及其状况的反思。尽管"家"在这十一部当代小说作品中并不都是作为具象化的审美客体或叙事场景而存在，但它是主人公活动的主要情景，小说的事件就是在他们同家人、邻里的日常接触中逐步组织起来的。从文化的向度来看，这些日常互动维系着个体对自我文化身份的确认、反思和再确认，以避免其背离自身文化的准则与规范；在社会心理向度上，它赋予个体相对稳定的安全感和信赖感，以满足其"对友谊、爱、温暖及社会认可"的基本情感需要。当这种依赖和亲和需要得不到满足时，极有可能导致个体行为的反常性转变；在社会组织向度上，由于日常活动借由这个人际互动网络得以"与大规模时空延展的社会现象日益紧密地联系在一起"，社会系统的大规模变动也必将引起家庭结构以及亲属关系的松动或变化。换言之，以"家"为中心的日常互动网络在一定程度上也反映着社会系统的某些结构性变迁。由此，当小说的作者将审美视角置于这个以家为核心的"内层世界"所发生的

---

1   Niels Mulder, *Everyday Life in Thailand: An Interpretation*, pp. 85–98.

一系列日常情节时，便也不自觉地将一种出于自身文化及社会心理的反思性话语注入其中。

三、孤儿、寡老与疯人

小说《常乐男孩》的主人公——5岁的小男孩甘朋，在父母的一次大争吵之后，成了无家可归的孤儿。母亲抛弃了丈夫和儿子，搬走了。父亲不久后带着弟弟和前妻生活在一起，本想接甘朋一起住，但前妻不同意，只得把他丢给旧街坊的好心人轮流照看。从邻居间的闲谈中，甘朋得知"妈妈有外遇"，"爸爸先后有过两三个老婆"。失去了家的甘朋靠周围邻居的接济过着有饭吃、有地方睡，看似自由自在的生活，只不过在桐柏大婶家里吃饭时他必须帮着洗一大堆碗碟，在当伯家里借住时，他必须忍受酩酊大醉的当伯的掌掴。他要靠给丹叔按摩或是替崇叔的杂货铺跑腿赚取些许零花钱。当他发高烧病得不省人事时，邻居纷纷到诊所看望他，却唯独不见父母的面孔。作为父母婚姻问题的无辜受害者，甘朋不明白自己为什么被抛弃，也不懂得去思考其中的缘故，只是由最初满怀希望地等待，到渐渐接受了"被抛弃"的现实，学习自己做自己的"监护人"。他没有丝毫怨恨，反而在内心深处一直保留着对父母和弟弟的思念。与甘朋对父母的感情形成鲜明对照的，是父母不负责任的离去。父亲看似有着经济上的难言之隐，他无法同时负担两个孩子的抚养费用，只能屡次用谎言和无法兑现的承诺安抚甘朋。母亲在这场家庭变故中负有不可推卸的责任，她的出轨首先违背了基本的伦理道德，而在整个事件中她也始终没有表现出身为"母亲"的自觉。她在与情人出现矛盾时，突然重新出现在甘朋面前，说要从此母子一起生活，却又没有半点要照料孩子的行动，整日只是以泪洗面，沉溺于个人的情感。仅仅不到一个礼拜的时间，她又再次抛弃孩子，不辞而别。在后来一次集体排队领取救济粮的途中，一家四口不期而遇，母亲丝毫不理睬在身后频频呼唤"妈妈"的甘朋，领完粮食就自顾自地离开；而父亲虽然口头答应"一会儿在外面见"，但直到人群散去也没再露面。

小说也用不多的笔墨讲述了另一个遭到父母遗弃的孩子——甘

朋的同学、6岁小女孩娜达的遭遇。她被一对年迈的夫妻收养，每天放学后用瘦弱的双手提着烤糯米在路边卖钱。甘朋与娜达的未来是令人担忧的，他们的遭遇以及孤儿形象在当代文学作品中的频繁出现，说明不负责任地抛弃子女在当今泰国社会并不鲜见，反映出当代婚姻关系及家庭纽带的松散，这其中往往涉及某些背离传统伦理及价值原则的行为。小说中虽然没有直接描绘成人世界的阴暗与复杂，却透过孩童好奇又懵懂无知的视角捕捉着市井生活中屡屡发生的丑闻："丧礼"一节里，年近60的鳌伯喜好私通，最终猝死在床上；"婚礼"一节里，甘朋的小伙伴祝的叔叔与女朋友的闺蜜发生关系，导致对方怀孕，祝的叔叔不得不与这位闺蜜举行婚礼；"理发师"一节里，社区的理发店老板岛姐拒绝同行米哥的追求，却到闹市区站街接有钱的客人。当出轨行为变得稀松平常，当男女关系建立在欲望与金钱的基础上，婚姻的持久有效性以及对夫妻双方的约束性也就日渐丧失。个人行为不再受佛教道德训诫与传统伦理规范的约束，这不仅埋下了现代婚姻家庭矛盾的隐患，更是进一步危及青少年的成长与教育，以及国家的未来。

与甘朋相比，小女孩佳缇要幸运一些。父亲在她还没出世时就出轨离开，母亲独自生下她，但没过几年就因绝症离世。佳缇由疼爱她的外祖父母抚养长大。即使是在这一部充满幸福的小说中，家庭离异的情形也比比皆是：佳缇认识的大人里有丈夫出轨的女教师，有被丈夫抛弃、和女儿相依为命的阿姨，还有无法忍受嗜酒的丈夫、带着孩子独自生活的护士。这说明，家庭问题已经在泰国社会十分普遍。

由于父母对于子女将来的人格发展具有不可低估的影响，子女幼时的家庭教育对其行为准则和道德意识的培养具有不可替代的作用，父母行为的失职必将对孩子的心灵造成难以弥合的伤害。格莎娜·阿索信在《贴金的佛像》中也同样对父母在婚姻中的出轨行为以及危害进行过深入的探讨。她用男女主人公颂蒙和芭丽父母亲作为反面例子，指责了夫妻双方过分追逐男女情爱的放纵行为，当男方不顾家庭的责任寻求外遇的刺激与满足感后，女方为了报复也予以效仿，而忘记了身为母亲的职责。作者用央博和萨甘的堕落说明，父母的不当行为将对孩子的心灵造成极大伤害。央博年纪轻轻就染上毒瘾，而萨甘则是嗜酒成性，以至染上了慢性酒精中毒症。由于长期"内心孤独、缺乏幸福感，父母各自逍遥、难得见上一面"，使得他内心"苦闷难耐、烦躁易怒，用愤怒来掩饰痛苦并假装坚强，同时又陷入极度自卑的矛盾之中"。临死前，萨甘对前来探病的父亲这样说道："父亲不要再来添乱了，我已经快要忘记了，快要死了，请让我死得平静些吧！也祈祷我们以后生生世世不要再成为父子……"[1]

　　查·高吉迪的小说《时间》从另一个角度剖析了当代社会家庭关系的现状。老人院中住着的同样是一群"被遗弃的人"，他们被扔到这所"监狱"里，默默等待着死亡。他们"有的身子散发着恶臭，尽管呼吸依旧；有的误把大便当成饭吃；有的抱着衣服到处找孙子"。塔廷奶奶是这些老人中的一员。在住进老人院之前，她分别和女儿、儿子住过一段时间。住在女儿家时，女婿时常抱怨，有时她做的事情惹女儿生气了，女儿便开口让她住到儿子家去。在儿子家住了一阵子，儿子和媳妇又联合起来把她赶到女儿家，"到了晚年，就像藤球一样被踢过来、踢过去"。住进老人院以后，起初女儿和儿子还偶尔带外孙、孙子来看望，可是在一次电视节目采访中，老人在无心的情况下透露了儿女的姓名，让他们在熟人中间丢了脸，从此再也没来探望过她。老人还剩下一个精神失常的小儿子，偶尔会过来看看她，成为她活下去的唯一精神支柱。和塔廷同屋的还有一位余奶奶，她则是在毫不知情的情形下被儿子送进老人院，出租车司机按照儿子的吩咐将她送达目的地时，她明明希望回家，可却又说不出家里的确切地址，无奈之下只得顺从儿子的安排。小说用这群老人的晚景遭遇，直指现代社会亲情的冷漠和孝道的丧失。老人院的存在，以及"预约等着送进老人院的名单已被排得满满的"的现状，说明子女将年迈父母当作包袱"抛弃"，不再只是个别的现象，其涉及的也远不只是某些家庭内部的情感纠纷，而是一个普遍的社会现象。辛苦拼搏一辈子才创造出今天的一

1　［泰］格莎娜·阿索信：《贴金的佛像》，第116页。

切的老人们，被正在享受着其果实的年轻一代抛弃，它反照出一个急功近利、只顾眼前利益、自私健忘的世态景象。

从现实批判的角度来看，孤儿与孤寡老人都是被赶出自己家庭的人。他们在现实指涉的意义范畴内构成一组具有一定共性的讽喻符号，反映出当代社会父母不履行为人父母的职责，子女不尽奉养父母的义务，个人行为的无约束性与自由性日渐增加，男女间交往关系缺乏坚固的基础，由此导致婚姻及家庭关系不稳定等一系列伦理道德问题。在客体形象上，他们都是虽然被家人冷漠对待，在关系中处于弱势地位，也无力反抗，但仍然保留着人性中的温暖与真情的人。他们善良、无辜、有感情，与抛弃他们的亲人相比，他们更懂得爱与付出——甘朋在昏迷不醒时依旧惦记着父母和弟弟，塔廷奶奶把食物和饮品都省给神志不清的小儿子。作为社会当中的"无家可归者"，他们在物质和精神生活上都是孤独无依的。"遗弃"（thot thing）行为，在语义上蕴含着逞一时之快、不负责任地急于摆脱，是心理动机中"非道德"力量的外化表现，而它的施行者恰恰是与受动者关系最为密切的血亲。孤儿与老人的被"遗弃"，是一个失衡社会强加在他们身上的重负，是急功近利、道德缺失的时代中的牺牲品，体现着作者对当代人现实处境与精神境况的担忧。他们在反照出现实世界的道德隐忧的同时，也是作者借以唤醒世人良知的形象符号，是对一个世风日下的病态社会发出的无声控诉。

当代小说中另一类典型的"无家可归者"形象是疯人。不过同前两者相比，疯人在文本中讽喻现实的效果显得更为直接和有力，在话语特征上也与前两者较为不同，因为，与其说它是对特定现实人群的描摹，毋宁说它是作者用来强化作品讽喻效果的美学手段。突然闯入共同体的"疯人"，在为构筑于日常生活之上的情节带来一些出乎意料的戏剧性张力的同时，更将一种看似荒诞诡奇、表意模糊，却含有深刻洞见的批判性话语引入文本。

疯人形象时常在查·高吉迪的小说中出现。《判决》中的女主人公颂松，是主人公发的父亲甫收留的一个来路不明的女人，甫死后，继续住在发的家里，由发监护和照料。一次，她在村社剧场前与正在和发开玩笑的女商贩起了冲突，威胁对方"不要勾引我男人"，以致惹恼了对方，对方将此事大肆渲染并在村子里传开，使发从此无辜背上了与"继母"有染的罪名。此外，"神志不清"的颂松多次做出一些有伤风化的行为。例如光天化日之下"跑到别人的园子里脱衣服"，只因为天气"太热"；在寺院礼拜现场当着僧侣的面突然无缘故地大笑；等等。因而被村民们视作一个伤风败俗的女人，对她避之唯恐不及。作者意欲透过颂松强调整齐划一的群体社会对个人的无形压迫，并最终导向小说的主题。在以寺院为中心的村社共同体中，颂松是一个被排斥与隔离的个体，她不合世俗礼法的行为并没有因为她精神上的疾患而得到宽容对待。换言之，在村民眼中，她并没有被当作需要救治的患病者来对待，也不是像中世纪的欧洲那样被作为"稀有动物一样"向公众展示，[1] 她的存在是一桩触犯佛教五戒之"邪淫"戒的丑闻。小说的重点并不在于讨论这桩丑闻对村民们日常生活秩序构成的威胁，而在于揭示它的真正制造者以及附加在它身上的价值观与社会意识。作者使读者看到，丑闻的主角——发和颂松之间丝毫不存在任何"爱欲"（kama）的瓜葛，颂松的行为并不是受人欲的驱使，而是顺从最原始的自然力，"就如同她的一切反应都听任自然的法则"：因为饿了，所以需要吃饭；因为太热，所以需要脱掉衣服；因为信任和依赖发，所以在肢体语言上表现出对发的亲近；因为村民嫌恶、伤害她，所以她害怕并时刻提防他们。而发面对颂松对他的频频示好，起初是谨守佛教徒的戒律时刻保持距离，染上酒瘾之后，则报之以厌恶与叱喝。与当事人相比，那些在背地里伺机偷窥、遐想并闲聊这段"不伦关系"的村民们，才更像是被"邪淫"和欲念缠裹的人。也就是说，这桩有名无实的"丑闻"只不过是群体社会强加在颂松身上的"判决"。

疯人不合常理的行为与隐藏在"正常"名义下群体性"狂躁"，被作者置于理性的天平上重新量度，从而凸显他所意欲批判的现实对象。查·高吉迪笔下的疯人在很多方面更像是心智不成熟的孩子，如

---

1 详见［法］米歇尔·福柯著，刘北成、杨运婴译：《疯癫与文明——理性时代的疯癫史》，第63—64页。

同福柯所谓的"疯癫就是一种幼稚状态"[1]。颂松和《时间》中塔廷奶奶的傻儿子总是会乖乖地听话（wa ngai），他们不懂得人情世故，但也从不恶意伤人，他们"别说是抗争，就连保护自己都做不到"。同村民们对待弱者的冷漠与恶意伤害相比，颂松反而更显现出人性中温顺与善良的一面；同哥哥姐姐故意置母亲于不顾的冷漠态度相比，傻儿子更保留着一颗孝子之心。从功能上看，"疯人"就如同被作者置入文本意义层的一面镜子，映照出世俗泥泞中的人性"疯狂"。而在疯人所发表的意义模糊的谵语中，往往隐含着作者所意欲揭示的某种真理的微光。在《时间》中，塔廷奶奶的傻儿子同老人院的老人们有以下一段对话：

> "在大湖里，有朵大大的莲花，水中有银色的倒影，鱼们聚集过来吃影子，互相抢呀、咬呀……"他开心地笑道。
>
> …………
>
> "在哪？！在哪？！"诵奶奶问道。
>
> "在城里。咬着咬着都死在湖里，都争着吃莲花影，谁也吃不到莲花的影。"
>
> …………
>
> "湖里都是血，满湖都是红的。猪、鱼、牛、狗、老虎，在湖里咬呀咬，挣着吃莲花影子。人也来了，女人来了，男人来了，脱了衣服在湖里咬呀咬。人咬牛，牛咬狗，老虎咬人，秃鹰也来吃莲花影……"
>
> …………
>
> "谁也吃不到莲花影，它只有影子，哈哈，哈哈！"他狂笑。
>
> "它疯了！牛疯了！狗疯了！人疯了！鸟疯了！老虎疯了！动物都疯了！它们没日没夜地咬呀咬呀，跳进水里咬呀咬，抢着去吃银色的莲花影！"他大笑。
>
> "那你呢？不和他们一起吃吗？"诵奶奶不解地问。

1　［法］米歇尔·福柯著，刘北成、杨运婴译：《疯癫与文明——理性时代的疯癫史》，第233页。

他止住笑,看着她的脸,

"我又没疯!"他镇定地答道。

…………

"……鲜血从湖里往外涌,淹没了地面,淹没了城市,僧人赶来念经也没用……"

…………

"……血流过来了！那些抢着吃银色莲花影的人的血！当心啊！它要把城市都淹掉！城市会变成湖泊！谁也阻止不了！"[1]

　　谵语在更深层次上往往隐藏着一个"严谨的结构","这个结构依存于一种无懈可击的话语。这种话语在逻辑上拥有一种坚定的自信。它在紧密相连的判断和推理中展开。它是一种活跃的理性"[2]。上述话语为读者展现了一个荒诞的想象图景,但是它又不是杂乱无序、不知所云的。它有一个明确的主题——疯狂,全世界的动物为了"莲花影"疯狂地相互咬杀；它确立了一个中心意象——莲花影；它的叙事遵循着合理的因果逻辑——世界因疯狂而毁灭,它在夸张想象的表层之下潜藏着某种具有警世意味的真相。"莲花"作为泰国文化中极富宗教寓意的象征符号,一直与"正法"(dhamma)、"佛陀"紧密联系在一起,它代表着最终极的目标或绝对真理。"莲花"作为实相[3]的符号象征,与"影"所代表的虚妄形成鲜明的对照。"在城里"的空间确指,"银(ngoen)[4]色"的双关语义指向,影射着追逐金钱与财富的物质文明世界；"僧侣"则可视作宗教或精神信仰的符号象征。由此,以上图景便具有了这样的象征内涵：世间众生疯狂地追逐着虚妄的幻影,毁灭在欲望的深渊里,纵使是宗教也无法将它们救度。"血"所包含的死亡和战争意象,更使整幅画面笼罩着一股浓郁的末世氛围。作者利

1　［泰］查·高吉迪：《时间》,第206—207页。

2　［法］米歇尔·福柯著,刘北成、杨运婴译：《疯癫与文明——理性时代的疯癫史》,第88页。

3　佛教中的"实相",指一切万法真实不虚之体相,或真实之理法、不变之理、真如、法性等。《金刚经》云："凡所有相,皆是虚妄。若见诸相非相,则见如来。"认为世俗认识之一切现象均为假相,唯有摆脱世俗认识才能显示诸法常住不变之真实相状,故称实相。

4　泰语ngoen的意义有：银、钱、金钱、钱财,银白色的东西。

用"疯人"眼中的魔幻想象对沉迷于物质世界里的人性的贪婪、兽性与疯狂予以夸张的呈现，具有强烈的反讽色彩。

四、道德崩坏与信仰危机

孤儿、寡老与疯人，作为东盟文学奖获奖小说中日常叙事中脱离常态生活的三种形象类型，体现着当代作家的问题意识和对社会微观层面的关注和思考。它们从侧面说明现代家庭所承受的压力正日益加重。犯罪、战争、贫穷、移民、城市化与工业化的消极影响、个人主义的极端化，这种种不利的因素都不断对现代家庭施加着剧烈而持续的冲击。

乔治·吉恩在对爪哇家庭问题小说的研究中指出，"当置身于日常生活的一系列制度性断裂中时，作家越来越多地将它作为一种理想的而不是实用的模型来加以重视。因为拯救家庭的唯一出路就是将它提升为一个必要的遥远概念，并因距离感和理想化特质而受到保护，甚至成为解决社会焦虑问题的试金石"，"这个理想化范式要想在读者面前成为一个可信的存在，必须在确信无疑的传统外衣下被构想出来，并被其从文化意义上赋予可靠性、历史性、普遍性和常识性的真理印象"。他认为文本中道德冲突发生的场所——"家"，是作为"一种明确无误的理想化、可辨识的并符合传统的文学性场景，而不是现实性场景"存在的，它的实现手段之一，是"在叙事的构筑过程中将富有探索性或启示性作用的结构中介予以凸显"。[1] 换言之，小说文本在展现家庭问题的表层叙事之下，始终潜藏着对自身文化传统内道德准则的强调，并通常涉及一个理想化的道德范式。相对地，它也势必暗示了在现实条件下的家庭在解决道德冲突问题上的失效，以及某种社会道德动力机制的缺失。

泰国当代小说中对现代家庭生活的关注也同样都牵涉到更为广泛和深层次的社会道德隐忧，不论它们所描绘的事件是否真实或在社会学意义上的准确性如何，都处理着所有泰国读者能够辨识得出的道

1　George Quinn, *The Novel in Javanese-Aspects of Its Social and Literary Character*, pp. 104-105.

德困境。在指出现代家庭中的矛盾与问题的同时，小说的作者们更在无形中将自身文化传统中的某种道德规范在文本中予以加固和凸显，这其中的心理动机源自于他们在身处现实环境中时所感受到的强烈焦虑，并希冀通过一定的文学手段在文本中予以解决。在《贴金的佛像》中，格莎娜·阿索信用颂蒙和芭丽的婚姻树立了一个理想化家庭中夫妻双方的行为准则。它建立在男女双方忠贞于爱情的基础上，并表现为经过长时间的交往与磨合建立起来的牢固的相互理解与信赖、包容与谅解。父母必须成为孩子眼中的真正"值得崇拜的人"（puchaniyabukkhon），如同孩子心目中的佛像，能够时刻给他们庇佑，让他们发自心底地尊崇。同样，在小说《时间》中也设计了一个到老人院做善事的和睦家庭，展现了一种父慈子孝的理想家庭关系模型：一家五口中有年迈的母亲，由孝顺的儿子负责赡养，儿子为了给母亲庆祝生日，按照传统惯例用布施他人的方式给母亲做功德。两个年幼的孩子聪明懂事，在父母的循循善诱之下，帮着照料和陪伴养老院的老人。这两个理想化的家庭模式都是建立在与泰国文化相契合的家庭伦理及道德规范之上的。

尊敬并服从长辈，信任他们的智慧与庇佑，报答他们的恩德，是泰国文化中最根深蒂固的思想。泰国传统社会向来十分强调"孝顺感恩"（katanyu katanwethi）的观念，报答父母赋予生命并养育的恩德，是最基本的善行。每个男子一生中必须出家一次，以为父母积功德、行孝道。将父母弃之不顾，是有损个人福德的行为，是罪业（baap）。佛教"六方"（thit 6）思想中将礼敬父母置于六方之首的东方，并规定父母和子女之间应按照以下方式相互对待：父母对待子女应该（1）使其离恶；（2）使其居善；（3）使其学习技艺和知识；（4）为其寻找合适伴侣；（5）在合适时间托付财产。子女对待父母应该（1）奉养父母，报答养育之恩；（2）为父母分担事务；（3）延续家族血统；（4）谨行止，做合格的继承人；（5）料理好父母的身后事，为父母积福德。

获奖小说文本所呈现出来的道德困境与潜在的理想道德范式之间的差距，折射出在现实实践中道德的实然性与应然性的冲突。由于"一切道德的根本问题是其应然性与实然性的关系问题"。道德的应然性，决定了道德之为道德的本质特征，"代表着道德的建构原则与动力机制，指征着道德运行的方向及其理想境界"；道德的实然性，表现为"道德在与经济、与日常生活、与人际行为相关联的实际运动中呈现出来的具体特征特性的总和"，它作为道德的现象特征，显现为道德的现实运行状况。道德的应然性"要求通过道德实然性达到道德在经济生活和社会日常生活中的本体地位的建构，在对义利关系和人伦秩序的总体调节中形成对社会生命的整体肯定"；相应地，道德实然性"作为一定道德的实际运行状况，在逐步体现道德应然性指令的合理性、可行性的同时，又在与经济生活和广泛的社会生活的关联中接受着各种现实实践的裁决"，并"使得道德的实际运行状况呈现出多元化的特征"。[1] 又由于道德的现实运行必定借由一定的物质手段或社会控制机制得以持续，因此这种手段或机制的有效性也就必定影响着道德应然性实现水平和幅度的差别。

马尔德认为："泰国社会尽管有着保守性和惯于墨守成规的倾向，却缺乏对道德行为进行强制实行的有力机制，这给予个人行为以一定程度的自由。另一方面，群体内部的包容与谅解是个人信任与道德安全的必要表现，而他不仅被期望予以回报，也为了作为他自身认为安全的信任群体中被依赖的一份子，而需要回报以同样的包容与谅解。物质性强制、权力等强有力社会控制机制的缺失，被'恩德'（bunkhun）关系中所包含的道德依赖予以补偿。"[2] 上述观点说明，由信任群体所构成的共同体在一定程度上保障了在现实实践过程中道德的应然性与实然性之间的协调性，它不仅从最日常和最基础的层面维护着共同体成员间行为方式的一致性，同时将道德规范作为一种文化记忆代代相传。"恩德"关系被作为泰国文化背景下道德应然性的构成要素，为共同体成员指出了一种理想化且一元性的道德运行方向。泰国传统社会中对个人行为的道德训谕主要是通过亲近群体内的长者，以及寺院教育和日常佛事活动中的宣说两种途径进行的。在前一种方式中，家庭成员中的年长者起着不可替代的作用——马尔德倾向于认为在

1　杨乐强：《信仰乃道德之本》。
2　Niels Mulder, *Everyday Life in Thailand: An Interpretation*, pp. 85–98.

泰国传统家庭中这项任务主要是由母亲来承担的。这在泰国古典文学中也多次得以证实：阿瑜陀耶初期的古典长篇叙事诗《帕罗赋》中有母亲向出行前的帕罗王口授为王者行为准则的情节，在罗摩衍那故事《罗摩颂》(Ramakian)中也有十车王训谕罗摩、维毗沙那训导妻儿等情节。

在《东北孩子》中，昆的祖母常常扮演依照地方信仰与习俗规诫子孙行为的角色。当堂姐康恭与情人梯准的恋情暴露时，祖母先是训诫了女方，"男女成为父母有三种方式，先上门提亲再按照习俗结婚、一同私奔以及像梯准、康恭这样的私会"，"如果是女方到男方家中私会，祖父母和外祖父母的魂灵要比男方来私会女方还要生气，如果不牺牲掉一头白牛和一头黑牛，女方是要倒大霉的"。接着，她又对准新郎说："梯准已经出过家了，相信能够作为一家之主直到终老，即使贫穷也该有功德心，没有钱财布施行善，用气力也是一样的。"[1]

从这个意义上说，家庭可以被近似地视为保证道德现实运行的一种小型机构，行使着维系共同体道德规范的稳定性和延续性的功能。社会道德控制机制的缺失，被家庭及亲近群体成员间的依赖、信任关系予以文化性补偿。正因为如此，小说文本中对当代家庭婚姻问题的表述，就不仅影射出现代泰国人在个人行为上对传统家庭伦理及道德规范的偏离，以及个人思想意识上的道德遗忘，还预示着以自身文化传统为依托的道德动力机制及现实运行状况的结构性变动。家庭对维系道德稳定与持续性功能的丧失，亦将导致一种社会性的道德"遗忘症"。

在《判决》中，什么是善、什么是恶，已经找不到确定不移的标准。人们判断是否道德、是善还是恶的标准也变得模糊不清，村民们轻易就根据眼前所见和耳边所听到的"事实"作出道德判断，这在众人围打"疯狗"的情节中表现得尤为明显。"杀生"这个行为原本在佛教徒眼中是绝对的恶行，然而在小说中却成为了一件为民除害的"善事"。杀狗的理由是，它"也许是一只疯狗"，"万一咬伤了孩子可就麻

1　［泰］康朋·本塔维：《东北孩子》，第53页。

烦了"，为了"防范于未然"，不如先行"处理掉"。宗教所确立的唯一善恶标准在实实在在的世俗经验面前已然失效，打狗行为的合理性是以一种近似于"代价—利益"的法则来计算的：牺牲掉一只具有潜在危险的狗，可以使人们受益——这之中依稀可以看出一种工具理性的逻辑。相比之下，"滥杀无辜""造恶业"的道德风险已不再成为行动前需考虑的因素。更具讽刺意味的是，过去因照顾"继母"而备受世人冷落的发，这次却由于被校长"授命"亲手处理"疯狗"，被人们视为了打狗"勇士"。这个事件同样预示了一种道德相对主义的危机：普遍的道德真理已不复存在，人们行动方式的正当与否已成为依赖于具体事件、具体客观条件的相对的存在。

维蒙·塞宁暖在《永生》中写道："道德已从人们的生活当中渐渐遭到驱逐。与此同时，更有人声称，听任生命的死亡才更加是'违背道德'的……因为所谓的'生死攸关'之事（指克隆人技术——笔者补充）事实上并不关乎道德，而只是为了争夺在医学领域的领导权……但真正的原因却是'商业'，没有哪个国家甘愿让这样一笔巨大的年收益白白流走……"[1]

在这个上下文语境里，"道德"成为一部分人用来支持克隆人合法化的借口，用以掩盖其背后真正的商业目的——将克隆人用作器官移植手术的活体，以谋取巨额的经济利润。正如马克思在《共产党宣言》中所说的，资本主义发展的结果之一就是"一切固定的东西都烟消云散了"。"过去服务于我们的那些可靠的、持久的、总是意味深长的东西，正在让位给那些堆积在我们周围的快捷的、廉价的、可替换的商品"[2]。在疯狂的商业主义的宰制下，"道德"已成为一具有名无实的躯壳。

就哲学的层面而言，道德总是在一定信仰支配下的行为，"信仰实际上就是一种道德的形而上学"[3]。信仰是"特定社会文化群体和生活于该社群文化条件下的个体，基于一种共同价值目标期待，所共同分

1　［泰］维蒙·塞宁暖：《永生》，第145页。
2　［加］查尔斯·泰勒著，程炼译：《现代性之隐忧》，第8页。
3　杨乐强：《信仰乃道德之本》。

享或选择的价值理想或价值承诺"。作为一种在个体与群体之间谋求平衡的精神联系方式，信仰在整体上关涉社会存在、日常生活和个体实践各个层面。泰文里的"道德"（siladhamma）一词，原本就是佛教术语，阿姜查尊者（Cha Phothiyan, 1918—1992）将它称为"戒法"。它规定了一套行为准则，"人们靠着它彼此自制与体谅"，"是清净的行为之道"，"是维系大众和乐所需的法"[1]。这说明在泰国文化中，道德从一开始就是宗教化的，因为"在传统社会条件下，信仰本身就是一种宗教事件"[2]。因此，可以说，现代社会中的道德问题在形而上的层面就是一种普遍的信仰危机。

　　事实上，信仰危机已经成为现代社会中的一种普遍现象。"无论是先行的现代化国家和地区，还是后发的现代化国家或地区，抑或是在某些具有严格统一宗教文化传统的国度，都在不同程度上经受着信仰危机的冲击"[3]。在传统社会条件下，泰国文化中虽然存在着多种信仰，但是人们的日常生活和人生的重大目标基本上是在佛教所指明的价值理想目标的统领下被规划好的，佛教的包容性也使得多种信仰在文化共同体内部交织融合，并没有出现相互冲突或是构成严重的社会文化问题。但是，现代社会已经将这一古老的平衡打破，佛教的神圣性、真理性已逐渐从泰国人的精神意识里褪去。

　　万俊人认为，"西方式的'逻各斯中心主义'的'现代性'附魅，构成了现代信仰危机的认知根源，使现代人类的文化价值信仰在现代知识信念极度膨胀的挤压下不断萎缩"，"市场经济的全球化扩张和由之而生的经济理性对人们日常生活日益强大的宰制性作用，则是现代信仰危机的实质性根源和社会背景"。维蒙·赛宁暖在《永生》中对西方唯科学主义所造成的人类"自我中心化"以及"经济理性"[4]的过度膨胀对人类心灵世界的挤压进行了生动的阐发，并集中通过斯宾塞

1　［泰］阿姜查·波提央著，赖隆彦译：《森林中的法语》，第33页。
2、3　万俊人：《信仰危机的"现代性"根源及其文化解释》。
4　根据万俊人的解释，经济理性是"一种强现实主义的技术实用理性，其核心是：以最小化的经济成本或代价赢得最大化的经济收益或经济效率"。详见万俊人：《信仰危机的"现代性"根源及其文化解释》。

教授和婆楼敏两个人物形象及其内心世界予以人格化再现。下面一段关于斯宾塞教授的心理描写，以毫不掩饰的欣喜夸耀着人类力量的伟大：

> ……他朝窗外望去，俯瞰着下面马路上熙来攘往的车辆。它们就和儿童玩具车一般大小，不过他更喜欢它们奔跑的姿态，那就像是蚂蚁正在找寻食物或是急着逃离危险一样：跑跑停停，在既定的路线上受着"恐惧"本能的驱使。世界上的生物都同样恐惧死亡，却注定会死亡。唯有人类被上帝赠与了特殊的天资，那便是"思想"。正是思想，使得人类得以谋求永生之路。他很自豪能够成为这条神奇的"永生之路"的开拓者之一。[1]

在这里，"思想"（khwamkhit）一词所指涉的人类理性和知识力量，被确立为一种新的权威，给予人类超越自然定律的无限可能，自然世界的其他生物被人类以居高临下的姿态俯瞰着。在斯宾塞眼中，自然界的生物仅仅是供他获取知识的道具，他在5岁时亲手活生生地剖开了家犬的腹部，毫无畏惧地将其肢解，此后他更是以解剖动物和人体为乐。他对科学知识的崇拜几近病态，而对生命的尊重与热爱、善良的品质、高尚的道德则从他的心理和行为逻辑里完全消失了。

如果说斯宾塞教授是唯科学主义的人格化象征，那么婆楼敏则充分显示着经济理性的强大。他的家族产业"辐射到全国各个行业"，"拥有44家私人医院"。他用金钱笼络人心，用经济利益诱使政界要员对他俯首听命。他自信能够将法律玩弄于鼓掌，藐视道义与宗教权威。在他看来，信仰、道义最终都会屈从于利益与人欲（tanha）。婆楼敏的人格和行为特点从不同侧面影射着泰国社会的现状。他能够自信满满地声称"不论国民如何坚信宗教，他都不以为惧，因为说到底，每个人都是贪生怕死之徒"，更从反面印证了现代人精神信仰的

1　［泰］维蒙·塞宁暖：《永生》，第141页。

旁落以及宗教信仰的现状。"以佛教为国教并不意味着每一个公民都奉行宗教的守则。相反,他们甚至都不知道佛教是什么、是什么样的,也无法分辨出僧侣与穿着黄袍之人的差别","不只普通民众是这样,就连很多被称为'佛教徒'的高学历知识分子也不清楚"。作者借婆楼敏的话也指出了日益严重的佛教世俗化所导致的不良社会文化后果:民众信仰以伪乱真,不知佛法的真正精神所在,只是一味带着功利性目的烧香祈求福德。另一方面,一部分身穿黄袍的佛教僧侣一味迎合世俗需求而违背佛教的教义,使得佛教越来越丧失其独特的价值。在维蒙·赛宁暖的另一部小说——《蛇》(1984年创作,1988年入围东盟文学奖)里,对这种社会风气予以了更为具体的揭露和批判。

　　小说中的乡村寺院住持利用村民们的偶像崇拜和迷信心理,从信众手中诈取巨额钱财并中饱私囊。他还同伪善奸猾的村长沆瀣一气,收受了村长大量的捐款,并以帮助他拉选票作为交换。他不仅猥亵年轻僧侣,还毒杀老僧,是一条不折不扣的披着黄袍的"毒蛇"。住持的所作所为基本都是在泰国社会中确实发生过的真实事件——尽管将它们集中"堆砌"在一个人物形象身上,难免使其在艺术真实性上大打折扣,但这些事件的发生无疑使佛教的神圣性背负了道德的污点。寺院与地方权势之间建立了赤裸裸的金钱关系,普通民众的日常礼拜和宗教活动也被各种形式的物质主义日益侵占。作者借富于反抗精神的主人公易隼,指责愚昧的农民将几乎所有的积蓄都捐给寺院以祈求来世的富裕,却不顾自家眼前的生计难题,"在僧侣们咀嚼着煎蛋的时候,自家的儿孙却只能吃着鱼露拌饭"。宗教信仰不仅没能在道德与精神层面上给予村民正确的行为约束与人生指引以改善他们的生活境遇,反而使原本就贫困的农民陷入更加艰难的境地。在维蒙·赛宁暖的这两部小说里,信仰危机被具体地表现为一个佛教社会中的宗教危机:民众虽然有信仰,但只满足于表面的、假以物质手段的神通力崇拜,不在精神上寻求与信仰有关的归属;部分人对宗教制度所整合的信仰方式也已经产生了怀疑甚至脱离了宗教。

信仰危机在查·高吉迪的两部小说中主要表现为现代人精神的无归宿状态，特别是在后一部小说《时间》中，被表述为一种现代性条件下的虚无感——这很大程度上来自于西方现代派及现代哲学思想对作者的影响。在《判决》中，发的精神沉沦可以被看作一个逐渐远离旧信仰，灵魂陷入"无家可归"的状态，得不到救赎的过程。小说主体部分总共分为两大篇——"在网中"和"走向自由"，分别代表着发精神轨迹的两个阶段。在前一个阶段，他的精神生活基本上依托于佛教所确立的信仰与道德轨道，依照慈悲行善、戴德行孝的价值原则约束着自己的行为。但是，现实实践中不断遭受的挫折却使他逐渐感到困惑，并最终产生动摇。"他人"对发的误解以及对事实真相的漠不关心，使他开始质疑过去所坚信的"业报"思想和佛陀、佛法所代表的真理王国。他不明白，既然"一直以来持守五戒，为什么还遭致这样的报应？难道是前世种下的因？他不愿相信！他只确信一点，那就是他所遭受的这些不幸全都是他人造成的！"宗教并没能给发带来精神上的救赎，于是在第二阶段，他彻底放弃了信徒式的精神生活，疯狂地依赖"酒精"的麻醉作用，以暂时忘记现实的烦恼和痛苦，结果却适得其反，最终陷入更加孤独与绝望的境地——"发想到他再也没有什么可以失去了，他已一无所有，在过去的日子里，只有绝望……"

在发的人格质素中，除了"善良""隐忍""逆来顺受"等传统品格外，更兼具了不少现代性的精神特质，正是后者体现出查·高吉迪对现代人精神状态的敏锐观察和深刻洞见。发人格中的现代性特质首先表现为一种个人主义倾向。发从"在网中"到"走向自由"的过程，也是发的个人意识逐渐觉醒的过程。他被禁锢在一个难以挣脱的"网"中，他身处一个"被黑色铁栏杆围绕"的世界，这两个抽象的比喻暗示了一种固有的宇宙秩序，在它之中"人们被禁锢在给定的地方"，"几乎无法想象可以偏离的角色和处所"，它代表着一种旧有的意义世界。正是在对它的怀疑中，一种"现代自由得以产生"[1]。发在内

1　[加]查尔斯·泰勒著，程炼译：《现代性之隐忧》，第3页。

心里对周遭世界的怀疑和格格不入，隐约昭示着一种个人意志的觉醒——这种有悖于宿命论的精神特质很难从古典时代的人物形象身上找到蛛丝马迹。但是它也带来了一个直接的后果，即狭隘的自我隔离。发不止一次地在心中控诉他人对他的伤害，这之中始终有一种不言自明的自我意识在作祟，它与佛教价值观里的"无我"和利他思想又是相悖的。它的消极影响是加大了自我与周遭世界的鸿沟，因为越是强调他人的负面作用，就越容易将自我圈禁起来，最终在个人的小世界中陷入惶惶不可终日的绝望。查尔斯·泰勒将个人主义作为现代性的三大隐忧之一。他认为，"人们过去常常把自己看成一个较大秩序的一部分"，这是一个"伟大的存在之链"，这些秩序在限制人们的同时，也赋予世界和社会生活的行为以意义。但是现代自由产生之后，现代性的祛魅使得这些意义不复存在，"人们因为只顾他们的个人生活而失去了更为宽阔的视野"，失去了"生命的英雄维度"，"不再感觉到有某种值得以死相趋的东西"。由此，"伟大的存在之链"被个人主义所割裂，人不再是一个社会性的存在，而是单一和原子化的个体，这使得人在社会生活中总是孤独地面对外面的世界。"个人主义的黑暗面是以自我为中心，这使得我们的生活既平庸又狭窄""缺乏意义"，"更缺少对他人及社会的关心"。[1]最终，这种个人主义与自我意识既阻碍了发在旧的信仰中获得心灵的平静，又没能使他获得一个新的强有力的精神依托。

　　同个人主义的危机一样，意义的丧失也被泰勒视为"现代性之隐忧"之一，它在小说话语中不仅借由发的精神世界得以表述，也贯穿在小说所构筑的外在世界里。意义的消失往往是与"虚无主义"并行不悖的，在尼采对现代性的解读中，虚无主义就是现代精神的根本特征。[2]在《判决》主人公发的内在精神世界里，意义的丧失包含着三个阶段，即宗教意义的消失、社会意义的消失和存在意义的消失：作为一名曾经年轻有修为的僧徒，宗教一度是发生活的目的和意义所在，但是日后对信仰的怀疑使发逐渐偏离了这条道路，

1　[加]查尔斯·泰勒著，程炼译：《现代性之隐忧》，第2—5页。
2　详见陈嘉明：《现代性的虚无主义——简论尼采的现代性批判》。

于是宗教意义从他的生活里消失；还俗之后，发一度勤勤恳恳地投入"工作"，以期获得村民们的认可，不料却遭到世人冷眼，他作为社会成员的意义也随之消失；染上饮酒恶习后，他在彷徨、恐惧、绝望中也失去了自我存在的意义。在外在世界的层面上，这种虚无主义色彩则集中体现为最高善恶标准的"贬值"，它通过发的死亡这一个富有象征寓意的事件得以阐发：发被校长骗取了血汗钱，他费尽唇舌想要告诉村民们真相，可是谁也不相信，反倒是校长轻描淡写的几句谎言立刻就被奉为"真理"和"德行"。在小说的世界里，真理已变得不再重要，谎言、虚妄、伪善轻而易举地就取代了真相。这也正如列奥·斯特劳斯所指出的现代性的最大问题："从此（现代）以后，人们就不能分辨什么东西是好的，什么东西是坏的，一切都失去标准。"[1]

更具讽刺意味的是，在发死后，就连他的尸体也没有依照传统习俗被合理对待，而是直至六个月后才被正式火化。原因是除了小学校长之外，村中没有人愿意为发操办葬礼，而小学校长的真正意图是：在六个月后建成的火葬场落成仪式中用发的尸体试验先进的火化炉。这个事件的异常在于，丧葬在泰国传统信仰和习俗中是人生重大仪式之一，泰国人世界观中有根深蒂固的灵魂敬畏意识，因此每一个社会成员死后都会按照一套既定的仪轨予以安葬，使其灵魂得以安息。发的尸体却是在长达六个月以后才得以火化。小说篇末，在众目睽睽之下，发的尸体在一场欢庆现代技术所带来的物质生活进步的盛宴中灰飞烟灭。随着它消失的不仅仅是骗钱事件的真相，更是在过去长达几百年的时间里主导着泰国人生活的意义世界：它是一个以农业经济为主体、由佛教训谕为指引，并遵循着一系列习俗和仪式规范的特定世界，它为人们规定好了人生中的重大目标和为了达到目标所需使用的手段及其所需因循的方式。

查·高吉迪以敏锐的眼光捕捉到了现代泰国社会的上述精神特征，并借由发的精神沉沦和死亡过程展现出来，它们是东西方社会所

1　详见［德］列奥·斯特劳斯著，丁耘译：《现代性的三大浪潮》，见贺照田主编：《学术思想评论第六辑——西方现代性的曲折与展开》，第86—110页。

共有的现代性精神症候，同时又体现出佛教社会中某些传统文化的惰性。与维蒙·赛宁暖所采用的宗教与社会关系的视角不同，在信仰问题上，查·高吉迪更关心宗教信仰与个人存在之间的关系问题。他所揭示的是一种现代性的隐忧：随着宗教和信仰逐渐从人们的精神生活中远去，人突然被"抛向"世界，变得一无所有，没有依托。失去了信仰的现代人总是急切地投身于纷繁的世俗生活中，处于一种永无休止的紧张和忙碌之中，就像《时间》所展现的舞台幕景下的演员，时刻在钟表的支配下生活着。生活被划分为了一个个机械的区间，在从一个区间马不停蹄地行进到下一个的过程中，过去被弃置在身后，未来无法掌控，当下来不及思考，生命的意义在匆忙的奔波中被忘得一干二净，来不及也经不起沉思，就如同《时间》中那句反复回荡着的台词："什么也没有！"

综上所述，"东盟"小说向日常经验的回归，反映着当代作家对生活原貌与社会最基础层面的观察与思考，它们所映照出的，是在现代化过程中，泰国社会的结构性变迁对人们最基本生活状况的影响及造成的后果。其中，家庭，作为社会最基础的结构单位，成为这一系列变化最为敏感的承受者和体现者，也成为"东盟"小说文本中最常见的问题话语。可以看出，家庭问题已成为当代泰国社会日益严重并令人担忧的焦点。家庭及家庭问题之所以牵动着泰国"东盟"小说家的神经，一方面源自社会的结构性变迁对当代人日常生活经验的巨大影响这一现实性原因；另一方面则出自传统农业社会条件下的文化经验在文学话语中的遗留，即家庭不仅承载着个人社会化的过程，也担负着在文化共同体内部强化道德规范、传承本地信仰等方面的功能。家庭结构的变化，势必将连带造成社会的道德伦理及信仰体系的危机。"东盟"小说对出轨、离异、弃儿、寡老等问题的观照，正是透过家庭问题这一表层话语，揭示更为严重的道德遗忘和信仰危机等当代社会的痼疾，后者已深刻影响着人们的日常行为与生活。当然，对于这样一种当代社会"通病"，作家在认知方式、思考角度上各有侧重，但都希望借由文学手段通过不同层面或途径予以解决。

第四节　变迁社会中的当代反思与精神寻根

一、社会变迁与文化冲突：当代小说中的时代反思

普列汉诺夫说过，愈是伟大的作家，他的作品的性质由他的时代性质而定的这种关联也就愈强烈明显。伟大的作家的最主要的个人特征，最高的独创性，表现在这里，就是他在自己的作品里，比别人更早或更好、更充分地表现出他所处的那个时代社会的精神需要或憧憬。东西方文学已反复证明，作家总是无法摆脱他所处时代的精神烙印，他的作品必定体现着当时特定的历史人文气息和社会文化面貌。

1979—2009年三十年间，东盟文学奖的入围和获奖小说一直以关注当代生活、反映时代气息为基本旋律，体现着鲜明的时代精神。事实上，"创新"一词本身就是一种当代意识的写照。当代意识是一个很难具体定义的概念，它的内涵与外延也在不断发展变化着，但可以肯定的是，它确实实存在于当代泰国的文学实践中。笼统地说，当代意识是一种以科学的立场、观点和方法去观察、研究和反映当代生活的创作意识，它体现着作家在社会现实面前所具有的主体反思性、时代使命感和哲学思辨力，要求他们能够透过纷繁复杂的现实生活把握时代前进的脉搏，冷静地思考时代所赋予个人、民族和国家的当下命运，并敏锐地察觉人们在精神领域的变化。东盟文学奖历届获奖小说中的当代意识，不仅体现在题材和内容在时间维度上的当代特性，更在于作品所折射出的现实反思力、文化内省力和思想穿透力。在泰国三十年间的历史语境下，它主要包括两个方面的内容：一是在迅速的社会文化变迁中对传统文化价值、国民精神状态的重新审视与定位；二是在剧烈的东西方文化冲突中寻求新的精神支点与平衡。

第二次世界大战以后的半个多世纪，泰国虽然在很多方面仍保留着曼谷王朝五世王朱拉隆功时期暹罗社会的特征，但是现代化的阵痛却开始加速席卷泰国社会的方方面面。20世纪50年代末开始的工业化和经济发展规划，以及随之迅速渗透的大众传媒和互联网络，"以一

种至今为止尚未明了的动力打破了传统模式下行为动机和约束力的平衡，并引发了一系列不可预测的社会文化变迁"[1]。1961年泰国颁布了第一个国民经济与社会发展计划，在50和60年代两个十年间，工业化和城市化的加速带来了经济的蓬勃发展和社会的巨大变迁。到了70和80年代，泰国社会已经从一个出口农产品的小农国家转变为以城市劳动力为主导生产工业制品并输往国际市场的国家。直至20世纪末，社会与经济上的巨大变迁已经极大地改变了泰国。[2]

　　泰国社会的现代化模式，是一种由政府政策主导的、借助外生因素推动的现代化后起国家的发展模式。根据富永健一的观点，现代产业社会的社会变迁是以现代化为核心的。科学精神、资本主义精神、平等主义精神以及合理主义精神分别是技术现代化、经济现代化、政治现代化和社会文化现代化的动因。在现代化、产业化的先起国家，社会系统的结构变迁主要来自于这些内部的动因。而对于现代化的后起国家来说，由于内生因素的薄弱，它们是不能靠自力实现内在性发展的，因而其社会变迁是一种依靠外生因素推动的"传播性"发展模式，并且要使现代化、产业化在这样的社会中扎根，就不能缺少由政府主导的"自上而下"的切实的现代化、产业化政策。当作为传播性发展的现代化、产业化发生于非西方社会时，这些社会就必然会接受来自西方的文化，因此，"现代化等于西方化"观点的产生也就是自然而然的事情。如果形成"二重结构"，即一方面表现为这种观点的现代化推进派，另一方面存在着拒绝脱离本国固有传统的国粹派，那么两者之间发生冲突，就是不可避免的。[3]在非西方后发社会中，经济、政治和社会文化领域现代化的进展程度是不同的，可能会出现前现代、现代和后现代要素并存的多层结构。后起社会的现代化过程中，冲突发生的可能性顺序为：经济领域最小，政治领域次之，社会文化领域最大。[4]

1　Suvanna Kriengkraipetch and Larry E. Smith (Eds), *Value Conflicts in Thai Society: Agonies of Change Seen in Short Stories*, p. 9.
2　David K.Wyatt, *Thailand: A Short History (2nd ED)*, pp. 266–279, 281–287, 298–307.
3　［日］富永健一著，董兴华译：《社会结构与社会变迁——现代化理论》，第200—206页。
4　［日］富永健一著，李国庆、刘畅译：《日本的现代化与社会变迁》，第58页。

对于当代泰国作家来说，持续的社会变迁和伴随其中的文化冲突，正是他们所面对的时代主题。他们一方面亲眼见证着大到国民社会、小到日常生活的日新月异的变化，"变化""变迁"（kanplianplaeng）成为他们作品中最常见的话语；另一方面，他们又不可避免地被卷入了这场历史前进的浪潮之中，在各种合力的作用下成为了这场社会文化变迁的组成部分。对他们而言，持续的社会变迁所带来的不只是更多新奇的事物和物质生活方式的转变，在多数情况下更是造成了不可挽回的破坏。早在20世纪60年代，泰国知识界就出现了围绕这场现代化进程的反思。在当时政府发展农村经济政策的号召下，一部分曼谷的大学生纷纷投入到支援农村的运动中，在农村的生活经历使他们敏锐地意识到了新旧文化价值观的差异，开始对传统价值观是否适应新的生活方式、新的价值观念是否能够融入泰国社会、两者是否能够最终融合等问题展开思考。60年代活跃在曼谷的两个文艺团体——"新月社"和"俊男淑女社"主要以短篇小说和诗歌的形式对这些问题进行过讨论。现代化在带来经济繁荣、物质进步的同时，也带来了更多、更深刻的思想观念上的变革。在层出不穷的新观念、新思想的冲击下，很多传统文化中固有的价值观正在消亡。70年代之后陆续出现针对"建立在西方进化观模式上的国家发展规划的持续性和内在价值"[1]的怀疑和反思。泰国经济在20世纪80年代进入全速发展阶段。城市化进程的加速，以及全球化浪潮的来临为小说作家们提供了更多剖析社会的素材。他们虽然从70年代的政治热情中冷静下来，以更为审慎、平和的态度观察着社会，但是当他们面对着一个日渐充满不确定性、矛盾、复杂和多元的现代社会时，也产生了新的困惑与疑团。在这之中，一种文化忧患意识开始浮现，作家们除了关注经济政策给人们生活带来的不利后果之外，更流露出对社会文化变迁过程中民族性的消亡、意识形态困惑等问题的担忧。特别是在1997年的亚洲金融危机过后，这种焦虑与不安表现得更为明显。当代作家英·瓦查拉·波松在一段访问中的话再次印证了这种认知主体的困境："过

1　Suvanna Kriengkraipetch and Larry E. Smith (Eds), *Value Conflicts in Thai Society: Agonies of Change Seen in Short Stories*, p.11.

去（在社会主义文学中）资本主义被视作最大的敌人。现在，我们看不清敌人的面目，也不知道他们藏身何处——也不确定它是否在我们的国家里。但是，我们知道它在那儿。"[1]

詹姆逊在晚期资本主义的扩张中看到了在一个新的全球文化空间里，存在着发达资本主义国家文明和第三世界国家文化之间的冲突。他发现第三世界的知识分子总是"执着地希望回到自己的民族环境中去。他们反复地提到自己国家的名称，注意到'我们'这一集合名词。我们应该做些什么，我们应该怎样做，我们不应该做些什么，我们应该具备自己独有的特性"。他认为，"所有第三世界的文化都不能被看作是人类学所称的独立或自主的文化。相反，这些文化在许多显著的地方处于同第一世界文化帝国主义进行生死搏斗之中——这种文化搏斗的本身反映了这些地区的经济受到资本的不同阶段或有时被委婉地称为现代化的渗透"[2]。詹姆逊的观点从查·高吉迪的下述谈话中也可以得到间接印证："……泰国正在成为一个西化的社会。这不仅仅发生在泰国，也发生在很多其他国家。我在这之中看到一个问题，那就是人们正在逐渐淡忘'泰国人'意味着什么？他们过于看重金钱与物质，而失去了很多曾经让他们作为'泰国人'的价值……我认为现阶段正在出现一种新形式的殖民主义。殖民的方式发生了变化。在过去，我们利用枪支与武器去征服其他国家，可是现在我们利用文化（电影、食品、歌曲，诸如此类）。我试图告诉我的读者们，我们的国家正向不好的方向变化。在过去，我们崇拜、尊敬年长者，可是现在我们却把他们送进养老院。"[3]

关于这段话中提到的西方文化殖民，另一位当代作家洼·瓦腊央衮在小说《是爱与希望……》中也借由现代电影对大众生活的侵占和传统皮影戏剧场的衰落予以了隐晦的揭示："银幕仿佛拥有巨大的魔咒，将人们一个个吸引进去……就连（皮影剧场里的）小童也无心敲

1　转引自 Ellen Elizabeth Boccuzzi, *Becoming Urban: Thai Literature about Rural-Urban Migration and a Society in Transition*, pp. 40–48。
2　［美］弗雷德里克·杰姆逊：《处于跨国资本主义时代中的第三世界文学》，见张京媛主编：《新历史主义与文学批评》，第230页。
3　Matthew J Ozea, Interview with Chart Korbjitti, December 18, 2007.

锣，只顾盯着银屏看。"[1]

从上述作家的言谈中可以看出，与60年代的情况不同，80年代以后的知识精英所思考的已经不再是外来与本土文化是否能够适应与融合的问题，而是对于不断遭到破坏的本土传统将何去何从的深深担忧。这种抵制西方的形式和价值、向"泰式"传统回归的态度与立场，是泰国作家在新的历史语境下，面对世界和自身境况时所做出的自觉反应。亨廷顿说，"80年代和90年代，本土化已成为整个非西方世界的发展日程"[2]，"过去，非西方社会的精英通常与西方有深厚渊源……可是，这种情况现在倒转了：精英分子的非西方化与本土化正在展开，相反，西方（通常是美国）文化、作风与习惯却在大众中愈来愈普及"[3]。他的文化冲突论指出，文化的差异，以及价值与信仰的差异，是西方与其他文明冲突的第二个来源。文化的特质和差异比政治上和经济上的差异更难解决和妥协。全球化格局的形成，距离的缩小，使得民族间的互动更加频繁，这必然会强化民族意识。现代化的进程并没有使非西方国家西方化，而是相反，经济和政治上的强大，反而助长了一种民族自信。于是，现代化对于非西方国家来说，是一个回归传统文化认同的过程，也是一个抵制和颠覆西方文化价值的过程。

90年代以后，随着社会变迁程度的加深和加剧，以"繁荣进步"（khwam charoen kaona）为名义的现代化进程的各种后果也日益明显地显露出来。1994年的入围小说、武冬·威谢萨彤的《塌垦村》，通过南部一个渔村的变化重新审视了经济发展和技术进步对于普通百姓的实质影响：

> 每人都对"繁荣"（khwam charoen）一词津津乐道，尽管并没有人知道它究竟是什么含义。村子里没有几个人有能力花钱装电表用电的，它的费用高过他们整年的农活收入。大多数人依旧在用往日那种煤油灯。像他那样穷得叮当响的人是没有能力触

1　［泰］注·瓦腊央衮：《是爱与希望……》，第198页。
2　［美］塞缪尔·亨廷顿著，周琪等译：《文明的冲突与世界秩序的重建》，第91页。
3　［美］塞缪尔·亨廷顿著，周琪等译：《文明的冲突与世界秩序的重建》，第7—8页。

碰到那些由繁荣带来的果实的，顶多只能远远地望着、过过眼瘾，无异于每天仰头望望苍穹中从村子上空匆匆掠过的飞机。[1]

所谓的"发展""繁荣"并没有解决贫穷这一实质性的问题，相反还加大了贫富间的差距。先进的技术被掌控在富有的少数人手里，技术现代化所造成的生态环境破坏，外来科技文明对本土文化传统的冲击等现代化的不良后果也日渐频繁地出现在小说文本中。

随着泰国近三十年来政治环境的相对稳定和经济的稳步前进，以及全球化的趋势越来越强劲，泰国作家们已经愈来愈强烈地感受到一种文化上的危机意识，它是在"一系列不可预测的"变化中所触发的面对现实困境的焦虑。吉登斯说："生活在高度现代性所生成的'世界'里，会有力不从心的感受。它不仅仅在于发生了多少持续的深刻的变迁过程，而且在于这种变迁并不总是依从于人类的期望或人类的控制。以往人们设想社会和自然环境将日益臣服于合理性秩序的期望。这个预想已被证明是无效的。"[2]在他看来，这种与危机、不安全感、无能为力和存在的焦虑联系在一起的矛盾经验，正是一种"全球化经验"，它来自于某种"陌生和熟悉的互相交织"，即远处的事件侵入本地熟悉的日常生活所导致的复杂经验。在这种"远距作用"下，信息脱离了产生它的原初语境，成为一种超越时空限制的"浮动的符号"，通过媒介在全球范围内毫无阻挡地传播。于是这些不在场的或遥远的事物便不再与本地生活无关，而是塑造着甚至决定着本地的经验和生活。

2003年的入围小说庭纳功·胡党昆的《仲的世界》用一个18岁自闭青年的故事夸张地表现了在全球文化的远距传播效应下，本地经验的日渐消失及本土文化的消解。小说的主人公仲患有开放空间恐惧症，居住在曼谷市中心一栋摩天大楼的第五十八层，整日呆在屋子里与幻想、互联网为伴。因为吸烟成瘾，他"体质虚弱得就像宇航员

1　［泰］武冬·威谢萨彤：《塌垦村》，第48页。
2　［英］安东尼·吉登斯著，赵旭东、方文译：《现代性与自我认同：现代晚期的自我与社会》，第36页。

处于失重的状态"。他不与他人接触，只依赖网络来获得外界的信息，"人是一种社会性的动物"的断言在他身上已被证明为无效。"他没有双亲、没有兄弟姐妹，就连儿时的记忆也没有。不知道自己是谁、从哪里来"。小说透过这个极端的人物形象，影射了缺乏历史记忆与文化根基、成瘾症泛滥的当代文化现状，它表征着全球化效应所导致的文化与地理的和社会的区域之间某种自然的关系的丧失，以及由此造成的个体与本地文化传统的脱离和自我文化身份的困惑。小说进一步通过对异文化文本的指涉强化了这种文化归属感的缺失。

> 他想起了半纪传体小说《根》(*Roots*)的作者——美国作家亚历克斯·哈利。哈利花了12年的时间，通过听祖母讲述、去图书馆查找并搜集文献，最终得知自己的家族起源于一位名叫昆塔·肯特的黑人，他于1767年从冈比亚被贩卖到美国做黑奴。
> "仲"跟哈利不同，没有祖母或任何人可以询问。他如同迷了路，却没有任何人可以或是愿意告诉他回家的路。他什么也做不了，除了继续走下去，直至遇见指路的人。[1]

庭纳功·胡党昆在传达出当前泰国社会中普遍存在的认同危机的同时，也表达了寻回自身文化认同的强烈愿望，它同样是本土文化价值在面临外来威胁时所触发的民族意识的表征。民族意识从现代化的初期就参与到泰国作家的文学想象与叙事中，只不过，不同语境条件赋予它不同的表述方式与话语特征。因为小说从根本上看就是一种"虚构"，而"文学想象亦即虚构的能量，它表明特定时期民族—国家对创建自身历史的巨大渴望"，"从历史上来看，小说这种形式的高度发展，就是与创建现代社会的历史过程紧密相连的"。[2]

持续的社会变迁以及由之带来的东西文化冲突构成了三十年来小说创作的主体叙事，体现着泰国作家对当代民族国家历史的体认和思索。全球化所带来的本土文化危机使得他们对当代的注视更显示

1　［泰］庭纳功·胡党昆：《仲的世界》，第13页。
2　陈晓明：《表意的焦虑：历史祛魅与当代文学变革》，第335页。

出面对自身传统的内省性和朝向民族历史的回溯性意识，并以不同的形式、不同的表现方法构筑起当代的文学叙事。它们更是作为当代条件下的文学精神主旋律贯穿在十一部获奖的"创意"小说中。

二、时代群像里的国民精神观照

"人"是民族精神的主体，也是文化的创造者和承载者，小说作品中的人物虽然不同于现实生活中实实在在的人，但也是"倾向于沿着同样的路线立身行事的"，它们被从现实生活中抽离出来，并且也是具体的历史文化环境的产物。福斯特对于人物在小说中的作用给予了高度重视，认为，小说家不同于诗人、音乐家或历史学家，他们"虚构了若干用语言文字塑造的粗略地描绘着自己的群像，给他们姓名和性别，指派他们做出合乎情理的姿态，使用引号来叫他们说话……这些用语言文字塑造的群像，便是小说家的人物。他们不是这样冷冰冰地来到小说家心头的，他们很可能是在极度兴奋中创造出来的，他们的品行凭小说家对别人和对自己的设想而定，并且要根据他的作品的其他各个方面来进一步加以修饰"[1]。小说作者在设定某一位人物形象时，虽然会考虑到它与作品中其他人物、情节、寓意、作品基调、主题思想等各要素之间的内在结构关系，但是也不可避免地将作者自己的价值观念和道德判断熔铸其中。因为正如"一个作家是无法拒绝他的内心的——他的愿望、他的家庭、他的历史观，他所处的时代语境"[2]，小说中的人物也始终无法脱离创作者本人的情感、思想与信仰。因此，小说人物身上除了体现着作家对人性的观察与思考之外，也往往体现着在具体语境下，作家所浸染的文化经验、社会积习和价值信仰等等。也正是在一个由作者和读者共同构建起的话语中，人物行动的合理性和真实性才得以被默许和确认。

不同的小说家对笔下的人物往往有不同的塑造方法，人物小说与情节小说对人物塑造的要求也是不同的。福斯特将小说人物分为扁

---

1 ［英］珀·卢伯克、爱·福斯特、爱·缪尔著，方土人、罗婉华译：《小说美学经典三种》，第236页。
2 Matthew J Ozea, Interview with Chart Korbjitti, December 18, 2007.

形人物和浑圆人物两类，前者是"围绕着单一的观念或素质塑造的"[1]，后者则是朝着一种以上的素质发展。按照他的说法，可以认为，不管是哪一类人物形象都可被视为一种或多种"观念"（或"特质"）的集成。基本上，大多数泰国小说中的角色都具有福斯特所说的扁形人物的特征，有时甚至显示出脸谱化的倾向。例如，《东北孩子》中父亲的特质就是"努力维持家里的生计、教导儿子各种生活常识与生存技能"，他在小说中所有行为与言语都不会背离这种特质；《高岸与沉木》里的玛詹是一个一心追随丈夫、悉心照顾孩子、淡泊知足的泰国妇女；《佳缇的幸福》里的外祖母则是一位"很少笑，不是待在厨房就是待在佛堂"为女儿祈福的老人。尽管"东盟"小说中大多数的角色只是展示出人物的一个侧影，但也正是这些形形色色的人物形象，构成了一个以当代泰国社会为背景的时代群像，它们包括社会中各个阶层和职业，有农民、警察、工人、学生、教师、僧侣、医生、资本家等等，这些角色从不同侧面展现着人性中的善良与虚伪，坚韧与软弱，高洁与污秽。透过它们可以看出当代作家对国民性格的观察与思考——在作者所赋予的这些"特质"或品格之下，往往有一种有迹可循的潜在人格理想与价值诉求。

　　为了方便起见，笔者大致将这些小说角色分为三大类，亲和型人物、疏离型人物和中间型人物。需要说明的是，首先，这样的划分只是一种相对的划分，它的依据，是基于人物带给读者的整体印象，这些印象包含了一种基本的色调，会在读者心里唤起不同的情感距离。其次，作者对于他笔下的人物虽无明显的褒贬、好恶之分，但还是存在着立场、态度及情感距离上的差异。对于这种作家与人物之间的距离感，韦恩·布斯在《小说修辞学》中也有过论述，他认为，小说中的隐含作家与其他人物或多或少存在着距离，这种距离可以是审美的、情感的或是道德的，可以处在任何价值的层面上。小说中人物与作家之间的亲疏差异，在一定程度上体现着作者自身的价值立场、道德判断及对现实的批判态度。

1　[英]珀·卢伯克、爱·福斯特、爱·缪尔著，方土人、罗婉华译：《小说美学经典三种》，第255页。

疏离型人物。《判决》中伪善、势利的小学校长和区长，《高岸与沉木》中雇用村民劳动以榨取剩余价值的林场主，《时间》中用花言巧语向几乎身无分文的老人们兜售彩票和饮料的小商贩，《常乐男孩》中为了情人把甘朋抛弃的母亲，《永生》中的婆楼敏和斯宾塞教授，《佳缇的幸福》中从未露面的父亲，《腊黎/景溪》中善于逢迎、精明能干的伍莱舅母等人物身上，体现着现代市场经济条件下人们所沾染的种种恶习，他们多数唯利是图，或被金钱所驱使或在欲望中堕落。他们对待小说里的其他人物的方式是冷漠疏远的，有时甚至是刻薄势利的，很少能够在他们身上看到人性中的温暖。现代社会使人的内心世界日益污浊，在金钱、欲望和权力的诱使下，人性发生"变形"甚至走向堕落，人与人之间的关系呈现"利益化"的趋势。这些人情世态作为客观存在的现实，是当代作家所目睹并意欲解决的国民精神问题，并透过这类人物符号以"镜子"的方式呈现出来。这类人物往往是构成小说冲突的"因子"，为情节带来非道德力量的压迫感，它们要么是对某种传统价值观的背离，要么对其所维系的道德环境造成威胁。作者对这类人物的态度基本上是疏离并带有一定批判倾向的。

亲和型人物。《东北孩子》中的昆及其父母和亲友，《判决》中的凯叔，《高岸与沉木》中的康哀、玛詹，《香发公主》中的昭婵，《时间》中的诵奶奶、护士小姐伍温，《常乐男孩》中的杂货铺老板崇叔，《永生》中的启万、莎希巴帕（婆楼敏的妻子），《佳缇的幸福》中佳缇的母亲、外祖父母、舅舅和姨母，《腊黎/景溪》中的父亲、母亲、堡表哥、寺院住持等人物，虽然在年龄层次及社会身份上不尽相同，但是都给人一种亲切、温和及可信赖感，他们身上都蕴含了泰国人性格中特有的乐善好施、待人友好、平顺温和等品质。伍温对老人们无微不至的照料和发自内心的同情与体谅，崇叔对甘朋的收留、照顾与教导，和对邻居们赊账行为的宽容，莎希巴帕对生命的一视同仁和珍视，《腊黎/景溪》中的寺院住持对"我"的谎言的谅解，对我的精神抚慰和开导，都折射出在佛教"平等慈悲、去恶从善、自利利他（或自度度他）"的道德伦理熏陶下所孕育出的传统美德。值得注意的是，亲和型人物在小说的叙事结构中往往充当着矛盾冲突的缓和者或化解者，与主人公之间的关系也是亲密的或相互信赖的。通过他们，《东北孩子》中"食物紧张"的生存矛盾得以解决，《判决》中发"遭人冷落与孤立"的状态得以缓解，《高岸与沉木》中人与自然之间的紧密关系得以暂时恢复，《时间》中被遗弃的老人获得救治，被父母遗弃的甘朋有了暂时的"家"与监护人，失去了母亲的佳缇没有因"失去的痛苦"而破坏掉心灵的美好，景溪也最终从失去父亲的自责和悔恨中获得了精神的救赎。

　　中间型人物。《判决》中的发、《永生》中的奥拉春、《时间》中的电影导演——"我"、《平行线上的民主》中的老幽和兑·潘虔、《腊黎/景溪》中的"腊黎"等人物都可以被归入这一类。之所以称之为"中间型"，是因为它们介于上述两者之间，既不属于某种理想的人格，也不具备某些恶劣的品行，无法简单地用善或恶进行界定。在一心想报复婆楼敏的奥拉春身上，既有一种大无畏的英雄主义特质，又掺杂着为达目的不择手段的实用主义哲学；观看话剧的"我"，虽然对老人们的处境感同身受，却也曾经为了工作不顾家庭和亲情；腊黎表面上是一个规规矩矩、乖巧懂事的好孩子，实则内心的情感与欲望长期受到压抑，最终导致出现精神狂躁和分裂的症状。这些人物同作者之间有一种微妙的重合感，即作者的意识总会不时地透过他们的行动或内心活动进入文本话语中，以他们的目光审视小说中的其他人物——当然，作者的声音也会不时地进入其他人物的内心和话语中，只不过相对而言，在这类人物身上发生得更为频繁，也因而使得他们看上去比小说中其他人物显得更具洞察力，对事物的理解也似乎更为全面与深入。在多数情形下，他们都在各自的内心世界里进行着某种精神自省式的活动。这在采用第一人称为叙述视角的《时间》和《腊黎/景溪》中是显而易见的。不过，即使是在采用第三人称叙述的《判决》《永生》等作品中，也间或会在人物的内心独白或长篇大论中看到作家声音的"强行闯入"——有批评家认为这样的"闯入"是作家技巧上的"美中不足"，不过韦恩·布斯却说："纵使作家可以在一定范围内选择他的伪装，他绝不可能使自己消失。"[1] 詹姆逊说："每一部小说都是一

---

1 ［美］韦恩·布斯著，付礼军译：《小说修辞学》，第24页。

个过程……在这个过程中，我们目睹对那些问题的虚构，而对问题的解决便是它的故事。"[1]基本上，这些中间型人物类似于作家与故事之间的一种"媒介"，他们各自的人格特质总是同小说的寓意具有内在的相关性，很多时候，他们本身就是"问题"的一部分。正是透过发，我们目睹了"他人对个体的压迫"这一"虚构的问题"如何以个体的精神、肉体死亡的方式得以解决；透过奥拉春，"精神不灭还是肉体永生"的争论得到了象征性的解答；透过老幽和兑·潘虔，"民主是什么？"的问题得以呈现。

在詹姆逊看来，现代社会中，小说是一种史诗的替代物，作为物质与精神、生活与本质之间的某种调和。它力图作出对外部世界和人类经验赋予意义的尝试，但却始终是一种主观意愿的产物。这样一种伦理指向希冀在人与世界之间达成一致性，这种一致性即生活与意义的不可分割的乌托邦。[2]

总的来说，以上三类人物从三个层次展现着当代作家对国民精神的总体观照：现代社会所造成的人性扭曲和国民精神中的诸种病态，作为一种客观存在的现实问题，是作家欲以文学手段加以解决的。只不过，过去那种直接揭露或是露骨鞭笞的解决途径已不再是作家们眼中的唯一目的和行之有效的方式——因为首先，"如果仅仅在写作中呈现现实"，那么作家"也就与新闻记者无异了"。[3]其次，正如詹姆逊所说的，小说"始终是一种主观意愿的产物"，在"解决现实问题的意愿"之下本身就已潜藏了某种理想化的结果。小说人物作为实现作家主观意愿的重要媒介与手段，势必也承载着这种理想化的冲动。于是，民族文化传统中劝人积德行善、自净其心等美德意识，作为一种理想化的人性参照，就在作家的想象中被不自觉地内化为小说中用来解决问题的途径或手段。最后，一种深度自省的主体意识的介入，（通常是）透过中间态人物的心路历程或精神活动在文本内建构起一种"伦理的指向"，使得当代社会国民精神中的诸种病症在传统文化价值观的观照下获得了象征性的"诊断"或"疗治"。

1、2　程锡麟、王晓路：《当代美国小说理论》，第234页。
3　Matthew J Ozea, Interview with Chart Korbjitti, December 18, 2007.

三、孩童、记忆与精神寻根

昆、佳缇、甘朋都是小孩子。以孩童作为小说的主要人物，从儿童视角观察社会作为一种叙事策略进入泰国当代小说的创作空间之中，也是20世纪70年代末以来泰国小说发展中一个值得注意的现象。随着青少年的成长教育问题日渐受到泰国主流社会的关注，以及儿童作为国家民族的未来受到了社会各界的重视，儿童开始作为一种独立人格，在文学作品中具有了与成人对等的话语权。创作主体对儿童的生命特征与情感体验的发现正源于此。儿童独立于成人世界之外，而又在成人世界的庇护下认知世界的生命特征，这使他们成为一种边缘性的存在，用一种旁观者的窥探式目光去观察超出他们理解能力的成人社会的游戏规则。这种独特的对世界的认知方式，使得覆盖在现实生活表层的复杂和污秽得到了"过滤"和"净化"，将生活以一种鲜活的、原生态的形式呈现出来。作家们在儿童纯净的目光中，发现了一种全新的真实和一种独特的诠释世界的方式。成人作家对儿童心理、思维方式和语言特征的模仿与再现，一方面基于对现实生活中孩童的观察，另一方面，也是更常见的情形，则是来自于自身的童年记忆。在大多数的儿童小说中，几乎都可以找到作者儿时的影子。

从叙事的角度看，儿童视角作为一种限知视角为泰国当代作家带来了全新的叙事模式，从而消解了过去全知叙事的话语权威。在这之前，成人的全知视角是主导着整个泰国现代小说创作的一种主流叙事模式，甚至在古典时期的叙事诗歌中也随处可见这种叙事传统。在这种全知视角的内在逻辑下，叙述者知晓事情的来龙去脉，能随意地进出小说中的事件、场景以及人物的内心，他们仿佛总是俯视着人物与世界，用一种高高在上的不容置疑的口吻将他所理解的一切传达给读者。与之相对，儿童认知世界的能力有限，缺乏理性思维，这使得他们对世界的感受呈现一种碎片化、陌生化、情感化的倾向，不过，他们也往往在不经意间捕捉到了成人所不易察觉的生活真相和感性体验。儿童叙述者的口吻总是亲切好奇或欣喜的，以问询式姿态与读者对话，引读者一同去感受他所体验的世界。在这样的叙述方式下，作者总是尽量将自己的声音减少到最低限度。但是，正如韦恩·布斯所言，"就小说本性而言，它是作家创造的产物，纯粹的不介入只是一种奢望"。相应地，不论作家如何"伪装"，也注定无法从儿童叙述者的背后完全消失。这个悖谬之所以存在，是因为在儿童与成人之间永远横亘着一道由时间所充斥的价值的裂缝，因此不论作家如何逼真地模仿孩童稚嫩的语气与思维，也无法彻底摒弃成人的经验与当下判断的渗入。儿童视角只能是"一种有限度的视角"，纯粹的儿童视角也"只是一个虚拟的理想存在状态"。[1]

儿童所特有的懵懂与纯真，同作家于当下处境中的成人意识，在文本中往往形成一种情感与理性、快乐与忧愁、纯真与沧桑相互交织、叠合的独特效果。两种截然不同的声音在叙事结构中的双重并置，会带来一种意想不到的复调效果。由于小说的任何一个看似平常的事件，都势必是经过作家精心筛选而来的，所以即使是在最漫不经心的叙述之下，都始终潜藏着一层刻意的关注与理智的思考。小说中儿童的目光所及之处，从根本上说仍是一个在成人注视下的审美与想象王国。在小说《常乐男孩》中，儿童世界的明丽、生动与成人世界的阴晦、肮脏被紧密地编织在一起，就像一幅挂毯的正反两面，正面是由甘朋的视线所组织起来的日常琐事与趣闻：发放彩票号码，与伙伴打架，参加邻居的葬礼、婚礼，等等；反面则是作者所担忧的种种社会问题及毒瘤：贫穷、家庭暴力、通奸、卖淫等等。即使是在儿童快乐的姿态背后，作者也没有刻意过滤掉他们身上的缺陷与困苦境况，在讲述甘朋与小伙伴嬉戏玩耍的故事时，又以看似不经意的叙述补充道，这些玩伴一个是"被强制送去上学的痴傻小女孩品芃，一个月后老师抱怨她的学习没有效果，还拖同学和老师们的后腿，于是在那之后品芃不用再去上学"，一个是"上一阵学休一阵，腿有残疾，因为路远不愿意上学"的阿柱，剩下的一个则是因为厌学不去学校的阿诺。作者将一种极具洞察力的社会观察员式的目光投注在这群"快乐"的孩子身上，映照出的是一个脆弱不堪、稍纵即逝的纯真世界，它从一开始就被包裹在苦难中，不知何时，终将消逝在成

1　吴晓东等：《现代小说研究的诗学视域》。

人世界的复杂与晦暗里。

昂潘·维乍集瓦则是在小说《佳缇的幸福》中将儿童的懵懂与纯真熔铸为一种"幸福的意志"。她透过佳缇的双眼描述了一位身患运动神经元病的母亲对女儿深挚的爱，以及家人之间的相互依赖与深切关爱。作者塑造了一个被家人的爱所包围的纯真小女孩形象，即使在经历了母亲逝世的伤痛，并得知父亲在她出生前就背叛母亲的真相之后，也没有遗失心灵的纯净与美好。当看到同她有类似经历的小朋友毫不掩饰地表现出对父亲和外遇对象的憎恨时，佳缇却不禁"暗自诧异：自己的心中竟然没有丝毫阴云"[1]。作者将她自身对爱与幸福的信念投注到佳缇及其母亲、祖父母和家人身上，构筑了一段用爱化解苦痛、营造幸福的现代童话。昂潘虚构出的这个小女孩佳缇，实质上是由她自己的生命意志——一个乐观主义者在天生缺陷与长年病痛中磨炼出来的坚忍与顽强所孵化的，是对生命与爱饱含希望的坚守。

"快乐""幸福"，几乎是泰国作家们用来描述儿童世界的最常见字眼。在他们对后者的观照中，大多蕴含着一份"对于原初幸福的追思"的情感冲动。本雅明在《普鲁斯特的形象》中写道："的确有一种二元的幸福意志，一种幸福的辩证法：一是赞歌形式，一是挽歌形式。一是前所未有的极乐的高峰；一是永恒的轮回，无尽的回归太初，回归最初的幸福。在普鲁斯特看来，正是幸福的挽歌观念——我们亦可称之为伊利亚式的——将生活转化为回忆的宝藏。"[2]童年本身代表着生命最初的体验，它正与这种"最初的幸福"存在着某种天然的契合，对于身处种种现实残缺中的成人作家而言，在孩童的世界中最有可能寻觅到一个至真至善的精神家园。当他们不约而同地在孩童身上寻觅"快乐""幸福"的身影之时，实质上是对最原初的善与真的无尽追寻。不论是在邓娃对甘朋爱怜与担忧交织的注视之下，还是在昂潘对佳缇幸福中略带忧伤的凝眸之中，都依稀可以辨认出一种回望的姿态，它是在不可逆转的时空变换中对于最初的"幸

---

1 ［泰］昂潘·维乍集瓦：《佳缇的幸福》，第102页。
2 ［德］瓦尔特·本雅明著，张旭东译：《普鲁斯特的形象》。

福”的深切缅怀。

在康朋·本塔维这里，"回归最初的幸福"成为了对童年故土的皈依，他将本土文化体验与个体记忆一同熔铸在小说主人公昆的快乐成长经历里，在这之下，深埋着一股为乡土之根立传的文化冲动。《东北孩子》所呈现出来的，是一个充满着乡土经验和诗意色彩的乌托邦，是最为真实和原生态的地方生活图景：血亲间的纽带、邻里间的团结、人与人之间的和睦、对土地的依恋、对鬼神的敬畏，构成了它最主要的精神内蕴。当地人依靠稻米种植与采集狩猎维持生计，不会种植蔬菜——当昆看到从远方迁徙过来的华人在自家园子里种植蔬菜时不禁惊奇不已。当地人会用稻米或采集来的野味同外地迁徙来的越人或华人交换一些日用品。青蛙、蟋蟀、猫鼬、猫头鹰……是人们日常的珍馐美味，在庆祝活动时才会宰牛，全村人一起分享。佛寺是村民生活的中心，但凡"有谁要出家、建新屋、找妻子、为孩子取名或是患了红眼病"都会去找那里的住持——肯法师。昆和村里的孩子们在寺院的小学读书，学校里"总共只有三位老师，肯长老是其中之一"。鬼神崇拜和巫术在小说的世界里无处不在，巫医是受人们尊敬的"知识人"，他们为人们行医治病、念咒驱鬼及安魂。昆的家人与亲族及邻里间往来密切、相互帮助，昆的父亲经常与邻居庆伯一同进林子里寻找食物，他们一家与庆伯、大伯父两家人一同结伴乘牛车南下，到湿润的地方捕鱼和寻找食物。人们会慷慨地相互周济食物，会向路过的外村人赠送米饭。昆的家人集中展现着东北人吃苦耐劳、团结友爱、善良淳朴、乐观豁达的优秀品质，他们固守在炎热干燥的土地上，既不怨责"不下雨的上天"，也不抛弃养育他们的土地。当同村人赶着牛车离开，前往"湿润的土地"时，昆的父亲也毫不动摇并表明决心："我绝对不走，母亲还健在，就算一连旱上个三四年，也不见有人饿死，即使要死，我也要和孩子们一起死在这里。"这是一个"东北孩子"对血脉和故土的忠诚与坚守。

弗洛伊德说："童年记忆与成年期的有意识的记忆全然不同，它们不是被固定在经验着的那个时候，而是在后来得以重复，而且在童年已经过去了的后来时刻才被引发出来。在它们被篡改和被杜撰的过程中，实现着为此后的趋势服务。"他进一步将童年记忆同历史写作进行类比，以便更好地说明其"本质"，"历史记载以对现在情况的不断记录开始，同时也要一瞥过去，采集传统和传奇，解释在风俗和习惯中幸存下来的古代踪迹，通过这种方式就创造了过去的历史。这种早期历史应该是当前信仰和愿望的表达，而不应是过去的真实画面。这是必然的。因为许多事情从民族记忆中被遗漏了，另一些被扭曲了，还有一些过去的遗迹，为适应现在的观念被给以错误的解释了……一个人对成年期的事件有意识的记忆各个方面都可与第一类历史记载[即当时事件的编年史]相媲美。就他对童年时代的记忆的起源和可靠性而言，与民族最早期的历史是相一致的。当然这历史后来是为了具有倾向性的理由而汇编的"。[1]

　　仅从表层意义上看，《东北孩子》所呈现出来的的确是一段快乐的童年时光，昆平日里最主要的活动就是跟随父辈们在林间寻猎各种各样的野物，吃着各式各样的美味，一些读者甚至认为它看上去更像是一部泰国东北菜的食谱。小说既没有一个贯穿始终的故事情节，章节与章节之间也呈现出一种散漫的、非逻辑性的联系，一次次关于"吃"的记忆被以片断式的方式缝合起来。但正如弗洛伊德对达芬奇童年记忆的"本质"所揭示的那样，事实上，在康朋每一次关于食物的深刻记忆的缝隙之中，恰恰"遗漏"了或许更为经常发生的真实"历史"——饥饿。因为除此之外，似乎很难再想象出其他更为真实的原因使得这些关于食物的记忆显得如此鲜明和快乐。《东北孩子》创作于20世纪70年代，对于十几岁就离开家乡在外府漂泊，已过不惑之年的康朋来说，东北的生活是他用来寻找精神慰藉的永远的"回忆的宝藏"，更是他不断用以确认自己文化身份的终极指针。从《东北孩子》、《东北血》(Lueat Isan)、《东北孩子漫游记》(Luk Isan Phanechon)到《东北女孩的爱情魔咒》(Mon Rak Sao Isan)，"东北"几乎构成了他小说创作的主要素材和灵感来源。这样一种对故土饱含深情的追忆，实质上体现的正是为自己的本土文化寻根、为无法进入正史的民族边

1　[奥]弗洛伊德著，车文博主编：《弗洛伊德文集7　达·芬奇对童年的回忆》，第86页。

缘记忆立传的美好愿望。饮食经验，作为一种最能代表本地特色的文化因子之一，在这样的"当前的愿望"观照下，便具有了"倾向性的理由"被加以"汇编"。

《东北孩子》给读者的启示是：在成人对儿童的想象与"回望"中，实际上埋藏着更为深远、更具普遍意义的精神主题——记忆与寻根。在纯净的儿童世界里寻求幸福，与从往昔的记忆里寻找快乐，两者从心理动机上看实质是相同的，即都是对置身于当下境况中的个体进行一次自我精神"净化"或"救赎"的过程，而在文化的层面上，它们都在不同程度上、以不同方式表征着作家身处当下变迁时内心深处的寻根意识。在《常乐男孩》和《佳缇的幸福》中，它被内化为一种回归自然的怀旧主义情绪弥漫在小说里，并且与孩童世界充满童趣与纯真的氛围构成了一种相辅相成、相映成趣的诗意内蕴。不论是甘朋还是佳缇，他们的生活范围基本上都是远离城区、与快节奏的现代生活脱节的。在甘朋周围，社区的居民还在共用一部公用电话，附近寺院的僧侣每天清晨会来化缘，孩子们的娱乐活动里没有看电影和去游乐场，有的只是持续三天三夜的庙会和民间戏团的演出。在"松树下的秘密园地""赏月、唱歌谣""树下搭房子"等情节中，充满了对大自然的无限亲近与留恋。只不过，在这部小说中，自然界所给予孩子们的快乐，总是在工业文明的步步紧逼之下迅速化为乌有。另一部小说的主人公佳缇，则是居住在外公外婆位于河边的乡间房子里或是暂住海边，外公会带她划着小舟欣赏沿途的自然风光。作者用"荡舟"这个情节，不仅唤起了读者对西方陆路交通工具进入之前，湄南河平原居民临水而居、以舟代步的古老记忆，更遥指"摇船游玩"[1]这一古典时期最具标志性和最富诗意的文化娱乐活动之一。

由此可见，在这些成人作家所追求的孩童世界里的"最初的幸福"，不仅是一个未被世俗价值观与意识形态所浸染过的纯净天地，更是一个还没有被科技与物质文明侵占，仍被大自然所环抱的理想家

1　摇船活动是阿瑜陀耶宫廷十分盛大的皇家仪式。泰国古代的宫廷巡舟活动分为两种：一种是"御舟巡游"，另一种是摇船游玩。摇船曲是泰国古典诗歌中的一种特殊诗体，是指在巡舟过程中，为了助兴而吟唱的诗歌。

园。吉登斯说："传统的变迁在今天是和自然的变迁紧密相连的。传统和自然过去是一个相对固定的'风景'，即是说，是一个构成社会活动的'风景'。传统（在传统意义上所理解的）的消解是和自然的消失交织在一起的。"[1]从这个意义上说，对回归自然的呼吁也就势必与复归传统的精神追求紧密相连。上述"创意"小说家们透过孩童的生活经验，一点一滴地寻找着散失在变迁过程中的民俗、民风以及传统文化，他们怀着"回归太初"的美好愿望谱写下这些传统文化的"幸福挽歌"。在这之下，深埋着一股努力寻求自身文化标志以应对现代文明冲击的寻根意识。

第五节　本章小结

"文学范畴的变化在很大程度上是依据变迁中的历史境况而产生的"[2]，同样，当代泰国小说的嬗变，也是在剧烈的社会文化变迁这一"历史境况"中发生的。文学话语的创新势必脱离不了整个当代社会文化场的影响。由东盟文学奖评奖所遴选出的十一部小说文本，固然体现着每位作家各自特有的文学创造力，每一部作品的获奖，都源自评委会对该作品某一方面的创意的肯定，或者是题材上的新颖，或者是形式上的大胆突破，抑或是主题上的突出，等等。但是，它们都是在近几十年间共同的历史语境中生成的，正是不断变迁的社会为小说的革新不断提供着现实的动力。因此，本章的论述首先排除了对单部作品、单个作家的"个性"的考察，而是将这十一部作品视作一个整体序列，试图透过它们探讨社会语境变迁与当代小说发展总体趋向之间的影响与映射关系。

通过对历年来泰国东盟文学奖获奖小说的内容进行比照分析，可以大致看出它们在总体面貌上呈现出三个方面的倾向，分别是：（1）空间视域从都市向地方的偏移；（2）问题范畴向个人日常经验的转向；（3）时间意识上的当代性指向。文本层面所表现出的这三种倾

1　Antony Giddens, *Beyond Left and Right*, p. 6.
2　程锡麟、王晓路：《当代美国小说理论》，第236页。

向指明，与以往相比，1979—2009年三十年间的泰国小说在话语构成、主旨意蕴、审美旨趣上出现了新变化，这些新变化是在当代特定的社会语境规约下生发的。具体来说，是当代社会的变迁在以下三个相互关联的层面上作用于文学文化场并在文本话语中的表达：（1）现代化、工业化所带来的城乡间人口流动；（2）社会结构变动所带来的日常人际关系网络的变化；（3）社会变迁所引发的精神文化领域的冲突。

第一部获奖小说《东北孩子》的成功，预示着地方话语在泰国当代主流小说中的凸显。纵观历届获奖小说可以发现，小说的叙述视域明显偏离都市中心，向着乡村和地方生活转移，伴随其间的，是以曼谷为标志的都市想象的稀缺和都市中心话语的"旁落"。导致这一变化发生的社会动力因素，是政府的城市化、工业化政策所带来的城乡人口流动。外府出生的作家，将地方生活经验输送到都市中产阶级文化精英的面前；与此同时，曼谷市区的不断膨胀、城市居住环境的日趋恶化，也使得都市精英日渐产生对城市生活的厌离，而像《东北孩子》《高岸与沉木》这样充满浓郁乡土生活情趣和大自然生趣的作品，正好弥补了读者在现实境况中的"缺憾"。小说文本中的"都市"与"地方"话语，分别在空间寓意上指涉着现代化进程中的"先起者"与"后起者"，两者在三十年间小说话语中的此消彼长，在一定程度上暗示了当代作家站在本地文化持有者和传承者的立场上，对西方化的现代文明的疏离和对本土文化传统的回归。

小说家创作的最初动机往往是通过文学手段解决某种现实问题。在70年代以及之前的小说中，矛盾冲突主要体现的是社会阶层分化所造成的社会资源分配不均及其所带来的阶层与阶层间的紧张关系，例如贵族、官僚、警察与平民、乡下农民、知识分子之间的矛盾。但是到了80年代，这种情形已发生了变化。其具体表现在，东盟文学奖获奖小说在问题类型上以人们日常生活中的小事件为主。宏大叙事几乎从这些"创意"小说家笔下消失。小说主人公的夙愿不再是改造社会、消除不平等的社会现状等伟大理想，而是一些看上去极其平常的愿望：希望天降甘霖（《东北孩子》）、期望建立美满的家庭（《贴金的

佛像》）、希望与家人团聚（《佳缇的幸福》《常乐男孩》《时间》）、期望
得到同村人的认可（《判决》）等等。小说中的人物通常都是在一个
以家人和邻里组成的关系网络里进行活动，小说的矛盾冲突也常常发
生在这个日常人际关系网络中，发生在主人公与家人或邻居的日常接
触之中。这一变化的发生，正是社会变迁程度的加深在小说话语中的
体现，它说明持续社会变迁所带来的影响已经渗透到最基层的结构单
元——家庭。在传统社会条件下，作为个人"庇护所"存在的这种亲
密关系网络，在文本话语中却成为问题或矛盾发生的在场情景，个人
不再受到它永久的、确定的庇护，反而屡屡遭到抛弃，沦为一个个"无
家可归者"，不论是《判决》中的发、颂松，还是《常乐男孩》中的甘朋、
《时间》中的老人，它们都寓意着个人与亲密社群（trusted group）之间
的传统依赖关系已开始瓦解。

　　当代小说作家对日常经验的观照，体现着他们对社会变化的敏锐
感知，文本中的问题话语并不只是作为具体的社会性问题而被表述，
而是被投注了道德层面的关怀。东盟文学奖获奖小说中所涉及的家
庭问题，其本质上都可被归结为一种道德性的隐忧。这种隐忧不只牵
涉到个人行为对道德底线的逾越，而且涉及整个社会的道德运行机制
及现实运行状况。家庭、亲密社群作为在传统社会条件下保证道德实
际运行的有效机制，随着社会变迁的深入，已逐渐丧失其保障道德运
行稳定性和延续性的功能，其后果及具体表现则是社会道德标准的日
渐模糊——它在小说《判决》中得到了突出表现。与道德问题紧密相
随的，是信仰层面的危机。在传统佛教社会中，道德总是在一定的信
仰指引下存在的。当代泰国小说中频频出现的出轨、偷情等婚姻家庭
问题，正说明佛教所宣扬的因果业报等信仰已不再对人们的日常行为
构成有力约束。

　　东盟文学奖获奖小说在空间视域上向地方的偏移，以及问题范畴
向日常经验层面的聚焦，是社会变迁过程中城乡格局变化、城乡人口
流动以及社会结构变迁在文学话语中的反映与表达。它们在一定程
度上代表着当代泰国小说发展的总体趋向。语境变迁带来的不仅仅
是小说所反映的现实社会面貌的变化，更意味着作家从主体意识到文

学审美经验的重新整合。首先，乡村叙事和地方叙事的异军突起，不仅带来了小说内容和题材上的变化，也带来了叙述视角上的变化，即以本地文化持有者的视角取代了以往都市知识分子的精英视角，《东北孩子》正是其中的突出代表。相应地，作家们对日常叙事的偏好，对寻常小事件的关注，也体现了一种去精英化的平民主义立场。故事中的人物不再是投身政治运动或是社会改造活动中的时代佼佼者，而只是一个个面对各自生活问题的普通人，作者对他们的观照，不再是带着同情、怜悯的救赎心态，而是以平等的目光尽可能贴近地思考和感受他们的切身问题。其次，地方书写取代都市想象，个人日常叙事取代历史宏大叙事，反映了当代泰国小说在审美经验上回归本土、趋向自然和贴近生活原貌的趋向。

　　除了物质层面的变迁之外，现代化进程还包括着文化层面的变迁。泰国作为现代化后起国家，在一种依靠外生因素推动的"传播性"发展模式的主导下，成为西方文化的被动接受者。随着互联网时代的来临和全球化趋势的日渐强劲，强势的西方文化更超越了时空限制，通过多种媒介在泰国毫无阻挡地传播。这使得当代作家们愈发强烈地体认到一种文化上的危机感和焦虑感，并激发了维护本土文化传统的强烈意识，其在当代小说话语中的表述就是在迅速的社会文化变迁中对传统文化价值、国民精神状态的重新审视与定位，以及在剧烈的东西方文化冲突中寻求新的精神支点与平衡。对当代文化状况的反思及对民族文化精神的寻根意识构成了贯穿东盟文学奖获奖小说的精神主线，它透过依附在各色人物身上的观念和价值立场得以体现，并在《佳缇的幸福》《常乐男孩》等一系列小说中构筑起一种理想化的精神家园。

　　总而言之，东盟文学奖获奖小说作为泰国当代"创意"小说的代表性文本，体现着作家对当代社会现状与文化境况的观察与思考。十一部作品在话语特征上表现出当代性、日常性和本土性的趋向，以当代社会为主要描摹对象，以展现日常琐事和平常人生为主要内容。大量地方经验和民族想象的加入，加固了文本精神内蕴上的本土性指向。大量平淡琐碎的生活场景将叙事还原到最原始、最真实的生活情景中，将精英主义立场从文本中"驱逐"，以平民主义的姿态关照现实与人生。在思想内涵上秉承不变的社会意识和道德关怀，以相对冷静和审慎的目光关注社会文化变迁所带来的一系列后果，显现出正面、积极的价值取向。

第 五 章

文学奖与文学史：东盟文学奖与泰国当代长篇小说的创新之路

东盟文学奖创设于时代的重要拐点和泰国文学新的历史发展契机之上，自始便不可避免地卷入了泰国文学的当代转型进程。在本国文学进行自我反思与探索的文学史背景下，泰国东盟文学奖将创意性作为评选优秀文学作品的核心标尺，体现着求新、求变的时代文学呼声，以及与世界文学建立对话的文学眼光和愿望。在四十多年的时间里，在以"创意性"为标识的文学创新精神的引导下，东盟文学奖在泰国文学内部推动了一场从形式到内容的革新。在这个过程中，"创意文学"逐渐成为一股特定的创作潮流，主导着当代严肃文学（纯文学）的前进方向，并反映着当代泰国文学的总体趋向。作为在众多"创意文学"备选作品中脱颖而出的优秀代表，东盟文学奖历届获奖作品虽然不能展现泰国当代文学创新的全貌，但却有理由作为最具说服力的范本，集中体现着泰国文学在四十五年间的探索、创新与成就。

本章将对东盟文学奖与泰国长篇小说文类的当代革新进行再度审视，从"创意文学"潮流的生成、"创意小说"类型的划分以及当代小说经典化三个方面讨论东盟文学奖对当代文学史的影响。

第一节　"创意"文学评奖与被建构的"创意文学"

虽然东盟文学奖自设立之初就将"创意"作为核心的评奖原则树立起来，但究竟什么样的作品才算得上是符合"创意"标准的作品，却不是一个简单且容易界定的问题。事实上，在每一届东盟文学奖评选过程中，"创意"一词都不断地被重新诠释与定义，其内涵也随之日益丰富。这种不断的重新诠释与定义,不仅体现了历届评委们对文学创新的理解与洞察,也反映了泰国当代文学界对于"创意"这一概念的广泛探讨与深入实践。在历年"最佳创意文学"的评选过程中,评委们往往需要在新与旧、传统与现代、反叛与传承之间寻找一个微妙的平衡点,以此作为评判作品是否具备"创意"的标尺,而每一部获奖作品又都是对"创意"这一标准的生动诠释。2003年的获奖女作家邓娃·平瓦纳在谈到"创意文学"时说:

> 有价值的"创意文学"到底有什么样的特质?
>
> 虽然无法准确而完整地定义它的含义和解释它的价值,但我却可以将自己在品味其他作家杰作时的收获分享出来。
>
> 首先,在我主动踏上文学欣赏与创作的道路之前,那时的我所看到的世界和人生,如同一片被云雾笼罩的大地。即便什么也看不清,我却以为自己看见了;即使所看到的画面模糊不清,但我却以为那便是事实和真相。
>
> 我和我的人类朋友都想方设法地想要成为社会和世界的一部分。在内心深处,我们害怕孤独,害怕被抛弃,害怕数不清的危险。在那样的状况下,我也丝毫没有怀疑过自己的软弱。
>
> 后来,当我有机会欣赏到"创意文学"时,让我忍不住对再次出现在自己面前的世界和人生画面感到震惊。我们人类最大的问题之一或许就在于,我们从未对世界和人生产生过怀疑,也从未对视而不见产生过质疑。因此,当遇见生命的美好时,我们毫无喜悦;而丑恶也不能使我们感到恐惧并随时准备逃离。
>
> 对于我而言,在沉浸到"创意文学"之后所须面对的首要问题便是,过去的人生全都是问题而自己却从未怀疑。当通过文学作品得以重新审视世界和人生之后,我惊讶于自己可以比过去任何时候都看得更全面和真切。[1]

---

1 邓娃·平瓦纳发表于2003年东盟文学奖颁奖典礼上的演讲,引自[泰]邓娃·平瓦纳:《常乐男孩》,第6—7页。

　　"创意"不仅是东盟文学奖据以评价当代文学的一项标准，更是一种文学理念。然而，"创意"的定义与标准的确立过程，却是动态且双向的。"一方面，这些定义和标准决定着文学的性质与发展方向；另一方面，'非常规'与'打破常规'的作品又推动着这些定义的边界不断向外拓展，促使它们从原先的狭窄与固定，变得更加广泛与灵活。"[1]或许正是由于"创意"的定义在边界上的模糊性和开放性，反而可以鼓励每一位作家勇于尝试和创新。借由东盟文学奖这一平台，泰国当代作家们得以将自己的创意与才华展现给社会，甚至传播到世界。评判标准的模糊性，既为文学创作提供了广阔的自由空间，也让每一届获奖作品都充满了不可预测性。有的作品可能通过独特的叙事手法或结构安排，展现出对传统文学形式的颠覆与超越；有的则可能深入挖掘本土文化的深层内涵，以新颖的视角和表达方式，赋予古老传说或历史事件以新的生命；还有的则可能勇敢地探索人性的边界，以超现实的手法揭露人类内心深处的秘密与渴望。正是这些多元化的创作尝试，共同构成了东盟文学奖历届入围和获奖作品的丰富图景，也不断建构着"创意文学"这个彰显泰国当代文学开放性和多元性面貌的文学潮流。

　　值得注意的是，东盟文学奖对"创意"的推崇并非孤立存在，而与泰国当代社会的整体文化氛围紧密相连。在全球化与本土化的双重影响下，泰国文学界积极寻求自我身份的重构与表达，而"创意"则成为了这种探索过程中的重要驱动力。随着时代的变迁，社会文化的多元发展，以及读者审美趣味的不断变化，"创意"的边界虽然逐渐模糊，但其核心精神——勇于突破传统框架，探索新的表达方式与思想深度，却始终如一。而在此精神之外，"创意文学"也被当代文学精英们赋予了启迪思想、探照现实、有益于社会等历史性使命。正如邓娃在演说中所指出的，"创意文学"使她看到了以往不曾注意过的世界和人生真相。同样地，文学教育者英安也指出过历届获奖小说对社会的积极意义，它们"从不同角度提出对社会的看法"，与"（全体）人类

1　邓娃·平瓦纳发表于2003年东盟文学奖颁奖典礼上的演讲，引自［泰］邓娃·平瓦纳：《常乐男孩》，第6—7页。

的行为"息息相关，"不论哪个民族、哪种语言的人民都可以很好地理解它们"。[1]从东盟文学奖历年的评委会颁奖词中也可以不断看到"展现了当代社会面貌""体现了对生活的理解""展现了人生中的不同侧面和问题""对于提高社会对妇女地位和新角色的认知具有重要价值"等类似的表述。

楚萨·帕特拉昆瓦尼指出："文学奖的作用不止在于为书商增加销量和为作家增加收入，也为文学标尺的制定发挥着重要作用，并将持续地影响文学的创作、欣赏和批评。"[2]回顾20世纪70年代末以来的泰国文学发展道路，东盟文学奖已成功地将"创意"确立为当代文学发展的标尺，并且使得"创意文学"成为四十多年中泰国文坛里最深入人心的字眼。如果说"创意"概念体现着泰国作家、文艺评论家和文学教育家对当代文学的集体期待和构想，那么"创意文学"则是由他们合力推动的一场在持续构建和进行当中的当代文学实践。

第二节　"创意小说"：泰国严肃小说的当代路径

1902年，留洋归国的上层贵族知识分子帕雅素林塔拉查以"迈婉"（Maewan）为笔名将英国女作家玛利·柯乐丽的小说《血海深仇》翻译成泰文，并且大受读者欢迎。自此，大量西方小说开始陆续被译介到泰国，依据外国小说的仿作和改写也蔚然成风，它们中既有西方小说，也有中国古典小说和故事。在20世纪前两个十年，消遣小说几乎独霸着小说创作与阅读的领地——即使是在一百多年后的今天，它们的受众仍然是大众读者中的绝大多数。第一批留洋的贵族知识分子与城市闲暇阶层读者群的审美期待与文化品位共同主导了当时译介与仿作小说的题材类型——主要包括爱情小说、侦探小说、历险小说、鬼魅小说等，也基本划定了其后泰国通俗小说的常见类型。这类小说的读者群主要以都市女性为主，大都是先以连载形式刊登在期刊

1　［泰］英安·素攀瓦尼：《小说概观》，第140页。
2　［泰］楚萨·帕特拉昆瓦尼：《读（不）解意：楚萨·帕特拉昆瓦尼文学研究及评论论文集》，第23页。

或报纸上，其中受到好评的将被编辑成书出版。在内容上，它们追求引人入胜的故事情节，以吸引读者、赚取稿费为目的，大多不讲求思想深度或艺术高度。

小说开始成为一种传播知识、熏陶思想的有益读物，并逐渐进入纯文学的范畴，是在现代文学先驱西巫拉帕等人的手中实现的。1929年，西巫拉帕和一群志同道合的青年作家创办了文艺期刊《君子》（Suphap Burut），提倡文学应关注时代的变化和现实的人生，希望改变长久以来文学一直被作为消遣性读物的现状，并将文学创作引向"严肃"的道路。以《君子》杂志为园地的这一批青年作家，由此形成了一个具有一定文学主张的社团——"君子社"，这也是泰国最早的现代文学团体。"君子社"中的其他主要成员还包括麦阿侬（Mae' anong）、雅格（Yakhop）、索·古拉玛洛赫（Sot Kuramarohit）等。以西巫拉帕的《生活的战争》（Songkhram Chiwit, 1932）、尼米蒙坤·纳瓦拉的《理想国》（Muang Nimit, 1933）等为代表的第一批"进步小说"（nawaniyai naeo kaona）是泰国严肃小说发展的第一个阶段。这些作品产生于重要的历史转折时刻，阐发着对民主、自由与平等社会的向往与追求，体现出较强的社会问题意识和批判现实主义文学精神。

20世纪50年代左右，因特拉玉、社尼·绍瓦蓬等人提出文艺作品应该"为人生"服务，并在之后被集·普米萨进一步发展为"文艺为人民"的思想，这实际上是对前期进步文学的理论总结和升华，也巩固了以社会主义现实主义为审美主导的现代严肃小说道路。这一时期出现了《魔鬼》《在泰国的土地上》等一批具有思想深度和现实意义的作品。在经历了沙立独裁统治（1958—1963）的沉寂期之后，早期的"进步小说"于20世纪60—70年代在学生运动的声浪中被重新发现，并出现了一大批效仿他们的青年作家。他们用小说反映工人、农民的抗争，号召人们加入支持民主、反抗独裁的运动中去。在短短的几年间，他们创作出《全体朋友的忠告》《父亲》《空中的风筝》等一系列反映工人、农民生活艰难，呼唤人民觉醒、奋起抗争的作品，在文坛中掀起了一股社会主义现实主义文学运动的高潮。在创作传统上，他们深受西巫拉帕、社尼·绍瓦蓬、乃丕等人开创的"进步文学"以及经由集·普米萨发展而来的"文学为人生，文学为人民"创作思想的熏陶，又结合自身正投身其中的社会政治运动，确定了"用文学作为政治斗争的武器"[1]的创作路线，也由于他们作品中鲜明的理想主义情怀，因此被当代批评家称为"理想化路线派"[2]作家。

回顾泰国现代小说从20世纪20年代的初创直至70年代所走过的道路不难发现，在近半个世纪的时间里，以改造社会、改变现实人生为目的的进步文学——"为人民、为人生"文学一直占据着泰国严肃文学的主流。这种"单一化"局面的形成，是泰国作家在国家和社会的现代化改造进程中的必然选择，并且在过去相当长的时间里，为泰国现代小说的艺术探索和思想升华起到了不可替代的作用。然而1976年10月6日之后，由"理想化路线派"主导的小说创作浪潮戛然而止。在1977—1982年的这五年间，一种更加倾向于中间路线的文学审美标准逐渐占据了主导地位。楚萨将这种新的标准称为"资产阶级自由主义的文学品味"，"它出现在1977年的'文学真空'中"，"并且受到对'为人生'文学路线感到失望的一部分作家和评论家的欢迎"。[3]对此我们可以进一步说，这一标准刚好完整地体现在了东盟文学奖的评奖原则中。

东盟文学奖的创立者明显摒弃了"为人生"小说所带有的为政治服务的目的和意识形态色彩，也消解了以往文学批评中"艺术为艺术"与"艺术为人生"二元对立的价值判断鸿沟，带来了文学创作与审美向文学本体的回归。"创意"这个标准提倡的是一种富有自由创新精神、敢于挑战一切界限与范式的小说新理念，不过落实到具体的文学评判标尺和历年的获奖作品上，它体现出了将文学的社会价值属性（用作品观照社会与人生）与艺术价值属性（用作品展现文学艺术之美）相结合的特点。例如在首部获奖作品《东北孩子》身上，评委会就表现出了明显的"去意识形态化"倾向和对作品形式美的重视。也

---

1 ［泰］甘哈·桑若亚、杰萨达·通荣若编：《泰国现代文学评论》，第42页。
2 ［泰］甘哈·桑若亚、杰萨达·通荣若编：《泰国现代文学评论》，第39页。
3 ［泰］楚萨·帕特拉昆瓦尼：《读(不)解意：楚萨·帕特拉昆瓦尼文学研究及评论论文集》，第23页。

就是，好的作品不一定要反映底层人民的生活苦难与社会制度的不公平，只要能够真切地反映生活原貌，"吸引读者不断地阅读下去"[1]，并且从内容到形式都需要"和谐统一"，有鲜明的风格和新意。三年后获奖的《判决》也再次验证了评委会对上述两条标准的并重：颁奖词中除了表达对作品内容与主题的欣赏之外，也充分肯定了它在创作手法上的别具一格和"鲜明的个人风格"。这两部作品在70年代末至80年代初所产生的巨大反响，在一定程度上昭示了泰国小说发展路线的当代转型。

20世纪末，楚萨·帕特拉昆瓦尼根据读者人群、印刷特点及阅读方式等因素对泰国市面上的所有长篇小说进行了分类，将其划分为"平民小说"（nawaniyai chao ban）、"流行小说"（nawaniyai yotniyom）和"'创意'小说"（nawaniyai "sangsan"）三大类别。[2]"平民小说"是一类篇幅短小、市面价格固定在每本12铢的小说类别，并且主要在外府的书摊或书店里售卖，曼谷市区的书店里一般买不到。它的读者主要是一些文化程度不高的人群。这类小说的故事简单、内容直白，类型性较强，常见的有爱情故事、鬼故事、武侠冒险故事等，并且各种故事类型都遵照一定的情节套路。"流行小说"主要是一类先在《沙坤泰》（*Sakun Thai*）、《屋宇之魂》（*Khwan Ruean*）、《小说世界》（*Lok Nawaniyai*）、《曼谷》等大众期刊上连载，再根据受欢迎情况结集成书出版的小说。它的主要类型有历史小说、爱情小说、家庭生活小说、武侠小说，在故事情节上较"平民小说"复杂，读者的受教育程度一般较高，也是读者人群最广且人数最多的一类小说。"流行小说"的作家通常会形成一定的个人风格，并且受到固定读者群的追捧。"'创意'小说"是一类成册出版，很少事先连载在期刊杂志上的小说，内容大都较为沉重和严肃，具有紧张感，倾向于展现现实生活的真相，反映社会问题。一些作品的创作手法复杂，理解起来有一定难度。同前两类相比，"'创意'小说"的类型性不强，作品并不受限于特定的情节模式或

1　［泰］顺提·尼玛潘、秉莫·暖宁著：《透视东盟文学奖》，第15页。
2　［泰］楚萨·帕特拉昆瓦尼：《读（不）解意：楚萨·帕特拉昆瓦尼文学研究及评论论文集》，第23页。

创作风格，相反，它强调不断推陈出新，并且"每一部作品都会被拿来同现有的小说'宝库'进行比较"。它的读者群相对狭窄，"主要是自称为'知识分子'的人群"。与"流行小说"不同，"'创意'小说"的读者注重的是单部作品的质量，不会特别追捧某位作家。[1]

从楚萨对泰国当代长篇小说三股分支的描述中可以看出，泰国小说从总体上看依旧是消遣性作品与严肃性作品二分天下的局面，前者占据着绝大部分的读者市场。在对第三类小说命名时，楚萨用了带引号的"创意"一词。虽然他没有直接提及"'创意'小说"同东盟文学奖的关系，但两者显然有一定的渊源。在东盟文学奖创立之前，泰国小说史上从未出现用"创意"来为某一类小说命名的先例。从楚萨的描述中，也不难看出这种小说创作类型同东盟文学奖所强调的"创意文学"之间的关联。而且楚萨所列举的"'创意'小说"代表作品和作家，大多数都是东盟文学奖的得主，或至少是多次入围和夺奖的热门人选，例如《判决》和查·高吉迪、《香发公主》和玛腊·堪詹、《白影》和丹阿冉·桑通（Daenaran Sangthong）等。[2]

可见，东盟文学奖为当代泰国长篇小说的创作实践开辟了一条独特的道路：它一方面延续了30—70年代以来由"进步小说"和后来的"为人生"小说主导的严肃小说道路，依旧强调小说作品的思想性、严肃性和社会价值等正面价值取向，另一方面，也注重小说文类在艺术性和文学性上的探索，不断在形式、方法与技巧上进行实验和突破，显示出当代特有的自由创新精神。虽然楚萨所描述的"'创意'小说"和东盟文学奖历届获奖小说并不能严格地画上等号，但是可以认为，它的出现和形成，正是东盟文学奖以"创意"为标尺对当代文学创作、阅读与批评进行引导和推动的结果。

80年代以后，"为人生、为人民"小说从"中心"走向"边缘"，一

1　[泰]楚萨·帕特拉昆瓦尼：《读(不)解意：楚萨·帕特拉昆瓦尼文学研究及评论论文集》，第23页。

2　丹阿冉·桑通创作的小说《白影》，曾参与角逐1993年的东盟文学奖，但是由于当时一位资历较深的评委认为该部作品中有亵渎皇室的内容，在最后一轮评选中被取消了参选资格。不过，该部小说却被法籍翻译家马塞尔·巴朗看中，译成法语后在欧洲取得了不错的反响。也因此使丹阿冉·桑通于2008年获得了由法国文化部颁发的"艺术与文学骑士勋章"。

股带着强烈创新意识的创作力量开始崛起，它们主要由一批80年代以后崛起的文坛新人组成，例如玛拉·堪詹、查·高吉迪、詹隆·坊春吉、颂萨·翁腊等等，另外还包括一部分70年代就已经崭露头角的作家，如皮本萨·腊空本、帖希里·素索帕、玛诺·塔侬西、尼魏·甘泰腊等。这些作家对人生、社会等现实问题的关注，与过去相比有了更为真切的体验和更为深刻的思考，不再只是一味反映底层人民的不幸或社会对他们的压迫与不公，而是有了更丰富、更多角度的内容与展现方法。作品也不再单纯以镜像式的反映来刻画现实，而是带着更多个人思考与体悟的观照。探讨的问题也不再局限于社会弊病，而是有了更多形而上层面的追问与反思，并力图挖掘一些具有"普遍意义的""全人类"高度的主题。在创作手法上，他们积极尝试与借鉴自然主义、象征主义、现代主义等文艺流派。这些作家构成了泰国当代最具创造性与革新性的小说家。东盟文学奖不仅为这些作家提供了展现文学创造力和才华的舞台，还成为了他们创作理念与文学追求的重要推动力量。

第三节　不只是"风向标"：东盟文学奖与泰国当代小说的经典化

文学奖在当代文学经典化过程中的重要作用，已经被很多研究者讨论过。例如赵勇指出，"把某个文学奖颁发给某个作家或某部（篇）作品，无疑是对这个作家创作实力与成就的一次确认，而越是重要的奖项，其确认的力度就越大"，"文学奖如同商业广告或名牌商标，它提高了作家作品的知名度，扩大了文学受众的数量，也加大了作家作品的传播力度"，"文学奖项已参与到文学经典化的进程之中，为许多作家作品再镀了金身"。[1] 姚达兑在对诺贝尔文学奖的研究中提到，"诺奖委员会通过机构性的操作，将某种当代文学树为世界文学的典范，甚至列入经典的序列"，并且"委员会制造出一种'世界诗学'，并用

1　赵勇：《从传统到现代：文学经典的建构元素》。

以维持获奖作品经典地位的诗学标准"。[1]张丽军在对中国当代文学评奖制度的研究中指出，"评奖不仅是新时期以来文学生产机制走向制度化、科学化的现代性制度尝试，而且也是文学经典化的最初的、权威的、有效的传播与接受途径。评奖就如一条鲶鱼一样搅动了整个新时期文坛，使之处于一种良性的生机与活力之中，构成并促进新时期文学的经典化过程"[2]。

　　楚萨在《文学奖对于文学创作与阅读的作用》一文中将文学世界比作一个大书店，并将文学奖比作书店的员工，其作用是将每本书摆设到它应该在的位置，"它该位于书架的第几层？或者是否有资格被摆放在书架上？"最终决定每本书所在位置的则是文学的定义和标准，它就好比书店的主人。不过在当今泰国的情况是，几个最主要的文学奖项都奉行着几近一致的文学标准。楚萨认为，对泰国当代文学的发展起到明显作用和影响的文学奖主要有三个，分别是由泰国语书协设立的"最佳短篇小说与诗歌奖"（1977年创设）、由泰国作协设立的"最佳短篇小说奖"（1985年创设）以及东盟文学奖。[3]书店的比喻形象地揭示了文学奖对泰国当代文学的操控力量。埃伦·博库兹则更直接地指明了东盟文学奖对泰国当代文学经典构建的作用，"如果说派瓦林的《蕉木马》凭借自身成就了其艺术上的功绩，那么它在（文学）历史上的重要性则是依靠泰国文学界对它的经典化（canonization）得以实现的……这个奖项（东盟文学奖——笔者补充）确保了广泛的读者群，因为全国的高中和大学生都被要求阅读东盟文学奖作品。此外，总是显眼地印在封面上的东盟文学奖奖章，同样也能为这些作品保证相当多的读者"[4]。

　　在长篇小说的发展上，东盟文学奖的作用几乎是主导性的。这首先体现在"创意"标尺主导下的当代小说创作、阅读和评价浪潮的

1　姚达兑：《诺贝尔文学奖与制造世界文学》。
2　张丽军：《文学评奖与新时期文学经典化》。
3　［泰］楚萨·帕特拉昆瓦尼：《文学奖对于文学创作与阅读的作用》，载《读（不）解意：楚萨·帕特拉昆瓦尼文学研究及评论论文集》，第29—38页。
4　Ellen Elizabeth Boccuzzi, *Becoming Urban: Thai Literature about Rural-Urban Migration and a Society in Transition*, p.14.

出现, 其次则体现在它对出版机构的导向性作用。而出版机构在经典的建构中同样起着重要作用。马塞尔·巴朗指出: "奖项可以带来好几万册的销量, 这对于作者和出版商双方都意味着一笔从天而降的财富。"[1] 马汀·普拉特则指出东盟文学奖使得获奖者成功跻身 "文学名流" 的行列, 他们的作品也获得了销量保障。[2] 每当东盟文学奖最终获奖者揭晓时, 泰国各大书店马上会将该部作品放置在书店最醒目的位置, "甚至在顾客进入书店之前就能从远处看见"[3]。塔聂·韦帕达指出, 东盟文学奖历届送选作品几乎涵盖了新近出版的所有重要作品, "东盟文学奖在泰国文学中几乎是主导性的, 几乎很难想象曾经有过哪一部作品——重要的作品是没有被送选来竞逐东盟文学奖的"[4]。

如果将这种 "主导性" 还原为一个动态过程, 我们会发现, 东盟文学奖三年一度的小说评奖使当代小说的出版与阅读形成了一种周期性的循环。这种循环也对相近年份内产生的作品进行了一次次整体的 "消化" 和 "分拣", 使那些最具有 "创意" 潜质的小说在这个过程中被发现, 并被 "输送" 到读者面前。在小说评奖的年份, 市面上的小说类作品明显增多。随着最终入围作品的公布, 各大期刊及报纸也会开辟版面对夺奖热门作品进行讨论并登载相关书评, 这也将带动这些作品的销售与阅读。由此可见, 评奖活动带动的是一个不断循环的小说创作、出版、阅读与消费链。

市场机制与商业化的渗透, 也使得东盟文学奖出现了一种 "品牌化" 效应。对于这种现象, 我们应该采取辩证的立场来看待。文学奖项本来就是一种重要的文学促进政策, 尤其是, 当一个文学奖项表现出相当水平的文学鉴赏力与经典识别力时, 适当的商业运作不仅可以保证这种促进政策的持久性与有效性, 还可以对文学阅读进行强有

---

1 Marcel Barang, *The 20 Best Novels of Thailand-An Anthology*, p. 17.
2 Martin B. Platt, *Isan Writers, Thai Literature: Writing and Regionalism in Modern Thailand*, pp. 182–183.
3 [泰] 楚萨·帕特拉昆瓦尼:《读 (不) 解意: 楚萨·帕特拉昆瓦尼文学研究及评论论文集》, 第29页。
4 塔聂·韦帕达的采访记录, 详见附录一。

力的引导，这些对于一国文学的发展都是十分有利的。获奖作品经过出版商精心的包装——在封面显眼位置印上东盟文学奖的官方徽章，在封底印有评委会的评语，成为一种系列商品被摆放在书店文学类图书最醒目的位置。对于向来在图书市场上备受冷落的纯文学类书籍而言，这种营销策略是有益并且必要的，从结果来看也是十分有效的，东盟文学奖历届获奖作品可以说是几十年内再版次数最多的文学类图书。为了配合东盟文学奖的评选周期，每年新出版的文学类图书都不少，而参与评奖的作品数量也逐年增加。自2003年以来，平均每年都有七十至九十部作品参选，是泰国其他的文学奖望尘莫及的。最终轮入围作品的揭晓，也会马上带动销量。在东盟文学奖的评奖历史上，部分作品甚至创造过短时间内销量超过十万册的记录，例如吉拉楠·毗彼查（Jiranan Pitpreecha）的《消失的树叶》和文·廖瓦林的《平行线上的民主》。而不少作品则加印了数十次，例如《判决》加印了近五十次，《佳缇的幸福》则加印了八十多次。尽管大多数实力派作家明确表示，他们并不是为了获奖而进行创作，不过奖项效应对他们的影响仍然存在。"东盟文学奖得主"这个称谓还将为作家带来数目不小的福利，除了奖金之外，它至少还包括一笔可观的版税收入，加上突如其来的声誉也会带动同一作者其他作品的销售。

　　奖项的权威效应加上出版商的"品牌化"运作，有力地推动了"创意"小说的出版与传播。但是文艺理念的传播与深化却是需要在持续不断的文学创作实践、阅读与审美批判中实现的。要保证这一点，就必须有一个相对稳定的创作、阅读与批评群体，将"创意"文学理念付诸实践。马克·麦克格尔对美国"创意写作"系统的研究提醒我们，"战后时代的阅读群体，是通过学校的'中介'产生的，几百万学生寻找到了自己的阅读兴趣，他们获得了一种体验方式以及具体的智慧载体"[1]。楚萨也指出，知识分子是"创意"小说的主要读者（详见上文）。学校，特别是大学，是生产"创意"小说阅读群体的"工厂"。东盟文学奖所树立的"创意"文学理念得以在当代小说探索与实践中成

[1]　［美］马克·麦克格尔著，葛红兵、郑周明、朱喆译：《创意写作的兴起：战后美国文学的"系统时代"》，第37页。

为主导性的原则，也是通过大学这个"工厂"来达成的。

　　布迪厄的文化场域理论指出，文化场域对于教育系统具有极大的依赖性，因为后者具有对合法文化加以圣化、维护、传播以及再生产的功能。大学拥有把特定的作家与作品加以"神圣化"的巨大权威，它"声称拥有传播被圣化的过去作品——被它当作'经典'——的垄断权，以及（通过授予学位以及其他东西）把与这些经典作品最一致的文化消费者加以合法化与神圣化的垄断权"[1]。

　　事实上，东盟文学奖与大学始终保持着紧密的联系，历届评委会成员中的绝大多数都在泰国各大高校的文学院担任教职，他们中的很多人都是当代文学研究与批评中的权威人士。可以说，它从一开始就代表着主流学术界的文学品味与文艺主张。身兼教职的评委们在对学院体制外的小说进行评估后，又将那些有价值的文本引入了学院内，运用到其教学与研究中。在目前泰国大学的文学系教科书中，东盟文学奖获奖小说几乎是必列的研读书目，而像《东北孩子》《佳缇的幸福》等作品更被列入中小学课外阅读的书目中。当这些作品经由教育系统介绍给学生之时，也向他们传授着一种关于"创意"小说的阅读与欣赏原则。由于泰国大学中的文学专业通常代表并维护着国家正统文学及审美范式，在大学的"垄断"下，"创意"小说便被"合法化"为国家正统文学的一部分，与民间的，或者说市井文学截然区分开，并且获得了一批较高水准的"文化消费者"——学院知识精英的认可。

　　当代文学史与当代文学经典都是在不断建构中的，并且受到当代文化场中各种权力的影响。"在文学的周围围绕着一个强大的社会群体。文学批评家、文学史家，负责文学教育的教师，或各种形式的研究机构、出版社、学术团体、教育部门……他们共同构成了一个复杂、庞大的文学机构，形成一整套对文学作品行之有效的选择机制，并且逐渐确立了各种文学制度。这些文学机构负责对当代甚至历史上的

1　文中对布迪厄的理论表述参照了大卫·施瓦茨《文化与权力：布迪厄的社会学》（David Swartz, *Culture and Power: The Sociology of Piere Bourdieu*, pp. 118-134）一书。

作家作品进行挑选、鉴别，衡量价值，确定地位，从中筛选经典。"[1]当代文学史也是在各种文学团体、机构和个人的合力下不断建构的。韦勒克指出："在文学史中，简直就没有完全属于中性'事实'的材料。材料的取舍，更显示对价值的判断；初步简单地从一般著作中选出文学作品，分配不同的篇幅去讨论这个或者那个作家，都是一种取舍与判断。"[2]当代的文学权威不仅制定着"价值判断标准"，决定着"材料的取舍"，还能够推动新材料的生产。

于是，正如我们看到的，在泰国当代文学这一独特的语境下，东盟文学奖不仅扮演着当代文学标准的重要推动者和执行者的角色，而且也参与着当代文学经典的建构，并塑造着当代文学史的轮廓。

第四节　本章小结

部分西方研究者指出，虽然长篇小说文类最早出现在大约一百年前的泰国，但它从未像在西方和亚洲其他地区（如印度和日本）那样享有文化声望。即使是受过良好教育的泰国人，对泰国小说的了解——包括伟大的作家、主要作品、小说的年代和发展——在很大程度上也是缺失的。在过去的五十年里，在文学精英们的不断努力下，长篇小说不仅成为中小学和大学文学课程的一部分，也在文学奖项的推动下获得了文化接受和尊重。

换一个角度思考，或许正是这样一个在自身文学传统中缺乏先天优势地位的文学类型，更能将文学评奖所施与的影响显著地呈现在研究者面前。泰国文艺批评家颂篷·塔威（Somphong Thawi）指出："泰国社会倾向于追随有地位的少数人的品味和观点，所以一个奖项便给予了获奖者以合法性（legitimacy），而它是读者不太可能凭自己去自信地授予的。"[3]在文学批评传统并不活跃的泰国，一部长篇小说即使

1　南帆主编：《文学理论新读本》，第117页。
2　［美］雷·韦勒克、奥·沃伦著，刘象愚等译：《文学理论》，第32页。
3　Somphong Thawi, Interview, March 1, 1999, Bangkok.转引自Martin B. Platt, *Isan Writers, Thai Literature*, pp. 182–183。

在连载期间大受读者好评，要想在连载结束之后依旧被不断提及却并不容易。一个活跃而持久的且广受关注的文学奖项，正好能够将作品不断推到公众面前，并赋予作品"文学名著"的合法性。成名效应往往会给有志于展现创作才能的潜在获奖者以激励，而东盟文学奖对送选作品必须是近三年内创作出版的规定，也在无形中促成了一个持续不断的小说"生产链"。不论这样一种带着商业模式运作的文学"制造"机制是否合适，它的"产品"已经形成了一个不容小觑的规模。

可以说，东盟文学奖正是在当代社会、经济、政治及文化等种种"力"的共同作用下，逐渐建立起它在当今泰国文学中的权威性、主导性和标志性地位的。它不仅将一种全新的文学标准树立起来，也促使当代文学的创作和阅读从"文学为人生"时代过渡到了"文学创新"时代。东盟文学奖历届获奖长篇小说，不仅代表着当代泰国最具创造力的小说创作力量，也呈现着泰国当代长篇小说的发展主潮和趋向，并建构着当代小说的经典序列。

第 六 章

余 论

本书在泰国当代文学的总体语境下综合考察1979—2009年获得东盟文学奖的长篇小说作品。从东盟文学奖的评奖制度、历届获奖长篇小说的文本特征、时代变迁在获奖作品中的话语表征，以及长篇小说评奖对泰国当代小说史的作用与影响四个维度展开考察。作为一项以文学奖项为坐标、以获奖文本为考察重点的综合性研究，本书规避了过往同类研究中常见的两种倾向：一是单纯聚焦于奖项的制度性层面进行探讨，二是孤立地分析获奖文本本身。本书致力于构建一个更为全面、多维的研究框架，旨在通过综合考察奖项与获奖文本的内在联系与相互作用，为泰国当代文学研究提供一种新的观察视角。这样的选择也是基于研究对象的客观现实：泰国东盟文学奖经过四十五年的发展，已证明了它在泰国当代文学发展过程中不可取代的作用和地位，而它的特殊性正是通过历届获奖文本的文学价值、社会影响和文学史地位得以确认的。东盟文学奖的评奖制度同获奖文本，以及泰国当代文学发展史之间已形成了不可分割的关系，而这重重关系又是在当代社会特定的语境背景下建立的。因此，本文选择以长篇小说文类为研究对象，以时代语境与文学创新为线索，在下列四重"关系"的架构下，考察东盟文学奖如何建立起新时代的文学标尺，如何在此标尺下遴选优秀作品并推动泰国当代长篇小说的创新实践，以及又是如何参与建构当代小说史的经典序列的。

1. 东盟文学奖与泰国当代社会语境之间的共生关系

　　东盟文学奖创设于时代的重要拐点和泰国文学新的历史发展契机之上，从一开始就不可避免地参与到了当代泰国文学的发展与革新过程之中。1979年东盟文学奖设立之时,泰国国内的经济、社会、政治、文化等各个方面都在酝酿着一个崭新的局面。对于泰国文艺界而言,长时间以来钳制着思想文化的政治"枷锁"终于打开,一个欣欣向荣的文坛新时代即将来临。20世纪70与80年代之交,泰国文学界也在反思和检讨中寻找着新的路径和方法。一方面,持续了近半个世纪的"进步文学"(或"为人生文学")道路已经走到了尽头,在方法论上陷入僵局。另一方面,泰国作家内部也在进行着分化与重组。一股新的文坛力量开始崭露头角。他们同70年代的作家相比,在"文化性格"和成长阅历上都有着明显的不同,对世界、对外国文学的了解也较前辈作家更加开阔。与此同时,"为人生文学"作家阵营内部也面临着分化和重新抉择:多数作家不再从事创作,转而投身其他职业;少数作家仍然坚持创作,不过在风格上逐渐摆脱过去的"套路",不断尝试不同的创作方法,他们中的代表人物有至今仍活跃于文坛的洼·瓦腊央衮、女作家吉拉楠·毗彼查等。

泰国东盟文学奖的第一届评委会明确提出将"sangsan"——创意性,作为遴选优秀文学作品的核心标尺。这一举措并非偶然,而是缘于当时泰国文坛亟需改变现状的现实,体现了创设者的文学素养、文学眼光与文学愿望。由于奖项的组建者都是有着西方教育背景的学者专家,并且在之前已有参加国际间的文学—文化交流的经验,他们在选择奖项的定位和作品评判标准时,一方面立足于本国文学发展的客观现实,另一方面也投注了一种世界性的文学眼光,这些都在"创意"这一关键性字眼中得以集中体现。它表明,东盟文学奖强调的是一种自由的、敢于创新的文学精神,作品的好坏不再仅仅取决于它反映了什么,而是同时取决于作家是如何将其经验与想象力予以传达的。在这个过程中,作家个人的才华被要求尽可能地施展到极限——从这个意义上说,"创意"同时也体现着一个民主时代的自由意志,因为它鼓励并允许任何人以任何想要的方式写出他所知道的故事,只要它们是充满新意的。

所有这些,对于70年代末以后的泰国文学而言,都意味着一种前所未有的新变化。它以东盟文学奖的创设为标志,又在四十多年来的评奖活动及历届获奖作品中得以集中体现。

2. 东盟文学奖与获奖小说文本之间的互生与互涉关系

在三年一度的长篇小说评奖中，东盟文学奖历届评委会从众多参选作品中挑选出最能体现"创意"精神的范本。1979年的桂冠得主《东北孩子》，在内容上的新颖之处在于，它一改以往小说对东北地区贫穷落后状况的描写，展现了一个不为都市读者所知的真实而鲜活的"东北"。在形式上，它以儿童视角取代全知视角，用自然、清新、散文式的叙述方式，和夹杂着本地方言的淳朴文风进行叙事。1982年获奖的《判决》以敏锐的洞察力，提出了一个以往泰国小说中鲜少触及的问题——群体偏见对个人的摧残，将萨特的名言"他人即地狱"用一桩发生在泰国乡村社会的"稀松平常的悲剧"生动地诠释了出来。1985年的获奖作品《贴金的佛像》标志着婚姻家庭题材小说在现实性上的进一步深化，也是通俗小说在文学性与社会性上的一次成功探索。1988年的获奖小说《高岸与沉木》用象征主义手法书写了一曲探讨生命真实意义的哀歌，用充满哲理的语言对灵与肉、人与自然等世界性主题进行了深沉的思考。上述四部作品代表着东盟文学奖发展的第一个十年，总体上显示出这一时期长篇小说创作在思想主旨方面的创新与突破。

东盟文学奖的第二个十年见证了当代小说家在表现形式上锐意求新的精神。1991年的获奖小说《香发公主》套用泰国古典"尼拉"纪行诗的结构，将韵文体的诗歌与散文体的小说巧妙地结合在一起，是长篇小说创作在形式上的一次大胆尝试。紧接着于1994年获奖的《时间》将舞台剧、电影剧本和小说三种叙事文体糅合在一起，用三重交织的时空体进行叙事，是当代长篇小说形式创新的又一次大胆实验。1997年，《平行线上的民主》再次体现了东盟文学奖评委会对"创意性"的强调。该作将虚构的小说情节与真实的政治事件穿插在一起，用拼贴的手法讲述泰国"民主"在六十年里的风云变幻。2000年，科幻主题小说《永生》以"克隆人"为主题展开了一场关于"佛教"与"科学"的辩论，用充满寓言色彩的人物与情节再现了东西方文明的冲突与对话。在第二个十年，东盟文学奖所提倡的"创意"文学理念越发发挥出对小说创作的引导作用,作家开始主动尝试打破固有的表现方式,挑战小说的可能性边界。而与此同时,这一时期的东盟文学奖的评委对参选作品也表现出了较大的包容度,允许非传统的创作形式进入评选视野甚至摘得桂冠。在文学创作者和文学评价者的共同作用下,"创意文学"的理念更加深入人心,文学创新的精神也得以生根发芽,不断生长。

进入新千年之后,对"创意"的定义逐渐开放,对"创意文学"标准的界定也趋向多元,作家们对文学创新的诉求越来越走向精神层面的探求,文学作品的价值定位也日益体现出更多的人文关怀。2003年的获奖小说《常乐男孩》和2006年获奖的《佳缇的幸福》都是以儿童为主人公的故事,前者体现了作者对人性中温情与善良的细致观察,后者书写了在面对人生中无法治愈的伤痛时的勇敢与坚强。两部作品虽然风格不同,但都在不同层面上探讨了爱与幸福的主题,并唤起了读者对快乐与痛苦的思考。2009年的获奖作品《腊黎/景溪》是对人类复杂精神世界的一次深入探照,揭示了知觉、记忆、意识、情感、思维等内在世界活动对行为的控制与影响,探讨了童年创伤对成年后心理和行为的影响。东盟文学奖的第三个十年,不论是作家还是评委,对写作的意义有了更多角度的思考,"创意"精神与"创意文学"在更广泛的意义上已经可以等同于当代文学精神,体现出更多的包容性与世界性。

3. 获奖小说文本与当代社会语境之间的共生与投射关系

虽然十一部获奖长篇小说作品展现出了对社会现实和人类心灵的不同角度的思考,但它们都是在当代社会的总体语境下生成的,体现着泰国当代作家对共同的时代症候的观察和思考。通过考察可以发现,现代化、工业化及城市化所带来的城乡人口流动、对家庭结构的冲击和对传统社群网络的破坏,不仅引发了一系列社会问题,而且对人们的思想观念、思维方式和道德信仰造成了持久的影响,这些都是引发当代小说发生话语嬗变的外在动因。当代泰国作家从急剧变化的社会现实中发掘新的素材或探索新的思考维度,推动着小说内容、形式以及精神诉求的当代创新。

　　地域书写或地方叙事的兴起，以及地方话语在当代小说中的凸现，是城乡格局变迁在小说话语中的投射。现代文学发轫之初所建立起来的以曼谷为中心的话语体系逐渐消解，取而代之的是以《东北孩子》《香发公主》为代表的地方书写的兴起。与这一过程相伴的，是乡土风情、地方文化成为当代小说中新的审美与想象空间，并被作为新叙述视角予以确立。出生于东北、泰北或泰南的各地作家，用文化所有者的内部视角和对本土文化的深沉怀念，丰富着对地方乡村的书写，也不断扩充着泰国文学的当代地图。"家"作为当代小说中一个常见的问题话语，在小说文本中常常成为道德冲突发生的最常见场所。作为构成社会的最基本结构单位，家庭是一系列社会变迁最为敏感的承受者和体现者。当代小说家们对家庭问题的关注，既是出于对社会变迁的敏感观察，也是出于对社会道德状况的担忧。在传统农业社会条件下，家庭不仅承载着个人的社会化过程，也担负着在文化共同体内部强化道德规范、传承本地信仰等方面的功能。而进入到现代社会，随着传统家庭结构的解体和功能的瓦解，社会道德信仰体系赖以维系的机制也随之消失。社会变迁同样带来不同文化体系之间的冲突与对抗。与现代性相伴随的西方文化对传统价值体系的冲击与破坏，引发了当代泰国作家们的文化危机感和对自我文化身份的焦虑，进而激发了他们维护本土文化传统的强烈民族情感。这一情感在东盟文学奖获奖小说文本中得到了充分体现，一方面表现为对传统文化价值、国民精神状态的重新审视与再定位，另一方面则体现为在强劲西化浪潮中积极寻求民族精神的新支点与平衡。从《东北孩子》到《腊黎/景溪》，一股绵延不绝的文化寻根意识贯穿了三十年间的长篇小说创作，它们是泰国当代作家在传统与现代、本土与外来冲突下的集体言说。

4. 东盟文学奖与泰国当代文学史之间的互生与互构关系

　　在泰国文坛进行自我反思与探索的背景下，东盟文学奖将源自西方的"创意写作"概念转化成具有本土色彩的"创意"文学理念，并作为新时期检验优秀文学作品的标尺而加以提倡，这不仅顺应了求新、求变的时代文学呼声，也将一种回归艺术原动力及文学创作本体的文学精神注入到文学创作与阅读的话语空间里,并借助奖项的权威效应和社会影响力推而广之。在接下来的几十年时间里,在东盟文学奖所倡导的"创新"精神推动下,泰国文学内部开始了一场从形式到内容的变革。在这个过程中,作为一种新的长篇小说创作类型的"'创意'小说"逐渐兴起,引领着泰国当代严肃小说的发展方向。它超越了以往的"进步小说"与"为人生"小说的社会主义现实主义审美模式,以思想性和艺术性并重的诗学追求,构建起泰国严肃小说的当代话语体系。历经几十年的创作实践,"'创意'小说"在话语内涵上已经超越了西方的"创造性写作",展现出更深刻的现实关怀与本土化特色。一方面,它承继了泰国主流文学对社会现实的深切关注与思想深度的持续挖掘;另一方面,在求新求变的审美追求下,它勇于尝试各种新颖的表现手法与艺术技巧,呈现出日益丰富和多元的创作风貌。

作为从众多"创意"小说中脱颖而出的优秀代表,东盟文学奖获奖小说虽然不能展现出当代泰国小说发展的全貌,但却有理由作为1979—2009年三十年间泰国当代长篇小说创新最具说服力的范本,展现着当代泰国文学的变化与成就。大多数获奖小说都已进入了泰国文学史教材的经典序列。这也说明,东盟文学奖不仅是一个文学奖项,更是一股参与泰国当代文学史构建的重要力量。它的设立和围绕它进行的当代文学评选,不仅推动了泰国当代文学的创作繁荣,也为泰国文学史的研究提供了重要的文本资源和考察视角。

马克·麦克格尔在系统描述美国战后的创意写作"系统"时,提出了一个创意写作过程的概念图示,如下图所示:

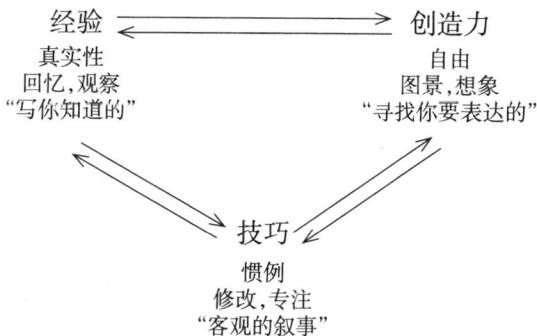

经验 ⟹ 创造力
真实性　　　　　　　　自由
回忆,观察　　　　　　图景,想象
"写你知道的"　　　　"寻找你要表达的"

技巧
惯例
修改,专注
"客观的叙事"

马克用此图来表示创意写作的过程是由经验、创造力与技巧形成的组合。"经验是作者创作灵感的来源，技巧——也被称为手法——在创作中提供了必要的技艺，它和作家的职业自豪或文学传统上'专业知识'（lore）有着密切关系。客观的叙事的意思是说，在经过训练后所呈现出来的'自然地'表达自己的能力，也就是现代派所说的'非人格性的'（impersonality）写作。"[1]

马克的概念图示同样适用于以"创意"为核心的东盟文学奖获奖作家的创作过程。"创意"小说的生成，正是在当代特定的语境下，泰国作家的创造力解放、技巧的多元创新与本土经验三重作用下的结果。创造力解放，是一个自由民主的当代社会对泰国作家的召唤，他们不再像老一辈作家那样受到各种思想枷锁的束缚，可以尽其所能地自由发挥想象力，绘制想要表达的图景。技巧的多元创新，得益于文学"专业知识"的提高，而这个过程离不开不断地吸收、借鉴国外大师的创作技巧。三十年间文学翻译的蓬勃发展，使泰国当代作家的职业素养得到了更加充分的培养。最后，作家个人根植于本土社会文化土壤的生活经验为他们提供着源源不断的素材，并构筑着当代小说的现实性维度。

如果说"创意"是东盟文学奖赋予这十一部小说的共同标识——它概括了它们不同于以往小说的当代特质，即一股不断求新、求变的创新意识，那么，当代社会与历史则赋予这十一部小说时代特有的镜像与风貌，沉淀出当代小说特有的精神气韵。这也就意味着，东盟文学奖历届获奖长篇小说的价值，一方面在于它们作为构筑当代小说史的坐标性文本，展现出20世纪70年代末以后泰国小说在文学性及艺术性上的探索；另一方面，它们作为一系列当代叙事，和当代泰国知识分子的精神实录，容纳着丰富的现实经验、情感感悟、民族想象和群体记忆，展现着当代作家对个体与社会、民族与世界、文化与身份等现实问题的敏锐感知、焦虑或困惑。它们虽然是作家自身经历与生命体验的艺术再现，却也同时作为一种群体想象的意识载体言说着泰国当

1　［美］马克·麦克格尔著，葛红兵、郑周明、朱喆译：《创意写作的兴起：战后美国文学的"系统时代"》，第14页。

代社会的变迁,构筑着当代民族国家的精神历史。

泰国文学自古便是在外来文化因子的影响下不断发展与演进的。从古典时代深受印度文学与诗学传统影响的宫廷诗歌与戏剧,到18世纪开始对中国古代小说的改造与移植,直至近现代西方文学的强势渗透,外来影响与本土传统始终在不断的交织与融合下塑造着泰国文学的古今文脉。由东盟文学奖所推动的这场当代小说创新实践,也是这一古老规律的延续和生动体现。

本书对1979—2009年间东盟文学奖历届获奖长篇小说的考察,主要是以各个文本的同质性为考察重点,因此,不可避免地会在一定程度上掩盖不同作品及其创作者在风格或艺术禀赋上的独特性。然而,为了更好地捕捉和呈现泰国当代小说的总体风貌,这样的取舍或许是必需的。三十年,对于任何一项历时性研究都不是一个小的时间跨度,加上当代文学仍然处在不断变化和发展中,相较于古代或现代时期,它可能显得缺少足够的时间沉淀。对于研究者来说,也相对较难从中看出清晰的发展路径,因此只能透过一些值得注意的现象去追问其背后的原因和规律。因此,本书希望借由东盟文学奖这个在当代泰国最具标志性和持续时间最长的文学现象,提供一份对泰国当代文学发展状况的"有限"考察,以期对将来的研究有所助益。

参考文献

1. 中文文献

包亚明主编:《现代性与空间的生产》,上海:上海教育出版社,2003年。

陈嘉明:《现代性的虚无主义——简论尼采的现代性批判》,载《南京大学学报》2006年第3期。

陈鸣:《创意写作:虚构与叙事》,桂林:广西师范大学出版社,2011年。

陈平原:《二十世纪中国小说史·第一卷(1897年—1916年)》,北京:北京大学出版社,1989年。

陈平原:《经典是怎样形成的》,载《鲁迅研究月刊》2001年第4期。

陈平原:《中国小说叙事模式的转变》,北京:北京大学出版社,2003年。

陈平原:《小说史:理论与实践》,北京:北京大学出版社,2005年。

陈晓明:《表意的焦虑:历史祛魅与当代文学变革》,北京:中央编译出版社,2001年。

陈晓明:《城市文学:无法现身的"他者"》,载《文艺研究》2006年第1期。

程锡麟、王晓路:《当代美国小说理论》,北京:外语教学与研究出版社,2002年。

崔志远:《现实主义的当代中国命运》,北京:人民文学出版社,2005年。

刀思睿:《论西双版纳傣人文学〈兰卡十首王唱词〉在泰国的接受》,北京大学硕士学位论文,2016年。

邓文珍、李新泉:《〈判决〉:泰国社会人生的悲歌》,载《西南民族学院学报(社会科学版)》2002年第1期。

董乃斌主编:《中国文学叙事传统研究》,北京:中华书局,2012年。

范国英:《茅盾文学奖的文学制度研究》,北京:中国社会科学出版社,
　　2009年。

范荷芳:《泰国文学介绍》,载《国外文学》1985年第2期。

高小康:《中国古代叙事观念与意识形态》,北京:北京大学出版社,
　　2005年。

葛红兵:《介入、创新、融合》,上海:上海文艺出版社,2011年。

葛力:《十八世纪法国哲学》,北京:社会科学文献出版社,1991年。

贺照田主编:《学术思想评论第六辑——西方现代性的曲折与展开》,
　　长春:吉林人民出版社,2002年。

净海:《南传佛教史》,北京:宗教文化出版社,2002年。

李健:《泰国文学沉思录》,北京:世界图书出版社,2007年。

李欧、黄丽莎:《泰国现当代小说发展述评》,载《外国文学研究》2001
　　年第1期。

李欧:《泰国小说发展历程及其特征》,载《当代外国文学》2013年
　　第1期。

联合国教育、科学及文化组织,东南亚教育部长组织高等教育发展研
　　究中心编,张建新译:《东南亚高等教育》,昆明:云南人民出版
　　社,2008年。

林建平:《创意的写作教程》,台北:心理出版社有限公司,1991年。

刘江:《文学奖声誉影响力研究》,成都:西南交通大学出版社,2021年。

柳鸣九主编:《二十世纪现实主义》,北京:中国社会科学出版社,
　　1992年。

栾文华:《泰国文学史》,北京:社会科学文献出版社,1998年。

南帆主编:《文学理论新读本》,杭州:浙江文艺出版社,2002年。

欧荣:《国内外诺贝尔奖研究综述》,载《英美文学研究论丛》第13辑,
　　上海:上海外语教育出版社,2010年。

庞海红:《泰国民族国家的形成及其民族整合进程》,北京:民族出版
　　社,2012年。

裴晓睿：《"永生"的悲哀——评泰国小说〈永生〉的人文价值取向》，载《东方研究2001》，北京：国际文化出版公司，2002年。

裴晓睿：《印度味论诗学对泰国诗学和文学的影响》，载《比较视野中的东方文学》，北京：北岳文艺出版社，2005年。

裴晓睿：《汉文学的介入与泰国古小说的生成》，载《解放军外国语学院学报》2007年第4期。

裴晓睿主编：《泰学研究在中国：论文辑录》，广州：世界图书出版广东有限公司，2015年。

裴晓睿等执笔：《泰-汉语音译规范研究》，广州：世界图书出版广东有限公司，2018年。

钱钟书：《谈艺录》，北京：中华书局，1984年。

邱苏伦、裴晓睿、白滔主编：《当代外国文学纪事（1980—2000）：泰国卷》，北京：商务印书馆，2015年。

任东华（任美衡）：《茅盾文学奖研究》，北京：中国社会科学出版社，2011年。

任东华（任美衡）、陈娟、文玲：《文学评奖与新时期文学经典化》，广州：广东高等教育出版社，2021年。

邵燕君：《倾斜的文学场——当代文学生产机制的市场化转型》，南京：江苏人民出版社，2003年。

申丹：《叙事、文体与潜文本——重读英美经典短篇小说》，北京：北京大学出版社，2009年。

孙先科：《颂祷与自诉——新时期小说的叙述特征与文化意识》，上海：上海文艺出版社，1997年。

田禾、周方冶编著：《泰国》，北京：社会科学文献出版社，2009年。

童庆炳：《文学经典建构诸因素及其关系》，载《北京大学学报（哲学社会科学版）》2005年第5期。

万俊人：《信仰危机的"现代性"根源及其文化解释》，载《清华大学学报（哲学社会科学版）》2001年第1期。

汪民安主编：《文化研究关键词》，南京：江苏人民出版社，2020年。

王鹏：《中国当代文学评奖制度研究：以全国性小说评奖为核心》，北京：中国社会科学出版社，2019年。

王向峰主编：《文艺美学辞典》，沈阳：辽宁大学出版社，1987年。

温儒敏：《关于"经典化"与"学院化"》，载《文艺研究》1999年第1期。

吴圣杨、赵泽君：《泰体西用：泰国小说的生成》，载《广东外语外貌大学学报》2020年第2期。

吴晓东、倪文尖、罗岗：《现代小说研究的诗学视域》，载《中国现代文学研究丛刊》1999年第1期。

伍蠡甫、胡经之编：《西方文艺理论名著选编（下卷）》，北京：北京大学出版社，1987年。

席建彬：《文学意蕴中的结构诗学：现代诗性小说的叙事研究》，北京：人民出版社，2012年。

熊燃、裴晓睿编译：《泰国诗选》，北京：作家出版社，2019年。

徐其超、毛克强、邓经武：《聚焦茅盾文学奖》，北京：作家出版社，2005年。

颜敏：《国际性华文文学奖与华文文学经典的跨域生成》，载《世界华文文学论坛》2020年第3期。

杨乐强：《信仰乃道德之本》，载《现代哲学》2001年第3期。

杨义：《杨义文存　第一卷　中国叙事学》，北京：人民出版社，1997年。

姚达兑：《诺贝尔文学奖与制造世界文学》，载《文艺理论研究》2020年第4期。

赵勇：《从传统到现代：文学经典的建构元素》，载《创作与评论》2017年第8期。

张京媛主编：《新历史主义与文学批评》，北京：北京大学出版社，1993年。

张丽军：《文学评奖与新时期文学经典化》，载《南方文坛》2010年第5期。

郑传寅：《郑传寅文集　第二卷　中国戏曲文化概论》，武汉：长江文艺出版社，2020年。

周方冶：《王权·威权·金权：泰国政治现代化进程》，北京：社会科学文献出版社，2011年。

朱德发等：《20世纪中国文学新理性精神》，上海：上海人民出版社，2003年。

［奥］弗洛伊德著，车文博主编：《弗洛伊德文集7 达·芬奇对童年的回忆》，长春：长春出版社，2010年。

［德］H. R. 姚斯、［美］R. C. 霍拉勃著，周宁、金元浦译：《接受美学与接受理论》，沈阳：辽宁人民出版社，1987年。

［德］彼得·比格尔，高建平译：《先锋派理论》，北京：商务印书馆，2002年。

［德］弗里德里希·尼采著，杨恒达译：《悲剧的诞生》，南京：译林出版社，2009年。

［德］黑格尔著，朱光潜译：《美学》，北京：商务印书馆，1979年。

［德］君特·格拉斯著，胡其鼎译：《铁皮鼓》，桂林：漓江出版社，1998年。

［德］科维著，王歌译：《话语分析》，中国社会科学网，http://www.cssn.cn/news/417315.htm。

［德］列奥·斯特劳斯著，彭磊、丁耘等译：《苏格拉底问题与现代性——施特劳斯讲演与论文集：卷二》，北京：华夏出版社，2008年。

［德］瓦尔特·本雅明著，张旭东译：《普鲁斯特的形象》，载《天涯》1998年第5期。

［德］瓦尔特·本雅明著，张旭东、魏文生译：《发达资本主义时代的抒情诗人》，北京：生活·读书·新知三联书店，1989年。

［俄］巴赫金著，钱中文编译：《巴赫金全集2》，石家庄：河北教育出版社，1998年。

［俄］巴赫金著，白春仁、晓河译：《小说理论》，石家庄：河北教育出版社，1998年。

［俄］普列汉诺夫著，曹葆华译：《普列汉诺夫哲学著作选集（第五卷）》，北京：生活·读书·新知三联书店，1984年。

［法］阿尔贝·加缪著，柳鸣九译：《局外人》，上海：上海译文出版社，2013年。

［法］罗杰·加洛蒂著，吴岳添译：《论无边的现实主义》，天津：百花文艺出版社，1998年。

［法］米歇尔·福柯著，刘北成、杨运婴译：《疯癫与文明——理性时代的疯癫史》，北京：生活·读书·新知三联书店，2002年。

［法］米歇尔·福柯著，谢强、马月译：《知识考古学》，北京：生活·读书·新知三联书店，2003年。

［法］皮埃尔·布尔迪厄著，包亚明译：《文化资本与社会炼金术——布迪厄访谈录》，上海：上海人民出版社，1997年。

［法］皮埃尔·布尔迪厄著，刘晖译：《艺术的法则——文学场的生成和结构》，北京：中央编译出版社，2001年。

［法］皮埃尔·布尔迪厄、J.-C.帕斯隆著，邢克超译：《继承人——大学生与文化》，北京：商务印书馆，2002年。

［法］皮埃尔·布尔迪厄著，杨亚平译：《国家精英——名牌大学与群体精神》，北京：商务印书馆，2004年。

［法］萨特著，陈宣良等译：《存在与虚无》，北京：生活·读书·新知三联书店，2014年。

［荷］D.佛克马，E.蚁布思著，俞国强译：《文学研究与文化参与》，北京：北京大学出版社，1996年。

［加］查尔斯·泰勒著，程炼译：《现代性之隐忧》，北京：中央编译出版社，2001年。

［加］斯蒂文·托托西讲演，马瑞琦译：《文学研究的合法化》，北京：北京大学出版社，1997年。

［捷］雅罗斯拉夫·普实克著，李燕乔等译：《普实克中国现代文学论文集》，长沙：湖南文艺出版社，1987年。

［捷］雅罗斯拉夫·普实克著，［美］李欧梵编，郭建玲译：《抒情与史诗：现代中国文学论集》，上海：上海三联书店，2010年。

［美］M.H.艾布拉姆斯著，郦稚牛、张照进、童庆生译：《镜与灯：浪漫主义文论及批评传统》，北京：北京大学出版社，2004年。

［美］阿历克斯·英克尔斯著，曹中德等译：《人的现代化素质探索》，天津：天津社会科学院出版社，1995年。

［美］本尼迪克特・安德森著，吴叡人译：《想象的共同体》，上海：上海人民出版社，2005年。

［美］韩南著，王秋桂等译：《韩南中国小说论集》，北京：北京大学出版社，2008年。

［美］雷・韦勒克、奥・沃伦著，刘象愚等译：《文学理论》，北京：生活・读书・新知三联书店，1984年。

［美］李欧梵著，毛尖译：《上海摩登——一种新都市文化在中国1930—1945》，北京：北京大学出版社，2001年。

［美］马克・麦克格尔著，葛红兵、郑周明、朱喆译：《创意写作的兴起：战后美国文学的"系统时代"》，桂林：广西师范大学出版社，2012年。

［美］韦恩・布斯著，付礼军译：《小说修辞学》，南宁：广西人民出版社，1987年。

［美］浦安迪著，刘倩等译：《浦安迪自选集》，北京：生活・读书・新知三联书店，2011年。

［美］塞缪尔・亨廷顿著，周琪等译：《文明的冲突与世界秩序的重建》，北京：新华出版社，1998年。

［美］锡德尼・芬克斯坦著，赵澧译：《艺术中的现实主义》，上海：上海文艺出版社，1985年。

［美］伊恩・P. 瓦特著，高原、董红钧译：《小说的兴起——笛福、理查逊、菲尔丁研究》，北京：生活・读书・新知三联书店，1992年。

［美］约翰・F. 卡迪著，姚楠等译：《战后东南亚史》，上海：上海译文出版社，1984年。

［美］约瑟夫・弗兰克等著，秦林芳编译：《现代小说中的空间形式》，北京：北京大学出版社，1991年。

［挪威］雅各布・卢特著，徐强译：《小说与电影中的叙事》，北京：北京大学出版社，2011年。

［日］富永健一著，董兴华译：《社会结构与社会变迁——现代化理论》，昆明：云南人民出版社，1988年。

［日］富永健一著，李国庆、刘畅译：《日本的现代化与社会变迁》，北

京：商务印书馆，2004年。

［泰］阿姜查·波提央著，赖隆彦译：《森林中的法语》，台北：橡树林出版社，2002年。

［泰］查·高吉迪著，栾文华译：《判决》，武汉：长江文艺出版社，1988年。

［泰］察·高吉迪著，谦光译：《人言可畏》，太原：北岳文艺出版社，1988年。

［泰］吉莎娜·阿索信著，高树榕、房英译：《曼谷生死缘》，北京：中国工人出版社，1991年。

［泰］康朋·本塔维著，熊燃译：《东北孩子》，北京：北京大学出版社，2023年。

［泰］维蒙·塞宁暖著，高树榕、房英：《克隆人》，上海：上海译文出版社，2002年。

［新西兰］尼古拉斯·塔林著，王世录等译：《剑桥东南亚史》，昆明：云南大学出版社，2003年。

［英］D. G. E. 霍尔著，中山大学东南亚历史研究所译：《东南亚史》，北京：商务印书馆，1982年。

［英］安德鲁·本尼特、尼古拉·罗伊尔著，汪正龙、李永新译：《关键词：文学、批评与理论导论》，桂林：广西师范大学出版社，2007年。

［英］安东尼·吉登斯著，李康、李猛译：《社会的构成》，北京：生活·读书·新知三联书店，1998年。

［英］安东尼·吉登斯著，赵旭东、方文译：《现代性与自我认同：现代晚期的自我与社会》，北京：生活·读书·新知三联书店，1998年。

［英］安东尼·吉登斯著，西蒙·格里菲斯协助，李康译：《社会学（第五版）》，北京：北京大学出版社，2009年。

［英］安东尼·吉登斯著，田禾译：《现代性的后果》，南京：译林出版社，2011年。

［英］戴维·洛奇著，卢丽安译：《小说的艺术》，上海：上海译文出版

社, 2010年。

［英］马·布雷德伯里、詹·麦克法兰编, 胡贾峦等译:《现代主义》,
上海：上海外语教育出版社, 1992年。

［英］诺曼·费尔克拉夫著, 殷晓蓉译:《话语与社会变迁》, 北京：华
夏出版社, 2003年。

［英］珀·卢伯克、爱·福斯特、爱·缪尔著, 方土人、罗婉华译:《小
说美学经典三种》, 上海：上海文艺出版社, 1990年。

［英］伊恩·史墨伍德等编著:《大学英语创意写作学生用书》, 上海：
上海外语教育出版社, 2005年。

2. 泰文文献

กมล โพธิเย็น. การวิเคราะห์ทัศนะเชิงทุนนิยมในเรื่องสั้น และนวนิยายของ วิมล ไทรนิ่มนวล. ปริญญานิพนธ์ กศ.ม.
(ภาษาไทย). กรุงเทพฯ : บัณฑิตวิทยาลัย มหาวิทยาลัยศรีนครินทรวิโรฒ, 2540. 迦蒙·菩提
延:《维蒙·塞宁暖小说中的悲观主义思想研究》, 泰国诗纳卡琳
威洛大学硕士学位论文, 1997年。

กฤษณา อโศกสิน. ปูนปิดทอง.กรุงเทพฯ : สำนักพิมพ์เพื่อนดี, 2533. 格莎娜·阿索信:《贴金
的佛像》, 曼谷：良朋出版社, 2009年。

กอบกุล อิงคุทานนท์. "ตลิ่งสูง ซุงหนัก เอาไปเลยซีไรต์". ภาษาและหนังสือ. ปีที่๕ (ตุลาคม.2531). 果
昆·因库卡伦:《〈高岸与沉木〉, 把东盟文学奖拿去吧》, 载《语言
与书籍》第5年（1988年10月）。

กัณหา แสงรายา, เจษฎา ทองรุ่งโรจน์ บรรณาธิการ. ปริทรรศน์วรรณกรรมไทยสมัยใหม่. กรุงเทพฯ : มูลนิธิ
สถาบันวิชาการ 14 ตุลา, 2546. 甘哈·桑若亚、杰萨达·通荣若编:《泰国现代
文学评论》, 曼谷："10·14" 研究基金会, 2003年。

กุหลาบ มัลลิกะมาส. วรรณกรรมไทย. กรุงเทพฯ : โรงพิมพ์มหาวิทยาลัยรามคำแหง, 2518. 古腊·玛
利卡玛:《泰国现代文学》, 曼谷：兰甘亨大学出版社, 1975年。

กุหลาบ สายประดิษฐ์. แลไปข้างหน้า ภาคปฐมวัย. กรุงเทพฯ :ดอกหญ้า, 2531. 古腊·赛巴立（西
巫拉帕）:《向前看（童年篇）》, 曼谷：朵雅出版社, 1988年。

คำทอง อินทุวงศ์. "'รางวัลซีไรต์' : ความตั้งใจอยู่ที่ 'การสร้างสรรค์' เพื่อคนวรรณกรรม". จุลสาร, 2542.
康通·因图翁:《 "东盟文学奖"：目标在于文学人的创新》, 载《朱
大学报》, 1999年。

คำพูน บุญทวี. เล่าเรื่องวรรณกรรมรางวัลซีไรท์ ลูกอีสาน. กรุงเทพฯ : โป๊ยเซียน, 2524. 康朋・本塔维：《关于〈东北孩子〉的一些事》，曼谷：博贤出版社，1981年。

คำพูน บุญทวี. อาหารพื้นบ้านอีสาน : สัตว์และแมลงที่คนอีสานกิน. นนทบุรี : โป๊ยเซียน, 2542. 康朋・本塔维：《东北地方菜谱: 东北人吃的动物与昆虫》，暖武里：博贤出版社，1999年。

คำพูน บุญทวี. ลูกอีสาน. กรุงเทพฯ : โป๊ยเซียน, 2542. 康朋・本塔维：《东北孩子》，曼谷：博贤出版社，2007年。

คำพูน บุญทวี. "ลูกอีสาน": วรรณกรรมกันดารแห่งความสุข. https://www.thenormalhero.co/kumpoon-boontawee/.

งามพรรณ เวชชาชีวะ. ความสุขของกะทิ. กรุงเทพฯ : แพรวสำนักพิมพ์, 2551. 昂潘・维乍集瓦：《佳缇的幸福》，曼谷：光耀出版社，2008年。

จันทนา อินทรัตน์. การวิเคราะห์นวนิยายของ มาลา คำจันทร์. ปริญญานิพนธ์ กศ.ม.(ภาษาไทย). กรุงเทพฯ : บัณฑิตวิทยาลัย มหาวิทยาลัยศรีนครินทรวิโรฒ, 2536. 詹塔纳・因塔拉：《玛腊・堪詹小说研究》，泰国诗纳卡琳威洛大学硕士学位论文，1993年。

เจือ สตะเวทิน. ศิลปะการประพันธ์. กรุงเทพฯ : อักษรเจริญทัศน์, 2510. 泽・萨达威廷：《写作的艺术》，曼谷：文兴识出版社，1967年。

เจือ สตะเวทิน. ตำหรับร้อยแก้ว. กรุงเทพฯ : สุทธิสารการพิมพ์, 2517. 泽・萨达威廷：《散文教材》，曼谷：素梯善出版社，1974年。

เจือ สตะเวทิน. วรรณคดีวิจารณ์. กรุงเทพฯ : สุทธิสารการพิมพ์, 2518. 泽・萨达威廷：《古典文学评论》，曼谷：素梯善出版社，1975年。

เจือ สตะเวทิน. ประวัตินวนิยายไทย. กรุงเทพฯ : บรรณกิจ, 2521. 泽・萨达威廷：《泰国小说史》，曼谷：版纳吉出版社，1978年。

เจือ สตะเวทิน. ภาษาจากฟ้าเมืองไทย. กรุงเทพฯ : บรรณกิจ, 2522. 泽・萨达威廷：《〈泰国天空〉中的语言》，曼谷：版纳吉出版社，1979年。

ชนิการต์ กู้เกียรติ. การศึกษาวิเคราะห์นวนิยายของกฤษณา อโศกสินที่ได้รับรางวัล : พัฒนาการด้านแนวคิดตัวละครและกลวิธีการประพันธ์. วิทยานิพนธ์ (อ.ม.)--จุฬาลงกรณ์มหาวิทยาลัย, 2543. 查尼甘・顾吉迪：《格莎娜・阿索信获奖小说研究：主题思想、人物形象及创作手法的发展》，泰国朱拉隆功大学硕士学位论文，2000年。

ชาติ กอบจิตติ. คำพิพากษา. กรุงเทพฯ : สำนักพิมพ์หอน, 2542. 查・高吉迪：《判决》，曼

谷：宏出版社，1999年。

ชาติ กอบจิตติ. เวลา. กรุงเทพฯ : สำนักพิมพ์หอน, 2548. 查·高吉迪：《时间》，曼谷：宏出版社，2005年。

ชาติ กอบจิตติ. จนตรอก. กรุงเทพฯ : สำนักพิมพ์หอน, 2554. 查·高吉迪：《走投无路》，曼谷：宏出版社，2011年。

ชูศักดิ์ ภัทรกุลวณิชย์. อ่าน (ไม่) เอาเรื่อง. กรุงเทพฯ : โครงการจัดพิมพ์คบไฟ, 2545. 楚萨·帕特拉昆瓦尼：《读（不）解意：楚萨·帕特拉昆瓦尼文学研究及评论论文集》，曼谷：碰撞火花出版计划，2002年。

ฐะปะนีย์ นาครทรรพ. การประพันธ์. กรุงเทพฯ : อักษรเจริญทัศน์, 2519. 塔巴尼·纳卡拉塔：《写作》，曼谷：文兴识出版社，1976年。

เดือนวาด พิมวนา. ช่างสำราญ. กรุงเทพฯ : สามัญชน, 2552. 邓娃·平瓦纳：《常乐男孩》，曼谷：萨曼纯出版社，2009年。

ตรีศิลป์ บุญขจร. นวนิยายกับสังคมไทย2475-2500 .กรุงเทพฯ: จุฬาลงกรณ์มหาวิทยาลัย, 2547. 迪辛·汶卡琼：《泰国小说与社会（1932—1957）》，曼谷：朱拉隆功大学出版社，2004年。

ตรีศิลป์ บุญขจร. นวนิยายไทยในรอบทศวรรษ : ข้อสังเกตบางประการ.กรุงเทพฯ : สถาบันไทยคดีศึกษา มหาวิทยาลัยธรรมศาสตร์, 2525. 迪辛·汶卡琼：《泰国小说10年：一些思考》，该文为"叻达纳哥信两百年：泰国社会的变迁"学术研讨会会议资料，曼谷：泰国法政大学泰学研究所，1982年。

ทำนอง วงศ์พุทธ. "โลกทัศน์ในนวนิยายของชาติ กอบจิตติ : กรณีศึกษา คำพิพากษา และ เวลา". วารสารวิชาการคณะมนุษยศาสตร์และสังคมศาสตร์มหาวิทยาลัยสงขลานครินทร์ 2, 1(ม.ค.-มิ.ย. 2549). 唐侬·翁普：《查·高吉迪小说中的一些世界观：以〈判决〉和〈时间〉为案例》，载《宋卡纳卡琳大学人文社科学报》第2期，2006年第1期（1—6月）。

ทีปกร. ศิลป์เพื่อชีวิต ศิลป์เพื่อประชาชน. กรุงเทพฯ :ต้นมะขาม, 2521. 梯巴功（集·普米萨）：《文艺为人生，文艺为人民》，曼谷：顿玛康出版社，1978年。

ทินกร หุตางกูร. โลกของจอม. กรุงเทพฯ : เม่นวรรณกรรม, 2545. 庭纳功·胡党昆：《仲的世界》，曼谷：民宛纳甘出版社，2003年。

ทิพย์โชค ไชยวิศิษฏ์กุล. ภาพสะท้อนสังคมกรุงเทพฯ จากเรื่องสั้นที่เข้ารอบสุดท้ายของการประกวดชิงรางวัลวรรณกรรมสร้างสรรค์ยอดเยี่ยมแห่งอาเซียนระหว่างปี พ.ศ. 2536-2545. วิทยานิพนธ์ (อ.ม.)

-- จุฬาลงกรณ์มหาวิทยาลัย, 2549. 梯措·采威西衮:《东盟文学奖最终入围短篇小说中的曼谷形象（1993—2002年）》, 泰国朱拉隆功大学硕士学位论文, 2006年。

ธัญญา สังขพันธานนท์. ปรากฏการณ์แห่งวรรณกรรม. กรุงเทพฯ : นาคร, 2538. 坦亚·桑卡潘塔侬:《泰国文学事象》, 曼谷: 纳空出版社, 1995年。

ธเนศ เวศร์ภาดา. ตำราประพันธ์ศาสตร์ไทย :แนวคิดและความสัมพันธ์กับขนบวรรณศิลป์ไทย.วิทยานิพนธ์ จุฬาลงกรณ์มหาวิทยาลัย, 2540. 塔聂·韦帕达:《泰国诗学典籍: 思想及与文艺传统的关系》, 泰国朱拉隆功大学博士学位论文, 1997年。

ธเนศ เวศร์ภาดา. บรรณาธิการ. ประชุมความคิดเจ้าจันท์ผมหอม นิราศพระธาตุอินทร์แขวน. กรุงเทพฯ : ธรรมสาร, 2535. 塔聂·韦帕达编:《〈香发公主拜谒佛塔行〉论文集》, 曼谷: 卡纳通出版社, 1992年。

นวลจันทร์ รัตนากร, ชุติมา สัจจานันท์, มารศรี ศิวรักษ์. รางวัลวรรณกรรมไทย (พ.ศ. 2450–2529). กรุงเทพฯ : โอเดียนสโตร์, 2529. 暖詹·拉达纳功、楚迪玛·萨佳南、曼席·悉瓦拉:《泰国的文学奖（1907—1986年）》, 曼谷: 欧典出版社, 1986年。

นวมน ยูเด็น. อัตวินิบาตกรรมในนวนิยายไทย ปีพ.ศ. 2520–2530. วิทยานิพนธ์ (อ.ม.)--จุฬาลงกรณ์มหาวิทยาลัย, 2535. 纳瓦蒙·尤丁:《泰国小说中的自杀情节（1977—1987年）》, 泰国朱拉隆功大学硕士学位论文, 1992年。

นรนิติ เศรษฐบุตร. 10 ปีซีไรท์. กรุงเทพฯ : ดอกหญ้า, 2531. 诺尼迪·谢布:《东盟文学奖十年》, 曼谷: 朵雅出版社, 1988年。

นรินทร์ นำเจริญ. บทบาทในการสะท้อนและวิพากษ์วิจารณ์สังคมของนิตยสารแนววรรณกรรมไทย พ.ศ. 2520-พ.ศ.2539 .วิทยานิพนธ์ (นศ.ม.), จุฬาลงกรณ์มหาวิทยาลัย, 2541. 纳林·南佳仁:《泰国文学期刊的社会影射与批判作用（1977—1996年）》, 泰国朱拉隆功大学硕士学位论文, 1998年。

นิคม รายยวา. ตลิ่งสูง ซุงหนัก.กรุงเทพฯ : รูปจี, 2547. 尼空·莱亚瓦:《高岸与沉木》, 曼谷: 日象出版社, 2004年。

นิตยา มาะสะวิสุทธิ์. "กว่าจะมาเป็น 15 ปีซีไรต์" ภาษาและหนังสือ. 25(1-2). 妮达雅·玛萨维素:《东盟文学奖第十五年》, 载《语言与书籍》, 1982年1—2月号。

นิตยา มาะสะวิสุทธิ์. นิตยานิพนธ์ : รวมผลงานเขียนของอาจารย์นิตยา มาะสะวิสุทธิ์.กรุงเทพฯ : มูลนิธิหม่อมหลวงบุญเหลือ เทพยสุวรรณ, 2540. 妮达雅·玛萨维素:《妮达雅文: 妮达雅·玛萨维素论文集》, 曼谷: 蒙銮·文乐·忒帕雅苏婉基金, 1997年。

บรรจง บรรเจอดศิลป์. ชีวิตกับความใฝ่ฝัน. กรุงเทพฯ : ฝ่ายวรรณกรรม คณะกรรมการเฉลิมฉลองอนุสรณ์สถานวีรชน
　　　ประชาธิปไตย. 2544. 班宗·班泽欣：《人生与梦想》, 曼谷：民主英雄纪
　　　念碑庆祝委员会文学组, 2001年。

บัญชา อ่อนดี. เสือตีตรวน. กรุงเทพฯ : สามัญชน, 2546. 班查·翁迪：《戴镣铐的虎》, 曼
　　　谷：萨曼纯出版社, 2003年。

บุญยงค์ เกศเทศ. เขียนไทย. กรุงเทพฯ : โอเดียนสโตร์, 2530. 本雍·格贴：《泰文写作》, 曼
　　　谷：欧典出版社, 1987年。

บุญเหลือ เทพยสุวรรณ.บรรณาธิการ. วรรณไวทยากร. กรุงเทพฯ : โครงการตำราสังคมศาสตร์และมนุษยศาสตร์ สมาคม
　　　สังคมศาสตร์แห่งประเทศไทย, 2514. 蒙銮·文乐·忒帕雅苏婉编：《宛威塔雅
　　　功纪念学术文集》, 曼谷：泰国社会学会人文社科教材计划, 1971年。

บุญเหลือ เทพยสุวรรณ. แว่นวรรณกรรม : รวมบทความ. กรุงเทพฯ : อ่านไทย, 2529. 蒙銮·文
　　　乐·忒帕雅苏婉：《文镜：论文集》, 曼谷：安泰出版社, 1986年。

บุรฉัตรานุสรณ์ : งานพระราชทานเพลิงศพ พระวรวงศ์เธอ พระองค์เจ้าเปรม บุรฉัตร (ป.จ.) ณ พระเมรุ วัดเทพ
　　　ศิรินทราวาส วันเสาร์ที่ 8 สิงหาคม พุทธศักราช 2524. กรุงเทพฯ : โรงพิมพ์ยูไนเต็ดโปรดักชั่น,
　　　2524.《炳文查追悼会纪念文集》, 曼谷：联合制作出版有限公
　　　司, 1981年。

ประชาคม ลุนาชัย. ฝั่งแสงจันทร์. กรุงเทพฯ : สหการคนวรรณกรรม, 2540. 巴查空·卢纳采：
　　　《月光之岸》, 曼谷：文学人合作会出版社, 1997年。

ประทีป เหมือนนิล. วรรณกรรมไทยปัจจุบัน. กรุงเทพฯ : สารสยาม, 2519. 巴梯·蒙宁：《泰国当
　　　代文学》, 曼谷：暹罗文献出版社, 1976年。

ประทีป เหมือนนิล. 100 นักประพันธ์ไทย. กรุงเทพฯ : สุวิริยาสาส์น, 2553. 巴梯·蒙宁：《泰国作
　　　家百人》, 曼谷：勤学出版社, 2010年。

ประไพ ศรีสุข. ภาพสะท้อนสังคมในเรื่องสั้นและนวนิยายของชาติ กอบจิตติ. ปริญญานิพนธ์ กศ.ม.(ภาษา
　　　ไทย). กรุงเทพฯ : บัณฑิตวิทยาลัย มหาวิทยาลัยศรีนครินทรวิโรฒ, 2541. 巴派·席素：
　　　《查·高吉迪小说中的社会形象》, 泰国诗纳卡琳威洛大学硕士学
　　　位论文, 1998年。

ประสิทธิ์ รุ่งเรืองรัตนกุล. รวมบทวิจารณ์หนังสือและแง่คิดเกี่ยวกับวรรณกรรมไทย. กรุงเทพฯ : สำนักพิมพ์พี
　　　พี, 2523. 巴席·荣仍若达坤：《文学长流：文学及书刊论文集》, 曼
　　　谷：P.P. 出版社, 1980年。

ประเสริฐ ไสววรรณ. วิเคราะห์นวนิยายและเรื่องสั้นที่สะท้อนชีวิตชาวชนบทอีสานของคำพูน บุญทวี. วิทยานิพนธ์

มหาวิทยาลัยศรีนครินทรวิโรฒ, 2532. 巴社·萨韦宛:《康朋·本塔维的反映东北人民生活的小说研究》，泰国诗纳卡琳威洛大学硕士学位论文，1989年。

เปลื้อง ณ นคร. ประวัติวรรณคดีไทย. กรุงเทพฯ : ไทยวัฒนาพานิช, 2541. 布朗·纳那空:《泰国文学史》，曼谷: 泰瓦塔纳帕尼出版社，1998年。

พงษ์จันทร์ คล้ายสุบรรณ์. การเขียนสร้างสรรค์. กรุงเทพฯ :สุทธิสารการพิมพ์, 2522.彭詹·科莱素班:《创意写作》，曼谷: 素梯善出版社，1979年。

พรพิมล สาริกรินทร์. วิเคราะห์แนวคิดและคุณค่าเชิงวรรณศิลป์ของเรื่องสั้นรางวัลวรรณกรรมสร้างสรรค์ยอดเยี่ยมแห่งอาเซียน. วิทยานิพนธ์ มหาวิทยาลัยศรีนครินทรวิโรฒ, 2535. 彭披蒙·萨利加林:《东盟文学奖短篇小说思想与艺术价值研究》，泰国诗纳卡琳威洛大学硕士学位论文，1992年。

ไพบูลย์ แพงเงิน. สายธารวรรณกรรม. กรุงเทพฯ : ดับเบิ้ลนายน์, 2542. 派汶·潘恩:《文学长流》，曼谷: 九九出版社，1999年。

ไพโรจน์ บุญประกอบ. การเขียนสร้างสรรค์เรื่องสั้น-นวนิยาย. กรุงเทพฯ :ดอกหญ้า. 2539. 派若·汶巴果:《创意写作（短篇小说与小说）》，曼谷: 朵雅出版社，1996年。

ไพลิน รุ้งรัตน์. แกะลายไม้หอม กฤษณา อโศกสิน. กรุงเทพฯ : เพื่อนดี, 2546. 派琳·蓉腊:《香木刻纹: 格莎娜·阿索信》，曼谷: 良朋出版社，2003年。

ภัคพรรณ ทิพยมนตรี. สัญลักษณ์นิยมและประวัติศาสตร์วัฒนธรรมในวรรณกรรมของนิคม รายยวา. วิทยานิพนธ์ (อ.ม.)--จุฬาลงกรณ์มหาวิทยาลัย, 2543. 帕卡潘·媞帕雅蒙蒂:《尼空·莱亚瓦作品中的象征主义与文化史》，泰国朱拉隆功大学硕士学位论文，2000年。

ภาค จินตนมัย. "นวนิยายประกวดรางวัลซีไรท์ พ.ศ. 2543 ภาพรวมและบทวิเคราะห์". เนชั่นสุดสัปดาห์ 9, 462(9-15 เม.ย. 2544); 9, 463(16-22 เม.ย. 2544), 2544. 帕·金达纳迈:《2000年东盟文学奖竞逐小说: 概貌与评述》，《国家周刊》第462期（2001年4月9—15日）、第463期（2001年4月16—22日）。

มาโนช ดินลานสกูล. พลวัตทางสังคมและภาพสะท้อนของสตรีในนวนิยายที่เข้ารอบสุดท้ายรางวัลซีไรต์ พ.ศ. 2522-2546. งานวิจัยมหาวิทยาลัยทักษิณ สงขลา, 2548. 玛诺·丁南沙衮:《社会动力与1979—2003年东盟文学奖最终入围小说中的女性形象》，泰国宋卡南方大学研究项目，2005年。

มาลา คำจันทร์. เจ้าจันท์ผมหอม : นิราศพระธาตุอินแขวน. กรุงเทพฯ : เคล็ดไทย, 2544. 玛腊·堪

詹：《香发公主拜谒佛塔行》，曼谷：柯列泰出版社，2001年。

วีร เรืองสุข.นวลักษณ์ในนวนิยายรางวัลซีไรต์.ปริญญานิพนธ์ (อ.ม.)--มหาวิทยาลัยศรีนครินทรวิโรฒ, 2550.
瓦利·任苏：《东盟文学奖获奖长篇小说的创新特点》，泰国诗纳卡琳威洛大学硕士学位论文，2007年。

วัฒน์ วรรลยางกูร. คือรักและหวัง. กรุงเทพฯ: แพรวสำนักพิมพ์, 2543. 洼·瓦腊央衮：《是爱与希望……》，曼谷：光耀出版社，2000年。

วินทร์ เลียววาริณ. ประชาธิปไตยบนเส้นขนาน.กรุงเทพฯ : สำนักพิมพ์113, 2546. 文·廖瓦林：《平行线上的民主》，曼谷：113出版社，2003年。

วิมล ไทรนิ่มนวล. คนจน .กรุงเทพฯ : ทานตะวัน, 2532. 维蒙·塞宁暖：《穷人》，曼谷：向日葵出版社，1989年。

วิมล ไทรนิ่มนวล. งู. กรุงเทพฯ : ทานตะวัน, 2533. 维蒙·塞宁暖：《蛇》，曼谷：向日葵出版社，1990年。

วิมล ไทรนิ่มนวล. อมตะ. กรุงเทพฯ :สามัญชน, 2552. 维蒙·塞宁暖：《永生》，曼谷：萨曼纯出版社，2009年。

วิภา กงกะนันท์. กำเนิดนวนิยายในประเทศไทย. กรุงเทพฯ : ดอกหญ้า, 2540.维帕·恭伽南：《泰国小说的兴起》，曼谷：朵雅出版社，1997年。

รัญจวน อินทรกำแหง. วรรณกรรมวิจารณ์. ตอนที่ 3. กรุงเทพฯ : ดวงกมล, 2521. 冉专·因他甘函：《文学评论：第3辑》，曼谷：莲花出版社，1978年。

ราชบัณฑิตสถาน. พจนานุกรม ฉบับราชบัณฑิตยสถาน. กรุงเทพฯ : ราชบัณฑิตยสถาน, 2542.泰国皇家学术院：《皇家学术院大辞典》，曼谷：皇家学术院，1999年。

ราชบัณฑิตยสถาน. พจนานุกรม ฉบับราชบัณฑิตยสถาน. กรุงเทพฯ : ราชบัณฑิตยสถาน, 2554.泰国皇家学术院：《皇家学术院大辞典》，曼谷：皇家学术院，2011年。

ราชบัณฑิตยสถาน. พจนานุกรมศัพท์วรรณกรรมไทยฉบับราชบัณฑิตยสถาน. กรุงเทพฯ : ราชบัณฑิตยสถาน, 2552. 泰国皇家学术院：《皇家学术院文学词汇大辞典》，曼谷：皇家学术院，2009年。

รื่นฤทัย สัจจพันธุ์.อิทธิพลวรรณกรรมต่างประเทศในวรรณกรรมไทย.กรุงเทพฯ : ภาควิชาภาษาไทย คณะมนุษยศาสตร์ มหาวิทยาลัยรามคำแหง, 2525. 任乐苔·萨佳潘：《泰国文学中的外来影响》，曼谷：泰国兰甘亨大学人文学院泰语系，1982年。

รื่นฤทัย สัจจพันธุ์.วรรณกรรมปัจจุบัน. กรุงเทพฯ : ภาควิชาภาษาไทยและภาษาตะวันออก คณะมนุษยศาสตร์ มหาวิทยาลัยรามคำแหง, 2538. 任乐苔·萨佳潘：《当代文学》，曼谷：泰国

兰甘亨大学出版社, 1995年。

รื่นฤทัย สัจจพันธุ์. 25 ปี 14 ตุลา มองผ่านวรรณกรรมเพื่อชีวิต.กรุงเทพฯ : คณะกรรมการโครงการ 25 ปี 14 ตุลา, 2541. 任乐苔·萨佳潘：《从为人生文学中透视"10·14"事件25年》，曼谷："10·14"事件25年项目委员会，1998年。

รื่นฤทัย สัจจพันธุ์. บรรณาธิการ. 25 ปีซีไรต์:รวมบทความวิจารณ์คัดสรร. กรุงเทพฯ : สมาคมภาษาและหนังสือแห่งประเทศไทย ในพระบรมราชูปถัมภ์. 2547. 任乐苔·萨佳潘编：《东盟文学奖25年论文选集》，曼谷：泰国语言与书籍协会出版，2004年。

เริงศักดิ์ กำธร. บรรณาธิการ. เวลา : วิเคราะห์ วิพากษ์ เห็นด้วย คัดค้าน รางวัลซีไรท์ ปี2537. กรุงเทพฯ : บางหลวง, 2537. 仁萨·甘通编：《1994年东盟文学奖得主〈时间〉：批评、解读、反对、赞同》，曼谷：邦銮出版社，1994年。

รุ่งวิทย์ สุวรรณอภิชน. ศรีบูรพา ศรีแห่งวรรณกรรมไทย.กรุงเทพฯ : พาสิโก, 2522. 闰威·苏宛阿披：《西巫拉帕：泰国文学之光》，曼谷：帕西郭出版社，1979年。

เสนาะ เจริญพร. ผู้หญิงกับสังคมในวรรณกรรมไทยยุคฟองสบู่.กรุงเทพฯ : มติชน, 2548. 沙诺·加任彭：《文学泡沫时代的女性与社会》，曼谷：民意报出版社，2005年。

สุชาติ สวัสดิ์ศรี.บรรณาธิการ. โลกหนังสือ. ฉบับแนะนำตัว.สิงหาคม, 2520. 《书文世界》（创刊号），1977年8月。

สุชาติ สวัสดิ์ศรี.บรรณาธิการ. โลกหนังสือ. ปีที่1 ฉบับที่1. ตุลาคม, 2520. 《书文世界》（第一期），1977年10月。

สัจภูมิ ละออ. 25 ปีซีไรต์ กรุงเทพฯ : สยามอินเตอร์บุ๊คส์, 2546. 沙甲普·拉欧：《东盟文学奖25年》，曼谷：暹罗世界图书，2003年。

สัจภูมิ ละออ. ซีไรต์ไดอารี่. กรุงเทพฯ : สุขภาพใจ, 2551. 沙甲蓬·腊翁：《东盟文学奖日记》，曼谷：心理健康出版社，2008年。

ศิริรัตน์ สุ่นสกุล."ตามหาชั่วชีวิต : ตามหาวรรณกรรมสร้างสรรค์ที่เริ่มจางหายไปจากร้านหนังสือ". 24 กรกฎาคม 2555.

西里腊·顺萨衮：《终身追求：追求正从书店里消失的"创意文学"》，网络文章，2012年1月24日。https://www.praphansarn.com/content/148/%E0%B8%95%E0%B8%B2%E0%B8%A1%E0%B8%AB%E0%B8%B2%E0%B8%8A%E0%B8%B1%E0%B9%88%E0%B8%A7%E0%B8%8A%E0%B8%B5%E0%B8%A7%E0%B8%B4%E

0%B8%95。

สุนทรี นิมากัณฑ์, เปรมร นวลนิ่ม. มุมมองซีไรท์. กรุงเทพฯ : คณะครุศาสตร์ จุฬาลงกรณ์มหาวิทยาลัย, 2523.顺提·尼玛潘、秉莫·暖宁著:《透视东盟文学奖》, 曼谷: 泰国朱拉隆功大学教育学院, 1992年。

สุพจน์ ด่านตระกูล. กะเทาะเปลือกประชาธิปไตยบนเส้นขนาน ของวินทร์ เลียววาริณ. กรุงเทพฯ : สำนักพิมพ์วิวัฒน์, 2541. 苏坡·丹达坤:《剖析文·廖瓦林的〈平行线上的民主〉——1997年度东盟文学奖得主》, 曼谷: 发展出版社, 1998年。

สมานสมัคร ประกอบศุภกิจ. บรรณาธิการ. รวมพลคนอ่านนวนิยายประกวดรางวัลซีไรต์ พ.ศ.2543. กรุงเทพฯ : ดับเบิ้ลนายน์, 2544. 沙曼萨玛·巴果素帕吉编:《同读2000年东盟文学奖竞逐小说》, 曼谷: 九九出版社, 2001年。

สุพรรณี วราทร. ประวัตินวนิยายไทยตั้งแต่ปลายสมัยรัชกาลที่ 5 ถึงสมัยเปลี่ยนแปลงการปกครอง พ.ศ. 2475. วิทยานิพนธ์ (อ.ม.)--จุฬาลงกรณ์มหาวิทยาลัย, 2516. 素潘尼·瓦腊通:《泰国小说史: 从五世王末期到政体变革时期》, 朱拉隆功大学硕士学位论文, 1973年。

สุพรรณี วราทร. ประวัติการประพันธ์นวนิยายไทย ตั้งแต่สมัยเริ่มแรกจนถึง พ.ศ. 2475. กรุงเทพฯ : มูลนิธิ โครงการตำราสังคมศาสตร์และมนุษยศาสตร์, 2519. 素潘尼·瓦腊通:《泰国小说写作史（从发轫期到1932年）》, 曼谷: 人文社科教材项目基金, 1976年。

เสถียร จันทิมาธร. สายธารวรรณกรรมเพื่อชีวิตของไทย. กรุงเทพฯ : สำนักศิลปวัฒนธรรม, 2524. 沙田·詹提玛通:《泰国"为人民文学"的源流》, 曼谷: 昭披耶出版社, 1983年。

เสถียร ลายลักษณ์.ประชุมกฎหมายประจำศก (เล่ม 27). กรุงเทพฯ : โรงพิมพ์เดลิเมล์ , 2477. 沙田·莱拉编:《泰国法令集》（第27册）, 未知出版社, 1934年。

อรพินท์ คำสอน. สุนทรียศาสตร์แห่งความพ่ายแพ้ : การศึกษาเปรียบเทียบนวนิยายของกึนเทอร์ กราสส์กับ นวนิยายของชาติ กอบจิตติ. วิทยานิพนธ์ (อ.ม.)--จุฬาลงกรณ์มหาวิทยาลัย, 2540. 奥拉萍·堪颂:《失败的美学: 君特·格拉斯与查·高吉迪小说比较研究》, 朱拉隆功大学硕士学位论文, 1997年。

อาภรณ์ ชาญชัยสกุลวัตร. การวิเคราะห์นวนิยายไทยที่ได้รับรางวัลซีไรท์. วิทยานิพนธ์ มหาวิทยาลัยศรีนครินทรวิโรฒ, 2536. 阿蓬·阐采萨衮瓦:《东盟文学奖获奖小说研究》, 泰国诗纳卡琳威洛大学硕士学位论文, 1993年。

อนนต์ ศรีศักดา. ความรู้พื้นฐานทางวรรณกรรมไทย. ปทุมธานี : มหาวิทยาลัยกรุงเทพ, 2554. 阿南・西萨达:《泰国文学基础知识》,

เอมอร ชิตตะโสภณ. จารีตนิยมทางวรรณกรรมไทย : การศึกษาวิเคราะห์. กรุงเทพฯ : ต้นอ้อ แกรมมี่, 2539. 恩安・奇达索蓬:《泰国文学的保守主义: 研究与评论》, 曼谷: 芦苇格莱美出版社, 1996年。

อิงอร สุพันธุ์วณิช. นวนิยายนิทัศน์. กรุงเทพฯ : ภาควิชาภาษาไทย คณะอักษรศาสตร์ จุฬาลงกรณ์มหาวิทยาลัย, 2548. 英安・素攀瓦尼:《小说概观》, 曼谷: 朱拉隆功大学出版社, 2005年。

อุดม รุ่งเรืองศรี. สภาพของวรรณกรรมไทยปัจจุบัน. เชียงใหม่ : ภาควิชาภาษาไทย คณะมนุษยศาสตร์ มหาวิทยาลัยเชียงใหม่, 2522. 乌东・荣仍希:《当代泰国文学现状》, 清迈: 清迈大学人文学院泰语系, 1979年。

อุดม วิเศษสาธร. หมู่บ้านท่าเข็น. กรุงเทพฯ : สำนักพิมพ์ผู้จัดการ, 2567.武冬・威谢萨彤:《塌垦村》, 曼谷: 经理报出版社, 1992年。

อุทิศ เหมะมูล. ลับแล, แก่งคอย. กรุงเทพฯ : แพรวสำนักพิมพ์, 2552. 伍梯・赫玛汶:《腊黎/景溪》, 曼谷: 光耀出版社, 2009年。

3. 英文文献

Anderson, Benedict, and Mendiones, Ruchira, *In the Mirror: Literature and Politics in Siam in the American Era*, Ithaca: Cornell University Southeast Asia Program Publications, 1985.

B. Platt, Martin, Isan Writers, *Thai Literature: Writing and Regionalism in Modern Thailand*, Singapore: NUS Press, 2013.

Barang, Marcel, *The 20 Best Novels of Thailand-An Anthology*, Bangkok: Thai Modern Classics, 1994.

Boccuzzi, Elizabeth, *Becoming Urban: Thai Literature about Rural-Urban Migration and a Society in Transition*, Berkeley: University of California, 2007.

Brewster, Martin, P., *Regionalism and modern Thai literature*, University of London (United Kingdom), 2002.

Chitakasem, Manas and Turon, Andrew, (Eds), *Thai Construction of*

Knowledge, London: School of Oriental and African Studies, University of London, 1991.

Clifford, Geertz, Negara, *The Theatre State in Nineteenth-Century Bali*, Princeton: Princeton University Press, 1980.

Compact Oxford Dictionary, Thesaurus and Wordpower Guide, New York: Oxford University Press, 2001.

F. Vella, Walter, *Chaiyo! King Vajiravudh and the Development of Thai Nationalism*, Honolulu: University Press of Hawaii, 1978.

Foster, L. Brian, "Continuity and Change in Thai Rural Family," *Journal of Anthropological Research*, Vol. 31, No. 1, 1975.

Geertz, Hildred, *The Javanese Family: A Study of Kinship and Socialization*, Glencoe, Ill.: Free Press.

Giddens, Antony, *Beyond Left and Right*, Cambridge: Polity, 1994.

Hirsch, Philip, *Development Dilemmas in Rural Thailand*, Singapore: Oxford University Press, 1990.

Kepner, Susan Fulop, *The Lioness in Bloom: Modern Thai Fiction about Women*, Berkeley: University of California Press, 1996.

Kriengkraipetch, Suvanna, and Smith E., Larry, (Eds), *Value Conflicts in Thai Society: Agonies of Change Seen in Short Stories*, Bangkok: Social Research Institute, Chulalongkorn University, 1992.

Mojdara Rutnin, Mattani, Modern Thai Literature: *The Process of Modernization and the Transformation of Values*, Bangkok: Thammasat University Press, 1988.

Morley, David, *The Cambridge Introduction to Creative Writing*, Cambridge; New York: Cambridge University Press, 2007.

Mueller, Lavonne, *Creative writing*, Lincolnwood, Ill., USA: National Textbook Co., 1990.

Mulder, Niels, *Everyday Life in Thailand: An Interpretation*, Bangkok: Duang Kamol, 1985.

Myers, D.G., *The Elephants Teach: Creative Writing Since 1880*, Englewood

Cliffs, N.J.: Prentice Hall, 1996.

Nagavajara, Chetana, "The Conciliatory Rebels: Aspects of Contemporary Thai Literature," *Manusya: Journal of Humanities*, Vol. 1, No.1, 1998.

Nagavajara, Chetana, *Comparative from a Thai Perspective: Collective Articles 1978–1992*, Bangkok: Chulalongkorn University Press, 1996.

Pattarakulvanit, Chusak, "Chat Kobjitti's The Verdict and Somsong's Appeal," in Rachel V. Harrison (Ed), *Disturbing Conventions: Decentering Thai Literary Cultures*, London: Rowman Littlefield International, 2014.

Poolthupya, Srisurang, "Social change as Seen in Modern Thai Literature," in Tham Seong Chee (Ed), *Essays on Literature and Society In Southeast Asia: Political and Sociological Perspectives*, Singapore: Singapore University Press, 1981.

Quinn, George, *The Novel in Javanese-Aspects of Its Social and Literary Character*, Leiden: KITLV Press, 1992.

Schweisguth, P., *Étude sur la littérature siamoise*, Paris: Imprimerie Nationale, 1951.

Sensenig, Barton, "Socialization and Personality in Thailand," in *Contributions to Asian Studies*, Vol.8, 1975.

Siegel, Ben, *The American Writer and the University*, Newark: University of Delaware Press; London: Associated University Presses, 1989.

Smyth, David, "Towards the Canonizing of the Thai Novel," in *The Canon in Southeast Asian Literatures*, Richmond: Curzon Press, 2000.

Sueprasertsitthi, Chatchai, "Urbanization in Thailand, 1996–2000," Mahidol University, 2004.

Swartz, David, *Culture and Power: The Sociology of Piere Bourdieu*, Chicago: the University of Chicago Press, 1997.

Tate, Allen, *American Harvest: Twenty Years of Creative Writing in the United States*, New York: L. B. Fischer, 1942.

Textor, Robert B, *From Peasant to Pedicab Driver*, New Haven: Yale
    University, Southeast Asia Studies, 1961.

Thanapol Limapichart, "The Royal Society of Literature, or, the Birth
    of Modern Cultural Authority in Thailand," in Rachel V. Harrison
    (Ed), *Disturbing Conventions: Decentering Thai Literary Cultures*.
    London: Rowman Littlefield International, 2014.

Walden, Bello, Shea, Cunningham and Li Kheng, Poh, *A Siamese Tragedy:
    Development and Distintegration in Modern Thailand*, New York:
    Zed Books and Oakland: Food First, 1999.

Wenk, Klaus, *Thai Literature: an Introduction*, Bangkok: White Lotus,
    1995.

Wyatt, David K., *Thailand: A Short History (2nd ED)*, New Haven and
    Lodon: Yale University Press, 2003.

附 录

附录一

东盟文学奖评委会成员塔聂·韦帕达教授采访记录

采访地点：泰国法政大学

采访时间：2011 年 7 月 4 日

问：您认为三十多年以来，在泰国有没有哪一部（或多部）小说作品在当代文学中具有十分突出的地位但是却没有入围过东盟文学奖的呢？

答：可以说几乎想象不出来……（这个问题）可以分为两种情况：一是没有选送（东盟文学奖）的；第二种是选送了，但是没有进入最后入围名单的。第一种情况几乎没有。必须说，东盟文学奖在泰国文学中几乎是主导性的，几乎很难想象出曾经有过哪一部重要的作品是没有选送过东盟文学奖的。我担任了东盟文学奖将近二十年的评委，还几乎没有遇到过这种情况。

问：这种情况非常地罕见，相比较其他国家的奖项，几乎没有一个文学奖项可以达到这样的程度。

答：是的……在泰国也有其他的文学奖项，如"七部最优秀图书奖"，甚至奖金要比东盟文学奖高——东盟文学奖的奖金真的不算多，只有 70 000 铢吧？但是任何一部作品一旦得了奖，几乎就不愁销路了。有些作品在之前可能并不出名，甚至就如《判决》那样的作品，最初出版的时候读者反响平平，但是获奖之后受关注度立刻提高，并且迅速成名。在其他国家，情况往往是作品在获奖之前已经成名，如你们中国的那部《狼图腾》。（它）是先成名还是先获奖的？

问：先成名的。这样会不会出现一个问题，那就是有的作家专门为了参加评奖而写作？

答：到了后期确实出现了这样的问题。有的人会专门研究评委会的口味，然后投其所好地进行创作，不过一般这样的人得奖的几率都不大。

如果是刚才说的第二种情况的话，我记得在《香发公主》那一年，阿金·班加潘的《人主，地主》自愿退出了，那部作品得奖的几率很大。最终获奖的《香发公主》也是一部很好的作品，很有新意，将克龙、莱、尼拉（泰国古代诗体）、历史故事很和谐地融合在了一起……创新并不一定是要全新的东西，过去的东西也可以用来加工创造。

问：据我所知还有一部曾经落选的作品，但是在国外却取得了很大的反响，能说说丹阿冉那年落选的原因吗？

答：《白影》，是吗？这已经成为一个传说了。那部作品确实写得不错，它的成名和它的法语译者马塞尔·巴朗也有很大关系。但是那部作品有它自身的一些问题。当时落选的原因主要有两个：一是里面有影射皇室的内容，这在我们国家可是绝对不行的——在其他国家或许没有关系；第二个主要原因是，这部作品在当时看来还是太过超前了，大多数的读者是无法理解的，根本读不懂。所以评委会认为，如果给这样一部作品颁奖，并不能给读者带来多大的益处，在读者们无法接受的情况下，它并不能为文学的写作产生多大的推动作用。

问：感觉有点像当时英国的尤利西斯的情况？
答：是的，有点……

问：如果要给目前泰国作家进行分类的话，大致可以分为几类呢？全身心投入文学创作的比例大概有多少呢？如果按照作品的特色来给他们划分的话,有没有比较好的划分方式呢? 例如在三十多年前有"为人生""为艺术"的文学阵营的划分。近三十年来的情况是怎么样的呢?

答:目前的泰国作家大致可以分为两大类:一类是那些女性作家,她们通常在一些杂志——例如《沙坤泰》上发表连载,以此赚取一些稿酬,连载完毕后有的作品也会编撰成册出版。这一部分作品的质量一般都保持在一个水平线上;另一类是独自创作,不受雇于某一个杂志或出版社,作品成书后直接出版。这一类作家往往按照完全不同的一种方式生活,他们需要保持较为自由的生活空间,能够与不同的人接触,从生活中寻找创作素材。在东盟文学奖中,这两类作家都有获奖的可能。不过,通常得奖者都是那种"黑马"型的(作家)。作品具有十分突出的原创性、新鲜、有异于他人的风格。例如短篇小说集《我们遗忘了什么? 》。

如果是按照作品特色来划分类型的话,到目前为止还没有人这样做过。如果今后有人愿意做这样的尝试,还真是很期待的。因为现在和过去的情况已经很不一样,现在的作品太多元,根本很难分出很清晰的作品类型来。

问:我看到有的文章上有一种划分方法是:畅销类和"创意"(sangsan)类,您认为这种划分怎么样呢?

答:就目前看来,也就只能这样笼统地分一下。

问:说到西方文学对泰国文学的影响,我注意到近几十年来像魔幻现实主义、存在主义等等也都进入到泰国文学的语境中来了。这些西方的影响是以什么样的形式进入到泰国文学中的呢? 是一波一波地进来? 还是夹杂着同时进来的呢?

答:与其用影响一词,不如用"创作思想"更确切一些。因为事实上,外国文学的影响从小说开始进入泰国的时候就有了。魔幻现实主义也好,存在主义也好,在文学上实际都是代表某种创作思想。但是这些思想并不是像在西方世界那样的,如潮水一样的一波一波进来。在西方，新的思潮一旦兴起就会与旧的思潮形成强烈的碰撞、交流。在泰国的情况十分不同。西方创作思想在泰国的出现通常是在（某部分作家）小范围内。并且，这种借鉴在有的时期会表现得明显一些，有的时期则不然。而且往往又都是经由个别作家的运用，然后其他的作家开始模仿。例如，素婉妮·素坤塔对表现主义的运用。由于她早年是学习绘画的，所以有机会接触很多西方表现主义的东西，后来就将它们运用到小说创作上。这种运用获得成功以后，马上就有其他的作家来借鉴和仿效。又例如《判决》成功以后，引起评论界对存在主义的讨论。包括近年来布拉达·云（Prabda Yoon）的作品出来后，又开始有关于"后现代主义"的讨论。又如当时以苏查·萨瓦西和楚萨·帕特拉昆瓦尼为代表的一群作家集中倡导的魔幻现实主义。但是这些创作思想都是小范围的讨论或运用，没有形成过一个大的思潮。应该说，泰国接受外国文学的影响是一时一时的，新的创作思想也是断断续续地出现的。

问：您认为东盟文学获奖小说有没有一个共同的审美准则或是核心呢？

答：评委会确定了三条原则：(1) 主旨；(2) 思想创新；(3) 艺术性（wannasinlapa）。这三条标准非常笼统，特别是第三条，究竟什么是艺术性，很难有确切的解释，你也可以认为它是指作品的语言凝练、含蓄，能够唤起读者的想象和情绪等等。根据我个人的理解，这些作品还是有统一的核心的：(1) 人文主义（humanism）原则，即关注人类自身；(2) 创意性（creativity）原则；(3) 争议性（cotrovercial）原则。东盟文学奖获奖的作品很多都是十分具有争议的作品，因为它们打破了人们的思维常规，所以总是引起大范围的讨论。例如《香发公主》引起了比较大规模的争论，前前后后有二三十篇讨论文章。

问：如果请您为东盟文学奖三十年的发展历程分几个阶段，有没有明显的界定点呢？

答：这样进行划分的目的是什么呢？因为一般来说，总会为了某种特定的意义而进行阶段的划分。

问：例如按照东盟文学奖在社会上引起的反响，以及对文学发展的作用？

答：如果硬要找一个界定点的话，比较明显的可能是从《平行线上的民主》往后——这仅仅是指小说文类，因为短篇小说需要另说，要从布拉达·云说起。在那以后也部分受到政治局势影响的关系，报纸杂志上留给文学的版面越来越少，不再像之前那样有足够的地方发表评论文章。每年东盟文学奖的结果揭晓以后，舆论，包括报纸的反响也平平，不再像之前那样有大范围的报道、议论。再加上撰写文学评论的人也少了，过去那一辈人职务繁忙了之后，很少有时间再撰文写评论，而后辈中又没有十分突出的人接替。

问：我注意到有几年获奖的作品虽然是短篇小说，但是从形式上看更像（长篇）小说，这也引起我对泰国小说文类形式的思考，这会不会表明泰国小说在文类形式上还存在一定问题呢？

答：确实有这种情况。你说的《小公主》(Chao Ngin)那年获奖的时候，确实也有过这样的议论。但是那部作品单独地看每一节还是比较独立的，各自都可以称得上是一个完整的短篇小说。其实《平行线上的民主》也有这方面的问题，虽然是小说，但是更像是短篇小说集（不过作者在文章开篇已经声明过了，他是将13篇短篇小说连缀起来的）。这实际上说明，泰国对文类的界定还是比较模糊的，虽然可以去定义每种不同的文类，但是具体运用起来还是比较模糊的。比如说泰国小说吧，很难用字数去界定它的篇幅——或者你看《他们的土地》，它的篇幅实际上也可以算作（长篇）小说了。只能这么说，可能这也是跟泰国人的行事态度有关，因为没有什么是绝对的或是不可改变的，从来不会生硬地去遵守某种东西。

附录二

1979—2009年获奖长篇小说的翻译与改编情况[1]

获奖年份	泰文作品名称及中文译名	中译本名称（年份）	其他外译语种	影视剧改编（类型及年份）
1979	ลูกอีสาน《东北孩子》	《东北孩子》（2023）	A Child of the Northeast（英语，1987/1988/1991/1994/2005） Fils de l' I-Sân（法语，1991） 東北タイの子（日语，1980/1984） Anak timur laut（马来语，1994）	Son of the Northeast（电影，1982）
1982	คำพิพากษา《判决》	《判决》（1988/2009/2021） 《人言可畏》（1988）	裁き（1987，日语） The Judgment（英语，1983/1995/1999） 무거에 의한 단죄（韩语，1995） La chute de Fak（法语，2003/2020） Korban fitnah（马来语，1988/1992） Ang Paghuhukom（菲律宾语，1988）	คำพิพากษา（电影，1989） ไอ้ฟัก（电影，2004） คำพิพากษา（电视剧，1985） คำพิพากษา（音乐剧，2013）
1985	ปุลากง《贴金的佛像》	《昙合生死缘》（1991）	Poon Pid Thong: Gold-Pasted Cement（英语，2014）	ปุลากง（电视剧，1982）

1　本表由北京大学东南亚系泰语专业2023级硕士研究生李想同学协助整理，特此感谢！

续　表

获奖年份	泰文作品名称及中文译名	中译本名称（年份）	其他外译语种	影视剧改编（类型及年份）
1988	ตลิ่งสูงซุงหนัก《高岸与沉木》		High Banks, Heavy Logs（英语，1991）Tebing tinggi（马来语，1991）Berges hautes, troncs lourds（法语，1995）Steile Ufer. Schwere Stämme: ein Roman aus dem Norden Thailands（德语，1995）	
1991	เจ้าจันท์ผมหอม《香发公主拜谒佛塔行》			เจ้าจันท์ผมหอม（流动剧团的戏剧，2019）
1994	เวลา《时间》		Time（英语，2000/2003/2010）Sonne l' heure（法语，2002/2022）時（日语，2003）	
1997	ประชาธิปไตยบนเส้นขนาน《平行线上的民主》		Democracy, shaken & stirred（英语，2003）	ประชาธิปไตยบนเส้นขนาน（东方大学人文社会科学学院传播艺术系学生自制电视剧，2015）
2000	อมตะ《永生》	《克隆人》（2002）		

续　表

获奖年份	泰文作品名称及中文译名	中译本名称（年份）	其他外译语种	影视剧改编（类型及年份）
2003	ฟ้าสว่าง《快乐的人》		Bright（英语，2019）	
2006	ความสุขของกะทิ《佳缇的幸福》	《卡嫦的幸福》（2009）《凯蒂的幸福时光》（2009）	The Happiness of Kati（英语，2006/2018）タイの少女カティ（日语，2006）Le bonheur de Kati（法语，2006）L'histoire de Kati（法语，2010）카티의 행복：께인 삐지바 소설（韩语，2009）La Kati i la felicitat（加泰罗尼亚语，2007）La Felicitat de la Kati（加泰罗尼亚语，2007）Das Haus der sechzehn Krüge（德语，2006）A Felicidade de Kati（葡萄牙语，2011）	ความสุขของกะทิ（电影，2009）
2009	ลำเนา แก่งคอย《腊黎/景溪》		The Brotherhood of Kaeng Khoi（英语，2012）	

附录三

部分获奖长篇小说部分章节选译

1.《时间》

幕布在黑暗中揭开……

只有漆黑一片,什么都看不见,什么动静也没有……

突然,一束细小的光射了下来,照向了屋柱上挂着的老式时钟。

在一片黑暗中,这面钟逐渐显现出来。

"滴答""滴答"的声音响起。

那面钟不仅外形古老,就连木料都已朽败不堪了。可以看到油漆随着岁月流逝渐渐脱落的痕迹。覆盖在它表面的灰尘,像是在对无人打理的控诉。

但是钟摆却仍在尽职地摆来摆去,就好像对钟面上的朽败毫不知情。

现在的时间是凌晨4点15分。

…………

睡在里面的人,只能看见他们黑色的身影一动不动地静静躺着。

"什么都没有,真的什么都没有啊!"

寂静中突然响起一声沙哑的呼喊。

床上有人翻动了一下身子,仿佛那呼喊声穿透了他们沉睡的梦境。但那只是一刹那,然后所有一切又重归寂静。

"滴答""滴答"……

"滴答""滴答"……

时间还在按时走着,时钟的钟摆还在摆来摆去。

时间就这样过去了,而舞台上什么都没有发生。

五分钟过去了……

过去得异常漫长……

我开始感觉到压抑。

　　压抑地坐着望向拨转的时钟，压抑地看着眼前缓慢的一切。

　　突然，一股淡淡的夹带着尿骚味的潮湿气味向我的鼻尖飘了过来。我不太确定，这是剧组故意释放出来的气味，还是从剧院卫生间里飘过来的。但我倾向于相信，这气味是从舞台上飘来的，因为在幕布开启之前并没有这种味道。

　　现在我不禁同情起自己来了，在不得不坐在这里看时钟转动的同时，还要闻着并不想闻的气味。但毕竟不止我一个人陷入这样的境地，和我同命相连的还有不少其他观众。

　　我忍不住想要去理解这部剧导演的意图，从他的立场去想，这股味道对于这部剧来说可能是必要的。他不可能只是为了让自己的观众受罪而释放出这些味道。

　　——那么这股味道应该是从台上哪里传来的呢？我寻思着。

　　靠着已经适应了黑暗的视线，我终于大概看清了台上的轮廓。

　　这座疗养房里有大小两条走道，大的一条位于屋子中央，将床分成两排。左边一排有五张，右边一排有六张。至于那条小走道，则向舞台右方延伸过去，将床头和紧靠舞台右端墙壁的一个个小隔间分隔开来。

　　那一个个小隔间看上去就跟牢房毫无差别。前排墙壁用水泥砌成胸口那么高，上面是直抵天花板的铁栏杆。它们一直伸向舞台最深处的黑暗中，以至于我不确定它们一共被切分成了几间。

　　我可以理解的是，那些铁栏杆房里兴许住着人，否则不会把它们一间间地隔开。但不能理解的是，为什么要让老人睡在牢房里？

　　"什么都没有，真的什么都没有啊！"舞台上的呼喊声又一次响起。

　　我确定这跟我第一次听到的是同一个声音。但这次我找到了声音的源头，它应该是从那些铁栏杆房中的某一间里传出来的。

　　舞台最左端挨着澡堂，向舞台中后方延伸进去。澡堂没有遮挡板，只在进出口处立有一个门框，里面有四边形的水泥浴缸，高到腰部，长度横跨整个澡堂。那里面还有厕所，我不知道这股弥漫着的小便味是否就是从那里传出的。

"滴答""滴答"……

"滴答""滴答"……

时间走着,不知疲倦地走着。

坐在我边上的人叹了口气。

如果这部剧的主创者也一起坐着观看,观众们的叹息和躁动声或许就能告诉他们,是否达到了他们想要的结果。

——我不知道他们想要什么?

是让他们的观众感到压抑,还是让观众感到无聊?

但在我看来,我却不想让我的电影观众对看到的画面感到无聊。

确实,压抑感往往容易让人无聊,但可以肯定的是,它们绝不是同一回事。

在以往的经验中,我会尽可能地在我的电影里加入适度的压抑感。

而这也是我想要来看这部剧的另一个原因,因为剧评仅有短短的几个字:

"是年度最无聊的剧作!"

当剧团第一次发布新闻说要制作这出话剧时,我并没有十分在意,因为当时正忙于拍摄我的新电影。但还是留意了一下,因为他们的年龄才刚刚二十出头,有些甚至还在上大学。他们居然踌躇满志地宣称要做一部关于老年人内心感受的剧。

这正是触动我的地方。

他们对于老年人的内心世界又能了解些什么呢? 为什么像他们这样的年轻男女放着自己年龄段那么多有趣的素材不做,偏偏选择他们不了解也没有机会了解的老年人题材来做呢?

好笑的是,我自己今年已经63岁了,还不曾想过要拍摄关于老人的电影,即使是我的新电影也是关于青少年的,因为这样的题材更加令人愉悦。

触动我的地方也仅此而已。

那之后,因为工作缠身,我也就没再继续关注过他们。直到再次听说他们发布首演的消息,并且宣布将把收入全部捐献给养老机构,我才仔细阅读了新闻和剧评,打算忙完工作后找个机会来看看,但并没有打定主意非看不可。

　　幸运的是，我的电影按时杀青了，昨天看了样片觉得拍得还算满意，不需要重拍。今天我也就不用担心工作，放手让剪辑师把可用的片子剪辑组接分类。在去看他们剪片之前，我至少能休息上两三天了。

　　我坐在这里闻着尿骚味观看的场次是晚上7点整的，观众寥寥无几，不知道是因为公演即将结束，还是因为这部剧真如评论所写的那样无趣。

　　"什么都没有，真的什么都没有啊！"呼喊声再次响起。

　　"呃，已经知道什么都没有了。"我边上的少年对朋友嘀咕道。

　　我不敢转头看声音的主人，因为怕加剧他烦躁的情绪。事实上，这部剧确实令人烦躁，因为十分钟过去了，台上仍然什么动静都没有，除了沙哑的声音一直在反复地喊着：

　　"什么都没有，真的什么都没有啊！"

　　如果这部剧正表演到有趣的部分，我相信没有人会察觉到已经过去的这十分钟。即便有，他们也只会这样想：

　　——时间过得真快啊！

　　但绝不是现在这样：每个人都坐看着时钟走动，缓慢无力。

　　尽管是同样的十分钟时间。

　　我自己也一样。我已经没有耐心再继续这样坐着看时钟走下去了。虽然，已事先从剧评中得知时钟要一直这样走到5点，台上的故事才会开始，但此刻我已按捺不住内心。

　　——只感到莫可名状的压抑。

　　我开始寻找让自己摆脱这种被动境地的方法，并想办法让自己在剩下的这五分钟时间里不过于无聊。

　　——如果这是我的电影的话，我会怎样导演呢？我想。

　　画面开始于……

　　特写：时钟指针上，片刻/接转

　　特写：在钟摆上，摆来摆去/接转

　　近景：看到整面时钟，现在的时间是4点55分，画面逐渐后退，经过屋中央的火把——切换

中景：(从上方)看到那面挂在房间中柱上的时钟，在时钟后面下方，过道两边隐没在昏暗中的床上，有病人挂成一排的蚊帐。/接转

中景(移动摄影车)：(眼部高度)在病床之间的过道上，移动摄影车的画面慢慢从一张床那边移动进来，然后停在床头柜上——切换

特写：(镜头)拉到柜子，依靠淡淡的自然光，恰好看到柜子上横七竖八放着的零碎用品，都是一些不值钱的小物件，以及一些生活必需品，例如水壶、药瓶、碗、勺子等等。片刻，画面缓缓扫过，停留在床上躺着的身体，镜头一点点拉近，拉近——接转

特写：(透过蚊帐)看到躺在床上的人脸，脸颊消瘦，白发稀疏，眼窝深陷，眼睛睁开着(以表现她没睡着)。逐渐拉向钟面的画面并重叠进来——接转

特写：在时钟上，现在的时间正好是清晨5点。

这一幕如果在我的电影里，我只用不到一分钟的时间就可以根据需要让钟面上的时间走到5点。然而，现在却是舞台上的时间，我只能坐着等待……

清晨5点(舞台上的时钟)

时钟敲响，5点报时声响起……

疗养房的后门(在中间过道尽头)打开——门移动。青莲(女护工)把门推到最大，然后打开了门框边上的电灯开关。整个疗养房的灯都亮了，可以清清楚楚地看到病床。帐中的每个人都开始有了动静。(备注：只有六张床上的人能动，剩下那五张——左边的一、二号床和右边三、四和五号床上是卧床不起的病人。)

青莲在过道上走着，穿着深蓝色工作上衣和过膝长裙。她从一张张床铺边上走过，到了紧挨着舞台的澡堂，打开灯、放水并检查卫生。

这时，每个能自主活动的人都在收拾自己的寝具，或是收起帐子，或是叠好被子。每个人都因为病痛和衰老而看起来虚弱无力。

青莲走出澡堂，一一将卧床病人们床上的蚊帐收起，直到来到最后一张床边。躺在上面的是余婆婆，她的身子一动不动，只有一双眼睛大睁着，但目光已经呆滞，看不出任何的感情了。

(备注：在演员们的对话聊天中，只有有台词的人才会大声讲出声

音,至于其他没台词的人则以无声的方式闲聊。全剧都将采用这种表演技法。)

青莲:"睡不着吗,婆婆?"

余婆婆:"呃……额……"

那声音听起来含糊不清,仿佛舌头因没有力气动弹而卡在了嘴里。

青莲:"夜里睡得好吗?"

余婆婆:(摇头代替回答)"洗,洗小……"

青莲:(大声说)"什么?"

余婆婆:"洗小。"

青莲:(点头领会)"也好,都已经好几天没洗澡了呢。"

她离开余婆婆的病床,走向澡堂,以便把轮椅推回床边。同一时刻,每人都十分自然地干起了自己的事情:有人准备毛巾、拿着舀勺去洗澡,有人还顺带拿着自己的尿盆,有的则走进厕所去方便。每一个人都佝偻着背,缓慢地移动着。

青莲推来轮椅靠在余婆婆床边,弯下腰、伸出手把床底下的痰盂抽出来查看。(备注:这种痰盂是专为生活不能自理和失去行动能力的病人准备的,在床的中央开有一个洞,病人躺着时臀部刚好可以放进去,夜里大、小便时也不会把床搞脏——应该使用真床。)

青莲:"什么都没有呀婆婆。"(然后把痰盂放回原处)

呼喊声:"什么都没有,真的什么都没有啊!"

青莲:(转向装铁栏杆的小屋方向——大声着回答)"都没了是吗?"

有人被女护工大声的回答逗笑了,就好像它是这里所剩无几的能够带给他们些许笑容的小乐趣了。

不过那间带铁栏杆的屋里没再传来回应的声音,如同声音的主人并不是有意想让人听见,也不是专门对着这里的哪个人说的一样。那声音仿佛是从很遥远的地方传来的。

护工脸上挂着笑容。她掀起余婆婆的盖被叠好,然后把老人扶起来坐好,脱去衣服,再把那干枯赤裸的身体抱上轮椅,一边伸手从柜子上取了舀勺和澡巾,放到余婆婆膝盖上。

舞台上的光渐渐暗下来。一束强烈的光线从上方径直射向轮椅中赤裸的身躯上。护工慢慢推着轮椅,朝澡堂走去。

那具坐在轮椅上的皱巴巴的身躯,已经干枯得可以看到骨架,白苍苍的皮肤让人觉得那下面已没有了血液。

在护工推着轮椅向前走的途中,淅淅沥沥的水也顺着座椅流到地上,湿了一路。

——难道那股尿骚味是来自这位老婆婆?我不愿下结论。

护工仍继续推着轮椅。

她的表情和神态中,没有表现出任何对这股排泄物的厌恶。相反,她的脸上却洋溢着幸福,仿佛在为帮助生活不能自理的人而感到喜悦。

——我是这么觉得的。

从上方打下来的灯光,将那张充满幸福的面庞映照得更加明亮,连笼罩在她周身的黑暗都显得相形见绌。

我猜想她大概在20出头的年纪,最多不超过25岁,但是她平和宁静的面容使她看上去比实际年龄更加成熟。

只见她将轮椅推进了澡堂,这时所有人都正在洗澡。从上方照射下来的灯光也追随着轮椅进入澡堂,使得之前站在里面洗澡的人们成为了灯光外一群移动的黑影。

青莲把舀勺靠在池边,走到墙边把澡巾挂到架子上,套上塑胶防水衣,然后走回光圈中——老太太正坐在那里等着。她舀起水浇到自己手上,似乎是在试水温,然后才从舀勺里掬起水抹到老人的肩上。

看到这一幕,一阵莫可名状的感动涌上了我的心头。原来,这个世界上仍有许多我们不曾见过的美好事物。

尽管此刻我所见到的并不是什么伟大的画面,但这样美好而简单的画面却也不是简简单单可以见得到的。我忍不住想,这应该成为我自己的电影。

特写:老太太布满皱纹的脸,目光呆滞的眼珠深陷在意识的深渊里,因缺少滋润而枯涸。

声音(青莲):"闭上眼睛吧,婆婆。"

那双眼睛合上了。一只饱满紧致的手进入画面,把老人稀疏的白发推上头顶。同时，水流了下来。这只手在老人干瘪的脸上擦着。画面渐渐从脸部往下移动……经过喉咙……直到来到胸部。与此同时，水仍在不断地流下来，饱满紧致的手在白苍苍的皮肤上擦拭着。画面渐渐从老人的胸口回拉，用缓慢得几乎察觉不到速度——接转

中景：在澡堂里，有些人正在洗澡，有些人在换衣服，虽然衣不蔽体，但身体的主人却毫不在意，不再像少女时那样倍加珍惜和小心遮掩。

我没想到戏剧的导演会把这一幕搬上舞台让人观看。这在老年女性日常生活中平平无奇的洗澡场面，在此时却不再让人感到平凡。或许是因为我们在过去不曾留心过？我不知道。这样的洗澡画面，我曾见到过也曾在自己的电影中使用过。在那个年代，我们国家的电影还不像如今这样充斥着接吻画面。那些电影里的洗澡镜头，是为了让那些"艳星"得以展示紧裹在湿漉漉衣裙下的肉体以挑起"虎狼之心"的。

此刻从舞台上所看到的，也是紧贴在湿漉漉衣裙下的肉体，但没有人会对这画面产生非分之想。

我沉浸在这幅画面中，直到……

护工推着轮椅从澡堂中走出来，光束还是一路跟随着她们俩。她把老婆婆从轮椅抱到床上，老人摇晃着身子无法坐稳。护工抬起老人的两个胳膊架到腿中间，再把那弓起的身子微微往前推，直到头几乎碰到膝盖，这样就把它固定在床上了。然后抽出手，打开床头柜的锁，从里面拿出衣服，回来把老人的身体擦干、抹上粉。这具干枯赤裸的身体在灯光下就变得雪亮雪亮的了。

青莲：（给余婆婆穿上背心上衣，然后帮她梳头）"婆婆真漂亮啊！"

余婆婆："呃……诶"（没听懂）

青莲："我说婆婆很漂亮，年轻时一定很好看吧！"

余婆婆：（微笑，没说什么）

青莲："好啦！睡吧婆婆，我得去做别的事情了。"

青莲把余婆婆的身体移到合适的位置，使她的臀部正好卡进床中央的洞里，然后慢慢扶着她平躺下来，最后铺开布盖住下半身。

舞台灯光重新亮了起来。

照射着她们两人的光线则渐渐转暗,直到完全消失,余婆婆转而成为幕景的一部分。护工推着轮椅走进澡堂,拿起拖把擦洗水迹和流到过道上的尿渍。

从拖地的姿势可以看出,她早就熟悉这份工作了。速度和精细在她的姿势中结合得恰如其分。

擦完地后,她又走进澡堂,把拖把洗干净并放好,然后就向小过道旁的栏杆隔间走去。

当她正准备打开栏杆房外的铁门闩时,身后传来的叫喊声却使她停了下来。

"小莲! 小莲!"

青莲转向声音的方向,只见月婆婆瘫软无力地坐在自己床头的柜子边缘。

"怎么了,婆婆?"

月婆婆声音哽咽,吞吞吐吐地似乎想说什么,脸色惨白得就像随时都可能晕倒一样。

"到底怎么了,婆婆?"青莲大声又问了一遍,一边急忙走了过去。

老人们蹒跚着步伐,慢慢朝月婆婆床边挪去。

"……怎么了?"青莲的声音带着惊讶和担心,"哪里不舒服了吗?"她轻摇着月婆婆的胳膊,好让她恢复知觉。

"钱……我的钱不见了!"婆婆悲痛地抬头说道。

话音刚落,所有正在移动的身体仿佛中了咒语一般定在了原地。

"你说什么?"青莲不敢相信自己的耳朵。

"我的钱没了,真的没了啊!"月婆婆颤抖着说道。

"婆婆确定吗?"

"真的不见了,不骗你……我本来把它收在这里的……"她揭开柜底的塑料板,让人看空空如也的里层。

"婆婆再好好看一遍吧,会不会是忘记藏到哪里了?"青莲还是不肯相信,她用目光扫视着柜子里面。

"那条缝里呢? 婆婆好好找过了吗?"她指着柜子上层的夹层问

道,那里面塞满了各种物品。

"看过了。"婆婆失魂落魄地答道。

"还是拿下来再看一便吧。"说完,青莲就开始动手在柜子里翻找起来,空牛奶罐、塑料袋、报纸、药瓶,还有很多其他的东西。她都翻了个遍,但却连钱影子都没看到。

柜子的下面一层放着衣服,她一件件地检查,就连叠整齐的衣服口袋都没逃过她的双手。直到全部翻了个遍,东西在柜子前面堆成了一堆,那些钱却依旧没有找到。

"上面抽屉里呢?"她还没放弃努力。

"也全都找过了。"

但青莲还是不肯相信,她拉出抽屉继续翻找,但还是没找到。

"婆婆再好好回想一下,是不是藏到哪里去了? 床上、枕头底下,还有床底下都看过了吗?"

然后她再次成为掀开枕头和寝具确认的人。

"没有,婆婆。"她拂去脸上流下来的汗珠,泄气地说道。

"今天我上哪儿去弄钱买饭斋僧呢?"月婆婆只能这样问自己,眼泪簌簌而下。

"别这样,婆婆,别哭呀! 钱丢了就随它去吧,别往心里去,马上就会有人再来送给你的。"她柔声安慰道。

但这些安慰的话看上去却起不到什么作用,月婆婆继续不住地抽泣着。

"丢了多少呢?"

月婆婆摇摇头表示记不得那笔钱的数目了。

"我也不知道该怎么帮您,"她毫不掩饰地说道,"……其实钱呢,婆婆应该随身带着的。"最后这句本来想要劝慰提醒的话,反而再次提起了钱主人的伤心事。

"谁又想得到呢……老得快要进棺材的人了……还要造这种恶业!"

就是这句话,将那些身中咒语的人唤醒,在含沙射影的话中苏醒。

"大家都一起找找怎么样?"

每个人都转头看向提议的人。

我看到一位身材微胖的老婆婆站在自己床边的过道上，她的床是左排的第三张。她注视着正坐在舞台右前方第一张床上抽泣的钱主人。

秀婆婆：（用目光打量了一遍众人）"一起找比较好，各自都弄个清清楚楚明明白白，省得名声都一起臭掉。"

青莲：（询问月婆婆）"要照秀婆婆说的做吗？"

月婆婆：（哽咽着说）"还是别了，别白白费这么大的劲了。是我自己的错，没好好保管自己的东西。如果只是钱的话，我一点也不难过，我是因为今天没办法施斋才难过的。"（抽泣声比原来更大了）

青莲："那就听婆婆您的吧，我也不知该怎么帮您了。说真的，这种事情不应该发生的，真的不应该。"（她转头看了一遍所有人）

秀婆婆：（声音生硬）"要我说还是再找一遍的好，不然大家心里都硌硬。"

从每个人都点头默许的动作来看，她们似乎都同意这个想法。

但是……

温兰婆婆：（突然说道）"要怎么个一起找啊？秀婆婆，那可是钱，不是物品啊！"（从自己跟月婆婆相邻的床上站起来，走向护工）

温兰婆婆：（用优雅动听的声音说道）"我觉得这样可能不太好办呢，因为每个人都有钱，打个比方来说，如果我是偷钱的人，我只要说这是我自己的钱，根本就没什么证据了嘛。"

秀婆婆：（不满地说）"月婆婆你记得钱上的编号吗？"

月婆婆：（摇头）

温兰婆婆：（笑起来，转头对秀婆婆说）"哪个精神正常的人会坐在那里去记钱上的编号？"

秀婆婆：（立刻反驳）"我就会这样，我把每张钱的编号都记下了，我精神正常得很呢。"

温兰婆婆：（讽刺的语调）"在这世上恐怕只有秀婆婆你一个人会这么干吧，自打我出生时起，从来就没听说过有人会记钱上编号的。哦对了，要说到洗钱的人，这我倒是听过。"

秀婆婆：（语带愤怒）"我可是穷人家呀，温兰婆婆，总共也没几张钞票，可不像您这么有钱，记也记不过来。不过我也很纳闷，您这样的有钱人怎么会到这种地方来呢……"

青莲：（打断对话）"行了，行了，都可以了，婆婆们该干什么就去干什么吧。"

站在最外面一排的塔庭婆婆、娥布婆婆和颂婆婆，在看到秀婆婆和温兰婆婆各自回到床上后，也不情愿地挪开了。

青莲：（回头看月婆婆）"婆婆你确定钱是真丢了，不是自己用掉却忘记了，以为钱还在，对吗？或者是自己藏在哪里给忘了？"

月婆婆：（不回答，只是呜咽着）

青莲转头去看栏杆隔间，确认门像往常一样关着，就又转了回来。

青莲："婆婆再努力好好想想吧，我觉得钱应该不会是弄丢了。"（她又安慰了一下，就起身朝栏杆隔间走去）

秀婆婆站着看向青莲，直到她的身影消失在栏杆房间里，才一瘸一拐地走回到月婆婆的床边。月婆婆正坐在那里把东西收回柜子里。

秀婆婆：（极其困难地慢慢坐下，因为膝盖疼）"月婆婆，这个给你，你先拿我的钱，我借给你，这样你就可以买东西斋僧了。"

月婆婆："这怎么行呢！没有钱我就不斋僧了。"

秀婆婆：（好说歹说，直到把钱塞进月婆婆手里）"拿去吧！等你有钱了再还我就是了。"

月婆婆："那你怎么办呢？你有钱施斋吗？"

秀婆婆："有的！你放心，我柜子里还有呢。"

月婆婆：（过意不去地说）"您一定会好人有好报的！等我有钱了就立马还你。其实，要不是为了斋僧，我也不需要花什么钱。我的钱攒着也都是为了做功德的，谁要是拿去了，只希望她……"

秀婆婆：（抢先说道）"快别想这个了，就当是已经拿去布施做功德了吧。这种东西，谁做了什么，结果也只会报应到他自己身上。"

月婆婆："我实在是觉得奇怪，都是一起住的，怎么会干出这种事！"

秀婆婆："也就是这些走路摇摇晃晃的人了，那四五张床上躺着的，没人能站起来拿了。"（笑）

秀婆婆艰难地站起来,扶着床沿支撑起身体,然后慢慢走回自己的床上。一边走,她一边大声说道:

"我们这世道上的人都不害怕善恶因果了,也不知道心都是用什么做的,恨不得让劫火快点把这世界毁灭!"

话音刚落,舞台上的灯光渐渐暗下来。

我看向那个隔间,除了栏杆内侧护工时隐时现的头之外,什么都看不见。

"什么都没有!"从那隔间里响起了声音。

"本来就什么都没有了呀,衣服给你了也不穿。哎呀,还给尿到外面来,呀……"护工带着笑声说道。

水声响起。我不确定,这是给发出喊声的老头洗澡而发出的声音,还是她浇水擦洗水泥地上的污秽而发出的声音。水声消失过后,过了一会儿:

"哎呀,唉,大爷您稍微挪动下身子,等下我帮你穿裤子。"

"不要! 不要!"只听到一阵推搡挣扎的声音。

"哎,胡说什么!"护工响亮的斥责声响起,那挣扎声便停了下来。

"大爷都不害臊的吗? 躺着也不穿衣服,一会儿中午有人要来请吃饭的……好了,把屁股抬起来一些。"护工命令道。

从这响起的对话声里,我猜想栏杆隔间里的画面恐怕并不好看,还好他们并没有把这画面展现给我们看。我仅仅能够看到不断在铁栏杆之间上下移动的护工的头。说实话,我也并不太想看这幅画面,老男人脱衣服,这有什么可看的呢? 我都看了无数遍了。

时钟响亮的报时声响起。

舞台上的时间已经是早上6点了……

我透过眼镜,看了看自己手表上的时间,因为不相信一个小时这么快就过去了。

我手表上的时间才刚刚到7点35分。

说明舞台上的时间实际上只过去了三十五分钟。

——被时钟骗了。我这才想到,钟只是告知时间的工具,而不是时间本身。

2.《常乐男孩》

饥饿的人也许会变成……

饥饿总是出现在饱腹前，在合适的时间里，它会让每一种食物变得比平常更加美味。但如果时间过久，挨饿的人可能会变成小偷、杀人犯，或为了一块鸡腿而犯下重罪。流浪汉对饥饿最为了解，起初是无止尽的痛苦，接着就成为了亲密无间的朋友，只在稍纵即逝的片刻会分开一小会儿。

"来吧，来吃饭。"在甘朋刚开始被丢下时，邻居们总担心他挨饿，招呼吃饭的声音从早到晚反复喊个不停。

后来，甘朋往往在不知不觉间挨过了午饭。有几次是他玩得入了神，但事实却是因为大人们忘记了叫他。即使没有忘记，人们也会觉得今天有其他邻居招呼这孩子去吃饭了。不过，甘朋还没有认识到饥饿，因为晚饭总是会及时地来施以援助。

在甘朋被饥饿突袭的那天，他一大清早就被工厂女工娥伊叫醒。因为头天晚上，娥伊的丈夫乃查好心把甘朋叫到家里一起吃晚饭，于是就按照惯例给他安排了枕席睡处。甘朋在谁家里吃晚饭，就留宿在那家并在第二天吃早饭，这已成为邻里间心照不宣的规矩。

然而，在娥伊和乃查的家里从来就没有早饭。女工娥伊必须赶在6点45分之前就等候在大马路边的班车停靠点，而早饭则要等到了工厂再到厂前的店铺里解决。至于乃查，则是6点就急匆匆加入了摩的队伍，等早点车7点出摊时再填饱肚子。

就这样，还在半睡半醒间的甘朋睡眼惺忪地蜷缩在屋外。在潮湿并夹带着寒意的空气中，一阵炸鱼的香气不知从哪家的厨房飘向他的鼻尖。他不由自主地深吸了一口，脑海中浮现出一条大大的烤鱼，正躺在盘中冒着热气。但随着香味的消失，他立刻忘得一干二净，转而望向眼前逐渐流淌起来的画面出了神：孩子们赶去上学、大人们赶去上班，只有站了一整夜岗的保安缓慢朝家走着，丝毫不理会流逝的时间。甘朋就这样让一个没有早饭的早晨从他身边溜走了。

诺婆婆最小的孙女、傻瓜品芃和宅公公的跛腿孙子阿柱今天都没去学校,两人像往常一样来找甘朋到通詹夫人大宅后的罗比梅[1]树下一块玩儿,那是他们的固定基地。到了中午,两个小伙伴便扔下甘朋,跑回家去了。甘朋东倒西歪地留在原地,只觉得没有力气。他饿了,但由于与饥饿素未相识,就以为自己只是不舒服,不愿起身,也不想去哪里。从通詹夫人的厨房里隐约飘来几缕食物的味道,他闻着这朦胧的菜香,心里又想起早上炸鱼的香味。他梦到那条大鱼还原封不动地躺在盘子里,就这样,他在筋疲力尽中睡了过去。

在梦里,爸爸把那盘金灿灿、冒着香气的巨大炸鱼端到他面前。但当他伸手要去舀鱼肉时,明明已下过油锅的大鱼竟然从盘子里跳了出来。甘朋赶紧去抓,大鱼却不断逃走。他就快要抓到了,不料一只硕大的猫却突然扑了上去,叼起大鱼,飞速跑开了。他大喊着哭了出来。

整个下午,甘朋就这样在罗比梅树下时而睡着、时而醒来,直到太阳快落山时才醒过神来。他踉跄地站起身来,脸颊上还挂着泪痕。通詹夫人的厨师正在做饭,甘朋向窗边走了过去,视线刚好可以越过窗子下缘看进去。他屏住呼吸,两眼望着桌上已经做好和炉子上正做着的菜肴,口水不断地往腮帮子里冒。他咽了咽口水。今天是怎么了呢?怎么没有那熟悉的声音招呼他"来呀,来吃饭"了?通詹夫人家里却是从来也没叫他去吃过饭的。甘朋不敢出声,只能默默站着,看了很久。直到所有菜肴都准备完毕并端了出去,厨房里就再没什么可看的了。

甘朋回到排屋[2]区,没有一个大人注意到他。他心不在焉地走着,不知不觉走到了乃崇铺子对面的树下竹床。天暗下来,他蜷起身子睡在竹床上,看上去黑乎乎一片,就像堆起来的一团布。今天也真奇怪,没有人想起甘朋,就连平日里一起玩的小伙伴也都不见了踪影。

他饥肠辘辘地睡着了。蚊子们倒是称心如意地饱餐了一回。

乃崇铺子的铁门合上的声响最终把甘朋叫醒。小家伙一睁眼,就被迎面袭来的黑暗吓得大哭起来。乃崇被哭声叫住,成了今天第一个

---

1 刺篱木科植物,拉丁名为 *Flacourtiaceae*,刺篱木属。
2 根据泰文直译,指一种沿街而建,一户连着一户的低矮简陋民宅,一般为一到两层建筑,一层可以作为商铺,住户多为收入较低的人群。

也是唯一一个想起甘朋的人。

甘朋被领进屋坐下。所有的孤独和无助感重重地压了过来，毫不留情地袭向了他。他止不住地大哭着，也不知这源源不断的悲伤来自哪里。乃崇费尽功夫想要安慰，可毫无结果。直到最后，才从小家伙摇着头的回应中意识到：这孩子从早上直到现在，一点东西都没有下过肚。

热腾腾的牛奶和蘸着果酱的面包迅速被端了出来。甘朋看到食物后，却抽泣得更加厉害了。他这才体会到饥饿的滋味是怎样的。乃崇抽身钻进厨房，动手炒起饭来。甘朋确实是饿极了，但心里的悲痛却更胜一筹。

等到炒饭端出来补救时，牛奶却一点也没少，果酱面包也是毫无意义地炫耀着它的美味。乃崇叉着腰沉思道："这孩子，明明都饿到极致了，按照常理应该狼吞虎咽了才对。只怕是太过伤心，以至于饥饿反倒退居其次了。即使身体正经受着痛苦折磨，却依旧不敌意志的力量……哎，才5岁就已到这般地步了。"他像突然想到什么似地快速上了楼，从书架上取了一本书，然后迅速回来，坐到甘朋面前。"好好听噢，这首诗的名字叫《布娃娃与炸弹》，"乃崇用充满感情的声音朗读起来：

　　　　用布娃娃代替炸弹投下，
　　　　毫无疑问，它必将带来深刻的印象；
　　　　而它也为全世界的人们
　　　　制造出——
　　　　伟大的印象。

甘朋疑惑不解地听着，不知不觉已停止了抽泣。

　　　　然而如果飞机
　　　　在两个礼拜前就投下娃娃，
　　　　并将那天的炸弹收起

来于今日投下。
我那两个孩子
一定会感谢您的仁慈——
能有玩具相伴，
在接下来的两个礼拜。

"飞机投娃娃吗？"甘朋问。

乃崇微笑着答道："是呀，飞机来给孩子们投娃娃……这样吧，一边把奶喝了，一边接着听……飞机先来投炸弹，过了两个礼拜之后……"

甘朋喝完牛奶，接着又津津有味地吃起了果酱面包。正当他准备舀米饭时，悲伤仍未褪去的双眸又再次被泪水充满，拿起勺子的手也不知不觉放了下来。

"两人都死了吗？"

"是啊，两人都死了。"乃崇看了眼小家伙，立马目光闪躲地看向盘里的饭，轻声答道。

甘朋失神地望向远方，泪水盈盈。

乃崇赶紧合上书，轻声蹑步地上楼把书收好。

后记 [1]

当键盘敲下最后一个句号时，我仿佛听到了久违的考试铃声在脑海中响起，这张历时一年半的考卷终于迎来了搁笔呈送的一刻。我原以为我会在这一天来临之际雀跃不已，不想此刻的心中却充满了莫名的惆怅与不舍。我只希望这并不是结束，而仅仅是一个小小的开始。

2002年至今，我在北京大学泰语专业接受了人生中最宝贵的一段教育。对于任何一个与北大结下缘分的学子来说，这里是一个知识宝藏遍地的"黄金地"，一个宽容温暖的"自由王国"。我深深感谢在这里遇到的每一位师长、同窗和挚友。没有他们，也就没有我今天的成长。

我首先要特别感谢我十年来的授业恩师裴晓睿教授，是她把我带进了泰国文学这座瑰奇的花园，开启了我治学修身的道路。裴老师的师德师风和学养德行早已在师生中奉为美谈。多年来，我一直受恩、受教、受益于她渊博的学识、深厚的涵养、严谨的作风和慈悯的胸怀。她的一言一行总是在无形中调伏着我尚欠成熟的心性，使我在不断的自省中也深刻领会到学品和人品不可偏废的意义。在学术上，她除了传授专业知识，解答我学习过程中的疑惑外，更积极鼓励我开拓视野，多吸纳相关学科的理论方法，注意跟进国外的学术动态。她多次推荐并吸收我加入科研课题，鼓励并推荐我参加国内国际学术会议，安排我到泰国搜集论文资料，向当地学者交流学习，让我从中得到难得的学术锻炼。在论文的选题、构思和撰写过程中，她一方面在论文大方向上严格把关，对论文中一些有争议的观点及时指正，另一方面又让

1　本后记为笔者的博士毕业论文后记。

我自由地开展思路,寻找合适的研究方法。在我一次次进度受阻的时候,她总是一边帮我开启思路,寻找解决方法,一边给与我心理上的开导,鼓励我继续前进。不仅如此,在论文进展最艰难的时期,她时常打电话关照我的生活情况,提醒我注意劳逸结合。在生活上,她也不时给予我无微不至的关怀,她不经意的一句话总是能让我感到无尽的温暖和莫大的鼓舞。我为我的人生中能遇到这样一位让人敬重的导师而深感幸运。

我也要感谢泰语专业的傅增有老师、任一雄老师、薄文泽老师、万悦容老师和金勇老师。感谢他们在专业知识上对我的教育、培养和帮助。傅增有老师和薄文泽老师从我本科时期起就多次给我锻炼泰语实践语的口译机会,让我从中磨砺了泰语基本功,积累了宝贵的经验。两位老师也在我研究生阶段对我的学术方法和学术规范进行了严格的训练。薄文泽老师推荐我阅读了很多西方泰学的研究文章,鼓励我多向国外学者吸取方法和视角,使我获得了很多启发。薄老师在我博士学习阶段也给予了我很多研究思路和方法上的指导,特别是在论文的选题和修改过程中给我提出了很多宝贵的意见。任一雄老师在本科和硕士阶段从泰语口语和翻译方面对我进行了严格的训练,为我打下了良好的语言基础。万悦容老师一直在学习和生活上为我解答疑问,给予了我不少帮助。金勇老师还是我博士师兄时,我就时常向他讨教各种专业知识和学术上的问题,我那时觉得他好像一本活字典,任何问题都能给出答案。在论文的选题和写作过程中,他也给我提了很多建设性的意见,帮我发现了不少问题。在平日的工作和生活中,他也不时对我施以援手。

感谢原东语系的各位老师们一直以来对我的关爱和提携。感谢多次对我的论文提出修改意见的张玉安老师、陈岗龙老师、李政老师和魏丽明老师。几位老师多次从研究思路和学术规范上对我论文中的缺漏进行指点和纠正,对论文质量严格把关,使我得以及时修正和改进。李政老师在身兼行政要职、事务繁忙之际,还多次为我协调处理培养环节中的问题,例如关于出国交流的资助、博士期间的补贴等等,使我在学习和研究过程中的一些困难得到迅速的解决。感谢吴杰伟老师和魏丽明老师在科研方面多次对我的鼓励和提携，使我增加了很多难得的学术锻炼机会。感谢段晴老师在巴利语上对我的指导和关怀，开启了我学习和阅读佛教典籍的兴趣。

论文的最终成形尤其要感谢多位泰国专家、学者和作家们对我的帮助和支持。感谢泰国法政大学的巴功·林巴努颂老师接收我在法政大学做为期三个月的短期交流，为论文搜集材料。感谢巴功老师和苏拉西·阿蒙瓦尼萨（黄汉坤）等老师为我安排在泰期间的住宿，并积极帮我联系学者和作家，使得以与多位作家面谈，获得了许多宝贵的第一手材料。感谢泰国商会大学的塔聂·韦帕达老师接受我的访问，并向我介绍了很多关于东盟文学奖的内情，并专门为我找来了由他编写的《〈香发女昭婵——嘉提尤佛塔纪行〉评论集》。塔聂老师担任东盟文学奖评委多年，对泰国当代文学颇有心得，他的一些观点也使我更加坚定了一直以来的一些想法，无形中让我对论文增添了不少信心。感谢曾在北大泰语专业担任外教的法政大学专家塔侬翁·兰耀玛蓬老师一直给予我关怀和提携，并为我联系女作家昂潘·维乍集瓦和《东盟文学奖25年》一书的作者沙甲普·拉欧。感谢女作家昂潘·维乍集瓦和70后作家伍梯·赫玛汶接受我的访问，向我提供了很多关于文学创作和泰国文学现状的心得和看法，使我获得了一种文化内部的眼光，并对他们的作品有了更深入的体悟。感谢朱拉隆功大学的迪辛·汶卡琼老师多次在百忙之中给予我关照，并对我的研究提出指导意见。迪辛老师是泰国现当代文学方面的权威，她本人也担任东盟文学奖评委多年，她为我推荐了很多与我的研究密切相关的论文，使我受益匪浅。感谢我本科时的外教素塔提·莫拉莱老师一直以来对我的关怀和帮助。

感谢一路走来的各位同窗好友对我的勉励和帮助。感谢张哲、尹蔚婷、宋筱茜这些志同道合、能够分享精神世界、相互勉励，又总是像及时雨一样施与我援手的良朋好友。感谢本科时的好友兼室友张潇潇，和同班同学刘海波、李炜光在泰国期间的多次盛情款待，以及为我解决出行和食宿上的不便。感谢法政大学中文系毕业的白凤姐姐对我的帮助和照顾。

最后，我要感谢一直以来默默支持并适时提醒和教育我的父母、眷属和亲人。感谢父母教导我做人的基本道理，并为我创造宽松的环境，使我可以毫无牵挂地专心读书。感谢先生兼同窗叶之亮在这七年里对我的支持、理解和包容，以及为我的学业而做出的牺牲。感谢祖父不时提醒我要尊师敬学、以礼待人。感谢公婆一直在生活上给予我关心和照料。

要感谢的人还有很多很多。

我深知，一本尚不完善的论文远不足以回馈这么多年所积攒下来的恩情，区区几页纸也远不足以书写我心中无限的感激。我唯有将这一切铭记于心，并怀着这颗感恩的心加倍努力地在这条治学道路上不断前进。

2012 年 10 月 20 日

于燕园